星期三的凱歌

水曜日の凱歌

Nonami Asa

乃南亞沙

黃碧君／譯

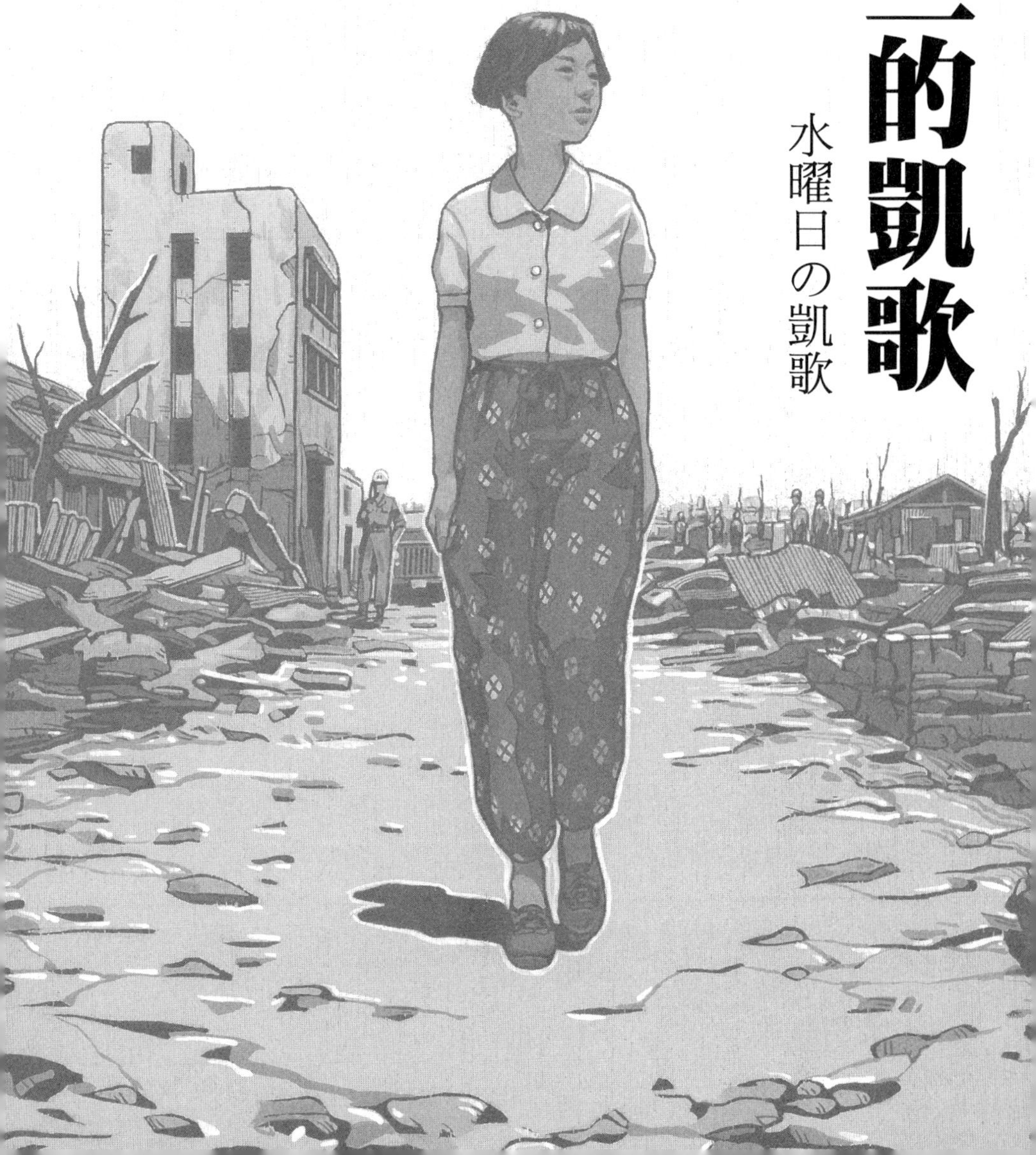

導讀

戰爭猶未歇

——一九四五年八月十五日之後日本女性的「新戰場」

吳佩珍 國立政治大學台灣文學研究所

乃南亞沙一九八八年以《幸福的早餐》獲得「日本推理懸疑小說大賞」優秀賞，登上文壇。一九九六年以女刑警音道貴子系列首作《凍牙》獲得直木賞，奠定其「推理小說」以及「警察小說」作家的地位。然而，二〇一一年日本三一一大地震卻成為其創作生涯的轉折點。她的第一部中文翻譯著作《美麗島紀行》（於二〇一六年由聯經出版）的創作契機，正是起源自日本三一一大地震。震災發生後，來自台灣的捐款高達兩百億日圓，但在隔年的震災追悼會，台灣代表卻被安排至一般席次，而非貴賓席。她因日本如此失禮的舉動感到憤怒，認為自己身為作家，應該以創作來表達對台灣的謝意，但卻發現自己對台灣根本一無所知。連台灣從一八九五年到一九四五年曾是日本殖民地的這段歷史，自己的記憶中，學校也從未仔細教授。自二〇一三年春天起，「美麗島紀行」開始在日本集英社的雜誌《青春與讀書》連載。直到單行本完成為止，三年中，乃南亞沙走訪了台灣十七次，踏查範圍從台北到台灣南部深山的原住民村落，採訪了各個世代的台灣人，這期間也目擊了進行中的太陽花運動。她在二〇一六年受訪時指出，認識這個「複雜同時具有多面性樣貌島嶼的輪廓，能成為認識日本重要的線索」，也能看見「對世界而言的亞洲」[1]。

日本三一一大地震同樣觸發了作家執筆《星期三的凱歌》的動機。乃南目擊滿目瘡痍的受災地，不僅湧起疑問：身為地震大國的日本，為何建了四十五座核子發電廠？生於戰後的我們，到底是在何處、又是如何犯下了錯誤？為了尋找這個答案，她自述，在閱讀種種書籍以及調查過程中，遭遇了幾個關鍵字。這當中鮮為人知的，便是RAA。乃南亞沙挖掘RAA這段日本戰後的暗黑歷史所寫成的《星期三的凱歌》，是繼《美麗島紀行》以及《來自北方大地》（地のはてから，二〇一三）之後，「回溯」戰前日本軌跡的第三部作品，以十四歲少女二宮鈴子的視點，呈現一九四五年三月十日的東京大空襲到日本戰敗後一九四六年四月十日前後的時空。

定居東京的二宮一家，原是七人家族，父親經營貨運公司，戰爭期間因事故死亡。長兄肇與二哥匡被徵召前往前線作戰，之後肇「光榮」戰死。東京大空襲奪走了大姐光子的性命，小妹千鶴子則行蹤不明。戰爭結束時，猶在前線的匡生死未卜，二宮家族僅存母親津多惠與鈴子兩人。一九四五年八月十五日，天皇透過「玉音放送」對臣民宣布日本戰敗的消息。之後東京警察廳保安課緊急召集業者，下達為進駐聯軍設置專用的慰安所，也就是日本戰後特殊慰安所（RAA，*Recreation and Amusement Association*，又稱特殊慰安設施協會），以應付陸續登陸的聯軍部隊。鈴子的母親曾受過高女教育，通曉英語會話，因此便進入RAA工作，為前來進行性交易的美軍與慰安所的日本女性擔任翻譯以及疏通工作。戰後RAA慰安所的設置，主要以大森海岸與熱海為據點，也就是鈴子的母親津多惠的工作地點，透過鈴子視點的引領，讀者得以進入當時RAA的主要舞台。

小說整體主要以三條軸線發展：一、在日本政府以保護日本女性的「純血」與「貞潔」為號召下，做為「性的防波堤」的RAA成立與解散的始末。二、因為戰敗，戰前戰後日本的價值觀與意識形態產生劇變，鈴子因而迷失目標而無所適從。鈴子的心理變化正象徵日本戰後派（après-guerre）虛無徬徨的心性[2]。三、透過鈴子與小學同學勝子的「母子家庭」（鈴子與勝子的父親均非死於戰場，勝子的母親則是藝伎出身）型塑，兩位母親如何在宛如廢墟的戰後日本，獨力肩負起家計的描寫，暗示因戰爭失去丈夫、子息的戰爭未亡人，戰後的歲月是如何地慘淡艱辛。

日本一九四五年八月十五日宣布敗戰之後，接管日本的聯軍上岸，「男的將被去勢同時強制勞動，女的將被當作慰安婦」的風聞滿天飛。神奈川縣在八月二十三日便下達禁止女性單獨外出、「婦人女子盡可能避難」的指令。鈴子在母親的要求下，被迫理光頭，打扮成為少年的模樣，便是基於這樣的背景。宣布戰敗當日，鈴木貫太郎內閣總辭。八月十七日新內閣上台，隔日內務省警保局長便向各府縣長官發出電報，指示設置性慰安、飲食設施以及娛樂場，同時籲請加強宣傳讓大眾理解，慰安所的設立乃是以保護日本女性為目的。八月二十三日餐飲業者以及賣春業者所組成的七個團體加上警視廳保安課長三名，成立了「特殊慰安設施協會」，一個月後改名為RAA。RAA第一號設施，便是位於大森海岸的小町園，也是鈴子母親第一個工作地點。據說當時的娼妓一萬

1 乃南亞沙，〈日本を知り、未来を変えるための台湾紀行〉，《Kotoba 多様性を考える言語》（二〇一六年冬号，集英社）。

2 après-guerre原指法國在一戰之後不為既有道德與規範束縛的新興文學與藝術運動。二戰之後，日本既有的道德與權威崩壞，喪失道德觀的日本青年世代所引發的犯罪，稱之為「アプレゲール犯罪」，又簡稱為アプレ。黑澤明的《野良犬》（一九四九年），即以「アプレゲール犯罪」為主題，描寫退伍士兵面臨戰後道德與價值觀的崩壞因而自暴自棄，偷竊刑警手槍，犯下一連串殺人搶奪罪行。

三千人中，便有一萬一千人成為占領軍的慰安婦[3]。然而關東地區進駐美軍多達十二萬人，供需顯然失衡，RAA因此開始招募慰安婦，甚至在銀座掛出招募的看板。小說第一章「新的防波堤」開頭即為當時的招募廣告：「致新日本女性之告示。因應戰後局勢，國家將成立緊急設施，徵求有意參加進駐軍慰安大業之女性，望新日本女性率先挺身協助……」。據五島勉指出，成為慰安婦的女性有遭到占領軍強暴者（占領三個月期間，全國受害人數便高達三千七百人以上）以及被軍需工廠動員的女子青年團員等，其中不乏因空襲而失去家庭與家人，以致生活無以為繼的女性。第二章中，出現不堪進駐軍蹂躪而下體受傷，逃到鈴子房間，隔天跳軌自殺的慰安婦場景，是當時實際發生的事件[4]。一九四六年三月，以慰安婦與占領軍士兵的性病蔓延嚴重為由，GHQ開始禁止占領軍士兵進入RAA以及其他慰安所，RAA形同解散。RAA的慰安婦也因而淪落街頭，成為以占領軍為交易對象，俗稱「潘潘」（パンパン）的流鶯。

在第六章，當警察與MP對大量流入熱海的「潘潘」進行取締時，彼此之間發生了衝突與亂鬥。乃南亞沙借女子大學出身、在新熱海酒吧充當舞女的綠，對主導戰爭者以及這場戰爭與敗戰的苦果對女性的迫害，發出了怒吼：「你們把我們當成狗還是畜生嗎！不管是不是流鶯，我們可是人啊！在日本這個國家出生的日本女人啊！就是因為你們這些不中用的男人，我們才得為你們收拾殘局不是嗎！」「給我聽好了，你們這些日本男人！你們每個人都是從女人的兩腿間生下來的，不但忘了感謝，還只有在需要的時候利用女人！戰爭時大喊『生產報國』，一打輸了就又立刻把自己的女人送到白人面前，你們這些沒節操的傢伙！居然還能裝作若無其事！看看這一切，就是你們把國家搞成這樣的！連個女人都無法保護，還說什麼日本男兒，什麼大和男子，混帳王八蛋！給我聽好了，你們將來肯定要吃苦頭，總有一天會有報應的！不是來自美國，而是來自日本女人！」─井上節子指出，往昔雖然有許多國家因為敗戰而陷入憂患，但政府下令、警察署長動用權限，為占領軍設立性慰安設施的國家，除了日本，應該是「絕無僅有」吧。賣春業者與國家（警察）沆瀣一氣，可說是將因戰敗而被迫走投無路的日本女性推入火坑，讓其成為RAA御用慰安婦的共謀[5]。

3 五島勉，《黑い春―米軍・パンパン・女たちの戦後》（倒語社，一九八五年），轉引自井上節子，《占領軍慰安所―国家による売春施設》（新評論，一九九五年）。

4 井上節子，《占領軍慰安所―国家による売春施設》（新評論，一九九五年），頁四〇。

5 井上節子，《占領軍慰安所―国家による売春施設》（新評論，一九九五年），頁十五，頁二十一。井上節子同時指出，設置占領軍慰安所的構想背景，與日軍戰時在中國本土與東亞諸國強姦同時輪姦婦女，以及在戰地設置慰安所的歷史有密切關係。東亞的慰安婦議題，至今為止被視為是日本軍涉入，遭到強徵的戰爭犯罪。近來韓國朴裕河的《帝國的慰安婦》（韓文版，二〇一三年、日文版，二〇一四年、中文版，二〇一七年）拋出韓國賣春業者與殖民地體制共謀的看法，同時指出慰安婦並非全然是被強徵，其中也有志願者以慰安形式進行報國。朴裕河企圖以殖民地慰安婦與宗主國士兵的連帶關係，將慰安婦議題置入當時日本帝國主義整體的框架進行討論，主要在於打破日韓雙方在慰安婦議題上，無法做出共識的僵局。但在韓國引起軒然大波，認為此作扭曲史實，傷害同時毀損當事者名譽，遭首爾東部檢察廳以「名譽毀損罪」起訴（目前一審獲判無罪，但檢方已提出再上訴）。這期間日韓各自有支援或反對者，環繞此議題議論的專書也陸續出版。如鄭榮桓，《忘却のための「和解」―『帝国の慰安婦』と日本の責任》（世織書房，二〇一六年），近者為今年七月由支持者陣營所推出的論集《対話のために―「帝国慰安婦」という問いをひらく》（西成彥等編著，二〇一七年）等。《帝國的慰安婦》內容主要運用前行研究史料，同時置入戰爭法、國際法以及文學文本分析佐證。各領域專家對此提出的見解與問題點，可舉日本近代文學研究者紅野謙介教授於二〇一七年七月二十一日在《対話のために》書評會的發言稿一節為例。「我自己本身對《帝國的慰安婦》的不滿，在於其文學研究方法的弱點。此作當中，朴女士引用田村泰次郎以及古山高麗雄的小說，將當中描寫的場面以及記述與歷史事實連結。雖有少部分是慎重處理，但大體都是如此。讀了這樣的書寫，讀者的反應會是這樣被敘述的：『慰安婦中有人因愛國心的驅使而自動自發地將「身心全都奉獻給國家」，也有人在戰爭這樣嚴酷的環境中與日本士兵陷入情網。』」（中譯與文責筆者）。

即使揭開日本戰後這段慰安婦的暗黑史，乃南於《星期三的凱歌》中對於女性潛力與能力的積極評價與樂觀，仍顯露無遺。所謂「星期三的凱歌」其實便是日本女性凱歌的隱喻。一九四五年八月十五日日本宣布敗戰這一日，RAA決定解散這一日，日本戰後實施新選舉法後舉行眾議院議員總選舉，選出三十九位女性議員，近代以來日本女性首次進入國會殿堂，都是「星期三」。在戰後「星期三」的軌跡中，鈴子不僅目睹母親從唯父親命令是從的「溫良賢淑」家庭婦人，蛻變為周旋於宮下「叔叔」、大衛．葛雷中校以及占領軍之間幹練的職業女性，也見證了立志要將「這個男尊女卑的國家對我們女人所做的事，全部以牙還牙」的綠議員的誕生！

目次

序曲　那一天也是星期三

1

東京幅員遼闊。

廣袤的大地無邊無際。道路時而筆直，時而狹窄蜿蜒，時而微傾歪曲，即使如此，仍往四面八方延伸而去，看不到盡頭。沿著道路步行，現下兩旁並排的，卻是分不清是樹還是電線桿的斷枝殘幹，零零落落。視線所及之處，宛如在照片裡看過的西洋古代遺跡，建物半塌半傾，屋頂殘缺崩落，抑或只剩下牆壁及梁柱的斷垣殘塊。

原本以為東京是一片平坦的土地，卻意外看到許多徐緩的小山丘，分布著眾多窪地。但前方不遠處的池子或許不是天然的水池，而是地面凹陷後雨水累積成的積水灘。證據在於遙望時水色呈噁心的混濁狀，表面還浮著七彩的汙油，水裡甚至有各式各樣被丟棄的雜物。池子的彼方，遙遠的天邊可以看見連綿的山巒。

東京滿是塵埃。

只要風稍微吹拂，飛塵四起，宛如煙霧瀰漫。塵埃依地點而異，時而呈白色，時而呈黑色，也有處於中間的灰色，甚至是紅褐色或黃色。原本就失去色彩的風景，因為這些塵埃而愈加暗澹。

東京異臭四起。

有時是泥濘的土壤臭味，有時是野草的腥味，有時飄來腐臭的水溝味，甚至摻雜著鐵鏽味，但最多的還是燒焦的臭味。將世間所有東西一齊燃燒殆盡的焦臭充斥在空氣中，同時散發出刺激著眼睛和喉嚨的尖刺感。

東京靜謐無聲。

以前洋溢著各式各樣的聲音。電車、汽車、街頭雜耍。收音機、豆腐店的喇叭、商販叫賣聲和笑聲。麻雀、烏鴉、土鴿的鳴囀聲。皮鞋及木屐，加上草鞋和竹編涼鞋的腳步聲。寺院的鐘聲、祭典上的演奏聲、歌聲、貓狗的叫聲。曬得暖烘烘的棉被在收進屋裡前用力拍打的聲音、巷弄裡的灑水聲、嬰兒的哭聲、風鈴搖曳聲、把青菜加進味噌湯前的切菜聲、開闔雨窗的聲音、打開玄關時叮咚的門鈴聲、巡邏員警的哨聲。

曾幾何時，所有的聲音被警戒警報和空襲警報聲消弭，取而代之的是戰鬥爆擊機轟轟的巨響，炸彈咻咻落下的爆炸聲，天搖地動的隆隆爆破聲。最終成了一片死寂靜默的無聲世界。

總之，東京變成了空無一物、毫無人煙的荒漠。沒有顏色，沒有聲音，也沒有光。分辨不出原來的形貌，只剩下燒盡的殘骸，支離破碎，散落各處，一片空曠虛無的荒漠。

走在這片荒漠中，讓人不得不隨時伸手掩住口鼻。因為失去了遮蔽物，留下肆無忌憚的風陣陣吹過，再怎麼瞇起眼睛，塵埃依然飛入眼裡，只能任其肆虐，甚至鑽進體內，讓人不禁出聲喊痛，緊閉雙眼，佇足不前，任淚水撲簌地落下。

別再飛進來了！

每當塵埃吹入眼裡，二宮鈴子便痛得忍不住出聲。就像有「人」從鈴子的眼珠竄入，偷偷潛進她的身體裡。她甚至感覺到被燒成灰燼而在空中飄浮、徬徨迷失的「某人」想找個地方棲息，暫時取回自己失去的肉體。

求求你，不要再進來了。

被大火無情吞噬後的斷橋、土牆及建物的斷垣殘壁，四處沾黏著烏黑的脂漬。那是在這裡被捲入烈焰、燃燒斷氣的「某人」確實存在過的證明。原來人被焚燒後會留下那麼多的油脂，但這些人明明已經好幾個月、甚至好幾年都沒吃到含有脂肪的食物了。

「小鈴，怎麼了？」

「……有灰塵。」

「不要揉眼睛！用水壺裡的水沖一沖。」

背著花布包走在前方的母親戴著防空頭巾，轉過頭來對女兒說。鈴子也戴著防空頭巾，對母親點了點頭。她背後頂著一個布背包，左右肩斜掛著雜布包，還提著水壺。聽母親的話拿起水壺將些許的水倒入蓋子裡，抬起頭把水滴入刺痛的眼睛裡。反覆幾次後，眨了眨眼睛，總算將塵埃洗出，不再覺得痛了。太好了，把所有人都排出體外了。

「盡量不要東張西望。」

臉上滿是汗水和塵埃的母親顯得疲憊至極，因此看不出臉上的表情，但她並非是今天才這副模樣，從很久以前就是這樣了。

「啊，這裡也有。南無阿彌陀佛、南無阿彌陀佛。」

每次看到還沒有人收屍的「人」，母親就會反覆唸著「南無阿彌陀佛」。鈴子也站在母親身邊模仿著。

這個人到昨天為止都還活著。

現在卻變成了一具全黑的人形焦屍，分不清是男是女，是老是少——但確實是個人。可能是誰的父親、誰的孩子，想必很痛苦吧？想必很害怕吧？真是太可憐了。希望他可以就此安息。

眼淚已經乾枯，哭也無濟於事，只會讓肚子更餓，讓自己更累。總之這個「人」已經從飢餓和痛苦中解脫了。因此她們唯一能做的就是為他唸誦「南無阿彌陀佛」，送他到極樂淨土。

三月遭遇大空襲時，鈴子的反應和現在截然不同。當時她怕得不得了，嚇到全身不停顫抖，怎麼也止不住淚水。那是她生平第一次近距離目睹焦屍。

那一天正好是她被派到埼玉勞動動員、外宿三天後回到東京的日子。聽老師們說那天凌晨又遭到空襲，沒想到竟是幾百架B29一起出現在東京上空，激烈的轟炸幾乎將東京夷為平地。每個人都帶著擔心恐懼的心情，和同學們搭上搖晃的列車，一心只想趕緊回家。勞動動員從事的是陌生的農作勞動，鈴子只記得自己當時拖著筋疲力竭的身軀，眼皮沉重，心裡卻掛念著家中只剩母親和年幼的千鶴子，一路忐忑不安地坐在搖晃的車廂內。

去年春天升上國民學校高等科的鈴子，因為差了一個學年，所以不用像其他學童那樣和父母親分開去疏散，取而代之的是必須盡「年少國民」的義務。但即使照常去學校，也根本不可能好好上課，而必須和同學一起從早到晚做裁縫，抑或被派去某地的工廠或作業廠，代替大人勞動。她們得幫忙鎖螺絲或是鑽進車子底下組合零件，弄得全身油汙，有時也會像這次那樣被派去從事遠方的農作勞動。每天被迫投入各種不同的身體勞動，宛如生下來就是為了勞動而活。

那一天，三月十日下午，列車接近上野車站時，窗外的景色丕變，在車廂內引起一陣騷動。下車的瞬間，一股無法形容的異臭襲來，車站裡擠滿了受傷的人們，大家被這樣的景象震懾住，大氣都不敢喘一下。走在回家的路上，眼前盡是地獄般的光景。街道四處冒著煙，飄著異樣的臭味，到處是焦黑屍體堆成的小山，還有倖免於傷、卻像幽靈般空虛徬徨的人們穿梭其間。

「怎麼辦，怎麼辦，小鈴。」

「我也不知道該怎麼辦啊……」

老師講完話後，大家在車站前解散，鈴子和住在附近的兩位朋友幾乎是抱在一起哆嗦著，盡可能避開眼前人間煉獄般的光景哭著回家。一想到這些多到數不清的死屍，前一晚還是或哭或笑、有吃有說的一般人，鈴子簡直不敢置信。想到母親和千鶴子可能身在其中，她幾乎要被壓垮，痛苦到無法呼吸。

如同鈴子所擔心的，她家附近全部化成了焦黑的燎原。她在夕陽餘暉下抵達自家，看到原本是廚房的地方，如今只剩斷垣殘壁，磁磚上貼著一張紙條。

「二宮津多惠平安無事。在言問國民學校避難。」

鈴子在燒焦的殘骸中跌跌撞撞，一路跑向言問國民學校，在眾多傷者和避難的人群中，好不容易找到了滿身塵埃和煤漬的母親，一時竟說不出話來。母親抱著鈴子哭了起來，她才得知五歲的千鶴子遍尋不著，兩人在逃亡的過程中失散了。

「我真的一直緊揹著千鶴子，還會聽到背後傳來她幼小聲音，喊著『好可怕，好可怕』。」

但在混亂的人群中，聲音被掩沒，母親為了躲避飄落的火星而拚命奔逃，回過神來，背後的重量已經變輕了。可能是背帶被火苗燒斷了，也可能是被扯斷了，根本搞不清楚。

鈴子和母親之後花了好幾天四處搜尋千鶴子的下落。她們先是去各地的避難所和醫院，接著到遺體收容所或是在街上探尋無人處理的屍骸，在焦黑的屍體中看到身形小的屍骸就必定前去確認。

隅田川一帶雖然沒有被燒毀，卻堆滿了橡膠人偶般的屍山，宛如暴風雨過後堆積的木材。兩人也來到這裡遍尋年幼的屍骸，卻連衣服的碎片也找不著。結果，千鶴子活在世上的證據，就這麼從世間徹底消失了。

「小千……千鶴子……對不起……」

以汙黑的手巾掩面的母親顫動著身軀，泣不成聲。鈴子不斷輕撫著她的背，心裡也同樣喚著妹妹的名字。

小千實在太可憐了。

但不知為何眼淚卻流不出來。抵達上野那一天，站在被燒成灰燼的東京，看到無數倒臥的屍體而感到害怕、和朋友抱在一起啜泣時，鈴子確實聽到了自己內心深處發出的聲音。「喀嚓」一聲，她體內有什麼被切斷了，感覺不論接著發生什麼事，她都不再痛苦、不再悲傷，也不再害怕。只有肚子飢腸轆轆，咕嚕咕嚕地叫著，其他身外之事，都已無所謂。和眼前的東京一樣空蕩蕩的腦袋裡，浮現了一個詞——

太過分了。

但鈴子根本不知道應該對誰控訴。是在戰況變得如此激烈前就因意外事故身亡的父親；還是被推崇「化為英靈」或「榮譽戰死」，結果依然讓鈴子和母親悲憤痛哭的肇哥；抑或在前線奮勇作戰、下落不明的匡哥；還是有時比母親還要可靠，卻抱著才剛出生的嬰兒一起死去的光子姐；或是消失了蹤影的年幼的千鶴子……。

2

幾年前他們家還是熱鬧的七人家庭，現在卻只剩下鈴子和母親兩個人，三月慘烈的大空襲後，兩人輾轉在牛込、板橋、澀谷等地流離搬遷。那天之後，學校到隔年春天為止全面關閉，不管搬去哪裡都不必辦轉學手續，當然也交不到任何新朋友。每天的心思全花在如何活下去這件事上，根本無暇思考其他。

不管鈴子她們逃到哪裡，B29都緊追不捨，就像被鎖定了似地。回過神來，春天已逝，進入了五月。這次她們因為屋主的關係搬到新橋，好不容易習慣了周遭的風景，昨晚就又再度遭受嚴重的空襲。被肆虐的大火燃燒後，各地的風景不再有差異，荒漠般的東京就此一味地延伸出去。

卑劣的美軍總是在黑夜裡襲擊日本。昨晚鈴子在枕頭旁放著防空包巾和隨身布包，才躺下來沒多久，便在半夢半醒間聽到警戒警報聲。在母親的催促下，她急忙收拾行囊，和鄰居們一起逃到防空壕避難。空襲警報持續響起，B29令人戰慄的聲響透到體內，他們瞬間被炸彈落下的聲音、巨大的爆炸聲和地面反射的回聲所包圍。

「留在這裡可能會被悶燒到死，出來，快跑！跑愈遠愈好！」

不知是誰在防空壕外大喊。鈴子和母親手握著手，和其他人一起往外飛奔，爆炸聲四處響起，她們在火苗四散的夜空下死命地奔跑。

為數眾多的B29以迄今未曾見過的高度低空飛行，從頭頂掠過，街道已陷入一片火海。邊跑邊回頭看，黑暗中像飛箭般的無數燒夷彈如雨降下，延燒的火勢愈演愈烈，宛如噴火龍從赤紅炙烈的火海裡抬起鐮刀似的頭瘋狂舞動著。火焰詭譎地照映著覆滿夜空的無數B29的機腹。

終於跑到愛宕山時，新橋一帶整片的火焰幾乎要把夜空也燃燒殆盡，一陣陣轟隆隆的火焰爆破聲不停傳來。

真是太過分了。

鈴子她們到底做了什麼壞事？

為了保護鈴子她們，軍人和士兵前赴戰場，換句話說，大家都被迫前往海外，不在國內。她們生活的東京雖然是這個國家的首都，也是天皇陛下所居之處，但如今這裡只剩下老爺爺、老奶奶，還有婦女和孩子，盡是些沒有武器也沒有力氣的老弱婦孺。然而美軍卻只會攻擊這些手無寸鐵的弱者，反覆轟炸，毫無分別地想燒毀一切，這實在太過分了。美國是打算消滅日本吧！消滅這個國家，這個神的國度。

——這個國家的大人也一樣。

但這卻是無法大聲說出口的事。鈴子心底明白，並且有著深切的感受。她自幼即被反覆教誨日本是神的國度，歷史上從不曾敗給其他國家，因為日本是神眷顧的國家，在緊急時刻，一定會有神風吹來日本。但是，經歷了如此悲慘的時日，神風可曾吹過？被稱為軍神的偉大軍人一個接一個玉碎殞落。雖說我國皇軍總是勇猛果敢地抗戰，但為什麼大家只能眼睜睜看著鈴子她們生活的城市被夷為平地，束手無策。

大人們是不是對鈴子隱瞞了什麼？說到底，日本的大人也太過分了吧！

快要升上尋常小學前，鈴子她們就被迫實行「一湯一菜」，空腹是理所當然的，她們被告誡為了保衛國家得忍耐飢餓，勉強度日。每天被灌輸的是一億總火球、守備後方國土、準備本土決戰等口號。必須從早到晚想著在戰地奮戰的士兵，製作慰問袋，同時不忘心懷感謝，祈求他們武運長久。

日常生活中，她們非不得已不使用瓦斯和電，即使是一根針也不浪費，還學會了不使用肥皂也能去除衣物汙垢的方法，盡是破洞的襪子一再修補繼續穿，而且有空地就種蔬菜。在學校每天接受嚴苛的訓練，練習刺竹槍。比起老師，軍人更囂張，男孩即使沒做錯任何事也隨時會挨揍。

學校關閉後，守護城鎮變成孩子們的任務，在大人的命令下，除了夜間巡邏外，也要幫忙分配物資，或是挖防空壕、參加防火訓練，什麼都得做。

奢侈享樂是大敵。

除了戰勝，什麼都不要。

小心火燭更勝百條幫浦。

不論年紀大小，每個人都得為國家奉獻一切，連錫製玩具也要全部捐出來，對勞動動員不能有任何怨言。

燒夷彈只要熄滅就沒事！

空襲來了！備好水、口罩，關上電源。

看到燒夷彈立即上前撲滅！

她們一直被如此訓誡。空襲一點也不可怕。

但實際上這些一點都派不上用場，不是嗎？不論是什麼樣的敵人都拿天皇之國沒辦法，日本的野鷹部隊必然迎戰反擊——她們對此一直深信不疑。然而，美軍一旦派出驚人的巨大戰機B29，幾十架甚至幾百架編組成隊、在三天內集中來襲，就能輕鬆投下火雨般的燒夷彈。一開始就燃燒墜落的炸彈，該怎麼以接力傳水的方式來滅火呢？那樣巨大且在空中飛行的B29，鈴子她們光揮動竹槍又怎麼能刺中呢？

「應該在這附近才是。」

母親停下腳步望著四周。幾乎所有的東西都被燒毀殆盡，連個標的物都沒有，完全認不出到昨天為止暫住的地方。何況原本就是還住不到一個月的地區，也沒有什麼讓人印象深刻的風景。

「我應該沒記錯路才是。」

這樣的日子到底還要持續多久？到底哪一天才能在同一個地方安心住下來，才能飽食熱騰騰的白米飯，才能泡到乾淨又夠熱的洗澡水、睡在潔淨的棉被裡，而且能換上睡衣再入眠呢？要到哪一天才能不必因隨時都會響起的警戒警報和空襲警報而提心吊膽，不必再忍受空腹飢餓，能一覺安心睡到天亮？這些願望是不是太奢侈了呢？

即使等到了這一天，卻有許多東西再也回不來了。

父親、姐姐、哥哥們都在一起，千鶴子也健在的一家團圓景象，本所[1]家的熱鬧餐桌，現在已成了遙不可及的夢。

太過分了，太過分了。

到底是誰這麼過分？

美國嗎？

英國嗎？

真的嗎？

啊，肚子好餓。是誰都無所謂了，什麼都好，有誰能讓我好好地吃個飽？

「啊！」

這時傳來了總是像梗在喉頭般的獨特沙啞聲音。有個男人在燒光的原野彼端揮著手。是宮下叔叔，沒錯。前方的母親背影略略伸直，腳步接著加快。

「太好了！」

往前直驅的母親的身影，幾乎要倒向宮下叔叔身上。叔叔帶著笑容迎接上前的母親。

「妳們沒事啊！」

「還算幸運。」

「小鈴也沒事嗎？沒有受傷吧？兩個人都平安無事吧？」

鈴子盡力勾起嘴角，想展露「微笑」的表情。

「這次真是讓人嚇破膽啊。雖然沒有三月那麼嚴重，但今後的情況還是相當險峻。而且範圍愈來愈大，連本鄉到牛込一帶都被殃及，麻布和杉並附近也是。據說連皇宮也有一部分受到攻擊。」

母親氣若游絲地回道：

「連皇宮也受到攻擊啊……我們如果不向人求助，根本無法獲救。」

「總之沒事就好了。我已經找到新的住處。照目前的狀況來看，先到先贏，我們快走吧。」

「……感謝你再三幫忙。」

「我們要到目黑，原本的屋主早就已經疏散了，按慣例似乎是出租再轉租的樣子。問了鄰居也沒有人知道。屋況似乎還算好，應該能住得慣。」

譯註

1 本所：東京墨田區西南區的舊地名，是關東大地震及東京大空襲時遭受嚴重災害的地區。

宮下叔叔拍了拍深深低頭道謝的母親肩膀，並且把笑臉轉向鈴子。鈴子也學母親彎腰到呈直角，背後的行李不由得滑落。

「那就走吧。」

鈴子心裡當然明白，要不是宮下叔叔在，母親和自己絕對活不到今天。三月以來，每次房子因空襲而燒毀，都是靠宮下叔叔幫忙才找到下一個落腳的地方。身無長物、不斷搬遷的她們，每次總能收到最低限度的生活用品及維生的食物，也全仰仗宮下叔叔在經營買賣的同時，和軍人及警察暗中交易。

鈴子一直以為全日本的人現在都挨餓度日，但聽到的傳言卻不是這樣，聽說警察和軍隊的倉庫有著充足的食物和衣物，所有的物資都很充沛。為了要守護國家，在前線抗戰的人當然不能餓著肚子，因此先得確保軍人的糧食。叔叔有門路，所以能分到一些食物，也有人脈能立即找到空房子。正因宮下叔叔適時伸出援手，鈴子她們才能活到今天。

但是……

宮下叔叔不是她的父親，今後也不可能成為她父親，因為宮下叔叔有妻子也有小孩。去年因空襲死去的光子姐死前說過一番話，她宛如預見自己即將不久於人世，因此特意從夫家來見鈴子，託付遺言。

——所以呢，小鈴，妳可要替姐姐牢牢看好母親喔。

「……看好母親什麼呢？」

「就是啊……」

兩人面對面，彼此的膝蓋近到幾乎要貼住，光子姐揹著嬰兒壓低聲音。

「不要讓鄰居說些閒言閒語。」

「什麼閒言閒語？」

姐姐一臉焦急，眉頭緊蹙，反覆說著「就是……」。

「父親離開了，肇也成了英靈，我們是英靈的遺族，絕對要堂堂正正地活下去，不能做出丟人現眼的事，落人口實。如果讓外面的男人自由進出我們家，肯定會被說三道四的。」

所以呢，當宮下叔叔來家裡時，妳要盡可能找藉口早點回家，也要想辦法盡量不要讓他們兩人獨處，光子姐這麼說。

「要怎麼找藉口、怎麼想辦法……鈴子不明白。」

「這個嘛……像是小千肚子痛啊，好像有點發燒啊，或是今天學校老師說要來家庭訪問等等，總之找什麼理由都好。如果做不到的話，叔叔和母親說話時，妳一直待在旁邊不要離開就是了。」

「但是……」

鈴子半鼓著臉，往上斜睨著姐姐。

「大家總是說，大人說話小孩不要插嘴不是嗎？如果他們這麼說，我和千鶴子就非得出去不可了。」

鈴子依然清楚記得姐姐那時的表情。光子姐一副非常苦惱的樣子深深嘆了口氣，接著開口道：

「那麼，小鈴，我這麼說吧……」並把手伸到鈴子的膝上。

「如果母親的肚子又大了起來，妳有什麼想法？」

「咦？」

「也就是說，如果母親又生小嬰兒，妳怎麼想呢？父親明明過世了，而且又是這樣的時局。」

鈴子完全不明白光子姐要表達什麼，但先不管腦袋怎麼想，她倒是直覺地浮起嫌惡的感覺。我討厭那樣，別開玩笑了。

「鈴子，妳聽我說。我們的母親絕對不是意志堅強的人。肇要出征時，附近鄰居不是都聚在一起揮動日之丸旗、喊著萬歲嗎？當大家祈求著武運長久、異口同聲說著『請勇敢迎戰』、『絕不能有活著回家的想法』時，只有母親泣不成聲，說什麼『肇真是太可憐了』，之後鄰居們就在背後七嘴八舌地說：『能為國而戰是多麼光榮的事，怎麼會可憐呢？』、『不能以開朗的笑容送年輕人出征嗎？』」

肇哥是我們家的大明星，頭腦好、個性善良，長得高大俊秀、一表人材，是我們最自傲的哥哥。認識肇哥的人都認為只要他有意願，將來沒有從事不了的行業。但肇哥去了滿洲不到一年，就化成骨灰被放進小盒子裡送回來。那時母親的悲痛鈴子也記憶猶新，當時她們正好熬過了父親因交通事故死去的七七四十九天。

「不論再怎麼哭喊，父親和肇也不會再回來了，所以我們一定要好好振作，如果匡再有什麼意外，我想母親這次真的會崩潰……」

或許她就再也無法維持正常人的樣子了吧，光子姐低聲說著。鈴子感到雙手有股毛骨悚然的感覺直湧上來。

「母親在你們面前拚命忍耐，但她其實是個不依靠別人就無法活下去的人。我當然也能理解母親的心情，但是……」

在晚秋柔和的夕陽餘暉照映的房間裡，姐姐的目光從鈴子身上移開，在壁櫥旁凝視著窗外漸近的晚霞呢喃著。她是身旁沒有男人就無法自立的個性吧。正因為如此，比起我們這些孩子，父親更擔心母親，絕對不讓母親離開身邊——那時的景象和姐姐的側臉，至今依然鮮明地印在鈴子心裡。

「小鈴，妳怎麼了？還能走嗎？再努力一下喔。」

鈴子因宮下叔叔的聲音而回過神來。

「雖然很想讓妳休息一下，但在這種情況下，如果被誰搶先占去就麻煩了，而且先找地方落腳總是比較安心。從這裡還得走上好一段路呢。」

光是站在宮下叔叔身旁，母親的心思就似乎都在他身上了。剛剛還面無表情的母親，現在眼底已經回復了往常的溫柔，看到她這副模樣，鈴子決定什麼都不說了。

確實被光子姐料中了，母親沒有宮下叔叔在身邊是不行的。

但是，已經無所謂了吧？那些愛嚼舌根、愛探人隱私的鄰居們早就因那場空襲而分散各處，甚至生死未卜。現在不論是誰，能平安度過今天就已經謝天謝地了。像母親這樣獨自一人無依無靠、擔心害怕，要依賴誰或和誰交好，不會再有人關心了吧？最重要的是，鈴子她們因為這樣才能活到今天，這可不能忘記。

光子姐他們雖然很可憐，但在世時不必遭受這樣的苦難，或許也算是一件值得慶幸的事。

啊，天氣真好。被夷為平地、空無一物的東京，視野遼闊，一望無邊。來回四處張望，怎麼看都不像能再次居住的地方了，但還是有人在焦土中分開成堆的瓦礫，在僅有的空地上撿拾燒剩的木頭，搭起組合屋。

3

二宮鈴子出生於昭和六年八月十五日的東京市本所區，父親經營貨運公司，家境相對富裕，而且自小就生長在人來人往的熱鬧環境中。

仔細想來，鈴子理所當然從未懷疑過「明天」會來到，每天快樂過日子，沒有任何煩惱，但這樣的生活只到童年為止。在稍微明白世事的年紀，戰爭的腳步便已悄悄接近這個國家。雖然這是後來才知道的事，但事實上，鈴子出生不久後就發生了滿洲事變，日本已進入將各地的士兵送往中國大陸的時代。

即使如此，鈴子年幼的記憶中，每天的生活仍在和平中度過，城裡依然是熱鬧的光景。只是在被大人牽著手走在街上時，街頭的收音機會傳來英勇的樂曲，來找父親的客戶嘴裡時常吐出「滿洲」或是「上海」等地名，這些模糊的印象倒也殘留在記憶裡。

二二六事件發生於昭和十一年。當時四歲的鈴子只記得當天東京下起了大雪，她和姐姐及哥哥們在雪地裡堆雪人、造雪屋的快樂光景。同一年夏天，柏林舉辦了奧運，他們一家圍在起居室的收音機前，專注聆聽實況報導，她還記得大人們反覆吶喊著「前畑加油！」的聲音。

父親是個愛好藝文活動的風雅人士，也喜歡看戲和相撲，每個月固定一兩次帶著全家人一起到淺草或日比谷等地出遊，觀賞金語樓[2]、榎本健一[3]、古川綠波[4]等人演出的喜劇，或是到電影院看電影。結束後全家會到西餐廳吃頓大餐再回家，鈴子最喜歡的當然是「兒童餐」。

「鈴子最方便了，馬上就能決定，不像其他女生都要猶豫好久。」

「但是長大後就不能再點兒童餐了喔，不久後八成也要開始猶豫囉！」

不論進到什麼店，母親和光子姐總是盯著菜單、煞是煩惱的樣子，只有鈴子完全視若無睹，逕自大聲喊著：「兒童餐！」這總是讓哥哥們開心地拿來說笑。姐姐也會露出淘氣的神色瞪她一眼，接著不由得笑出聲，而看到這一幕的父親往往也會跟著笑了出來。

當時鈴子的夢想是成為電影明星。雪莉・譚寶[5]和當時有「日本譚寶」之稱的小悅，是最受歡迎的童星，鈴子也夢想成為小悅，每天攬鏡自照，對星途深深嚮往。收到小悅的唱片時，她總想像自己化身為小悅引吭高歌，甚至在兒童房的牆上貼著譚寶的海報，每天欣賞。

在這樣的日子裡，她知道日本和中國開戰了。時而看見城裡各處準備出征的士兵及目送他們上戰場的人們，而且每次都會響起「萬歲」的高呼聲。她接著還被教導要在心底祈求士兵武運昌盛、早晚對著神壇合掌，同時要體恤出征軍人的家人，並致上慰問之意。不只是人多的地方，連住家附近和郊外等地，縫製千人針[6]的女性都增加了。

鈴子升上尋常小學二年級時，也就是昭和十四年春天，世界最頂級的海軍新型戰鬥機出現了。

「這架戰鬥機能恣意在天空遨翔，擊退敵軍，保護我們日本，擁有讓日本成為世界第一強國的力量。」

老師在黑板上寫下偌大的「世界第一　海上的戰力」，當時擔任班導的男老師望了一圈底下的學生後，對著男同學說，從今天起每天要拚命學習，將來務必像鷹一般乘著這架戰鬥機在天空遨翔，培養出將敵軍一網打盡的勇氣和魄力，成為英勇的軍人或士兵。鈴子望著老師，心想著老師會怎麼對女同學說教，沒想到老師什麼也沒說。

2　金語樓（1901-1972）：日本喜劇演員、單口相聲家。
3　榎本健一（1904-1970）：日本演員、歌手，有日本喜劇之王的稱號。
4　古川綠波（1903-1961）：日本喜劇演員、編輯、散文家。
5　雪莉・譚寶（Shirley Temple, 1928-2014）：又譯秀蘭・鄧波兒，美國童星。
6　千人針：二戰期間，日本女性縫製給出征士兵的護身符。

從那時起，四處可看到街頭上張貼著「拒絕燙髮」的傳單。當時還沒嫁人的光子姐總是留著長髮，並且燙成美麗的波浪狀，花上比平常人多一倍的心思照顧頭髮，後來卻被冠上「非國民」[7]的罪名而暗中哭泣，最後忍痛把自己最自傲的長髮剪短。此外男同學也被迫理成光頭，原本在大學打棒球的肇哥雖然不成問題，但中學五年級的匡哥也在院子裡被肇哥理成了光頭。匡哥總是把將來要成為小說家的夢想掛在嘴邊。

「嘖！理成了這副德性，是要怎麼扮成文人雅士呢！」

剪完頭髮後的匡哥照著鏡子，撫摸著鏡子裡光溜溜的頭，不停抱怨。

全都是為了國家。

不論是在家裡還是學校，他們反覆聽到同樣的事。不能有怨言，也不能回嘴。要想著為國家上戰場打仗的士兵，一切都要忍耐。當時的鈴子一天總是要問上好幾次「為什麼」、「怎麼回事」，結果這樣的癖好也被無端禁止。

「這是好事。畢竟這樣的癖好如果不趕緊改過來，之後可能會有可怕的特務來把小鈴帶去警察那裡喔。」

「為什麼？」

「又來了，都說不要再問了。」

每當母親以更加嚴厲的口氣斥責鈴子時，鈴子總暗自在心裡想著「太過分了」，既然知道原因，為什麼不告訴我呢？還是大人也有不知道的事呢？其實是回答不出來所以才這麼說的吧。

但在被母親這樣告誡之前，其實學校裡的氣氛就明顯改變了，已經無法輕易問出「為什麼」，沉重的氛圍籠罩著校園。如果問得不夠小心，還會狠狠招來責罵，被要求閉嘴，或是遭到怒斥「你這是在回嘴嗎！」然後被叫去罰站。他們也可能突然被叫到操場上集合，由老師訓誡著「小心點」、「識相點」、「腦袋清楚些」等，被迫不斷聽著相同的訓話。

為什麼非得做這些事呢？反正女生又不能開戰鬥機，也不能為了國家出征打仗。

隨著嗶嗶的哨子聲一左一右大大揮動著手臂、抬高雙腳在校園踏步行軍的同時，鈴子的腦袋盡被這些疑問占據。

「喂，你覺得呢？盡讓我們做那些事，真的對我們有用嗎？」

在放學回家的路上她曾詢問同學們，但沒有人回答鈴子。

「既然老師這麼說，照著做就好啦。」

「可是……」

「就算說不想做還是得做吧，乾脆別說東說西，就照做吧。」

「就是啊，不照著做又要挨打了。」

「反正比起動腦念書，身體訓練輕鬆多了，不是嗎？」

其中也有學生一派輕鬆地這麼回答。

總之不要想東想西，照大人說的做就好了。每天被迫練習行軍，鈴子也漸漸習慣了。不論聽到什麼，只要回答「是」就對了，然後要立即行動，聽到快跑就跑，聽到停下來就站住。大人說的絕對是正確的。

進入秋天後，歐洲也開戰了。接近歲末之際，頒布了「不能吃白米飯」的規定，最多只能搗成

7 非國民：在二次大戰期間的日本特指不遵從國家指示、違反國民義務的民眾。

七分糙米，因為全都去殼成為白米的話會減少「飯量」。如此一來才能節約，把更多米運送給和敵軍作戰的士兵，讓他們吃飽。

真是太無趣了。

鈴子最喜歡煮得晶亮的白米飯，那甘甜又彈牙的口感，現在已經嚐不到了。而且飯裡加了愈來愈多豆子和菜葉，讓飯變得更難吃，用烏龍麵和麵包取代白米飯的頻率也大為增加。

戰爭為什麼不快點結束？不結束的話，就無法吃到白米飯了。

當肚子餓得咕嚕咕嚕叫時，鈴子已經不再對誰口出怨言，只是自己悶著頭思考。有時甚至夢見自己大口吃著晶瑩白米飯做成的飯糰，醒來時感到無比惆悵。

昭和十五年，現今在位的天皇遙遠的祖先神武天皇被供奉為日本最早的天皇，也就是說，日本這個國家自成立以來已有兩千六百年的歷史，他們向來被這樣教導。正因在這麼漫長的歲月裡，有身為現世神的天皇守護，日本才得以成為世界第一的不敗之國。即使如此，白飯卻變得愈來愈難吃，糖和火柴都愈來愈難入手，母親也經常感嘆：

「妳看，火柴的梗都是松葉，根本就點不著。」

看著無奈喟嘆的母親和手上搖晃的微弱柴火，鈴子感到莫名不安。

真是太奇怪了。

明明是神守護的國度，為什麼快樂的事一天天減少，而且感到愈來愈窘困。明明對鈴子她們說「大家要和樂相處」，為什麼日本卻要和別的國家打仗呢？戰爭不就是吵架嗎？神也會吵架嗎？

「聽好了，從現在起不能使用有片假名的詞。」

有一天上課時，老師突然這麼說。有片假名的詞是來自敵國的語言，換句話說，在日本是低等的、不入流的詞，所以今後盡量不要使用。
休息時間及放學後，男孩們總是談論的職業棒球隊的名稱，也一個個被改成了漢字書寫的日本名稱。音樂課學習的西洋音名被改成日文的音名，聽慣的收音機新聞「紐斯」也被換成「報導」，鈴子最愛的「蘇打」被改成「噴出水」，收錄小悅歌聲的唱片「雷古多」是「音盤」[8]，連母親最愛的歌手「迪克．米內」[9]也更名成為「三根耕一」。
真是奇怪。
當到上野動物園遠足時，看到肚子上有袋子的更格盧[10]被改名為「袋鼠」時，鈴子不禁有感而發。真的太奇怪了。更格盧根本一點都不像老鼠，被稱為袋鼠，就不像原本的更格盧，感覺一點也不可愛啊。
每天每天，這般無趣的事漸漸增加。即使是普通的遊戲，只要鈴子不小心說了些什麼，肯定會招來「不應該說這種話」或是「會被老師罵」的斥責，總是得小心翼翼，戰戰兢兢。
這樣的日子裡，當然也有快樂的時候。那就是母親生下了嬰兒，是個女孩。對鈴子來說，至今只有年齡差距頗大的哥哥姐姐，她一直希望有個妹妹或弟弟，如今終於一償夙願，高興得不得了。望著被命名為千鶴子的妹妹安詳沉睡的模樣，鈴子百看不厭，忍不住想戳戳她柔軟的臉頰，或想把

8 「紐斯」即為news（ニュース），「蘇打」即為soda（サイダー），「雷古多」即為record（レコード），日文中皆以片假名表記，故為敵國語。
9 迪克．米內（Dick Mine, 1908-1991）：日本爵士歌手與藍調歌手、吉他手、演員，德島市出身。譯詞、編曲時以本名三根德一表示，第二次世界大戰時，因禁用敵國語而將藝名改為三根耕一。
10 「更格盧」即為kangaroo（カンガルー），當時同樣是以片假名表記的敵國語。

她握著拳的小手張開，好幾次都把小妹妹弄哭，招來母親的一頓罵。小妹妹就是可愛得讓鈴子不得不逗弄，但來祝賀的親戚和附近的鄰居卻說：「要生的話就該生個男孩才是。」

「為什麼小千不能是女孩呢？」

當客人走了後，鈴子終於忍不住問父親，卻換來父親一句：「鈴子，妳又來了。」他面有難色地看著鈴子，最後靜靜地笑了。

「母親不是說了嗎？不能一直問『為什麼』了喔。」

「可是……小千明明那麼可愛。到底是為什麼嘛？」

「因為啊……如果是男孩，將來就能為國家上戰場了啊。」

父親溫暖的大手放在鈴子的頭上，笑著彎腰對她加上一句「這是祕密喔」。

「父親認為嬰兒是女孩很好對吧？」

鈴子真的很喜歡那時候的父親。

囤積物資是大敵。

心念戰地的士兵。

緬懷十萬尊貴的英靈。

消滅黑市的交易。

城裡各處盡是看板和傳單，還組成了稱為「鄰組」的單位，如果不好好參加集會就無法獲得配給物品。此外也有由兒童組成的鄰組，鈴子同樣被迫參加。由年長的孩子發號司令，教導年幼的孩子，即使身為孩童也要盡量幫忙大人，或發給大家寫在紙上的標語，要所有人齊聲不斷地唸出來，還得練習立正站好。鈴子最討厭這種集會。

隔年，鈴子就讀的尋常小學更名為「國民學校」。全部的物資都變成配給制，更遑論「想吃那個」或「想要這個」，這些話再也無法說出口。根據大人說的，美國對日本的制裁愈來愈嚴苛，連石油都不再運送到日本，想讓日本就此成為不毛荒地，似乎認為這麼做他們就無法再打下去了。但為什麼身為神之國的日本會被這樣惡意對待，鈴子完全無法理解。

「美國真是讓人憎恨的國家啊！」

「一定要徹底教訓他們才行！」

「讓他們見識大和魂的厲害！」

連學校的同學們都憤恨地這麼說。防空訓練也是這時候開始的，準備好母親縫製的棉質防空頭巾和緊急避難袋，一聽到防空鈴響，就戴上頭巾、揹著避難袋準備逃難。

「要避什麼難啊？」

鈴子曾一度問過坐在隔壁的勝子。

「妳真笨啊，當然是美國佬啊。」

勝子的媽媽是向島的藝伎，以前勝子曾偷偷把美麗的布料做成的小東西還有媽媽的香水瓶等帶到學校給鈴子看，鈴子生平第一次聞到香水的味道，簡直令人陶醉。母親和姐姐不曾使用過香水，那香氣宛如要將人帶往另一個魔法世界。

「敵人不是只有美國佬，總之，敵軍們今後不知道有什麼舉動，我們最好機靈點。」

勝子說話的口氣和鈴子不同，雖然同年級，但她長得比鈴子高大，也知道很多事情。

「除了美國，還有其他敵軍？」

「妳不知道嗎？英國也是敵人啊。我媽說啊，那些人真的會做出將匕首抵住我們脖子的事喔！」

「匕首是什麼？」

「不知道。」

日本攻擊夏威夷珍珠港就在這一年的歲末。

4

和中國的戰爭尚未結束，又爆發了新的戰爭。「我國皇軍快速進擊，獲得接二連三的勝利……」收音機每天都會傳來「大本營」的廣播。鈴子她們每次都聽得大聲歡呼，這麼看來日本勝利在望，不管是美國還是英國，日本士兵會把欺負日本的國家全部打倒。真希望這一天早日到來。

然而事與願違，昭和十七年的春天，美國的飛機突然來到日本上空，投下許多炸彈。鈴子居住的地區雖然沒事，但不只是東京，其他各地方的城市也都遭受炸彈攻擊，不但家園被摧毀，更有許多人因而喪命。鈴子聽到父親和母親這麼說，大為吃驚。

「日本不是勝利了嗎？為什麼美國可以這麼做？」

「鈴子妳又來了。」

父親露出之前不曾有過的難色。

「到底是為什麼？」

「……到底是為什麼呢？」

真的來了。

敵軍。

天空真的落下了炸彈。

光想像就讓人心生恐懼。如果現在抬頭看見天空降下巨大的炸彈，要怎麼逃命呢？一想到就讓人心慌意亂，夜不成眠。

而後是悲劇的一再上演。

首先是肇哥被徵召入伍。他比鈴子大上一輪，是家裡的明星，和父親一樣高大又溫柔。哥哥有時讓鈴子騎在肩上，有時指導鈴子念書，光是牽著哥哥的手在附近散步，都讓鈴子感到驕傲。出征時，肩上斜掛著背帶、一副莊重的姿態在眾人目送下的哥哥，比平常更要正氣凜然、雄壯威嚴。雖然母親幾乎泣不成聲，鈴子卻以哥哥為傲，相信他一定會立下許多功勞，戴冠而歸。

前一年光子姐已出嫁，肇哥又出征，家裡變得特別寂靜，偏偏年底父親又遭逢交通意外過世——當時他搭乘的車子引擎故障，沒想到軍車突然撞了上來。事情實在來得太突然，鈴子根本搞不清楚發生了什麼事，被大人拉著手趕到醫院時，只看到怎麼喊都不再張開眼睛的父親躺在病床上。如此而已。

父親學生時代的好友宮下叔叔後來就時常來家裡。父親原本就不是東京出身的，在東京沒有所屬的寺院也沒有墓地，聽聞父親死去的消息趕來的宮下叔叔立即決定了下葬的寺院，並喚來和尚誦經。所有葬儀的安排都由宮下叔叔一手打點，他還安慰因悲傷而淚流不止的母親，鼓勵還是大學生的匡哥，撫慰鈴子，抱起什麼都不懂、滿臉笑容的千鶴子。最記得宮下叔叔的是趕回娘家來的光子姐。

「小匡剛學會走路時我還常來，後來我也忙碌了起來，自然就不常上門拜訪。沒想到二宮竟然這麼早就走了。」

宮下叔叔的聲音帶點沙啞，說話時卡卡的特殊嗓音，讓聽的人會不自覺想要清喉嚨。他以這樣的聲音表達「真是太遺憾了」，並握緊拳頭表示悔恨，之後的七日祭和二十七日祭也都來向父親上香。

在忙亂當中一年又溜走，父親的四十九日祭剛過時，肇哥也化成了骨灰被送回來。措手不及的噩耗，太過無常的命運，讓母親真的倒下了，從早到晚在被窩裡哭個不停。

「你得振作起來才行啊！」

宮下叔叔把手放在身穿學生服的匡哥肩上。

「妹妹們還這麼年幼，你要代替父親和大哥，好好撐起這個家。」

想起那時家裡的事，昏暗空洞的房間裡，只剩飄著線香的記憶。以前充滿陽光、音樂，笑聲不絕於耳的鈴子家，變成了空洞、悲傷又寂靜的空間。不只是父親的書房和肇哥使用過的房間，每個房間的天花板四角都晦暗無光，連白天也有一股暗黑迫近的不吉祥感覺。比起低年級時，即將滿十一歲的鈴子心裡感到「太過分」的想法愈來愈強烈。

真的太過分了，不是嗎？

明明鈴子他們什麼壞事都沒做，為什麼非得遭受這麼悲慘的對待。

母親在宮下叔叔的建議下，結束了父親的公司，畢竟戰爭再繼續下去，東京會變成什麼模樣，誰都不敢想。加上肇哥過世了，現在只好等匡哥成為獨當一面的大人，員工中被軍隊徵召的人愈來愈多，也無法把事情全部委任給以前就在公司任職的人。

「不用擔心，就算公司沒了，小鈴和小千的嫁妝，這點積蓄還是夠的。」

不久後，在家裡幫傭的姐姐們也辭職返回自己的家鄉，於是母親什麼事都得自己來，鈴子很擔心她要是有個萬一，後果不堪設想，所以也拚命幫母親的忙。鈴子只是一心祈禱不要再發生雪上加霜的慘事，不想再經歷這般的痛苦。

但鈴子的祈禱似乎一點效果也沒有。到了十一月，連匡哥都必須以學生的身分出征前往戰場。明明還是學生，照理說應該不會被徵召的，但聽說這個國家打仗的人數已經不夠了。

「我應該回不來了吧。這個國家的未來，也沒有人能掌握了。說到底，當初根本就不應該掀起戰爭的。」

出征前，匡哥整理著自己的行李說道，與其說是對著站在房門口的鈴子說，更像在自言自語。

「仔細思考就會明白了。連身為這個國家未來主人翁的學生都得被徵召，命喪各處，到底是怎麼想的啊！這樣的事是不可能發生在正常發展的國家啊！」

匡哥吐出了心底的怨氣後，抬頭看著鈴子。

「鈴子，妳要好好活下去，不管發生什麼事，都要替我好好看著這個國家的未來——或許我已經看不到了。」

「……哥哥。」

「如果是個明亮美好的未來，就好好享受，相反地，如果變成一個糟透了的社會，也絕不能認輸。到底是誰讓國家變成這樣，妳絕對不能忘，要永遠記得這個國家的大人所作所為招致的一切後果，究竟會變成什麼樣子，一定得代替我親眼見證。」

「……想看的話，哥哥用自己的眼睛看吧！千萬不要死，好好活著回來不就好了。」

鈴子明白自己不應該這麼說，但是卻控制不了自己。匡哥只是苦笑著回道：「妳說得沒錯。」

家裡變成只有母親和鈴子、年幼的千鶴子三個人過活，鈴子不但被迫參加學校的勞動動員，放學後的晚上還被叫去鄰組的集會，又得幫忙照顧千鶴子，忙得團團轉。一想到肚子明明很餓卻還得這樣勞動，心裡那股「太過分了」的想法便始終揮之不去。

但是，只要忍耐到勝利就好。

日本勝利的那一天。

不管現在得做些什麼。

每當想要抱怨時，她就會像唸咒般在心裡反覆著相同的話，從咬緊的齒縫間不停喃喃自語。非得忍耐不可。她每天一心一意地不停祈求，因此，日本絕對不會輸的。

從小一直樂在其中的《少女俱樂部》雜誌，內容盡是變成非常時期應如何自處的心境轉換文章、戰地士兵的報導，還有成為英靈死去的軍人活躍的故事。不管翻到哪一頁，不是說明如何從短缺的食物中攝取必需的營養，就是討論要在慰問袋裡放些什麼，戰地的人才會感到高興。以前會刊登的美麗的外國照片、讓人心情雀躍的故事、不可思議的動物介紹等全都消失了。真是掃興至極，但只要自己還在做這種好夢，戰爭就不會獲勝，鈴子只能如此告誡自己。

在這般咬牙忍耐下度過每一天，她們深信日本軍隊在各處都告捷，沒想到昭和十九年秋天開始，東京也成為空襲攻擊的目標。真正見識到空襲警報持續響起、飛機投擲炸彈的樣子後，她們就再也無法思考任何事情了。

剛產下嬰兒的光子姐和小嬰兒，在婆家因為一顆突然轟隆落下的炸彈而化成了灰燼。鈴子「愣怔」地聽著這項消息，而母親也一樣「愣怔」，之後雖然想要調適自己的心情，但炸彈依然每天落在頭上，她的心思全被要如何逃命占滿。

鬼畜美英。

鬼畜美英。

這個字眼真是太驚悚了。換句話說，美國人和英國人都是魔鬼、都是畜生，根本不是人，因此日本絕不能退怯，也不用對他們留情。在鈴子她們的眼裡看來，宛如要打退的真的是惡鬼。這時，傳來日本組成了「神風特別攻擊隊」的消息，空中的年輕雄鷹挺身撞擊敵艦以求戰果。

神風特攻隊的任務是駕著飛機連同自身去撞擊敵艦，也就是說，雖然能擊潰敵人，但同時也得犧牲自己的性命。鈴子帶著詭譎的不安，望著國民學校的同學大聲宣告自己將來也要為國捐軀的夢想。如果大家都變成神風特攻隊和敵人同歸於盡，即使真的贏了鬼畜美英，日本也都沒有男人了啊！

太過分了。

母親更加頻繁到「黑市」買東西。用布巾包著和服等東西，到世田谷郊外的一般人家外頭徘徊，換取些許食物。雖然家裡只剩下母親、鈴子和千鶴子三人，配給的食物卻沒有一樣足夠。年幼的千鶴子變得瘦弱，一下感冒一下發燒，母親只得死命地想辦法。這時已經完全沒有人要收現金了，母親只好把衣櫃裡的外出和服和素色和服等逐次取出拿去變賣。

「真的太讓人生氣了！要不是我們處在弱勢，那些和服可是很有價值的啊！要不是時局變成這樣，那些都是要留著給小鈴和小千長大後穿的漂亮和服呢！」

包含死去的父親和肇哥的遺物，母親將能變賣的衣物全都包在布巾裡外出，但每次回家卻只換來少得可憐的米、地瓜或白蘿蔔。母親一邊用這些食材做成稀稀的鹹粥，一邊在廚房吐著「只能跪著求別人」的怨氣。防爆紙交叉貼在窗上，因為燈火管制，燈泡也得用黑色燈罩蓋上，家裡變得愈來愈昏暗，看來簡直淒涼無比。

「大家還好嗎？」

在艱苦的生活當中，不只是母親，連鈴子都開始期望偶爾現身的宮下叔叔。因為他每次總是會帶些罐頭來，有時甚至從口袋裡拿出牛奶糖或水果糖等，讓鈴子和千鶴子驚喜不已。

「千鶴子最喜歡宮下叔叔了！」

不記得父親長相的千鶴子，一看到宮下叔叔總是第一個衝到面前抱住他，鈴子也發現母親欣喜看著這一幕的表情和平常簡直判若兩人。不知不覺間，宮下叔叔在燈火管制的黑布覆蓋中摸黑到來、就這麼留宿的日子也不算少。

在這麼艱困的日子裡，昭和二十年三月，東京遭受大空襲，鈴子也因此失去了出生成長的家，以及唯一的妹妹。她心裡苦撐著的一絲希望全部被切斷了。

5

開始在目黑的家生活後，之前每天的空襲像做夢般消失了。即使警戒警報聲響起，再也沒聽到B29令人毛骨悚然的聲音，空襲警報也不再傳來，每天像謊言般平穩無事地度過。稍微走遠一點，仍有許多地區看得到因空襲而燒毀的景象，但現在住處所在的目黑一帶幾乎沒有受到毀損，附近依然有很多老舊民宅，巍峨的樹木枝葉濃綠茂盛。

房子有個小巧的庭院，是西洋風的建築。客廳有著敞開式的大玻璃窗，外面有露天陽台，角落還有一間狗屋。現在雖然變成空殼，但之前這家人肯定養了可愛的狗，鈴子想像著。因為有著延伸出去的大屋簷，即使下雨也不必擔心會被淋濕，母親在這裡晾衣服，鈴子也每天到露天陽台，有時坐在窗邊，有時靠在狗屋旁，幾個小時就這麼溜走，也沒有特別做什麼事，只是呆望著天空。

「小鈴還坐在陽台嗎？」

太陽西沉之前她一直這樣，直到背後傳來了母親的聲音。之前四處遷移時，都是和其他家族同處一個屋簷下，時時得顧慮外人的眼光，但來到這裡之後，幾乎只有和宮下叔叔三人一起生活。關於這件事，母親沒有特別和鈴子說明，鈴子也沒有主動問及。不但沒有過問，最近兩人不論和鈴子說什麼，她總是不想回答。沒有什麼特別的理由，只是覺得有點煩，或是根本無所謂，反正說什麼都沒有意義。以前腦袋裡總是充斥著「為什麼」、「理由是什麼」的想法，如今也消失殆盡。

「來到這裡之後，那孩子好像魂不守舍。」

「因為緊張感突然解除了吧。」

「或許是吧，但如果一直這麼下去，真讓人擔心啊。應該沒有撞到頭啊，感覺好像去看一下醫生比較放心。」

母親低聲訴說著鈴子一天的模樣，暗自擔心——她幾乎不開口和我說話，但也不像聽不懂我的話，只是感覺心不在焉。

「再觀察一陣子吧。在這種時局下，要找到好的醫生也不容易。」

「這我明白，但如果真的生了什麼病，我簡直不敢想啊……」

「妳別胡思亂想，鈴子的臉色沒有不好，四肢也健全，能夠正常生活不是嗎？況且她也有食慾啊，不需要杞人憂天。」

「真的是這樣嗎？」

「這種情況下沒有人能維持正常的，更何況是原本不應該讓孩子看到的場面，她都被迫親眼目睹了啊。」
「……這倒是啊，太殘酷了。」
兩個人愈是壓低聲音交談，談話內容愈是傳入鈴子的耳裡。鈴子想著，自己是不是哪裡壞掉了。但正如母親所說，她的頭並沒有撞傷，也不覺得有什麼地方生病了，只是變成了一片空虛的荒漠，自己也無法明確說明。自從那一天聽到「喀嚓」一聲，把某樣東西切斷了之後，她就一直處於這種狀態。
「如果可以去學校，至少就能交到新朋友吧。」
說到這個，本所的那些朋友們現在不知道怎麼樣了？那一天的大空襲後，每個人都死命尋找著自己的家人，結果大家就這麼分散各地，再也沒見過對方。鈴子至少還有母親在身邊，但他們其中肯定有人失去了雙親和兄弟姐妹，只剩孤伶伶的一人。那些變成孤兒的孩子要依靠誰，今後又該如何活下去呢？
太無趣了。
所有的一切。
這樣的日子究竟什麼時候才會結束呢？神風哪一天才會吹來？要問誰才會有答案呢？
「其實今天有鄰居來邀鈴子，我也在想是不是應該讓她去做勞動服務才好。」
「勞動服務？去哪裡？」
「世田谷那一帶。」
「如果她想去的話當然可以去啦，但沒問題嗎？農作勞動比想像中辛苦多了。」
「但現在可沒有餘裕這麼說了，我們也不能一直給你添麻煩啊。」

再三遭受空襲後，能拿到「黑市」去交換的和服和寶石也已經沒了，現在只能到農家幫忙，分一些蔬菜和地瓜回來。母親在宮下叔叔不在時，幾乎是喃喃自語地說著：

「不能全都依賴那個人，這樣不是長久之計。」

鈴子只是空洞地聽著母親的話，什麼也沒有回答。只是，這麼一來，自己非得趕快長大不可，她在心裡暗暗著急。不論戰爭何時結束，都得趕緊長大、能獨立外出工作才行。為了自己和母親今後的生活，要能不靠宮下叔叔，自食其力。

趕快。趕快。

新的一天到來，鈴子只是發呆望著天空，想著相同的事。不知不覺間，晴朗的日子變少，取而代之的是連續的梅雨天。

「終於接近一億玉碎的日子了。」

宮下叔叔說這話時已接近六月底，「義勇兵役法」剛頒布，今後十五歲到六十歲的男性以及十七歲到四十歲的女性全都要為國家獻出生命，必須加入國民義勇戰鬥隊共同作戰——也就是這個國家將會只剩下小孩和老人。母親已經年過四十，不必加入義勇兵，但鈴子三年後就得赴死。原本等不及想早一點長大成人，然而現在看來，早一天長大就等於早一天死去。

真的太過分了。

回過神來，夏蟲已經開始唧唧鳴叫。再過三年就要赴死，也就是她只能再度過三次的四季，這個想法占據了鈴子的每一天。換句話說，三年後母親就會變成孤伶伶的一個人了。到時她的年紀比現在要大，卻變得孤苦伶仃，母親要怎麼辦呢？那時宮下叔叔還會在身邊幫助她嗎？

蚊子吵死了。鈴子用扇子拍打，蚊子卻巧妙地脫逃，耳邊只留下嗡嗡聲響。

「母親，有蚊香嗎？」

「怎麼會有那種東西。」

「跟宮下叔叔拜託看看吧。」

「妳在說什麼傻話。就算有蚊香，如果蚊香味吹到外面，立刻就會被發現，鄰居們會怎麼說呢？」

鈴子再也不打算問為什麼了，只是無奈地應了一聲，走出陽台。悶熱的日子依舊，讓人提不起勁，甚至煩悶到完全懶得思考。

那一天從早便暑氣高升，太陽未爬到當頭，已傳來茅蜩的鳴叫，徐徐涼風吹來，氣溫不斷攀升。家裡的窗子全部敞開，熱氣瀰漫屋裡。茅蜩的聲音被嘎嘎或是唧唧的蟬聲取代，讓人倍感炎熱。母親在接近中午時被鄰組的人叫去，說是國家有重要的事情要宣布，大家都必須守在收音機前聆聽。其實母親也叫了鈴子一起去，但鈴子像平常那樣不吭聲，待在陽台望著天空的積雨雲發呆，她於是獨自外出。

「……肚子好餓啊。」

她咕噥道。

雖然這樣的想法不時縈繞在腦海裡，但今天這樣的感受特別強烈。即使是在想像的世界裡也好，真想奢侈地飽餐一頓。

午餐是冷蕎麥麵也沒關係，但下午三點想吃餅乾、喝可爾必思，也想要吃冰涼的西瓜。晚餐最好是散壽司或是中華料理，也可以是鰻魚飯或是炸天婦羅，當大快朵頤、填飽肚子後，當然還得有美味的蛋糕或冰淇淋當飯後甜點才行。

「好想吃啊……」

光在腦海中想像，就已經垂涎欲滴。這些料理是什麼樣的味道和香氣，鈴子已經想不起來了。即便如此，腦裡還是不斷浮現一道道美味的食物。

蛋花鬆軟的蛋包飯、咬下去會發出酥脆聲響的金黃色炸肉餅、搭配醬菜的咖哩飯、鮪魚壽司、雞蛋捲、煮得甜甜的豆皮做成的稻荷壽司、用番茄醬調味的通心麵、沾了滿滿塔塔醬的炸蝦、鋪上筍乾和叉燒肉的中華麵、鎖住了肉汁的熱騰騰包子、放入大塊牛肉熬煮的燉牛肉、母親笑稱是「草鞋大小」的巨大炸豬排、剛炸好的甜甜圈、入口即化的香甜水蜜桃和香蕉、在口裡融化的巧克力、裝滿四方形洋菜的蜜豆，最好再淋上黑糖蜜。還有彈牙的湯圓、香滑入喉的紅豆糯米丸子、淋上滿滿焦糖的軟嫩布丁、柔滑順口的水羊羹。

還有……

還有……

最棒的當然是粒粒晶亮的白米飯捏成的飯糰，裡面放著讓下巴發酸的醃梅子，外面則用酥脆的海苔包著。

玄關傳來開門聲。

回過頭一看，母親已經回來，正站在起居室的中央。她身穿白色罩衫搭配及膝的農夫褲，兩手無力地垂下，鬢角的髮絲散亂，表情恍惚地望著空中。

「……妳回來了啊。」

「……小鈴。」

「母親，妳知道今天是什麼日子嗎？」

「……一切都結束了。」

「今天啊，是鈴子的……」

「日本輸了。」

母親的雙眼空洞，嘴裡只是不停重複著「日本輸了」。啊，蟬聲吵死了。鈴子就這麼靠在狗屋旁，感到農夫褲下的大腿後側冒出了汗水。

「我是說，母親，今天是……」

「沒想到日本竟然會輸……」

「妳在聽嗎？」

「至今為止，所有的忍耐究竟是為了什麼？一切都被犧牲了，咬緊牙關再三忍耐到現在……」

「母親！」

「這個國家竟然輸了……」

「妳聽到我在說話嗎？妳忘了嗎？我說今天是鈴子的生日！鈴子的生日！」

回過神來，鈴子才發現自己的聲音大到似乎不是自己的，母親蒼白的臉轉為驚訝地看著鈴子。

「咦？啊，對了，沒錯。今天是小鈴的生日，真的，竟然在這一天。」

母親的身體像是突然洩了氣，癱坐在一旁的長椅上。鈴子也把木屐脫了，進到起居室。母親像是在數著自己的呼吸，又像是傾聽著鈴子聽不到的聲音，略歪著頭注視著某一點，維持著短暫的沉默。不久後，嘴角才再度微微地牽動。

「……沒錯，是小鈴的生日啊。」

「對啊，鈴子今天要滿十四歲了。」

母親緩緩地點頭，脖子上的汗水閃爍著。花了好一段時間，母親的雙瞳才轉向鈴子，鈴子也默默回望著她。倏地，母親的瞳孔裡回復了好幾年不曾見過的光芒，眨眼的次數增加了，她眨巴著眼睛，每眨一次就像剛醒過來般，蘊含了力量，接著凝視著鈴子、露出了微笑。

「生日快樂，小鈴。」

「……謝謝。」

母親大大地深呼吸，鈴子也跟著伸直了背。

「結束了，小鈴。真的結束了。全部都結束了。」

「戰爭嗎？真的嗎？」

是的。母親以清楚的聲音回答。

「母親和小鈴今後也要活下去，不用再四處逃命，也不會被殺！」

母親慢慢舉起放在膝上的手掌，小聲地喊了聲「萬歲！」看著母親的動作，鈴子才回過神來，總算理解母親話中的含意。

戰爭結束了。

日本輸了。

母親哭中帶笑的臉，持續囁嚅著「萬歲」，鈴子也站在她面前，雙手高高舉起，發出不成比例的、微小的「萬歲」。然後兩個人一齊無聲地不斷喊著「萬歲，萬歲」，無法自己。

這一天正是昭和二十年八月十五日，酷熱的星期三下午。

第一章　新的防波堤

致新日本女性之告示。因應戰後局勢，國家將成立緊急設施，徵求有意參加進駐軍慰安大業之女性，望新日本女性率先挺身協助。召募舞孃及女性事務員，年齡十八歲至二十五歲。附宿舍，提供服裝、餐飲。

1

宮下叔叔隔了四天後才回到家來。在天皇對國民宣告戰敗的那一天，他在深夜歸來，說道：「從今天起我們將面臨重重的困難。」正如這句話所指的，隔天起他就沒有回來過，讓母親不由得十分掛心。

「津多惠，妳不是說想找工作嗎？」

日正當中，身上的國民服背後被汗水浸透，將外頭的熱氣帶進家裡的宮下叔叔接過母親遞來的杯子，一下子喝光後，大大地吐了一口氣，繼續說道：「現在妳還有這個打算嗎？」母親接過喝光的水杯，點了點頭。

「畢竟戰爭結束了。」

「妳是認真的？」

「我們總不能一直待在這個家，也不能一直依靠你的好意過日子……」

「老實說，目前的確有工作需求，而且還很急迫。」

像平常一樣在露天陽台發呆度日的鈴子，看著因外面明亮天色的襯托而顯得更加昏暗的起居室，宮下叔叔正脫下國民服，身上只剩一件汗衫。接著他一屁股坐在沙發上，逕自取出手巾，擦著臉上和脖子的汗水。不過就是坐在沙發上擦汗罷了，為什麼宮下叔叔要發出那麼誇張的聲音？鈴子十分不解。拿著空杯子的母親也默默望著宮下叔叔。

「怎麼樣，要不要試看看？」

「如果我能勝任的話——畢竟今後我得和鈴子兩個人活下去，一邊等待匡回國。」

「可以再給我一杯水嗎？」

鈴子再度望向庭院。他們的對話一點也不有趣。母親的腳步聲走遠又返回。

「妳有積蓄吧？」

「多少是有，但恐怕那些股票和債券現在等同廢紙，況且連住的地方都沒有著落呢。」

「啊，說得也是。住的地方還是仔細想想再決定比較好。」

「也不能不管匡的意見。他是個愛讀書的孩子，說不定會想回學校去。」

「對了，我想到妳以前確實說過，妳會說英語對吧？我記得也聽二宮說過。」

這句話讓鈴子再度回頭望著母親和宮下叔叔。

「會是會，但不到能拿出來說嘴的程度。」

「簡單的會話程度，沒問題吧？」

「怎麼說呢，已經好幾年沒用了，而且不過三、四天前，還被說成是敵人的語言，差不多忘光了吧。」

母親用手梳理著蓬鬆的亂髮，害羞地微笑。自從聽了天皇的廣播後，母親的臉色明顯開朗許多。兩個人那時喊完「萬歲」之後，就像再度活了過來，最大的原因，肯定是這麼一來匡哥就能夠平安歸來了。除此之外，看著現在的母親，鈴子覺得母親對宮下叔叔的態度似乎也有了轉變，雖然說不出有什麼具體的改變。

「不管怎麼樣，只要匡能夠回來，就一定能夠撐下去吧。在這之前，我得和鈴子兩個人好好活下去才行。」

母親的聲音雖然平靜，卻沒有以前那種眼眶馬上泛紅的脆弱模樣。父親、肇哥、千鶴子、出嫁的光子姐，超過一半的家人都過世了。即使如此，只要匡哥能回來，至少還可以有個家的樣子。以前的七角形雖然只剩下三個角，但至少還是一家人，這是母親現在內心的支柱。畢竟只有母親和鈴子兩個人，怎麼努力都還是又短又脆弱的一條線，只能隨波逐流也是沒辦法的事，何況還得靠宮下叔叔的力量。

先不管這些，鈴子至今沒聽說過母親會英語的事。

「母親會講英文啊？」

穿著竹製的拖鞋，膝蓋和手撐在起居室邊緣、身體向前傾的鈴子問道。母親還沒回答，宮下叔叔就搶先一步，眼神銳利地望著鈴子發出「噓」的一聲。看到宮下叔叔用力皺起眉頭的嚴肅表情，鈴子不由得縮回了身體。接著他立即站了起來，要母親「借個地方說話」，便走到另一個房間去了。

一股厭惡感油然而生。大人就是這麼狡猾。

況且我又不是狗，什麼嘛，「噓」個什麼勁兒。

鈴子再度面向露天陽台，坐在起居室的邊緣，看著天空。宮下叔叔那樣的表情，鈴子實在苦於應對，如同對他的聲音。

蟬的叫聲響著，蓋過了其他的聲音。

戰爭真的結束了嗎？真的嗎？確定不會再有炸彈從天而降了？匡哥會回來嗎？什麼時候呢？今後會變成什麼樣子呢？

昨天鄰組拿來的傳閱回覽板上這麼寫著：

「占領軍登陸後，女性盡量不要外出。不得已外出時，請務必穿著兩三件衛生褲，再加上農夫褲，以防止士兵的暴行。」

母親將回覽板拿給鄰居，順道加入了街坊間的談話，最後帶著憂鬱返家。

「據說聽了陛下廣播後的隔天，新宿和上野就聚滿了女人。」

「為什麼？大家準備上哪兒去？」

「……疏散到別處的樣子。」

母親似乎擔心著今後的狀況，喃喃自語，一邊嘆氣一邊用手摩娑著臉頰。

「戰爭不是結束了嗎？為什麼需要疏散呢？還有，剛才的回覽板上寫著要穿好幾件衛生褲，為什麼呢？天氣明明這麼熱。況且我們根本沒有那麼多件啊！現在穿的可是想盡辦法弄來的、見不得人的舊衣服呢！」

鈴子終於回復了以前那種追根究柢的態度，「又開始了，小鈴終於回來了。」母親沒轍地掛著一絲微笑道。

「人家說三歲前的習慣難改，小鈴的質問癖，看來是一輩子改不了了。」

「那有什麼關係！反正戰爭都結束了。」

母親又嘆了一口氣，把雙手齊放在膝上，伸直了背脊道：「聽我說。」

當母親換上一副正經的表情，鈴子就知道自己必須認真地聽母親說話。

「沒錯，戰爭是結束了。更正確地說，是日本戰敗了，我說過了吧？」

和母親兩人面對面正座，鈴子頷首示意。

「戰敗的一方得把國家交出來。換句話說，日本變成了美國的占領地，再過不久，美國的軍隊就會大舉進入。」

「美國？」

「美國人啊，個頭很大喔。雖然同樣是人，但和我們完全不同，白人有著不同的髮色和眼珠顏色，身體也長滿了濃密的毛，聽說就像野獸一樣。」

「……真的嗎？」

「被這些人侵犯的話，日本的女人可是承受不了的。」

「為什麼會被侵犯呢？就算雙方確實曾經打過仗，但那不是男人之間的恩怨嗎？我們女生什麼都沒做啊。」

「……男人就是這種動物啊。」

母親又深深嘆了一口氣。

「尤其像小鈴這種年紀的少女，真的要很小心才行。萬一發生了什麼不幸、不再保有潔白之身，一生就完了。」

不再保有潔白之身。這個詞鈴子以前也聽說過，但那已經是很久以前的事了。記得是光子姐嫁人之前吧？她在嫁人之前曾有過喜歡的人，那時母親叫住光子姐，喋喋不休、神色凝重地訓示了她一番，鈴子剛好站在拉門後聽到了一切。當時，母親是這麼說的——

如果不再保有潔白之身，妳打算怎麼辦？妳難道要為了一時的感情衝動、為了一個身家不明的陌生人，毀了自己的一生嗎？

這番話確實讓當時的姐姐肩膀顫抖，想來八成是哭了。不久後，她透過父親朋友的介紹，嫁給了相親的對象、生了小孩，沒想到卻死於空襲。如果知道會這麼早死，當初倒不如嫁給自己喜歡的人，光子姐還活著的話，說不定會這麼想。

「好不容易活到今天，今後如果又發生了什麼事，叫人怎麼承受……」

可能會被侵犯。

炸彈沒有了，換來的卻是……

美國大兵。

這代表什麼意思，鈴子當然略有所知。住在本所時，國民學校裡同年級的勝子就曾告訴鈴子許多關於男女之間的事。因為勝子的母親是藝伎，所以勝子對「男人和女人」的事很早熟，長得比鈴子高大又成熟的勝子，常常把「男人就是這樣」之類的話掛在嘴邊。

「我媽總是說，男人根本不能相信啊。」

「為什麼？」

「因為他們是分裂的。」

「什麼分裂？」

「身體和心是分裂的，肚臍上和肚臍下是分裂的，在外面和在家裡也是分裂的。」

「我們班的男生也是？」

「他們根本還是小鬼，稱不上是男人。當我們這些女生月經來的時候，男生們也會開始分裂，能辨認的特徵像是突然聲音變了——妳知道的，聲音會突然變得很奇怪。」

那時鈴子思考的是，聲音已經像大人般的肇哥和匡哥也是分裂的嗎？父親也一樣嗎？但這種事當然無法去向本人求證，也不能問母親或光子姐，更不能問勝子。

蟬依然鳴叫著。

鈴子突然回想著自己去年夏天是怎麼過的。去年的夏天他們還住在本所，千鶴子也還活著，一進入暑假，低年級的學生們立即被疏散，和鈴子同學年的同學們則被派到千葉勞動，去田裡幫忙割草。

天氣炎熱，喉嚨乾渴，茂密的草叢冒著陣陣熱浪，大家都被曬黑了。去到田裡，被水蛭咬傷的孩童陸續出現，但沒有一個孩子有半句抱怨。因為一到暑假，老師便告誡大家，塞班島的日本軍隊已經為國捐軀，身為孩童的我們及所有國民要有總動員的決心，即使無法前往戰地，也要賠上性命守護本土才行。

戰爭快結束吧。

希望早一天結束。所有的一切都是。

汗水滴到下顎，她暗中一心祈求。

如果去年夏天戰爭就結束的話，千鶴子就不會死了，本所的家也不會被燒毀，鈴子和母親更不必這樣四處搬家。戰爭只會讓家人死去，讓人一天到晚飢腸轆轆、疲憊至極，連可以回去的地方都沒有。

啊，太無趣了。

把手撐在背後起居室的地板上，挺著背呆然地望著周遭。戰爭真的結束了，即便母親不說，不久後這間房子的主人肯定會回來吧。如果回到懷念的家，卻發現有陌生人住在裡面，對方肯定十分驚訝並且覺得不舒服。趁屋主不在的時候擅自入住，鈴子她們和小偷根本沒有兩樣，即使有什麼不得已的苦衷，被當成「小偷」似乎也百口莫辯。

走廊的盡頭傳來喀噹一聲。

「小鈴。」

回過神來，發現母親已回到起居室，鈴子只是轉過頭回望著母親。

「好好地看這邊。」

「什麼事啊？」

「過來。聽媽媽的話就是了。」

這次換成宮下叔叔的聲音。真沒辦法。鈴子沉默地甩了甩腳，竹製的拖鞋發出吭隆的廉價聲響，滾落至露天陽台。

我們家的稱呼是母親，才不是媽媽。

母親和宮下叔叔並坐在沙發上，鈴子站在兩人面前，母親瞄了宮下叔叔一眼後，挺直了身子。

「小鈴，聽我說。」

「什麼事？」

「我們決定要搬家了。」
太好了！她正好在思考這件事。
「宮下叔叔不但幫我們找到住的地方，連工作也一起找到了。」
「在哪裡？」
「大森海岸。」
「海岸？要去海邊？」
母親的嘴角微微牽動，不像微笑，也沒有任何情緒，而是一副不可思議的表情。一旁的宮下叔叔也是一臉古怪地看著鈴子，雖然抿著嘴，但確實不像是在微笑。宮下叔叔取出菸，再度盯著鈴子。
「小鈴知道戰爭結束了吧？」
「知道。」
「也聽媽媽說了占領軍馬上要來了吧？」
就說了不是媽媽，我們家都是叫母親。
宮下叔叔吸了一口菸草，吐出了煙。
「因此呢，從現在起，為了大批來到日本的美軍，我們得做很多準備才行。其實有點像是招待特別的客人，說到底，我們打輸了，對方贏了，所以只能盡量禮遇對方。大家現在正忙著做準備。」
「誰？叔叔嗎？」
「不，大家一起。國家有國家該做的事，公務員有公務員各自要做的事，我們這些百姓也得幫忙才行。」

「幫忙做什麼呢？」

「這個嘛……哎，什麼都得做。戰爭結束了，換句話說，以前的日本全部得改變，不得不改變啊。」

原來如此。鈴子看著比平常還要正經八百的宮下叔叔。

「幸好小鈴的媽媽會說英文，從現在起，需要能和美國人直接溝通的人，這是最緊急的部分，所以希望媽媽能立即幫忙。」

「……是和海有關的工作嗎？」

宮下叔叔誇張地往後仰，噗哧笑了出來：「不是海洋的工作。」

「大森海岸，小鈴不知道吧？在品川附近。確實很接近海，但委託妳媽媽的工作和海沒有關係。」

「總之呢，是希望能盡快搬家，當然小鈴也一起。只是啊……」

替宮下叔叔接話的母親開口了，下定決心似地，抿緊了唇：

「只是這次又要和很多不同的人一起生活，不過應該不會像以前那樣好幾個人擠在同一個房間。」

「又要？很多不同的人？」

「對。都是一起工作的人。」

鈴子再度交互看著母親和宮下叔叔。叔叔面無表情，只是望著從嘴裡吐出的煙。母親則依然輕咬著唇，看似在調整呼吸。換句話說，就是供住宿的工作吧？莫非母親要去當女傭？我們家的母親？

「小鈴可能會覺得困惑……但這個房子不知道能待多久，等情況稍微安定下來，肯定還有其他的工作機會，到時就可以找到更好的住處。」

「我無所謂喔。」

也有很多不同的人，那麼宮下叔叔打算怎麼辦呢？鈴子突然這麼想，但決定不追問。

2

週末過後，燈火管制立即解除了。

至今幾年來，為了躲避夜晚的空襲，太陽西下後他們總得特別小心「燈光」，長期過著昏暗的夜間生活。不論多麼微小的光芒，在黑暗中都會成為敵軍攻擊的目標，因此電燈只能調降至微亮，而且不能讓光線透到室外，必須用斗笠般的燈罩遮蔽。

玄關和後門要掛上雙層的黑色窗簾，連雨窗的通氣孔和隙縫都得塞住——他們被這麼教導，甚至透氣窗、廚房、浴室、洗手檯的小窗等，沒有雨窗的窗子都得用黑色的羅紗紙或布貼密。汽車和巴士附加了「眼罩」，變身為從高空看不到車燈的移動物體，每當警戒警報一響起，大人們甚至得注意手上的菸。因此一入夜，整個城市就陷入了黯黑中。夜晚沒有街燈的路很可怕，孩子們絕對不能獨自外出。

「小鈴，我們把這個房子貼著的窗罩、陰暗的窗簾和遮住電燈的燈罩全部都拆掉吧。」

迅速看了一遍回覽板後，母親一臉開朗地說。鈴子也大聲地回應，接著率先跑上了樓梯。她之前就一直很在意二樓走廊盡頭張貼的黑色紙張，不加思索地用力扯下羅紗紙後，色彩美麗的玻璃便重見天日了。

「哇！」

紅色和藍色的玻璃組成不可思議的圖案，原來這扇窗戶這麼漂亮。光是這個小小的窗子透出的光亮，就讓二樓的氛圍煥然一新。

鈴子一口氣將所有遮蔽房子的黑紙和黑布扯下來，儘管只是暫住的房子，家裡充滿陽光仍是一件令人欣喜的事。

「這麼一來，房子的通風也變好了。」

把回覽板拿給鄰居後回到家的母親，滿臉爽朗地望著家裡。

「我們傍晚到外面散散步吧，路上一定也變得很明亮。」

天皇的廣播播放的那一天，也是鈴子十四歲的生日，原本的總理大臣鈴木貫太郎和內閣全部辭職，兩天後換成皇族東久邇宮稔彥上任，成為新的總理大臣。以前只要一轉開收音機就能聽到的軍歌和「大本營談話」，現在完全消失得無影無蹤。每回感受到這些變化，就讓鈴子再度體認到「真的結束了」。

戰爭真的結束了。

夕陽西沉後，走出露天陽台望向四周，圍籬的另一側投來附近住家的明亮燈光。

「母親，妳看，妳看！」

鈴子興奮地呼喊著，跑到正在廚房的母親身邊。

「電燈變得這麼亮，顯得晚飯很寒酸呢。」

每次一遭受空襲就帶著跑的「僅有的」鍋子早已沾滿了煤漬，而且四處都是凹洞髒汙，菜刀的鋼片也歪了，就像克難的替代品。但如今這只鍋子和菜刀，反而成了鈴子和母親倖存的證明。

晚上鈴子和母親兩人喝完稀粥後，便到夜晚的街頭散步片刻。或許大家想的都一樣，街上意外充滿了熙來攘往的人潮，在商店燈光和街燈的照亮下，每個人都享受著夏天夜晚的街道漫步。商店裡根本看不到什麼商品，但光是玻璃窗的光就足以讓人湧現不可思議的愉悅。

「真的結束了啊。」

今後只要想著怎麼過日子就好了，聽到天皇的廣播那一天母親這麼說。不論是飲食、衣著、生活各方面，家人和學校等所有問題肯定能一一迎刃而解，變得愈來愈好，只要想著這些往前邁步就好——即使美軍即將來到。

到了週六，等到一早就下個不停的雨放晴，鈴子和母親便在下午搬家了。宮下叔叔安排的貨車抵達後，似乎一開始就坐在車斗的男人幫鈴子她們把少量的隨身行李搬上車，接著協助她們坐上車斗。宮下叔叔沒向母親介紹，男人卻自顧說道：「請叫我山田。」

「幸好雨停了，但路況很不好，請抓好喔。」

身穿國民服、打著綁腿的「山田」，頂著一張曬黑的臉笑著對鈴子說：「小姐也一樣喔。」雖然他的長相並不奇怪，但笑起來門牙少了一顆，顯得有些突兀。

看起來有點傻里傻氣。

母親抓著車斗的邊緣坐了下來，鈴子也自顧找著落腳處，宮下叔叔則坐上了貨車的副駕駛座，接著全身傳來引擎的震動，腳下激烈搖晃，伴隨著輪胎滑過積水的聲音。停留的時間雖短，但也算過得安穩的目黑的家轉瞬間消失在遠方。

再見了目黑的家。
再見了戰爭。
再見。
父親生前開始經營貨運公司後，公司裡雖然有很多貨車，但鈴子他們總是被嚴格告誡絕不能靠近停車場，因此這可是她生平頭一次坐上貨車的車斗。
「如果父親還活著的話，看到母親和鈴子竟然坐在這上頭，會露出什麼表情呢？」
「就是啊。」母親帶著尷尬的笑容回答。
「肯定會很驚訝吧。」
「而且，要是知道母親竟然要開始工作，肯定更加吃驚。」
母親的嘴角微微歪斜，面顯難色。
決定接受宮下叔叔的建議開始工作後，鈴子曾不只一次問過母親到底是什麼樣的工作，但母親的說明今至仍讓鈴子無法理解。工作內容似乎是協助「女子挺身隊」，但在天皇廣播後，母親確實這麼說過：
「戰爭結束了，鈴子不必再擔心被徵召為國民義勇戰鬥隊了。現在為了國家奮戰的挺身隊，想必也不需要了吧。」
既然如此，挺身隊為什麼需要人手幫忙呢？鈴子實在想不通。追問了好幾次「為什麼？」總換來母親曖昧不明的回答。換句話說，母親自己可能也不清楚吧，鈴子這麼認為。
陽光從漸漸散開的雲層間透出，讓人感受到微微的光亮，帶著濕氣的風迎面吹拂，身體隨著車斗晃動，光是這樣就令人感到心情舒爽。如果仍像以前一樣得戴防空頭巾的話，絕對感受不到這樣清涼的風。即使汗珠微微冒出，風也會把所有不好的都吹走，一股愉悅隨之湧現。

從這麼高的位置眺望東京，被燒成平地的地方和倖免於難的地方明顯不同，宛如一副被蟲蛀了的巨大畫作抑或照片。倖免於難的地方還保留著昔日的生活感，孩子們四處奔跑嬉鬧，有人晾著衣服，有顏色也有聲音。但相距不遠處，卻是一大片燒焦的空曠原野，經過大雨的洗刷後，炭化的建物和橋上黏附著人體的脂漬，即便從遠處觀看也無法忽視。

「啊，這附近幾乎沒有遭受戰火波及呢。」

母親指著某個區域，伸手輕拂著被風吹亂的頭髮，一副懷念的口吻道。

「妳知道嗎？」

接著她說起自己「女學生時代」的事，眼睛望著遙遠的彼方。

「有朋友從這附近通學喔！母親曾去過那位朋友家好幾次呢。」

原來如此。母親擁有鈴子所沒有的許多回憶，鈴子不熟悉的街區，對母親來說卻有著特別的記憶。母親也曾有過當女學生的時代，還曾學習過英語。鈴子突然想像著，那時的母親不知道是什麼模樣。

貨車在泥濘的路上顛簸彈跳著前進，拖著沉重的腳步走在街上的人們，不得不被濺起的汙泥沾黏。但大家似乎已經習慣了，只是輕輕把臉轉開，臉上沒有任何表情，默默推著腳踏車或台車，揹著行李，任泥水濺濕衣服依然不停前行。

貨車在途中停下好幾次，每次都借由「山田」的手把一個個不認識的女人牽上後車斗，最後共有五個女人坐上車，但每個女人的年齡差距甚大，氣質也全然不同。因為貨車的震動太過劇烈，鈴子聽不到是否有人在交談，偶爾回頭窺望，只見包含母親在內，每個人都保持著適度的距離，各自看著不同的方向，完全沒有想要和對方打成一片的樣子。

貨車終於駛進寬廣的道路。兩側盡是大火燎原後一望無際的平地，只有左手邊有著松樹般的枝幹綿延著，還出現三三兩兩倖免於大火的聚落。一行人一路望著這樣的景致，抵達了大森海岸。

「各位，我們到了喔。」

從大馬路駛入一旁狹窄的道路，貨車停在一棟巨大的建物前。鈴子愣怔地抬頭看，偌大的建築物像是公寓還是某種工廠，外觀十分殺風景，和目黑家的洋房簡直有著天壤之別。

「喂，這位大哥，快點來幫忙啊！」

一同坐在後車斗、看起來約五十多歲的女人揮手叫著「山田」，最先下車、正和宮下叔叔商量著什麼的「山田」帶著苦笑回來，把手伸到這位女性前方。女人的聲音又粗又低沉，像在唱浪花節演歌似地，讓人誤以為是男人，一邊說著「多謝啦」，一邊挽著「山田」的脖子跳下後車斗。咚的一聲，她的背影帶著微妙的汙穢感，鈴子立即察覺自己不由得歪著嘴。

「各位請依序下車吧。」

山田對著其他女人說道。穿著農夫褲的女人依序下了車，鈴子排在最後，只用單手讓山田牽著，靠自己的力量跳了下來。

「山田，之後就拜託你了，我去那邊看看。這裡安頓好之後，你也過來吧。」

宮下叔叔掃了一眼鈴子和母親一行人後，再度跳上貨車離去。

戰爭結束後，目前看來變化最大的應該是宮下叔叔吧。

望著駛遠的貨車，鈴子呆呆地想著。是因為宮下叔叔和母親的關係嗎？那一天之後，叔叔確實產生了什麼改變。剛才不只對鈴子不發一語，連對母親也沒有一句招呼，就把事情全部交給「山田」，自己慌張地離去，根本是把母親丟在這些來歷不明的女人當中便逃之夭夭。

因為戰爭結束的關係。

自己疏散的家人會回來。

如果真的是這樣，也太過分了。

既然如此，為什麼不想辦法讓我們繼續住在目黑的家，或是找個離那個家不遠的工作，難道無法做這樣的安排嗎？

「小鈴，走吧。」

在母親的叫喚聲中回頭一看，以「山田」為首，其他人也緊跟在後準備進入建物。鈴子跑向母親身邊，拉著母親的手問道：「這裡是哪裡？」

「宿舍。原本好像屬於某間公司。」

「我們要住在這裡嗎？」

「是啊，得住一段時間。」

「母親在這裡做什麼呢？」

「就是照顧宿舍裡——也就是住在這裡的人，各式各樣的人。」

「那麼，一起搭車的人也是嗎？」

「看樣子應該是吧。大家或許各自有不同的職務。」

鈴子點點頭，但心裡還是轉著不明所以的漩渦。母親負責照顧住在宿舍的人，是怎麼回事呢？

「那些人，是日本人？」

「當然啊。」

「那為什麼需要母親呢？宮下叔叔不是說母親會英文，所以才推薦這個工作的嗎？」

看鈴子她們站在玄關前交談，似乎沒有要進到屋裡的樣子，「山田」再次回到玄關。

「各位，請進到裡面。向妳們簡單說明之後，我也得離開了。」

母親於是急忙走進玄關，鈴子也只好跟在後頭。

進到比一般住家還要大的玄關，首先看到的是貼著牆的鞋櫃，沒有門的鞋櫃很大，由此可知這棟建築物能容納相當多人居住。筆直的走廊上有通往二樓的階梯，走廊和階梯的木紋幾乎沒有光澤，全覆蓋著塵埃。連鈴子都看得出來，這棟建築物不曾被好好地維護過。

沿著走廊前進，左手邊有廚房，右手邊則是食堂。剛才共乘貨車來到這裡的女人全都聚集在食堂裡。

「讓各位久等了。」

母親彎著身軀加入這群女人當中，鈴子也跟隨母親坐在圓形木椅子上，像是學校的工藝教室裡擺的那種椅子。

「那麼，我就簡單說明一下。」

「山田」看著鈴子一行人說道。

「其實我也還不是很了解狀況，只是收到吩咐來幫忙大家。嗯……」

「山田」從褲子口袋裡拿出摺成四摺的紙攤開，微微蹙著眉頭，像是在確認紙張上寫的內容。

鈴子想到，這個人不知道多大年紀？到了某個年紀的年輕男人，大家應該都被徵召上了戰場才是，他肯定沒有最初想像的年輕。

而且還缺了牙。

「嗯……好，我知道了。首先呢，被『阿雷雷』採用的第一批女人明天會先被送到這裡。」

「山田」的目光從紙上離開，望著女人們。

「關於這個，老實說現在正拚命募集當中，畢竟上週天皇廣播後，我們才開始緊急動員，幾乎是邊做邊看。然後呢……」

「山田」的視線又回到紙上。

「關於『小町園』，今天會盡快調度木工和材料，加緊施工。也會在『小町園』附近一一租借其他建物，預計會陸續開始營業。」

包含母親在內的女人們，大家依然一副古怪的表情，低頭聽著「山田」的話。儘管從小總是被告誡大人說話小孩不可以插嘴，但鈴子再也無法忍耐，因為在對方短短的話裡，已經出現了太多聽不懂的詞語。

什麼是「阿雷雷」？

什麼是第一批？

小町園又是什麼？

要施什麼工？

「總之，今天至少要將大家使用的被褥搬過來，所以我得先去幫他們。」

接著「山田」說等一下會有別的男人把目前需要的食材和燃料等運過來。

「先請問，負責準備伙食的人是誰？」

「是我。」

所有人當中看起來年紀最大的女人抬起頭。梳起的髮髻中混雜著明顯的白髮，曬黑的臉龐讓皺紋更加顯眼。

「那麼，妳就是藤崎周子小姐對吧？」

被叫了名字的女人正色地從椅子上站起來鞠躬作揖，說道：「請多多指教。」母親和其他女人，還有鈴子也自然地點頭回應。

「那麼，這裡的事就交給妳們了，要用什麼、怎麼用都可以。只是，『阿雷雷』採用的女孩預計全部要住在這裡的二樓，早出晚歸，想必是很辛苦的勞動，不論是飲食或其他方面，請盡可能支援她們。我們盡量先準備棉被毛巾等必要物品，最晚明天會送過來。」

藤崎周子突然變得惶惶不安，再度站了起來問道：

「請問可以先確認裡面有什麼嗎？看看是不是有臉盆或洗衣板等。如果發現缺了什麼，現在就得先拜託你們，而且吃的也不知道要準備多少人份？」

「嗯，照這裡寫的，在決定租下這裡的時候應該就確認過一遍了。但我們也是突然接到命令、搞不清狀況就來了。我現在就去『小町園』請宮下先生來處理，請各位先自己隨意看看，或到裡面走走吧。」

「山田」立即站起來，匆忙跑出食堂，留下身後的五位女性和鈴子。尷尬的沉默揮之不去，突然咯噹一聲，椅子腳撞到地面，有一個人站了起來。是剛才從後車斗下車時攬著「山田」脖子、聲音沙啞的女人。

「哎呀，要怎麼辦才好呢？」

女人雙手抱胸，在食堂裡繞著圈走，回到原本的座位時，從放在一旁的行李中拿出了火柴和菸。

原來女人也會抽菸啊。

兩隻手指筆直夾著菸的動作實在太罕見，讓鈴子看得入神。將火柴移往菸頭時，女人回瞟了鈴子一眼，接著吐出一口煙，突然發出了疑問：

「小妹妹，妳今年幾歲？」

「十四歲。」

「旁邊的是妳媽媽？」

鈴子不由得看向一旁。她說媽媽，但我們家都稱呼母親。接收到鈴子視線的母親驟然站了起來，自我介紹道：「我叫二宮津多惠。」接著也向大家鞠躬。剛才被介紹是負責伙食的人再次報出名字：「我叫藤崎周子。」其他兩人也依序報上自己的名字「內川春代」、「能瀨望都」，最後只留下站著抽菸、聲音沙啞的女人。

「我叫榾田益子。這位二宮太太，妳可明白我們的工作內容？」

母親的側臉顯得很緊張。這位自稱榾田益子的女人，就像吹口哨般將嘴唇嘟成一團，吐出細長的煙。

「妳可知道明天這裡會變成什麼樣子？竟然將孩子帶來這裡。而且還是正值青春期的少女——我先聲明，這不關我的事，但還是讓人吃了一驚呢。」

母親的臉驟然間漲紅了起來。

「我基本上不會加入店裡的人，這是已經講好的，當然我也不會讓女兒接近店裡一步。」

接著榾田益子誇張地吐出煙，不懷好意地笑了。

「就算妳這麼說，現在的情況根本不可能做到全部讓妳女兒看不到啊！這裡可是『阿雷雷』僱用的女孩們過夜的地方，明白嗎？這位太太。是那些辦完事的女郎們回來洗澡、吃飯、睡覺的地方啊。」

椙田益子的話讓母親漲紅的側臉瞬間變得一片蒼白。鈴子只能張大嘴看著母親和那位趾高氣揚的椙田益子。自己究竟聽到了什麼？女郎嗎？女郎？

「啊，太太的工作是那個吧？教這些女郎簡單的英文，讓她們和美國大兵之間盡量不要發生衝突，一旦發生什麼事就幫忙解決溝通是吧？哼，怎麼可能不發生什麼呢！對方可是渴望女人渴望得不得了，想抱女人想得不得了呢，更何況是日本女人，對他們來說肯定很希奇吧！以為贏了就可以為所欲為，像野獸一樣狠撲上來……她們可是得安撫、服侍這些人啊，這位太太，妳明不明白？這種狀況下，妳說什麼來著？『不會進店裡』？哼！別裝清高了。」

偌大的食堂只有益子沙啞的聲音不斷響著，鈴子只能眼睜睜望著失去血色的母親蒼白的臉龐。

3

後來，再度返回的「山田」領著鈴子一行人到食堂後方、走廊盡頭轉彎處的房間，並指示兩人共用一間房。

「請把自己的行李先放進各自的房間，然後回到食堂集合。有許多事需要大家的協助，得在明天之前完成才行。」

有著沙啞嗓音的椙田益子幾乎是以一種挑釁的口氣和不遜的言詞質問母親，一股沉重緊張的空氣瀰漫在女人之間，「山田」的出現正好打破了尷尬的僵局，讓大家鬆了一口氣，母親也回復了平靜的表情站起身來。

「對了，也讓鈴子……」

走在走廊上，鈴子正想問母親是不是有什麼需要幫忙時，母親銳利的眼神掃了過來。因為益子小姐走在兩人前方，鈴子於是慌張地閉上嘴。雖然表面故做平靜，但母親對益子已經帶著高度的警戒。

「那個人到底是什麼人啊！不但說話的樣子很恐怖，還給人不入流的感覺。」

進到今天起要和母親兩人共同生活的六疊[11]大房間，鈴子看著簡陋破舊的空間，壓低音量說道，一邊拉起母親的手，母親卻只是搖了搖頭。

「今天開始就得和大家生活在一個屋簷下了，所以不能這麼說喔。」

接著又補了一句：「但也沒有必要和對方有什麼牽扯就是了。」勉強擠出一抹笑容。

「就像我們沒有家可回一樣，來到這裡的人都有各自的理由吧。那位益子小姐肯定也有她不得已的苦衷，所以現在大家要互相幫助，等時局穩定下來、匡也從戰場回來，到時再著手考慮搬家的事。這段期間，鈴子也先忍耐些。」

「宮下叔叔為什麼要介紹這種地方給母親呢？」

「……因為是很緊急的事，非不得已啊。」

「什麼事？」

「就是國家決定的事。」

---

11 疊：一疊約等於半坪。

「國家？」

想追問詳細情況，但母親只丟下一句「晚點再說」，就匆忙地出了房間。鈴子被留在連個矮桌都沒有的破舊六疊房間裡，不知所措，只能愣愣地佇在原地。

房間的榻榻米不但褪成了褐色，連邊緣都磨損破裂了，被煤炭燻黑的天花板四個角落甚至掛著陳舊的蜘蛛網，中央垂掛的電燈還包覆著燈火管制用的燈罩。她想找個可以當成墊腳台的東西，打開壁櫥一看，裡面空無一物，只有年代久遠的發黃舊報紙，底下鋪著不知哪家店的包裝紙。以鈴子的身高，沒有墊腳台是無法將燈罩取下的。

仔細看和室邊框的四處，有好幾個小孔，還有凸出的細釘子。應該是之前使用這個房間的人在那些地方用圖釘固定了什麼裝飾品，或是在釘子下方掛了什麼吧。

連窗簾都沒有的窗戶鑲著木格框，只有最上層是透明的玻璃，其他地方則是毛玻璃，完全看不到外面的風景。鬆開窗子的鎖栓，嘎啦嘎啦地打開窗子，外面是僅能容一個人通過的狹窄空間，接著是比大人身高還要高的外牆，完全遮蔽了視野。窗子下方侷促的地面恐怕連陽光都照射不到吧，應該長滿了一層厚厚的青苔，真是讓人作嘔。更別說有這麼一座高牆阻擋，根本連風都吹不進來啊。

實在太無趣了。

目黑的家比這裡好多了，不但有放著狗屋的露天陽台，隨便打開一扇窗，庭院的樹木和附近的蒼綠便自然映入眼簾。不管天氣多麼悶熱，至少空氣是流通的，窗簾也會被微風吹動。沒想到今天開始卻要住在這種房間，明明戰爭已經結束了。鈴子任由窗子開著，在六疊大的房間正中央躺成大字形。多虧了高牆，根本沒必要在意別人的目光。

盯著天花板的木紋一陣子後，眼睛直視的部分會出現視覺暫留的現象，木紋裡便慢慢顯現出幾張人臉。那些臉中有一張栩栩如生，特別可怕，讓鈴子感覺對方似乎也死盯著自己。

有一股不祥的預感。

我也不是自願來到這裡的啊。

為了將視線從木紋移開，鈴子慢慢閉上眼睛，天氣悶熱加上提不起勁，腦袋也開始朦朧。聽著自己的呼吸聲，癱在榻榻米上的手指擅自動了起來。遠處傳來貨車的聲音，接著聽見走廊上來來往往的腳步聲，似乎來了不少人，正忙進忙出的樣子。

「喲，睡著了啊？」

突然一聲巨響劃破了空氣，鈴子反射性地張開雙眼，同時從榻榻米上跳了起來，瞄了自己的枕邊，似乎又聽到空襲警報聲響起，枕邊卻沒有防空頭巾，也沒有急救包。「咦？」再次觀望著四周，她一時不知自己身在何處。

「我想妳一定覺得很無聊吧？我找了這些來給妳。」

腦袋尚未清醒，抬頭一看，站在門口的正是宮下叔叔，「拿去吧！」他伸出的手裡握著幾本《少女俱樂部》。鈴子慢吞吞地站了起來，才想到這裡是大森海岸，空襲早就結束了。

鈴子收下和以前相比薄了許多的雜誌，在尚未清醒的狀態下微微點頭道謝。

「我會再幫妳找找，有就帶過來給妳。但不知道能不能再找到相同的雜誌就是了。」

叔叔回復了以前平和溫柔的口吻。畢竟聽到天皇收音機廣播後的這十幾天來，偶爾露面的叔叔總是一臉憂心忡忡，甚至帶著惶惑不安的焦躁。

「鈴子還有其他想要的東西嗎？可以告訴叔叔。」

「……只要是書都好。」

「好，我找找看。」

「如果也有筆記本或是鉛筆的話……」

「啊，這倒是馬上可以找到，什麼樣的筆記本都可以嗎？」

突然想起父親死去不久時的事。最初來到家裡的時候，宮下叔叔在鈴子眼中就像「長腿叔叔」或是「聖誕老人」，不但溫柔，還很可靠，光看到叔叔的臉就覺得放心。而且他經常分擔變成單親家庭的鈴子一家的辛勞、給予安慰，時常像今天這樣詢問鈴子：「有什麼想要的東西嗎？」那時的鈴子一點也不討厭宮下叔叔，壓根沒有一丁點的不舒服。

「說起來……現在和昨天之前的生活落差真的很大，但小鈴要暫時忍耐喔，算是幫母親的忙。」

「叔叔，我……」

「那就這樣，我先走了。」

叔叔打斷鈴子的話，匆忙離開房間，又轉頭對鈴子說：

「小鈴啊……」

「……是。」

「雖然很熱，但不要把拉門全打開喔，最好把門關好。」

「為什麼？」

「不為什麼。聽好了，別當這個房間的外面是走廊，要當成人來人往的大馬路，今後會有很多陌生人來來去去。」

像是在等待鈴子點頭，宮下叔叔凝視著她一會兒後，放在背後的手闔上了拉門離開。鈴子看著拉門上彩繪著已褪色的茶壺還是什麼的圖案，喃喃地說「再見」。

決戰訓示

皇土為天皇所在，鎮住神靈之地。誓言擊退外夷侵襲，汝應以視死之魂魄守護之。

（這是阿南陸軍大臣給皇軍將士的決戰訓示的其中一段。）

翻開叔叔拿來的《少女俱樂部》，眼前立即出現這段文字，反覆閱讀，鈴子彷彿在演戲那樣，故意聳聳肩嘆了一口氣。

「就算被這麼告誡又怎麼樣呢？」

換句話說，這個國家因為有天皇陛下的庇佑，連神靈都能鎮住，不論遭遇什麼挑戰都能擊潰敵人，即使赴死也要變成英靈死守故土。

但是現在母親她們卻要迎接被稱為「鬼畜」的敵軍，還這樣誠惶誠恐地動員準備。十幾天前誓言要殲滅的對手，現在卻要大舉進駐，而且為了迎接他們，必須和「女子挺身隊」一起做各種準備。

全力增建飛機

自從春天的大空襲之後，鈴子的內心變成了空洞的荒漠，現在已不知如何反應。但讀了這樣的文章，內心的空虛感更加荒涼且擴大，揮之不去。

大和撫子皇軍
盡忠守護弟妹

不久之前還隨處充斥著類似的讀物，她認真看待這些文章，打從心底受到鼓舞，覺得自己得更努力才行。但現在應該守護的妹妹千鶴子已經不在人世，那麼可愛的妹妹，甚至連屍體都找不到，這讓鈴子內心的空洞更加擴大。

書中也介紹了如何利用老舊的夏季浴衣腰帶縫成手提包，再利用剩下的布縫製襪套，還有內衣和內褲的修補技巧。不論怎麼縫補丁都沒關係，最重要的是保持清潔，只不過現在連針線都沒有，遑論其他裁縫用具了。

其中還刊登了栽種馬鈴薯的方法。這本雜誌明明是給鈴子這樣年紀的少女閱讀的，內容卻盡是修補衣服和種菜的方法，宛如是給一般百姓看的工具書。

此外還有生育的四個兒子一一戰死的母親堅毅不拔的故事，以及在戰地工作的「白衣天使」的手記。

各位民眾，即使因為敵軍的轟炸而沒有像樣的交通工具可搭乘，仍須有熬夜也要步行前往學校和重要職場的覺悟，培養不輸給軍隊的行軍體力。

即使徹夜跋涉，可以去的學校也早就消失了，不只交通工具，連住的地方都沒了，還有什麼好說的。緩緩翻著書頁，鈴子反而厭煩了起來。空洞的體內，有股莫名的騷動。

「鈴子，怎麼啦？連電燈都不開。」

紙門被拉開，母親的聲音傳來。回頭一望，走廊的燈已經亮起，映出母親的黑色身影，不知不覺，天色已完全暗了下來。

「眼睛會壞掉喔。」

母親伸出手摸索著牆上的開關。喀嚓一聲，房間裡映出炫目的黃色燈光。

「啊，這裡竟然被蚊子叮了。」

鈴子伸直雙腳坐在榻榻米上，母親跪坐在她面前，用手指按著她的額頭。明明一直忙得暈頭轉向，而且做的盡是一些不熟悉的事，但母親的臉上卻帶著明朗又生氣勃勃的神情。

「再去問問有沒有蚊香好了。」

「有嗎？會有這種東西嗎？」

母親微笑地說，比住在目黑家時，現在至少不必擔心沒有食物等生活必需品。她似乎很愉快。

母親認為能這樣勞動身體是件快樂的事，鈴子卻不曉得該如何是好。對鈴子來說，今後要住在這麼不舒服的房間，而且懷抱著根本不知道會發生什麼事的不安，母親卻樂在其中，這到底是怎麼回事？

「剛才有好幾輛貨車輪流開進來，載了各式各樣的東西來，裡面或許有蚊香。」

「還搬了什麼東西來？鈴子可以去看看嗎？」

鈴子不會漏看母親的任何表情，她特意避開鈴子的視線，轉換語氣說起「宮下叔叔」的事。

「你們沒有講到話嗎？他剛剛不是來了？」

「他把這本雜誌拿給我，還說不管天氣多熱都一定要把拉門關好。」
「那裡的拉門？」
「他說外面的走廊會有許多人來來去去。」
母親眼神朝下，瞬間嘴角緊抿，點頭回應了一聲，再度抬起頭來。
「快要吃晚餐了。周子小姐正在為大家做飯，等等再來叫妳喔。」
太陽西沉後，房間外依然熙來攘往，人聲雜沓。除了母親的聲音外，也夾雜了其他女人的聲音，以及彼此的叫喚，一下往右、一下往左，抑或往二樓移動。過了不久，拉門又被打開，送來的是鈴子她們今晚開始要使用的寢具。
不知過了多久，外面終於傳來「二宮小姐」的呼喚聲。
「小姐，吃飯了。」
鈴子應好後立即走出房間，轉進通往食堂的走廊。剛好從廚房走出來、端著托盤的內川春代笑著對鈴子說：「肚子餓了吧？」她的年齡應該在三十歲前後吧？是今天聚在這裡的女人當中看起來最年輕的一位，有著一張扁平的、滿月般的臉。她悄悄走近正猶豫著要坐在哪裡才好的鈴子身邊，在她耳邊小聲地說：
「我說啊……剛才那位益子小姐，就是那個聲音沙啞的阿姨，妳最好別靠近她。」
鈴子微微挺著背，看著春代小姐。春代瞄了一眼周遭，若無其事地把臉更靠近了些。
「因為不知道她還會說出什麼話。不是刻意針對妳說的，只是她那個人啊，從剛才不光對妳媽媽說些挑釁的話，對我還有其他人也是不斷講些惹人嫌的話。說不到兩句就說什麼『妳們這些外行人啊』……」

「外行人？」
「總之，是想表現自己是內行人吧。」
「……內行人？」
「換句話說，她不是我們以為的普通人，而是箇中老手啊。」
外行、內行和老手？鈴子不由得歪著頭時，自稱能瀨望都的女人拿著大鍋子走近。似乎比春代要年長幾歲的她，左臉頰有著難看的大傷疤，說實話，鈴子第一次看到時吃了一驚。她的五官其實是個美人胚子，但那傷疤簡直毀了一切，不知道她是什麼時候受傷的，傷疤宛如紅色蚯蚓爬滿了臉，肉瘤整個浮出來，看了甚至讓人作嘔。
「據說今天是吃麵餅湯。」
望都把鍋子放在桌上，掀開鍋蓋讓大家看，鈴子看了一眼鍋子裡，不由得叫了出來：「什麼嘛！」儘管是第一次聽到的菜名，但看起來就是麵疙瘩湯嘛！這是鈴子最討厭的三道菜之一，早就吃膩了。
「什麼啊，不過就是麵疙瘩啊！」
春代和鈴子異口同聲說道，接著又說：「不過至少加了蔬菜，應該好一些。」卻仍嘟著一張嘴，接著望都搖了搖頭，彷彿這道菜是她親手做的那般說道：
「吃吃看才知道啊，和麵疙瘩可不一樣喔。」
但眼前卻沒看見母親，也沒有那位益子小姐的身影，鈴子呢喃著：「母親呢？」春代像突然想起了什麼似地點點頭。
「似乎又在商量著什麼事喔，和那位叫做……叫做宮下的人。」

「妳們家都是用母親稱呼是吧？妳的名字呢？」

這次換望都開口。鈴子這才想起自己還沒有報上名字，於是低頭道出：「我叫二宮鈴子。」望都露出溫柔的微笑點了點頭，深邃漆黑的眼珠下方，有著柔和的眼袋，眉間清秀、鼻梁挺立。如果不是因為受傷，或許能成為女明星呢。而且和其他人相比，望都散發著一股高貴的氣質，更添好感。

「妳母親都怎麼叫妳？」

「……小鈴啊。」

「真可愛，那我們也可以這麼叫嗎？」

鈴子害羞地點點頭，另一方面卻又覺得「憑什麼啊」。原來宮下叔叔還在，但明明其他人都在這裡，他單獨和母親兩人商量些什麼呢？

「那位老手似乎已經去了『小町園』，我看她剛才和男人一起走出去了。還接過男人們的菸還是什麼的，粗聲粗氣地嚷嚷著。」

看來春代同樣對益子沒有好感，這也是因為益子是「內行人」或「老手」的關係嗎？

「怎麼辦呢？我們似乎也不好先開動啊。」

望都正困惑地歪著頭時，周子從廚房走了出來。

「就開動了吧，有空的人就先用餐。剛做好的熱騰騰料理，趁熱吃吧。」

既然最年長的周子都這麼說，大家也就同意了。她們先是端詳著碗裡的麵餅湯，然後以筷子夾起「麵餅」，發現觸感不一樣，顯然和之前吃過的麵疙瘩完全不同。

「哎呀！」

春代睜大了眼，望都也默默地點著頭。

「怎麼樣啊？小姐。」

周子看著鈴子的臉問道。鈴子雙頰鼓脹，咬著彈牙有嚼勁的麵餅，不由得大聲說出：「好吃！」遺忘已久的味道滿溢在齒間，春代也感動地看著麵餅，周子則是一臉開心的表情。

「這是我老家的菜色。別看我這副樣子，我也曾在像樣的餐廳待過呢。之後只要有食材，我會盡量做出好吃的飯菜。」

不只鈴子，連春代和望都也開心地回應。望都接著又帶著嘆息呢喃道：「有的地方還是有呢！」

「就是這麼回事。不用費力搜遍日本各地，只要國家需要，不論是味噌、醬油或柴魚片，都能到手吧。」

周子自己也一邊啜著碗裡的湯，低聲說道：「到底是從哪裡冒出來的啊？」但鈴子心裡明白，這些肯定都是軍隊的倉庫裡儲備的食材。鈴子她們每天餓著肚子、拮据度日，其實不是因為國內沒有食物，這一點宮下叔叔最清楚。

「能像這樣吃晚餐，戰爭是真的結束了呢。」

望都喃喃地說。專心動著筷子的鈴子耳邊卻傳來春代的聲音。

「話是這麼說……但明天起不知道會是什麼情形呢。」

「益子不是說了，明天開始才是真正的『戰爭』啊。」

在這幾個小時之間，大家似乎已經坦誠以對，彼此叫著名字，三個人不約而同提起「明天即將開始」的事。聽她們的談話，可以知道從明天開始，就會有其他的女人來到這裡，周子也要負責這些人的伙食，春代得幫忙打掃或洗衣服等雜事，望都主要負責「記帳」。

「不知能不能順利召集到人呢？據說連吉原附近那些人也所剩不多了啊，不夠的話，就只能召募外行人，就算有人因為待遇好而上門，但仔細想想，狀況可能比一般的那個還要慘，這些人怎麼也想像不到吧？畢竟對象可是美國大兵——」

春代在興頭上說個不停，望都使了個嚴厲的眼色要她住口，春代就這麼閉上嘴，筷子前端含在口裡噤了聲，三個女人的視線不約而同落在鈴子身上，鈴子反射性地垂下了眼。

4

每次翻身耳邊就傳來沙沙聲。母親剛才直說「好懷念」，鈴子卻是第一次睡在裝了蕎麥殼的枕頭上。那聲音似乎再度提醒她，生活已經徹底改變。再次挪動靠在枕頭上的位置。沙沙、沙沙。

母親還沒回房間。她跟宮下叔叔到了樓下的食堂，後來又和益子及其他幾個男人一起用餐，吃完後依然認真地討論著什麼事情。鈴子泡了久違的澡，出來後大人們的談話仍然繼續著，剛才要去洗手間時偷偷瞄了一眼，只剩下母親和宮下叔叔兩人。

兩個人之所以長談的原因之一，確實是因為鈴子。從剛才春代她們的對話來推測，總之這裡不該是女人帶著像她這樣年紀的女孩工作的地方，益子粗聲粗氣吐出的「女郎」這個詞停留在耳膜，揮之不去，還有剛才春代說的「那個」，究竟是什麼呢？

戰爭明明已經結束了。

為什麼明天反而成為另一個戰場呢？今天開始住在這裡的女人，還有明天會來到這裡的女人，一群女人聚集在這裡，究竟要做些什麼？

女郎。那個。女郎。那個。

隔天早晨醒來時，一旁母親的棉被已經摺好，鈴子感受著透過雨窗縫隙照進來的光線。有人在走廊上來來去去，啪噠啪噠的腳步聲傳了進來。

「喲，新的戰爭終於要開始了。」

當全部的人聚在餐桌前喝著稀粥時，益子開口說道：

「喂，這位小姐啊……」

然後面對面帶著揶揄的笑容看著鈴子。鈴子手中端著剩下的鹹粥停在半空中，稍微伸直了背脊。

「希望妳聽好阿姨現在要說的話……」

「鈴子。」

在鈴子身旁的母親動也不動地開口叫了鈴子，刻意打斷了益子的話。當遇到特殊狀況，尤其是要找機會個別交談時，母親就會故意叫她鈴子。

「我會自己和這個孩子說明。」

母親開口說道。益子癟了癟嘴，打探著母親的臉色，不久便挑著稀疏的眉毛，一副不以為然的表情望向別處。

「既然這樣，那麼我這個外人就不插嘴了。妳請說吧。」

望著益子的額頭和嘴角兩側深深的皺紋，鈴子將停在空中的筷子和碗放回桌上，兩手擺在膝蓋上。母親吐了一口氣後深呼吸道：

「從今天起，會有很多年輕的女孩聚集在這裡，目的是……」

明明是要說給鈴子聽的，但母親的臉卻望著正前方。

「是為了組成日本婦女的防波堤。」

母親的側臉一動也不動，只是動著皎白的喉嚨。

「明天美國的占領軍就要登陸了，為了防止這些美國士兵到處襲擊日本的女性，或是對她們動粗施暴，所以需要這些女人挺身組成防波堤。」

鈴子的腦海裡浮現了慰安婦這個詞。聽說戰爭期間，有些女人前往大陸或南方，就是為了那些戰地的士兵。最初告訴她這個詞的確實是勝子，好像是她母親的藝伎朋友追隨喜歡的人到了大陸，但後來被男人拋棄，在戰場上淪為「慰安婦」。

「到底會有多少美國士兵來到日本，我們還無法估計。雖然不能說他們全都是野獸，但我們身為戰敗國家的女人，以戰勝國的角度來看，是可以當成奴隸來使喚的。」

「……奴隸？」

感到兩隻手臂起了雞皮疙瘩，鈴子不由得吞了一口口水。輸的人變成奴隸。原來啊，或許真是這樣。小時候和朋友們玩「花一匁」和「過山洞」的遊戲，被抓到的人就輸了，要聽對方的話。原來和那些遊戲是相同的道理啊。

「但我們日本人身為神之子誕生到世間，不論如何都得堅守貞節，絕不能玷汙了大和撫子的純正血統。因此，國家才出此下策。」

「防波堤？怎麼做呢……」

手心冒著汗。鈴子看著眼前以母親為首的每個人都低著頭，只有益子用鼻子冷哼了一聲。

「雖然如此，但這並不是免費的勞動，而是能夠確實收到酬勞的。」

益子把手肘撐在桌上、下巴放在交握的手上，看著在坐的每個人。

「在這樣紛亂的局勢下，有多少人沒有地方住、沒有東西吃，能用自己的身體賺錢，也不算壞事啊。」

母親交握著放在桌上的指尖變得慘白。

「再怎麼說，對方可是美國人啊，而且好不容易戰勝了，正興奮呢！對女人肯定十分飢渴。要和這些人打交道可不是那麼簡單的，更別說白人男人的那個可是——」

「益子小姐！」

母親發出幾近悲鳴的叫聲，但益子卻一點都不打算退讓，反而一臉愉快的表情，輪流看著鈴子和母親。

「幹嘛一臉驚恐，既然來到這裡，就該知道這是無法隱瞞的吧！聽好了，從現在開始，這位小姐要和那些將自己的身體當成『防波堤』的女孩們一起生活。用自己的身體、打開雙腿來賺錢的女人，都和外國人幹些什麼勾當，即使不會親眼看到，也不可能裝作聽不見。我說啊，一開始就讓這孩子有所覺悟，反而才是好事吧。」

聽了這番話的鈴子知道自己的臉漲得火紅，母親的話和益子的話交錯混雜，像是某種不潔的東西突然逼到眼前。換句話說，她們現在要和那些收錢「做這種事」的女人們一起生活，而且是以美國人為對象。

「鈴子，妳仔細聽好。」

母親這時才轉向鈴子，眼神嚴肅，聲音因緊張而顫抖。鈴子放在膝上的手握成拳頭，死命地忍耐才能不將「我不要」說出口。

「我再說一次。這是一件好事，妳明白嗎？」

「……嗯。」

「這是國家的政策，如果不這麼做，連像鈴子這種年紀的女孩都會遭殃，這麼一來，幾百人甚至是幾千人好不容易等到戰爭結束了，卻要一生陷入人間地獄般的痛苦。所以國家逼不得已只能這麼決定，這真的是下下策。」

美國士兵真的都這麼粗暴嗎？都這麼野蠻嗎？果真都是鬼畜嗎？這些人今後會蜂擁到自己身邊來嗎？

因為輸了，戰爭打敗了，已經不能再指望日本的男人守護了。

實在令人戰慄到全身顫抖，胸口不安地跳動。持續那麼久的空襲確實令人害怕，但想到今後不知道會被怎麼對待，連語言都不通的人會大量進駐、侵犯女人，這也同樣讓人全身戰慄。換句話說，這個國家根本沒有人可以守護鈴子這些人民了。

「為了組成防波堤、迎接美國士兵的來到，宮下叔叔必須做很多準備，還得和官員及各界相關人士溝通，忙得天昏地暗，也需要母親的幫忙。如果有能說英語的人在，至少可以避免一些不必要的傷害啊。」

「那麼……」

聲音梗在喉嚨深處。鈴子輕輕咳了一聲，再度開口說道：

「那麼母親的工作是負責和美國士兵說話嗎？和那些來日本買女人的美國士兵？」

「……這是其中之一。」

「但是昨天妳不是說不會去店裡，不會去那個『小町園』嗎？」
母親終於勉強擠出微笑。
「我昨天聽了相關的情況後，發現這似乎無法避免。如果美國士兵和女人見面時發生了什麼問題，沒有會說英語的人在，就無法解決了啊。」
「到那樣的地方去，母親不危險嗎？不會被偷襲嗎？」
鈴子說出這番話時，益子不由得「噗哧」笑了出來，伸出手在眼前搧了搧。
「就算對女人再怎麼飢渴，眼前有年輕的女生，當然是向她們出手啊！不用擔心啦，別的不說，為了預防緊急狀況，還是會安排幾位男性在場的。」
母親眼角的怒火一閃而過，再次用力地深呼吸，然後看向益子：
「益子小姐是這方面的專家，女孩子們的事還有關於客人的安排，正如昨天談過的，沒有我出場的餘地，全都交給您了。總之，我今天會把所有需要的標示紙都做好，接下來就看情況，需要時再因應……」
「好，好，就照您說的。如果沒有什麼意外，盡量不會勞煩到太太您，您只要躲在掛簾後面就好。這樣行了吧？宮下先生也吩咐過了。」
「總之……」
一直保持沉默的望都這時開口了：
「我們會聚在這裡也算是一種緣分，實際上事情今後到底會怎麼發展，我們完全無法預測，但至少在場的各位可以盡力互相協助吧。」
周子和春代則點頭表示贊同。用餐完後，鈴子被要求立即回到六疊房間去。不用別人說，她也想一個人獨處，畢竟腦袋還處於一片混亂，不知該怎麼看待現在的狀況。

今天起要來這裡的女人。

來賣春的人，被稱為慰安婦的人。但這是國家的方針。國家要女人們組成防波堤。

防波堤……

到底是什麼原因，讓這些人不得不成為防波堤呢？她們難道做了什麼壞事嗎？

益子提到「要收的報酬當然一毛都不會少」，但難道只要能收到報酬就無所謂了嗎？母親說這些「損毀潔白之身的傷痕」會毀了女人的一生，既然如此，為什麼要為這些可能會滿身傷痕的女孩講英語呢？

我得好好靜下來。

得仔細思考才行。

母親會說英語，所以被叫來這裡幫忙，如果母親不在，女人們會更加惶惶不安。換句話說，母親是為了幫助她們。對，為了幫助她們。

母親做的事是正確的。

因為是國家決定的事，所以必須遵從並協助。

並不是協助「那件事」發生。

這也是不得已的。既然受託於宮下叔叔，沒辦法拒絕，就只好幫忙。

母親沒有做錯。

擁有大和魂的女性也不讓鬚眉　賀茂真淵

日本女性平常看似柔弱的妻子和母親，但當國家有難時，也應將一切獻給天皇而無怨無悔。此秋季正是女性發揮卓越大和魂精神之際。

為了讓心情平復下來，鈴子打開《少女俱樂部》，看到了這段文字。現在正是女性有所發揮的時刻。

沒錯。

鈴子的腦海中突然浮現一個想法——實際上，或許戰爭並未結束。空襲的確停止了，夜晚也能開燈過日子，但是明天起美國人就要進駐，根本不知道之後會發生什麼事啊。鈴子她們已經不能自稱是神之國的子民了，戰敗國的人民會變成奴隸，不論遭受什麼樣的對待都不能有怨言。

這一天下午，她們的宿舍湧進了大批抱著小小花布包的年輕女性，都是坐在貨車的後車斗上來到這裡的。發現外頭騷動的鈴子偷偷跑出了房間，躲在走廊角落暗中窺望這些穿著農夫褲的女人，她們胸前都緊抱著花布包，低著頭快步走向二樓的房間。

每個人都像是隨處會遇到的普通大姐姐，裡面甚至有看起來只大鈴子三到四歲左右的年輕女孩。這些人要成為日本的防波堤、為了美國士兵獻出自己的身體嗎？

「全部三十六個人。明天及後天，人數還會增加。」

從廚房出來的周子發現了鈴子的身影，向她招了招手。

「超過一半是完全沒經驗的女孩子，甚至還有看了召募廣告就來應徵的。她們是真的明白怎麼回事才來的嗎？」

手伸進鐵盆裡畫圈攪拌，洗著怎麼看也不夠四十個人吃的米，周子喃喃說著：「希望她們不要遭到太悲慘的對待才好啊。」

5

宮下叔叔說過房間外是閒雜人等來來往往的地方，但出了走廊，周遭意外地寂靜，而且還吹著徐徐的涼風，讓鈴子很不想回到殺風景又鬱悶的六疊房間。當然，對於二樓的女人們的事，她也不可能視若無睹。

周子正在廚房準備晚餐，鈴子藉機離開，站在樓梯下方窺探二樓的樣子。二樓傳來交頭接耳的說話聲，但聽不清楚談話的內容，可以確定的只有益子的聲音。肯定是正在教導那些將成為「防波堤」的女人，指示她們應該怎麼做。

到底在說些什麼呢？

具體內容是什麼？

真想聽。但另一方面又覺得很害怕。這些看起來像一般人的女人，她們現在到底是以什麼樣的心情聽著益子的話？

將被美國士兵觸摸。

豈止是觸摸，還會被脫光。沒錯，然後……然後被……。

光想像就覺得戰慄、汙穢，而且極為羞恥。明明是沒見過的陌生人，更遑論語言不通，還是大家口中的鬼畜。在東京各地……不，不光是東京，是在日本各地投下如黑雨般的炸彈的殘酷人種，完全不留情面地無差別殺害沒有任何抵抗能力的女人、小孩和老人。住家和所有的一切都被燒毀殆盡，滿目瘡痍，而他們就從空中笑看著被大火追逐、逃命的鈴子她們，對於這樣的敵人，到底要怎樣才能下定決心、讓他們看自己的裸體並且讓他們任意撫摸呢？這樣的事她們真的能辦到嗎？

「咦，是小鈴嗎？」

廚房傳來叫喚。鈴子慌張地轉過身，回到周子的身邊。

「有什麼需要我幫忙的嗎？」

周子鬆了一口氣，露出一臉安心的表情後，又無奈地搖了搖頭。

「就算人變多，也做不出什麼特別的料理。」

「不過，如果有任何我可以幫忙的事……」

「先不用了，如果知道有像妳這樣的少女在，來工作的女孩們肯定也覺得很尷尬，心情會無法平靜吧。」

周子望著天花板，想像著看不到的情景，微微壓低了聲音。

「連我都不知道應該如何理清自己的心情……今天鈴子就乖乖待在房裡，等事情稍微塵埃落定後，應該就比較能掌握，到時妳媽媽一定會想辦法的。」

既然周子這麼說，鈴子也只好乖乖聽話，輕輕點了點頭，不情願地把廚房拋在身後。

真是太無趣了。

儘管不必再因空襲而四處逃命，現在卻必須偷偷摸摸躲在房間裡生活。之前害怕的是空降的炸彈，現在懼怕的則是同在地面上來來去去的敵兵。

真的是太無趣了。

走到走廊盡頭往左轉，回到鈴子和母親、還有將在這裡生活的女人們被分配到的房間裡。

走廊再往前然後左轉，是廁所、浴室和洗面槽，她今天早上才知道浴室和廚房挾著小小的中庭背對背。繼續往前走、再次左轉的盡頭則是緊閉的門。今天早晨鈴子走到這裡悄悄地拉開了大門窺看，沒想到是通往二樓的階梯捷徑。換句話說，從這裡看出去，走廊逆時針包圍著廚房、廁所和浴室，剛好繞了一圈。

相反地，走廊盡頭往右轉是什麼風景，鈴子還沒踏出去看過。因為曾被宮下叔叔告誡，而且又沒有什麼事，似乎不應該隨便亂走。

即使是閒雜人等來來往往，再怎麼說也還在這棟建築物裡面，而且這裡是鈴子暫時的家，至少在一樓探險一下也不為過吧？自己只不過是在「家裡」走一走而已。何況像目黑的家，甚至沒有取得屋主的同意就擅自進屋裡生活，不是嗎？

鈴子回頭看了一眼，確定後面沒有人影，才往走廊右轉，不到兩間[12]的距離，走廊又往左彎。因此夜裡更是整片漆黑，什麼都看不到。

光著腳踏在走廊上，鈴子覺得地板布滿了灰塵。一邊躡手躡腳地擔心撞見不認識的「閒雜人等」一邊向前走，在盡頭處又往左轉，剎那間卻只能停佇在原地。眼前像夜晚般漆黑，這是因為不到三間的距離，走廊又轉彎了。建物的通道結構感覺很複雜，或許它本身比鈴子想像的大得多。她不由得陷入微微的不安當中，擔心自己會迷路。

如果沒有路，按原路往回走就行了。

在靜謐闃黑的包圍下再度往右轉，再往右。鈴子伸長著手，以指尖摸著身體側邊的物體，時而觸碰到紙門，時而像是砂石牆壁。另一側是整片從天花板垂下的遮蔽布簾。她探尋著布簾的開口，伸手一摸，那觸感果然是玻璃窗，更外側的雨窗則緊閉著。

換句話說，這棟建築物還不知道戰爭已經結束了。

二樓成為即將擔任「防波堤」的女人聚集的地方，但這棟建築卻依然處在燈火管制下。漆黑慢慢淡去，前方突然一片明亮，轉過下一個轉角，視野豁然開闊。走廊的另一端是比鈴子和母親被分配到的六疊房間更為廣闊的空間。

是玄關嗎？

這比昨天鈴子她們進來的玄關要大且宏偉體面，玄關的大門前雖然還掛著遮蔽布簾，但從部分捲起的布簾下透出的木框，看得出是上等的天然木，橫梁粗壯並富有光澤。門下方沒有鞋櫃，取而代之的是同樣使用天然木的裝飾櫃。眼前的亮光是玄關一旁通往二樓階梯上方灑下的光。

原來這個房子有兩個玄關，樓梯也是。

樓梯和玄關一樣，乍看之下是厚重又雄偉的樣式，讓人怎麼看都覺得這裡才是正門的玄關。那麼昨天她們是從這棟建築的「後門」進來的囉？想到這一點，總覺得被人看扁了，這實在是太失禮了。

不，或許也不是這麼回事。

母親在這裡工作，也就是說，可能會被當成下人來使喚。二樓的人也一樣。

這麼說來，是誰支付薪資的呢？又是誰僱用大家的？這倒沒聽說。是宮下叔叔嗎？但母親說這是「國家的方針」，那麼是由國家來支付嗎？戰爭輸了，鈴子她們連基本的糧食取得都有問題，現在的日本還有這筆資金嗎？

12 間：明治時期的度量單位，一間約為一．八公尺。

踏上宏偉階梯的最下階，握著使用整塊原木做成的扶手，鈴子偷窺著二樓的情形。這次什麼都沒聽到。既然一樓這麼廣闊，二樓一定也很大，女人們肯定是聚集在後方樓梯附近的房間。這麼一來，上去看看應該也沒有什麼關係吧？但是才剛走了幾步，鈴子就想起了方才周子所說的話。

——氣氛會很尷尬。

確實如此。而且鈴子自己也不知道該拿什麼臉來面對這些即將成為「防波堤」的女人。沒錯。

不知道怎麼自處。完全不知所措。對所有的一切。

母親從鈴子小時候就不斷告誡她，女性的貞操比什麼都重要。在嫁人之前必須和男人保持距離，不能太過親密，遑論身體的接觸或是不自愛的行為。只要被玷汙過一次，女人就是「瑕疵品」，這樣的傷痕和不潔，一生再也抹拭不掉。如果嫁人之前發現被玷汙過，甚至會被休妻，再也無法嫁到好人家了。女人的貞操被看得這麼重，因此光子姐在和別人交往時才會遭到強烈的反對，那件事鈴子記憶猶新。

既然如此，這些被帶到二樓的人，為什麼刻意來這裡遭受玷汙，而且對象還是好幾個美國人？為了國家犧牲。即使能夠換來金錢。對於這些人，自己究竟要怎麼看待才好？鈴子完全不知如何面對。即使她明白這些人為了自己才成為防波堤，但真的見到面時，該用什麼臉來面對，自己應該以什麼心情、什麼眼神來看待對方，她根本無從想像。要是只能把對方看成「被玷汙的人」，才真的是愧疚萬分。

但是……

即便知道對方並非心甘情願做這樣的事，還是趕不走情感上的厭惡。換成是鈴子，就算被什麼人命令，也絕對不會接受。一想到就覺得噁心，不是嗎？

但是……

極力向她教誨貞潔的重要性、篤信嫁人之前一定得堅守女性貞操的母親，竟然要照顧這些人，這件事也讓鈴子無法接受。

因為是宮下叔叔介紹的。

叔叔。

宮下叔叔是父親的好朋友，但他確實背叛了父親。他做了如果父親還在人世，絕對無法容忍的事。和母親一起。

母親的貞操呢？

已經無所謂了嗎？畢竟已經嫁給父親、生下了五個孩子，況且父親已經死了。徘徊在因空襲而滿目瘡痍的東京，鈴子好幾次對自己說「都無所謂了」。沒有宮下叔叔，鈴子和母親就無法活命，雖然明白這件事，但其實內心還是不斷掙扎著，想著有一天要親自問問母親。

真的好嗎？這麼做真的好嗎？

宮下叔叔不覺得對不起父親嗎？母親沒說過「貞女不事二夫」這樣的話嗎？還是已經無所謂了？就真的那麼喜歡嗎？如果光子姐和肇哥還活著，如果匡哥還一起生活，會變成現在這樣嗎？

鈴子坐在樓梯上，望著半空發呆。靜默微弱的光線中，無數塵埃在空中飛舞。此時此刻，經過春天的大空襲之後，鈴子空虛如荒漠的身體，彷彿真的失去了實體，像飄浮的塵埃般，化為烏有。這樣也好，反正都無所謂了。

父親、光子姐、姐姐的嬰兒、可愛的千鶴子，大家都喪失了肉體，現在或許就像這樣飄浮在某個地方。所以鈴子即使失去了肉體，或許魂魄也能持續飄盪。

但身體還存在，或許有一天，鈴子也要被迫成為防波堤。「為了國家」，不得不被說服。

真是太無趣了。

回過神來，她覺得屁股麻痺了。二樓依舊靜謐無聲，鈴子失去了窺探的興致，慢吞吞地下樓，再次站在上樓處，眼前以充滿光澤的小石塊鋪成的三和土上，放著一雙男人的大木屐。她不由得伸出包覆在農夫褲下方的腳，試著踩在木屐上。粗糙的表面給人一種不舒服的觸感，和剛才走來的走廊一樣，是已經很久沒有人穿的木屐。把腳趾伸進木屐，施力夾住又粗又大的固定繩頭，就這麼往前跨了一步，意外地發出喀隆巨響。鈴子驚慌地停佇在原地，糟了，糟了，連這一點都忘了。穿著木屐走路，腳步聲肯定會被聽見。

把腳趾抽離固定的夾腳繩頭，光著腳、踮著腳尖走在三和土上。雙層垂掛的遮蔽簾很厚，觸感同樣高級。拉起布簾，後方出現的是鑲嵌著毛玻璃的玄關門，交錯的拉門寬幅大概有一間以上，高度也比普通的住家玄關還要高。毛玻璃上貼著橫的、直的和斜向的防爆紙，鈴子用手指夾住固定兩扇拉門的鎖栓，接著轉動，喀嚓一聲轉了開來。她繼續扭轉著鎖頭，當鎖頭鬆開後，扣著凹槽，盡量不出聲地推開門。

漸漸變大的縫隙竄進了帶著濕氣的風，背後的遮蔽簾被吹得往後掀。打開到可以探出頭的寬度、悄悄把頭探出去的瞬間，鈴子嚇得跳了起來，同時感到全身起了雞皮疙瘩。

「小鈴？」

站在眼前的竟然是母親。

6

母親叫住鈴子時，正值日暮時分。不知從何處傳來秋蟬的聲音。屋裡從剛才開始愈加喧鬧，走廊上人來人往的腳步聲急遽增加，加上卡車的聲響，甚至傳來三三兩兩的男人吆喝聲，接著是鋸子正在鋸東西的聲音及鐵槌敲打釘子等聲音。

「小鈴，妳過來一下。」

將讀到一半的《少女俱樂部》隨手擺在榻榻米上，把頭伸出走廊外，母親胸前抱著好幾件衣服，直視著鈴子。

「這些……」

「……這些是什麼？」

「先幫我放在那邊，妳來一下。」

遵照母親的吩咐先接過衣服放在房間的角落，鈴子緊跟在母親身後，默默望著母親的背影。剛才隔著玄關和母親對上眼時，母親驚訝的神情還烙印在腦海裡。妳在這裡做什麼？為什麼出現在這裡？母親的眼神難掩疑問。趁母親還未開口，鈴子慌張地縮回頭，粗魯地推開遮蔽簾，往走廊飛奔而去，兩手摸索著盡頭，匆匆忙忙跑回房間。回到房間後她才想到，門沒來得及關上，而且剛才母親身邊站著幾個男人，宮下叔叔好像也在其中。

「過來這邊。」

母親站在浴室前回頭看著鈴子，鈴子微嘆了一口氣，心裡已經有數。母親剛才肯定發現自己是光著腳走到正門玄關，但就算她開口問，鈴子也能回答自己早就拿布將腳好好地擦乾淨了。

但母親卻直接從浴室裡穿過木門走到外面，出了中庭。不知何時，幫浦式的汲水井邊，放著一張和食堂相同的圓椅子。

「來這裡坐下。」

「……要做什麼？」

中庭的對面可以看見廚房。老舊的格子窗全部敞開著，隱約可看到在裡面忙進忙出的周子，像一團黑影移動著，同時飄散出一股料理的香味。不知道多久沒聞到了，混雜著柴魚片和昆布的湯頭香氣飄在空氣中。

「小鈴啊……」

將兩手放在鈴子肩上，母親要她靜靜坐下，然後輕輕抿著嘴角，直視著她的臉。

「我想幫小鈴剪頭髮。」

母親的眼神緩緩移動，手撫摸著鈴子的頭髮。

「……又要剪？不是才剛剪。」

她應該不至於忘了。天皇廣播那天，母親說要剪頭髮，然後就幫她剪了。當時母親自己也說了，今天開始轉換心情，把頭髮剪了吧——距離那一天還不到十天啊。

「妳知道從剛才開始外面就吵個不停吧？」

母親接著說明，在剛才和鈴子撞個正著之後，正門玄關那裡來了好幾位工匠。

「工匠？」

母親微傾著頭，輕輕嘆了一口氣，繼續撫摸著鈴子的頭髮。

「現在已經上了二樓的那些女人……」

母親的視線閃爍著，現在大概盯著鈴子的額頭吧。

「明天就要移到店裡。」

「……明天？」

「美國士兵要來了。這一天終於來臨，明天或後天就會到了。」

敵人真的要來了啊，鈴子不由得嚥下一口口水。

「來到這裡的工匠們是為了盡快多蓋幾間房間。」

「蓋房間？為了什麼？」

「……為了迎接美國士兵的到來，據說人數非常多。因此，還得緊急增加更多能勞動的女人，也得趕快多找些類似的場地才行。」

「美國人也會來這裡嗎？」

母親無奈地點了點頭，接著又說，或許最晚後天，鈴子她們就得再搬遷，因為場地不夠，這棟房子也要被用來「當成做生意的地方」。但當然不可能要鈴子住在迎接美國士兵的屋子裡，所以剛才拜託了宮下叔叔，請他再幫忙找住的地方。

「因為實在太突然了，還有很多事總部的人也不知道該如何應對。」

「總部？」

母親蹲了下來，撿起一旁的小石頭，在地面寫下了「RAA」。

「唸成R-A-A，這是母親工作的組織名稱。」

鈴子突然回想起來，剛到這裡時，曾聽誰說過「阿雷雷」，原來正確的唸法是「RAA」啊。

但是這三個字母代表了什麼意思呢？鈴子完全不明白。不過她至少知道那是英文字了，對了，英語已經不能再稱為敵國語了。

「總之……明天或後天開始，這附近就都會是美國士兵。」

為了來找女人。

為了來這裡鯨吞日本的女人，把對方當成奴隸對待。

「情況變成這樣，之後會發生什麼事，完全無法預料。」

「……所以成為防波堤的女人才聚集在這裡不是嗎？」

「但是，這裡的女人再怎麼努力，對方人數增加那麼多，最後可能也無法控制。」

「什麼意思？到時連普通的女性也會被施暴是嗎？」

「勝利的一方總是這樣。」

母親喃喃地說，日本的士兵到外地時也經常幹這種事。自從天皇廣播後，一時之間表情突然變得開朗的母親，今天看來似乎顯得疲憊萬分。昨天剛來到這裡時，明明還一副忙得很愉快的模樣。

「在滿洲、中國和朝鮮——在那些地方來不及逃跑的女人，似乎也都會慘遭暴行。」

鈴子霎時感到一陣戰慄的電流從手部竄上來，直抵脖子和臉頰。日本的士兵？怎麼會？那些人不是被稱為神之子嗎？不是為了天皇、為了大東亞共榮圈而戰嗎？

「……騙人。」

「……有人親眼目睹過好幾次這樣的場面，宮下叔叔的同事之間也有這樣的傳言。母親當然也不願意相信，但軍隊裡有各式各樣的人，戰勝的一方通常都會這樣施暴，不論哪個國家。」

母親只是眺望著遠方。

「前往戰場後，不管什麼人都無法保持正常。如果把敵人當成是和自己一樣的人種，就沒辦法那麼輕易地加入血腥的殺戮啊，所以得把對方想得比畜生還不如，不留情面地痛下殺手，他們每天在這種狀況下度過，漸漸變得不知道自己是誰，或許也一起淪為畜生了吧。」

「……日本的士兵不會變成這樣吧？」

母親當然不是說每一個人都會變成這樣，但她的聲音更加沮喪了。

「就算過著普通的生活，也是會有好人和壞人不是嗎？同樣是日本人，有小偷，也有殺人犯啊。軍隊裡當然也有這樣的人，而且，在戰場上更加無法維持平常心……」

鈴子的腦袋裡，首先浮現的是兩位哥哥。肇哥和匡哥不可能做這樣的事吧！肇哥已經去世，而應該還活在某個地方的匡哥，現在變成什麼模樣了呢？想到這裡，她不由得全身打顫，完全無法置信，感到一陣厭惡。

「總之，現在輪到我們遭遇同樣的對待也不奇怪，只能這麼想了。所以呢，小鈴……」

母親再度直視著鈴子的雙眸。明天開始，鈴子要十分小心，如果在路上突然遇到美國士兵，被對方知道鈴子是女生，不知道會遭到什麼對待，母親這麼說。

「雖然如此，但小鈴已經不是小孩子了，也不能一天到晚關在房間裡對吧？會像今天一樣想要四處走動，當然也會有無聊的時候，一直關在房裡對健康也不好。至少不久後，學校應該會重新開始才是。」

母親再次撫摸著鈴子的頭髮，說道：

「所以啊……母親希望鈴子在這段期間打扮成男生的樣子。如果不這麼做，我會擔心得無法工作。」

「……那是要理男生的髮型嗎？理成光頭？」

我才不要呢！鈴子差點就吐出了這句話。別開玩笑了！我絕不要理光頭。戰爭好不容易結束了啊。鈴子其實想要像以前的光子姐一樣把頭髮留長，即使只有一次也好，想要有一頭烏溜溜、垂到肩膀的長髮。沒想到事與願違。

「還有，要換上剛才拿到房間裡的那些衣服。」

「剛才的衣服是……？」

「是我拜託別人找來的。當然內衣穿女生的沒關係，我會再多準備一些，衛生褲一定要穿兩件，知道了嗎？」

接著母親把準備好的鋪巾打開，圍在坐在小圓椅子上的鈴子的衣領下方，手裡握著手推剪。

「要忍耐喔！這是為了生存下去，非不得已。」

鈴子的脖子感到一陣冰冷的觸感。

「頭髮很快就會長出來了，我們一起祈禱不必再剪短的日子趕快來臨。」

頭才微微低下，立刻傳來喀嚓喀嚓的聲音。鈴子只是望著掉落在白色鋪巾上的頭髮。

不到一會兒，鈴子就頂著清爽的髮型一個人回到房裡，脫掉原本穿的衣服，換上母親拿來的。不是新的，也不知道是誰穿過的，寬鬆的短袖上衣配上卡其色的褲子，有別於至今穿過的農夫褲和罩衫那即使洗了很多遍依然又薄又柔軟的貼身觸感，而是一身又厚又硬的布料。襯衫的鈕扣也和女生的相反，她邊從領口開始扣著扣子，淚水撲簌地落在榻榻米上。

7

這天晚上鈴子和母親兩個人在房間吃晚餐。望都等人為鈴子著想，認為還是不要和住在二樓的女人在食堂打照面比較好，況且鈴子也不想讓別人看見自己幾乎理成光頭的模樣。

明明昨天才從目黑的家來到這裡，卻宛如過了很長的時間，連和母親兩個人面對面這件事，也恍若隔世。

「滋味真好！周子的廚藝真是沒話說，講究湯頭竟然能讓鹹粥的味道變得這麼不同。」

今天的鹹粥確實湯頭鮮美，而且除了比米還多的菜葉、白蘿蔔、地瓜等食材，還摻雜了切碎的黃雞肉。由於加了醬油的緣故，呈現淡淡的色澤，讓鈴子也不由得食指大動。在這樣複雜的心情之下，她原本一點也沒有食慾，沒想到手和嘴卻擅自不停動著，真是沒辦法。

「小鈴。」

「……」

「不要再賭氣了啦。」

「我沒有賭氣啊。」

「是嗎？那是鬧彆扭嗎？頭髮很快就會長長了啊。」

「長長了還不是又要被剪掉。」

「等美國士兵的騷動平靜、我們也穩定下來以後，肯定不必再這麼提心吊膽了。」

「……妳怎麼知道呢？我們說不定會變成奴隸不是嗎？」

下意識動著筷子，鈴子偷偷瞟了母親一眼又立即壓低視線。看到母親一臉悲哀無奈的表情，反而讓鈴子覺得厭煩。從小鈴子就對母親這樣的表情不知所措，如果看到母親哭泣的臉，甚至不由得想尖叫，胸口會感到陰鬱煩悶。

「……他們從空中投下那麼多的炸彈，把整座城市都燒毀，而且連小孩和嬰兒都能若無其事殺害不是嗎？他們根本一開始就沒把我們當人看吧！肯定把我們當成螻蛄般的蟲子吧！」

不知不覺，暮色降臨的時刻提早了，打開的窗子外已經是一片黑暗。即使如此，窗外或走廊上仍傳來熙來攘往的吵雜聲，工匠們進進出出忙著施工。明天開始勞動的女性，晚餐後依序使用浴缸，有時伴隨著水桶聲或潑水聲，女人的笑聲也一併傳了過來。

還真笑得出來。

在這些聲音的間隙之中，開始傳來秋天蟲子的叫聲。

「我明天一定要去外面，可以吧？」

喝完鹹粥後，明白自己一副臭臉的鈴子以挑釁的語氣看著母親，不讓母親說不——畢竟都照她說的剪了頭髮，也裝扮成男生的樣子了。母親靜靜地放下筷子，邊喝著白開水，輕輕地點頭答應。

「但是，妳還是得小心喔！遇到美國士兵絕對不要正眼看對方，也不要靠近。就算打扮成男生，如果對方知道妳還小，說不定又會打什麼壞主意。」

「什麼壞主意？」

「……我也不知道。」

「母親明天打算做什麼？」

母親放下捧在雙手裡喝完的湯碗，眼神落在碗上，只是嘆了一聲。

「不到明天不知道，實在無法想像會是什麼情況。」
「能一起吃飯嗎？」
「早飯當然沒問題，但中午和晚上就不知道了……」
肩膀微微起伏，接著抬起臉的母親，和鈴子的視線交會時，表情驟變，忍不住笑了出來。
「……什麼嘛！」
「小鈴……」
「怎麼啦？」
「妳好可愛。」
鈴子知道自己的臉瞬間紅了起來，不由得嘟起嘴，更加生氣地瞪著笑個不停的母親。
「別笑了啦！」
「如果走在外面大家肯定都會回頭看。但是呢，小鈴不要搞錯喔，不是因為妳很奇怪，而是太可愛了，大家才會想再看一眼。」
母親再也無法忍耐，放聲笑了起來，一邊反覆說著「太可愛了」。鈴子也不由得乾瞪著母親，心裡覺得很可笑，伸手摸著自己變成栗子狀的頭，原本想吐出一句「根本是看我的笑話！」但又覺得有點開心，原來這樣的自己很可愛呢。
「但是，這樣不是很困擾嗎？看起來很可愛的話，會被認出是女生吧？」
鈴子想起以前匡哥把頭髮剪短的樣子。原本一心想要成為文人而留長的頭髮被剪短時，他漲紅了臉，鈴子覺得很有趣，不由得伸手摸了又摸匡哥的頭。沒想到現在竟然能重新回味這樣的觸感，而且摸的還是自己的頭。

「啊，笑到我快岔氣了。真的忍不住呢。」

最近母親總是一副強硬的模樣，像這樣捧腹大笑的樣子鈴子已經很久沒見過了。母親以前喝醉時總會傻笑，那輕快的痴笑聲，總是讓本所的家裡充滿了明朗開心的氣氛。

「母親，妳笑得太誇張了。」

「對不起。但是，小鈴不用擔心喔。」

好不容易止住大笑後，母親還是忍不住又噗哧地笑出來。

「小鈴啊，看起來確實像男孩，不過是非常可愛的男孩喔。」

她笑得太誇張，連眼角都滲出淚水。母親看著鈴子說，肯定是鈴子的額頭形狀很美而且眉毛又濃又粗的緣故。

「以前留西瓜頭，額頭被遮住了，眉毛也不怎麼顯眼，頭髮剪短後，髮線漂亮地露出來，看起來就是個聰明的少年。母親好像多了一個兒子，感覺很棒，而且啊，小鈴的耳朵很有福氣呢。」

以手背擦著眼角滲出的淚水，母親又加了一句「跟妳父親真像」。

胸口又開始煩悶了起來。

父親。

回想起來，她已經好久不見父親了。當然見不到，畢竟父親已經不在人世。那之後真的經歷太多事了，如今簡直人事全非。雖然才不過幾年的時間，但父親的喪禮感覺已是遙遠的過往，現在連是不是真的發生過她都覺得恍然，甚至宛如一場夢，只是暫時不能和父親見面罷了。

「在說些什麼開心的事啊？」

拉門突然被打開，宮下叔叔的臉露了出來。鈴子不禁看著母親，母親也偷瞄了鈴子一眼，雙頰還留著笑意，搖頭說著「沒什麼」。叔叔自顧自地進了房間，盤腿坐了下來，看到鈴子不由得吃了一驚。

「哎呀呀！沒想到這麼適合，真是青澀的寺院小和尚啊！」

「請別這麼說，本人可是很傷心的。」

明明自己剛才笑得那麼大聲，此刻卻像是在安慰鈴子，母親出奇冷靜的語氣，引來了宮下叔叔的笑聲。

「千萬不要覺得受傷啊！頭髮很快就會長出來了，日本各地的少女，很多人都是這副打扮喔！」

「……真的嗎？」

「當然啊，雖然也有一些不知道輕重的女孩，但父母親擔心的家庭，都把女孩打扮成男孩的模樣。妳應該知道原因吧？母親對妳說了吧？一旦美國士兵真的來到這附近，肯定會引起一陣騷動。」

「……我聽說了。」

「實際上會是什麼樣子，叔叔其實也無法預測。總之，這棟建物施工完後，就會由美國人來使用。」

「……這我也聽說了。」

叔叔低吟了一聲，點點頭從口袋裡拿出菸，鈴子不由得站起來喊了一聲：

「我去拿菸灰缸！」

背後的母親叫她等等，鈴子卻趁機出了房間，不想和叔叔在一起。忍耐了好久，鈴子最近終於發現自己不喜歡宮下叔叔，但又無法擺出「討厭」的臉，因為這樣肯定會讓母親覺得為難。

在走廊上右轉，來到廚房前，剛好和從食堂走出來的兩個女人擦身而過。鈴子喊了一聲，一看見對方的臉便驚慌地停住了腳步。她原本以為是春代和望都，沒想到卻是陌生人的臉，而且年紀很輕。

就是這些人吧？

看起來就是普通的姐姐。

不特別美也不特別醜、看不出是快樂或是難過的姐姐們。其中一人用手按住自己的胸口說道：

「嚇我一大跳！還以為是我弟弟呢，不過當然不可能啊！」

鈴子慌張地回以微笑。女人全都一副安靜的表情，只是輕輕瞥了鈴子一眼就迅速離開了。鈴子佇在原地不動，看著她們的背影直到消失。

「有見到誰嗎？」

拿著菸灰缸回房間時，母親一副忙亂的模樣，鈴子只是搖了搖頭表示沒見到人，懶得一一說明。

「這是答應妳的。」

邊撢落手上的菸灰，宮下叔叔拿出了一個黃草紙小包。鈴子接過來打開後，發現裡面除了幾本雜誌外，還有全新的筆記本和兩支鉛筆，以及肥後守摺疊小刀和橡皮擦。

「今後小鈴也得學英文才行，今天開始就向母親學習吧！」

意外聽到這番話，鈴子看著母親，母親似乎也一副想通了的表情輕輕點頭。

「嗯，先從英文字母開始學吧。」

「學習」這兩個字，聽起來很新鮮。鈴子不由得大大地點頭，交互看著母親和宮下叔叔。

「叔叔，謝謝你。」

叔叔不知為什麼一副害羞的樣子搔著後腦杓，鈴子第一次看見這樣的叔叔。

「真的差很多耶，感覺好像是不認識的人對我說話。」

「……但是，母親說我和父親很像。」

鈴子直言不諱，接著又低下頭。

這天晚上，母親和宮下叔叔、益子等人在食堂談話談到深夜。鈴子等得不耐煩，趴在被窩上，重複著母親寫在筆記上的ａｂｃ字母，幾乎寫滿了一整頁。但大人的談話似乎沒完沒了，結果她趴得肩膀、手腕都累了，只好暫時翻身盯著天花板，最後決定不等了，自己先睡。幾乎變成光頭的腦袋，只要稍微一動，下方枕頭裡的蕎麥殼便跟著不斷翻動。

八月二十七日也是一早就開始動工。春代在井邊洗著衣服，望都和母親守在食堂的角落，兩人一直對著桌子，似乎在大紙上寫著什麼字，鈴子則在六疊的房間裡學英文字母。

「Ａ……Ｂ……Ｃ……」

光是握著鉛筆寫字就覺得很開心，不知道時間過了多久。二十六個字母一下子就輕鬆地記起來了，鈴子想要母親再教些新的，於是跑出房間，就在走廊轉角處碰上了一整列從樓梯走向後門玄關的女人。

「她們得出發去『小町園』了，接著就交由那裡做準備，剛才還寄來了這麼大罐的化妝用白粉呢。」

可能洗衣服洗到一半吧，從廚房裡露出半張臉的春代垂著兩手，指尖還滴著水珠，喃喃說道。

「傍晚的時候還會有其他女人來。」

「……其他女人？」

鈴子低聲詢問，春代一副透露了大祕密般的表情點了點頭。

「這個月據說會增加到一百個人喔。」

第二章　占領軍抵達的那天

1

八月二十八日。星期二。

早晨的秋蟬聲從遠方傳來，打開雨窗後，帶著些許秋日氣息的風流洩進來，但太陽高掛，天空仍滿布夏日雲朵，氣溫也不斷上升。

工匠們依然一早就來到鈴子她們住的地方，延續前一天的敲敲打打。早餐尚未準備好前，就有人從後門玄關粗聲大叫著：「喂！有人在嗎？」一個男人不知何時來到食堂前，突然把臉伸向廚房打招呼。

在不安的氣氛包圍下，眾人圍著餐桌開始吃早餐，不光是母親，每個人都不太講話，大家都一臉憂鬱。連老是對別人出口挑釁的益子也同樣沉默不語，只是默默動著筷子，等到放下碗、像平常一樣掏出菸時，她才終於開口：

「對了，等等太太應該會和宮下先生他們一起去對吧？」

母親的眼神落在面前的碗，只輕輕應了一聲。

「幾點開始呢？那個什麼典禮？」

「九點的樣子。」
「在皇宮前面對吧？怎麼去呢？搭電車？」
「不，搭汽車。」
「啊，是喔，坐轎車啊。回程也是嗎？」
「應該是。」
益子點點頭，連鼻子也一起吐著煙。
「總之結束後請盡快趕回來。」
「那當然。」
「畢竟今天起，不曉得會發生什麼事。」
「我明白。」
「再怎麼說，能說對方語言的人，就只有太太您一個人啊。」
「典禮一結束，我就會馬上趕回來。」
鋸子的聲音、刨木頭的聲音、鐵槌的咚咚聲，好不容易有點秋天的氣息，一聽到這些聲音，暑氣似乎又上升了。被這些聲音包圍吃著鹹粥，鈴子不由得汗水直流，她將碗底剩下的最後一口粥用筷子扒進嘴裡，像是被這些雜音催促般站了起來，說了聲：「我吃飽了。」
「小鈴，雖然母親要出門……」
回到六疊的房間打開英語筆記，不久，母親拉開紙門探出了頭。她不知什麼時候換了衣服，農夫褲的上面搭著一件沒看過的罩衫，純白又潔淨。
「怎麼啦，那件衣服是？」

「啊，這個啊？」

母親的樣子有點害羞，但又浮現愉快的笑容，說是宮下叔叔找來的。鈴子把頭轉向小茶几上打開的筆記本，只是敷衍地回覆。這麼開心啊？把我打扮成男生，自己卻穿得漂漂亮亮的。

「我中午前就會回來，小鈴就……」

「沒事的，我哪都不會去。」

「真的？那麼，就拜託妳看家了。」

聽著母親漸行漸遠的腳步聲，鈴子接著專心盯著筆記本，一心一意練習寫英文字母好一會兒。沒想到學習新的事物是這麼愉快。回頭想來，三月的大空襲之前，學校還沒有關閉時，鈴子她們每天只是被田裡的農務追著跑，而且一天到晚在校園裡做些軍事訓練，根本沒有時間上課。那時有同學認為這樣「很輕鬆」，鈴子雖然也多少這麼想，但現在才覺得那時真是太虛度光陰了。

對所有事情都那麼拚命忍耐，結果戰爭還不是輸了。

母親將筆記本上的每一頁分成字母的印刷體和書寫體，各自寫上了大寫字母和小寫字母共四種範本。她在筆記本上寫下工整漂亮的字母時，一邊喃喃地說：「英語很有趣喔！」學生時期，英語似乎是母親最喜歡的科目。

母親竟然也有那樣的時代，鈴子完全想像不出來。

那是個什麼樣的時代呢？和鈴子年紀相仿時，母親看著什麼、感受著什麼、想著什麼度過了少女時期呢？當時的母親肯定料想不到，長大之後竟然被捲入戰爭中，好不容易結婚的對象，還有懷胎十月忍痛生下的孩子，竟然這麼早就天人永隔。住的房子等所有的一切都化為烏有，如今更為了半個月前還是敵軍的男人，用上了過去拚命學習的英語。

當鉛筆變鈍時，鈴子便花點時間慢慢用肥後守對摺式小刀削出鉛筆芯，然後再次回到筆記本上。當專心一意熱中於某件事時，家裡四處傳來的咚咚敲打聲，也不再擾亂鈴子的思緒，她發現自己不再感到「空虛」。

就這樣不知過了多久，突然聽到有腳步聲從走廊傳來，拉門被緩緩打開，宮下叔叔臉上掛滿汗珠站在門邊。

「我回來了。」

「……您回來了。」

他又擅自進了房間，後面跟著現身的是母親。鈴子不由得伸長脖子探了探母親的身後，看看是不是還有其他人。這裡和目黑的家不同，得小心其他人的眼光，而且叔叔為什麼能神經這麼大條地擅自出入鈴子她們的房間呢？還厚臉皮地說什麼「我回來了」。

「說起來，還真是氣派的儀式呢！這麼一來，我們也能打起精神、卯足了勁工作了。」

宮下叔叔急急忙忙解開被汗水濡濕的國民服上衣的扣子。

「但話又說回來，再怎麼說也是『那個』，竟然會在皇宮前執行宣誓儀式，真是嚇死人的突發奇想。換句話說，就是要將我們正著手的事業，毫不畏縮地在陛下面前報告。重新整頓思想，為了建設新的日本國家，粉身碎骨也不後悔，每天光明正大地往前邁進，得開口說出這樣的誓辭呢。」

「而且聚集了那麼多人，是多麼莊嚴的儀式啊。」

叔叔露出了結實的肌肉，母親若無其事地從背後幫他接過國民服，表現出一副打從心底感到驚訝的樣子。叔叔接著在榻榻米上盤腿而坐，這次則開始脫下綁腿帶，發出了令人作嘔的餿味。鈴子不由得皺起臉，但視線卻無法從叔叔身上移開。

「所以我不是說了？現在可不是猶豫的時候。炸彈從空中而降的戰爭確實是結束了，但眼前這場新的戰爭，我們只能堅毅地迎戰，才可能獲得勝利。」

鈴子握著鉛筆的手浮在空中，想將當下聽到的每個詞語收進腦袋裡的某處。叔叔似乎現在才發現鈴子也在一旁，於是看著鈴子。

「小鈴，妳聽得懂剛剛的意思嗎？」

「……聽不懂。」

她誠實地搖了搖頭。以前搖頭時會有髮絲跟著甩動的感覺，現在已經消失了。

「換句話說……」

宮下叔叔將綁腿帶用手隨意捲了起來，接著又把另一隻腳的綁腿帶也脫了下來，接著說：

「這次的敵人呢……是時代。」

「……時代？」

叔叔依然掛著一臉汗珠，微笑著說：「不懂是吧？」

「也就是說，這個時代就是敵人。和燒夷彈完全不同。以前只要拚了命背對著它逃命就好，但現在可不同了，即使失去了家、失去了兄弟姐妹跟親戚，也不能只是發愣，什麼都不做，這樣反而會慘遭不測。換句話說，不能背對著敵人，但也不能照單全收。」

「那應該怎麼做呢？」

鈴子追問，叔叔微微挺起了胸膛，從鼻子吐出了氣息。

「接受，而且起身面對。」

「接受？」

「沒錯。妳聽好了，這次要正面迎戰敵人，『來吧！我們就接受這項挑戰！』要用這樣的氣概挺身向前，睜開雙眼接受對方是最重要的。只有以這種姿態迎戰的人，才能掌握勝利的契機，才有辦法在新的日本活下去。」

鈴子將視線轉到緩緩點頭、看來十分認同這番話的母親身上，只是輕輕地點了頭應和。真是讓人似懂非懂的言論，究竟「時代」是什麼東西，鈴子完全摸不著頭緒。要以它為對象來作戰，到底應該做些什麼呢？

「所謂的時代……」

「啊，得先去看看施工的進度才行。對了，妳們的新家我已經有幾個腹案了，但得先去探勘一下。還有，可以請廚房的人先準備一些蒸地瓜或湯泡飯什麼的嗎？只要能入口的東西就行。啊，不用了，還是我自己去說好了。」

宮下叔叔說完後就站起身，拍了拍母親穿著白色罩衫的肩膀。

「津多惠啊，妳也早點用完午餐趕緊來『小町園』吧，不然可麻煩了。再怎麼說，新的戰火蓋子已經掀開了。」

叔叔匆忙地出了房間，砰地闔上了門，接著傳來母親長長的嘆息聲。母親緩緩地跪坐在榻榻米上，抿緊嘴角、專注地看著某一處，只是微微點頭說著：「原來如此啊。」

「這或許真的是新戰事的開端呢。」

「和時代的？」

母親緩緩轉過身來，視線落在矮茶几上鈴子攤開的筆記本，終於露出了微笑。

「妳很認真喔，寫得很好。那麼，接下來……」

母親從鈴子手中接過了鉛筆，將筆記本翻到新的一頁，這次畫上了五十音的表。她將對應的英文字母寫上去，興味盎然地望著整齊寫好的文字表，一旁的鈴子卻十分心急。

「母親，妳不是沒有時間了嘛！還寫這麼慢……」

「這些字母正確的說法是羅馬字，相互對照就能把日文用羅馬拼音來置換。習慣了之後，就能記住基本的發音，對學習英語很有幫助喔。」

「知道了。」

「妳剛才聽到了吧？從今天開始就是另一場戰爭，不知道會變得多麼忙碌，又會發生什麼事，也不知道今後能有多少時間和小鈴相處。所以呢，母親每天會出作業給小鈴，為了能夠流利地讀寫羅馬字，這樣好了，小鈴寫信給母親吧！」

「寫信？」

「很短也沒關係。」

「但是又沒有信紙。」

於是母親答應明天要搜集傳單等可以寫的紙來給鈴子。

鈴子和母親及春代三個人一起吃完午餐，負責三餐的周子和望都已經前往「小町園」，益子則又到某處去迎接今天新來的當「防波堤」的女人。

「總是覺得胸口有什麼梗著，真是沒辦法。」

啜著和早上一樣的稀粥，春代突然放下筷子，嚴肅的表情有別於平常，她把手放在自己的胸前，肩膀大幅度地上下起伏著。

「今天只有二宮太太在，我就老實說了，其實我到現在還是很猶豫，接受這樣的工作真的好嗎？」

母親什麼都沒說，只是伸直了背，慢慢動著筷子。

「同樣身為女人，妳說，那些孩子們今後會遭遇什麼狀況？想也知道啊！但卻得請她們努力，而且人數還會繼續增加。如果是原本就做這類營生的人，可能還不會這麼沉重，裡面好像也是有自願來的人，但是……」

「這是沒辦法的啊，連花街的人手都不夠，吉原附近因為空襲死了很多人，被燒傷的人幾乎都回到鄉下去了，況且有很多人當初都隨著軍隊去了大陸和南方的戰場。」

「就算這樣，真的非得做這種事不可嗎？」

「別再說了。」

母親的語氣平穩卻堅定。

「不管是哭或笑，也只能這麼做了。因為我們戰敗了啊。為了生存下去，只能接受了。」

「我知道，可是……」

「今天開始，我們就是『特殊慰安設施協會』正式僱用的人。身為『ＲＡＡ』的職員得克盡職責，今天可是正式在皇宮前宣誓了，負責的理事也都蓋了血書手印。」

春代聽到「血書手印」這個字眼不禁瞠目結舌。

「竟然做到這種地步，簡直就像是赤穗浪士的復仇。」

「這就表示有所覺悟啊。我們現在面對的現實是，我和這個孩子已經沒有別的去處，等待小兒子平安從戰場回來之前，我們一定得撐下去，一定要等他從戰場回來。春代，妳不也是一樣嗎？」

「是沒錯……我連住的地方、可以依靠的人都沒有，老家和婆家的人全都被燒死，外子也戰死了……」

「沒有人是自願做這些事的。但身為女人，想要不受傷、不餓死、有地方睡、平安活下去，這裡再好不過了啊！而且剛才宮下先生也說了，我們要有挺身面對的勇氣，才能順利度過這個時代，今天開始在這裡工作的女性也是一樣啊！」

挺著背脊的母親，望向仍慢慢動著筷子的鈴子，接著和鈴子勾手指約定，下午的時間鈴子可以自由活動，但如果要外出，一定要和春代或其他人說一聲，走到外面絕不能被認出是女孩，並且得在日落前回來。

「聽到了嗎？小鈴。來，打勾勾。」

鈴子心想，我已經不是小孩子了！但也只能乖乖伸出小指，被母親的小指勾著甩動。「說好了！」聽著母親的聲音，鈴子不知為何覺得她好像漸漸變成別的人，「再好不過」與「挺身面對」等字眼，和母親非常不搭。

2

母親去了「小町園」，回到房間裡的鈴子暫時躺在榻榻米上，只是發著呆。有事情發生了，就在今天。

午安，konnitiwa

再見，sayounara

謝謝，arigatou

二宮鈴子，Ninomiya Suzuko

小茶几上攤開的筆記本上，留著母親寫下的英文字母五十音對照表及幾個簡單的字詞。

看起來像是英文卻又不是英文的詞。不久前絕對禁止使用的文字，現在卻標示著鈴子的名字。反覆盯著看，覺得是鈴子，又好像不是鈴子。

感覺很奇怪。

這麼看來，母親的名字「津多惠」是不是也能以羅馬字母表記？而且母親從現在起就得和美國人直接交談，這麼一來，肯定會被問到名字，到時母親就會從「津多惠」變成「Tutae」。

好像換了一個人。

Tutae和Suzuko，鈴子看著這些字，甚至連是不是名字都無法辨別。

光是隨意瀏覽英文字母也完全抓不到印象，感覺就是一堆奇怪的文字組合，讓人提不起勁，只想再睡回籠覺。鈴子的視線前方，擱著母親總是會帶著出門的手提包，她的目光不由得停在上面。那是只有手提把的部分是用木頭做的、這幾年來母親愛用的布包。

由於空襲時拿著它四處逃竄的關係，上面有被火星燒出的小洞，磨損時，母親會用其他的布來修補，一直用到現在。原本是藍染的和服布料做成的，補丁的部分則是鮮豔的洋裝布邊及腰帶邊，讓它意外變得很有特色，看起來頗時髦。

在戰爭尚未變得激烈之前，母親用的是皮革的手提包，裡面總是放著胭脂粉盒和口紅等。包包本身的觸感還有開口處的金色很別緻，而且化妝品的容器每個都像寶石般閃亮炫目，鈴子最喜歡看著這些物品，光是把這些東西拿在手上，就像窺探到了成熟女人不可思議的世界。她會在母親看不到的地方偷偷把包包掛在手上，或是取出裡面的化妝品，甚至玩著化妝的遊戲。

現在當然買不到化妝品了，那麼包包裡面放著些什麼呢？鈴子不由得感到好奇。如果被母親看到她的舉動肯定會大聲嚷嚷，但她又想耍點淘氣，於是就這麼躺在榻榻米上挪動著腳。反正現在是男孩的裝扮，再怎麼粗魯也無所謂吧。

當手快要搆到包包時，她一把將包包拉過來，把裡面的東西倒出來，看看母親都帶著些什麼。手巾、代替衛生紙的草紙、皮封套的行事曆、比較大本的筆記本、包巾袋——裡面放著全家福的照片和護身符，鈴子知道還放著自己和千鶴子的臍帶眼——父親的遺物鋼筆，以及光子姐愛用的黃楊木的梳子一一出現。還有幾乎快用光的口紅和唇筆、胭脂粉盒，加上看似全新的褐色信封。

信封裡放了幾張摺起來的紙，打開一看，上面以銅版印刷的字體寫著「特殊慰安設施協會設立宣誓儀式」。鈴子不由得坐起身。

宣誓

……為了建構新日本，保護全日本女性的純正血統而設立的事業基石，吾等須有自覺，秉持滅私奉公的決心……

女性、保護、純正血統等字眼一齊飛入眼裡，其中「滅私奉公」四個字尤其揪緊了鈴子的胸口。

真的要開始了。

新的戰爭。

第二張紙上寫著「設立主旨」。

設立主旨

拜領天皇聖旨，將迎接聯合軍進駐。為了守護一億人的純正血統，維護國體的大無畏精神，早一步接受當局命令，由東京料理飲食業工會、東京媒合業聯合會、東京接待業聯合會、全國藝伎庶務同盟會東京支部聯合會、東京都租賃表演工會、東京慰安所聯合會、東京練技場工會聯盟所屬的工會成員，共同設置特殊慰安設施協會，進行整備關東地區屯駐部隊將士慰安設施的計畫。藉由本協會，疏通彼我兩國民的意志，並祈望同時發展出圓融的國民外交，促成雙方和平共處，此為本協會之志業。

本協會據上述之旨趣，立即展開營運準備，請諸位出資出力協助，全力動員以達成上述之使命。

昭和二十年八月

特殊慰安設施協會

第三張紙則印著「聲明書」的字樣。

聲明書

……吾等已有覺悟。此特殊時期，基於國家命令，將善用吾等一技之長，做為國家戰後緊急應變設施之一，致力於屯駐軍慰安的艱難事業……吾等抱持至深決心，不問世間褒貶而處之，成敗各有其命。集結同盟志士，以相同信念誠信勇往直前，「昭和之吉嬢」數千人組成人柱，築起防波堤以抵擋狂瀾，誓言守護百年後民族之純正血統，並以維持戰後社會秩序為信念，成為看不見的地下支柱……吾等絕非諂媚進駐軍，亦非罔顧節操或賣心求榮，乃盡應有的基本儀禮，貢獻己力協助履行條約之一環，為維護社會安寧而捨身集結，挺身守護國體，以此聲明。

儘管無法讀懂全文，但當「人柱」、「防波堤」、「純正血統」等字眼出現時，鈴子仍不由得停駐視線，愈讀愈感到呼吸困難。

成真了，變成真的了。

從今天起真的開始了。

第四張紙開始，標題則寫著「概要」。

概要

◯名稱：特殊慰安設施協會

◯目的：關東地區屯駐軍將校及一般士兵之慰安設施

◯設備：使用既有的、堅固優美的和洋折衷建築物

◯營業內容：

- 食堂部：西餐、中國菜、日本料理、肉食、天婦羅、紅豆湯、喫茶
- 陪酒部：咖啡廳、酒吧、舞廳
- 慰安部：第一部藝伎、第二部娼妓、第三部斟酒婦、第四部舞孃、女侍及其他，共五千人

• 遊樂部：撞球、射飛鏢、高爾夫、網球
• 演藝部：戲劇、電影、音樂
• 特殊設施部：溫泉、飯店、遊覽、漁獵
• 物產部：販賣
○附屬設施：衛生設備、福利設備、教養部、雇員宿舍、洗衣部、美妝部、衣飾部、裝置照明部、音樂部、營造修繕部
○資金：一名一萬圓（特別預存戶可），共調度五千萬圓，以此為低利融資五千萬圓擔保金
○營運委員會：協會的最高執行機關為營運委員會
○指導委員會：內政部、外交部、財政部、交通部、東京都、警視廳等各相關官方組織而成
○總部幹事及職員：另規範總部機構及負責企業

光慰安部就寫著五千人，也就是說要組織規模五千人的「挺身隊」——要從哪裡找來這麼多女人呢？

大家都要變成「人柱」。

即使無法完全理解，鈴子也明白這是多麼大的一件事。換句話說，戰爭輸了的日本這次要舉國動員，讓即將進駐的占領軍能有舒適且愉快的生活，必須盡可能做好所有準備。美味的料理和酒，歡樂的演出和舞蹈，還得擔心衣服、化妝及住的地方，還有女人。

藝伎、娼妓、斟酒婦、女侍，以及舞孃。

鈴子現在才知道，負責「慰安」的女人們竟然還能分得這麼細，文章裡還出現了「昭和的吉

嬢」這樣的詞。吉嬢，吉嬢，反覆思索，她終於想起來了，藝伎的女兒勝子以前曾對她說過「唐人吉嬢」的故事。

江戶時代，美國人首次來到日本時，負責照料高官哈利斯的就是名為「阿吉」的藝伎。因為沒有人做得到，周遭的人於是拜託她，不情願的她只好接下這項任務。但當「阿吉」開始獲得哈利斯的疼愛後，大家卻開始責備她成為「美國人的妾」。不久哈利斯回國，阿吉被孤伶伶地留下，始終受到旁人的苛責，無法嫁人，孤獨的她最後選擇自殺結束了人生。

「我媽說她是個很美的人呢。不論是不是藝伎，最好都不要長得太美。如果太引人注意，就會被迫走上和普通人不一樣的路。」

鈴子想起那時一味傻笑的勝子的臉，不由得內心一陣不安。勝子的眼睛細細長長的，眉毛像毛毛蟲般雜亂，鼻子在臉正中央宛如葫蘆，說實話稱不上是美人，她的臉和她母親簡直一個樣。啊，勝子現在不知道怎麼樣了？希望她仍好好地活在某個地方，伯母也是。

換句話說，把那個「唐人吉嬢」拿出來引用，改叫「昭和的吉嬢」，顧名思義，肯定就是要把人當成「人柱」。「數千人」都要成為這樣的女人，為了守護民族的純正血統。

一想到現在已經在籌備，鈴子更是坐立難安，一刻也無法平靜。她站了起來，在房間裡焦躁地繞著圈，最後決定要出去看看外面的樣子。去廚房一看，周子不知道什麼時候已經回來了。

「現在幾點了？」

鈴子問著面向流理台的周子，周子回過頭來應了聲，說道：

「不知道幾點了呢？啊，正門玄關那邊掛著大時鐘，剛才有人上了發條，妳去看看吧。」

鈴子不知如何回答，那裡有好多工匠正在工作，肯定都是粗手粗腳的工人，她不想見到這些人。周子看出鈴子的猶豫，只是笑著說：「沒事的。」

「妳會害怕嗎？」

「因為……」

「沒事的，沒事的。鈴子一身男孩的打扮不是嗎？」

「……啊，對喔。」

這麼說來，確實如此。鈴子不由得摸了摸自己的和尚頭，轉身而去。

之前還被黑暗包圍、連戰爭結束了都不曉得的走廊，現在滿是陽光。所有的遮蔽布簾都被撤除，雨窗也敞開著，玻璃窗外面可以看到長著青苔的庭院，還放置著石燈籠。被拂拭乾淨的走廊木材顯現出暗深色澤，沉著內斂，砂壁上灑著細長的晦暗光線。不論是哪一個部分，看起來都不像普通人家，散發著高級旅館和料亭的氛圍。

但這棟建物知情嗎？終於從戰爭的恐怖中解放，從沉睡中醒來，卻被賦予這麼不堪的任務。應該不知情吧。昨天為止還在這裡的姐姐們，還有今天來到的姐姐們。這房子絕對想像不到這些人是為了什麼而聚集在這裡吧。

走在蜿蜒的走廊上，鈴子忍不住對這棟建築說起話來。

我今晚應該就要搬走了，之後會發生什麼事我也不知道。但有一點可以確定，那就是每個女人都會變成「唐人吉孃」。

所幸正門玄關四周沒有什麼人影。鈴子之前沒發現，但就如周子所說，樓梯的一旁掛著一個比大人身高還要高的時鐘，鐘擺來回搖擺著。

兩點四十分。

確認完時間後，上面的樓梯傳來幾個人的腳步聲。鈴子悄悄轉過身，小跑步返回。

「我去一下外面。」

再一次回到廚房露了臉，周子也再度轉頭看著鈴子，要她自己多小心。

「特別是今天，不知道會發生什麼事，大家都這麼說。要是真發生了什麼就太晚了。」

「……我會小心。」

「真的要注意喔！啊，對了，妳們今天要搬到其他地方，妳知道了嗎？」

「啊，知道。」

「所以別跑太遠，趕快回來喔！」

背對著周子丟下一聲回覆後，鈴子朝著後門玄關走去。幾天前根本還無法外出，一想到外面現在的樣子，她就感到莫名激動。打開下方的鞋櫃，從裡面拿出穿舊的布鞋，打開的玄關門外一片明亮，更讓人感到興奮。

3

戶外正值豔陽高照，讓人想打盹的熱風微微吹拂的午後，蟬有時宛如想起什麼似地突然發出嗚叫。鈴子打算先好好地眺望這棟建物。

她必須先從後門玄關走出圍牆外，才有辦法繞到正面玄關。腦海裡已有一樓大致的格局圖，邊回想邊沿著牆走，現在經過的地方應該是鈴子和母親就寢的房間附近吧。如鈴子所料，眼前盡是灰色的牆，真是棟殺風景的建築。但繼續走著，前方不遠處，水泥牆突然由黑色的木板圍籬取代，圍籬後方的建築雖然依舊，卻變得十分穩重。木工的工作聲傳來，可以看到正在二樓窗戶另一側施工的人。原來如此，從這裡往前，正是最初被黑暗包圍的部分。

即使如此，以獨棟的住家來看，這棟建物算是相當巨大。以鈴子出生長大的本所地區常見的長屋來比較，應該相當於好幾棟長屋。鈴子沿著長長的木板圍籬走著，不禁感到不可思議。這麼奢華壯觀的建築，竟然沒有成為敵人的轟炸目標，反而是那些貧困弱勢的人居住的密集地區被燒成一片平地。就算是美軍，也無法得知戰爭勝利後會利用到這棟建築吧。

一旁的狹窄道路僅能容一輛車通過，左手邊接著鄰居的樹籬笆，高大的樹籬笆內側，似乎有著蓊鬱的樹木，裡面一樣是棟巨大的建物。道路兩側延伸的黑色木板圍籬和樹籬笆的盡頭，正好連接著寬敞的大馬路。鈴子視線的前方，是左右來去的人流與車流。有路人、有三輪車、有牛車，也有汽車。又傳來蟬的鳴叫聲，長長的夏天終於接近尾聲了。

木板圍籬突然沒了。建物的門應該就面對著這條廣闊的道路吧。鈴子想要看看房子的正面，於是踏出了腳步，先往右看再轉頭往左看，卻受到了驚嚇，瞬間將身體縮回小巷裡。

近在咫尺的地方停著四方形的車子，附近佇立著幾個男人，每個身材都很高大，還穿著相同顏色的衣服。

那是軍服嗎？

鈴子將身體藏在樹籬笆後方，當思考回復的剎那，赫然發現如此燥熱的天氣，自己全身卻有一股寒氣竄動著。

是占領軍嗎？已經來了？

驟然間，胸口停止的鼓動再度急遽加速。男人們確實個個身材高大，側臉輪廓也很不同。鈴子再次調整呼吸，伸手摸摸自己的頭。

沒事的。因為我看起來就是個男孩。

再次探出頭，車子周邊在炙熱的豔陽下冒著熱氣。穿著土黃色衣服聚在一起的男人強壯的體格和湊在馬路另一側看熱鬧的人相較，簡直是大人和小孩，有著天壤之別。而那些看熱鬧的正是日本人。就是剛才在小巷時鈴子遠眺的往來人群。

這些人肯定就是占領軍。是美國人吧。

鈴子一直以為被稱為鬼畜的人，真的是像鬼一樣可怕的人，但感覺似乎不是這樣。有人一腳跨在車子的邊緣，單腳站著說話——那算是什麼姿勢？此外，在車子裡待命的人輪廓很深，幾乎看不出臉上細微的表情，卻能清楚知道他嘴角開朗地笑著，雙手在後腦交叉，一副很放鬆的樣子。從鈴子所在的距離眺望，他們和日本的士兵有著明顯的差異。

她想要再走近看個仔細，盯著在馬路另一側聚集的看熱鬧人群，盤算著自己應該能走到那附近時，穿著相同軍服的其他男人突然從車子後方出現。一樣個頭高大、手長腳長，還戴著有色眼鏡。他們比手劃腳地交談著，一個男人卻突然把手伸向車子的駕駛座，叭叭地響起激烈的喇叭聲，同時他還吹了幾聲口哨，像在打暗號般，其中的某人開口說話了。

不知正在說些什麼。

聲音很大。

剛剛的聲音彷彿是暗號，持續響起的喇叭聲一齊傳了出來。鈴子剛才看到的那種車子似乎不只一台。

到底在說些什麼？

在吵些什麼？

屏息看著一切的鈴子，注意到眼前有兩個人從樹籬笆後方的建築走了出來，一個是日本男人，另一個人竟然是母親。

小町園就在隔壁。

和美國士兵相較，看起來就像孩子般瘦小的男人，卑躬屈身對著土黃色集團的人拚命說著什麼。接著，比那個男人更嬌小的母親站在中間，雙手在胸前交握，一會向左看，一會向右望，表情嚴肅地說起話來。其中一名土黃色男人揮著偌大的手，不知對著母親說了些什麼，她只是不斷地點頭。

母親接著又開口了，大個頭男人回答後，母親又轉頭傳達給日本人，然後換日本人回答。母親確實說過，白人男性個個人高馬大，但眼前的景象，宛如一寸法師和鬼怪的差異。

幾分鐘後，母親和小個子日本人對著土黃色大個頭男人反覆低頭鞠躬，逃難般回到建物裡。鈴子大膽地橫跨大馬路，決定混進看熱鬧的人群當中。

橫越馬路後，她第一次看到了「小町園」的看板，也明白看板前方停著的車輛不只一兩輛，至少有十輛，不，二十幾輛同款的車子排成長長的隊伍，車子的周圍盡是穿著相同服裝的男人，無所事事地徘徊，或抽著菸，或希奇地看著周圍的風景。他們的肌膚白得刺眼，經過的日本人全都一臉惶恐地看著這個土黃色集團。

「他們終於要進去了。」

「你看看，那毛茸茸的手臂，幾乎比我的腿還要粗。」

「怎麼看都不是我們能夠打敗的對手啊，是吧？體格竟然差這麼多。」

「打從吃進嘴裡的食物就完全不同吧。」

走近看熱鬧的人群，鈴子聽見男人小聲交談的內容。人群裡沒有女人。伸長脖子四處張望的有大人、小孩還有老人，女人則是一察覺土黃色集團的存在，就慌張地從大街上隱身，不見蹤跡。

這時，再次響起剛才叭叭的車子喇叭聲，美國士兵又開始大聲交談。像流水般的語言，不論怎麼豎耳傾聽，也完全不懂意思。不知是誰發出「喲」或「嘿」的聲音，接著口哨聲再度響起，有人張大著嘴咯咯地笑到後仰；也有人邊以腳打著拍子邊搖晃著身子；或拍手捧腹大笑；或只是興味盎然地望著鈴子在內的看熱鬧的日本人。

「怎麼回事，這麼開心啊？」

「興致當然高啊，他們是來占領我們的耶！」

「從現在起到底會變成什麼樣子？那樣的軍人會不斷湧入嗎？」

「對了，小町園開張了嗎？」

「你沒聽說嗎？就是要讓女人在裡面接客啊，那些占領軍。」

「在那裡？不是提供料理，而是提供女人啊？」

「是在裡面工作的人說的，肯定沒錯。現在他們正四處召募女人呢。」

即使站著不動，頭頂噴出的汗水還是從剪短的髮際間流了下來，不斷冒出的汗珠流到頸邊，太陽還高掛著，鈴子在喋喋不休看熱鬧的人群包圍中，一直盯著土黃色的男人。

不知過了多久，上空突然傳來飛機的引擎聲。剎那間，她以為又有空襲，不由得抬頭緊盯著天空，這時背後卻傳來了兒童的歡呼聲。

「來了來了！又來了！」

「來吧，快走！」

幾名少年大步橫越寬敞的馬路而去。這時飛機的聲音愈來愈大，機身也愈來愈近。

飛近的機身上，開始落下一個個四方形的箱子，而非炸彈。而且每個箱子在空中開出降落傘，以緩慢的速度搖擺著落到地面。鈴子察覺剛才那幾個男生似乎就是為了那些箱子而來的。

「又來了。」

周圍看熱鬧的人群中，傳來了某人的低語。

「真不錯啊，這些小鬼們。只要朝上張開嘴巴，食物就從天而降。」

幾個小降落傘在積雨雲湧現的藍天下飛舞。

小鬼們。

食物。

原來那是食物啊。是誰、又是為了什麼人而空降的呢？

望著天空的鈴子忍不住想著那些箱子的去向。等了半天，小町園都還沒有要開業的樣子，占領軍的隊伍甚至沒有前進的跡象。鈴子從那群七嘴八舌的人群中抽身，以眼角餘光瞥了眼一旁的小町園，開始往寬敞的馬路走去，又隨即「右轉」。因為她察覺對面街道的占領軍車隊比想像的還要長，如果要走到隊伍最尾端，肯定還有一段距離，但她又沒有勇氣從占領軍的車列穿過，即使打扮成男孩的模樣，她也沒有這樣的膽量。

再度回到毗鄰小町園的「自家」前，鈴子終於可以小跑步橫越寬敞的馬路。晚夏的陽光讓落在腳下的影子比剛才又更細長了些，但太陽依然高掛，和剛才一樣開朗地站著交談的占領軍的身影，依然在陽光下擺動。而在頭上幾度盤旋、空降了幾箱物資的飛機，隨著巨大的轟轟聲響消失了蹤影，周圍再度響起蟬的叫聲。

回到來時走過的小巷，再次透過樹籬笆眺望小町園。馬路另一側的整片焦土上，終於搭起了三三兩兩的組合屋，但毫無損傷、像貴族豪邸般的巨大建築如今也兀然矗立其中。裡面正騷動不已，幾十名女人為了迎接客人而梳妝打扮，為了接待占領軍的士兵而慌張地準備。如果現在其中一個女人走到店外、看到迫不及待等著自己的男人行列，會做何反應呢？

何況……

三、四十個女人要怎麼接待這麼多的男人？畢竟他們真的和日本人不一樣。不論個子、膚色、髮色都不同，更遑論語言了，即便一個小動作都和日本人大不相同。那麼大個頭的男人，人數又那麼多，要是蜂擁而上，那些女人真的有辦法成為「防波堤」嗎？那些嬌小的日本姐姐們。

而且……

母親真是太有膽識了。在那麼大個頭的男人面前，竟然能毫無畏懼地交談。她的膽量讓鈴子佩服，更驚人的是，母親真的理解他們所說的話。回想過往，鈴子從沒留意過母親的「腦袋」裡裝了些什麼，也不曾想像母親也有過孩童時期。和鈴子相同年紀時的母親，學生時期的母親，是個會念書的學生嗎？是墊底的學生還是優等生？鈴子甚至連聽都沒聽母親說過，腦袋裡完全沒有這些記憶。

鈴子知道自己根本沒有餘裕去想這些問題，已經好幾年了，光是擔心食物、衣服、住的地方這些基本生活需求就占了生命的全部。緊接著，失去一個又一個家人，連家都沒有了，每天只能哭了又哭、逃了又逃，光想著要怎麼活下去就筋疲力盡，哪有時間去管聰明還是笨、喜歡或討厭念書，她根本沒有心思去思考這些。為了活下去，不得不接受宮下叔叔的照顧，最後終於走到了這一步。

來到了這樣的地方。

和小町園的靜謐無聲相較，鈴子住的地方依然充滿木工敲打的聲響。鈴子聽著這些聲音，穿過蒼白乾燥的小徑後，來到寬廣的松樹林。站在樹林之間，涼風透過樹的間隙吹拂著額頭，她的視線突然大為開闊，泛著漣漪的水面映入眼裡。

是河流嗎？

舒暢的風裡確實帶著海水的鹹味。眼前所見似乎真的是河流，卻感受不到水流，但從那股氣息來看或許很接近海邊了。岸邊有著混凝土堤防，卻在鈴子眼前轉了個直角的彎，人工打造的感覺十分強烈。對岸可以看見幾棟像馬廄般的狹長建築，最邊緣的建物屋頂上寫著大大的白色字體「P．W」。鈴子現在知道這兩個英文字母唸成「披」和「大不溜」，這件事讓她感到稍稍開心，走在混著小碎石的地面，往那兩個字母走去。

右手邊依然是一路走來綿延不絕的松樹林，鈴子邊走邊望著暗黑的松樹林，突然想起小時候全家人一起出外旅行的事。那確實是還沒更名為國民學校之前的尋常小學校時期，當時千鶴子還未出世，忘了是什麼季節，總之那一天在父親的帶領下，全家前往熱海，還順道去參觀了三保的松原。有松樹林，看得見富士山，於是他們在當地找了照相館的人替全家拍了紀念照，然而全家人笑開懷的那張照片也在空襲中被燒毀。當時肯定沒有一個人會想到，幾年後的日本竟然變成這副模樣——即便是大人。

再往前走，有座隆起的小沙丘。越過沙丘後視野更加寬闊，有一處海浪緩緩打上來的沙灘，似乎還看到了剛才見過的幾名少年。

「快了，快了！」

高昂興奮的喊叫聲傳來。少年們站在破碎海浪拍打著的岸邊，背對著河口大大地揮著手。仔細一瞧，水面上似乎有什麼物體在動，幾個黑色的光頭死命划著水向岸邊游來。看著看著，水裡的三個少年終於游上岸，露出全裸的乾瘦身軀。他們細瘦的手臂正拖著什麼，原來前端是黑色的箱子和大塊破布。當少年們把那巨大的箱子拖上沙灘的同時，傳來了嗶嗶響的哨子聲。

對岸的小島上，上半身裸露的男人揮著手似乎在說著什麼，不過他們聽不見，即使從遠處眺望，也能看出男人有著白皙的膚色和長長的手腳，頭髮的顏色也和日本人不同。在岸邊等著同伴的兩名少年拉下自己的褲子，把屁股對著隔岸，喊著：「笨——蛋！」、「來打屁股啊！」從水裡全裸上岸的少年則和他們相反，迅速穿起脫在岸上的衣服。

少年們拉起的肯定是剛才在上空盤旋的飛機投下的物資。穿好衣服後，他們一起拖著箱子，往這裡走了過來，鈴子眼看就要和少年們遇個正著。

4

其中最矮小的、剛才喊著「來打屁股啊！」的孩子率先發現了鈴子，他對著其他同伴說了些什麼，接著五名少年一起抬頭望向這邊，表情僵硬。鈴子也在內心對自己喊話：「現在絕不能逃跑！」

「好，先放在這裡吧。」

其中一個開口說，他們明白鈴子都看在眼底，全部的人就定位圍著拖上來的箱子。

「刀子。」

「拿去。」
「小心割喔！」
「知道啦。」
像是領袖的少年接過刀子，小心翼翼地先把纏在箱子上的降落傘繩子割斷。
「上次降落傘是喜美夫拿去了對吧？那麼這次除了喜美夫以外，大家猜拳決定。」
剛才留在沙灘上的少年「嗯」的一聲點頭附和。
「來吧！剪刀、石頭、布！」
四位少年猜拳的吆喝聲響徹四周，最後高聲歡呼的是「來打屁股」。高興得手舞足蹈摺著布的男孩旁，較年長的少年們立即著手拆開箱子，並且每拆解一步就將繩子和包裝紙細心疊好，堆在一起。
「這紙好厲害啊，掉進海裡卻沒有濕掉。」
「日本也有這樣的紙吧？」
「有嗎？」
「把它貼在家裡的牆上，雨肯定不會滲進來。」
「這倒是個好主意，那麼再來猜拳吧！」
「榎健，這次換我們了。」
「啊，對喔！也是，好吧。」
像大哥的少年似乎叫做「榎健」。這肯定是綽號，一定是因為他古靈精怪的眼神，才會被取了喜劇演員榎本健一的別名榎健吧。

這次換成年長的三位少年猜拳，由最瘦高的少年贏得了包裝紙。

最後，褐色的木箱終於露了出來。喜美夫從口袋拿出像是鐵扳手的東西，榎健靈活地把尖端插入木箱的縫隙，撬開蓋子，鐵釘被扳開，嘎嘎作響。

「別把鐵釘弄彎了。」

「鐵釘還能用呢。」

「喝！要開了喔！」

「一、二……」

「三！」

下一秒，少年們發出了驚嘆聲，鈴子有一股衝動想加入他們，看看裡面裝了些什麼。前腳不由得踏出時，手持鐵扳手的少年榎健突然看向鈴子。

「喂，你哪裡來的？」

年齡應該和鈴子差不多，但少年的嗓音沙啞，明白宣示著他正在轉變成大人。

「沒見過這張臉啊！」

「……」

「說話啊！你不是這附近的孩子吧？」

「……因為我才剛搬到這裡。」

「什麼時候？」

「前幾天。」

「搬到哪？」

對方那不知怎麼曬才能曬得那麼黑的臉上如同榎本健一般的大眼閃爍著光亮。鈴子忍不住想回頭往小町園的方向看，卻又不由得低下頭。

「哼，婆婆媽媽的傢伙！你到底有沒有卵葩啊！」

眼睛小得像用鉛筆劃出一條細線的少年歪著嘴惡意地吐出這句話。

為什麼說話那麼粗俗呢？鈴子不由得蹙起眉頭，接著才想起來——對了，他們肯定以為自己是男孩吧。想到這一點，鈴子的心情突然輕鬆了起來，深呼吸後再次抬頭，仍然盯著鈴子看的榎健微微歪著脖子，嘴巴翹得老高。

「算了。也分給你吧，過來！」

眼睛細長的少年聞言驚訝地出聲，表情跟著扭曲。

「為什麼要分給這傢伙！我們根本不認識他，況且他一點都沒幫上忙啊！」

「分一些些有什麼關係，反正有這麼多。」

「可是……」

「你看他瘦成那樣，應該挨餓很久了吧，臉色也不太好。而且，章魚，你爸不是經常跟你說『要有同情心』嗎？」

「是沒錯啦，但他就是因為說了這種話才會死在空襲，這是我媽說的。自己家裡的事就手忙腳亂了，還有空去管別人，結果才會被燒死啊。」

「你怎麼可以這麼說，你爸可是救了隔壁的老婆婆耶，真的很厲害！所以你不應該忘了你爸說過的話。況且這些東西原本就不是咱的，只是剛好掉到海裡，被咱搶過來了。」

「這麼說也是啦……」

「好啦，就分一些給他吧。欺負這麼弱小的傢伙也沒什麼意思，反而讓人睡不好。別說了，我好想趕快吃喔！」

剛才猜拳時拿到包裝紙的少年一副迫不及待的表情抖動著身體。他的個子很高，一張長臉更令人印象深刻。

「你看，南京豆也這麼說了。」

咚的一聲被敲了頭後，叫做「章魚」的少年又是一臉扭曲，嘟起的嘴唇翹得半天高。原來是因為這副德性才被叫「章魚」啊，鈴子暗中忍住笑意。

「好啦，快點過來。」

榎健向鈴子招手，鈴子慢吞吞地走近少年們。當看到他們圍著的箱子裡時，不由得失聲叫了出來——裡頭塞滿了色彩繽紛的罐頭，畫著甜點圖案的小盒子宛如百寶箱，讓人眼睛為之一亮。榎健一副得意的神情，笑著對鈴子說：「很厲害吧！」

「那裡是……什麼地方？」

鈴子佇立在少年身旁，看著對岸的小島問道。用白漆寫著的「P・W」文字，在漸漸西斜的陽光下閃閃發亮，剛才在岸邊看到的遠方人影已經消失。

「你不知道那邊的事嗎？」

「不知道……這是河嗎？」

「剛搬來肯定還不知道啦！這不是一般的河，是運河。那邊是和平島，是填海地喔。」

「那邊的建築就是俘虜收容所。」

「俘虜……？」

「美國或是英國，還有其他國家的軍隊變成日本軍的俘虜後，都被關在裡面。」

「前一陣子還可以從那邊的一座橋出入這裡，俘虜會被派去鋪路或強制疏散，他們腰間還會掛著水壺呢，但戰爭已經結束，所以不會再有人來了。」

「你看，屋頂寫著很大的字對吧？那是收容所的標記，所以那裡不會被投燒夷彈和炸彈。戰爭結束後，每天同陣營的飛機都會飛來投下這些東西。」

少年七嘴八舌地說明對岸建築的由來。起初看起來充滿惡意、感覺很討厭的章魚，說起話來就像一般少年，細長的眼睛努力地撐大。

「之前有些箱子還撞上屋頂掉下來，如果像這樣掉進海裡，俘虜就會跳下海，很快地游過去，把它撿回去。所以我們看到飛機也會趕快跑過來，能撈到一個是一個，很冒險呢！」

「裡面不光有食物，還有很多看都沒看過的東西，讓人大開眼界喔！」

聽著南京豆的話頻頻點頭的榎健伸出曬黑的手到箱子裡，拿了其中一個餅乾罐遞到鈴子面前，說了聲「拿去」。閃閃發亮的美麗罐子上，畫著藍眼少女和餅乾的圖案。

「……可以嗎？」

「不要就算了。」

「要！我要。」

榎健不由得笑開懷，鈴子也回以微笑。接著少年各自把手伸進箱子裡，取出塞在縫隙的填充物，開始一個一個打開餅乾糖果的包裝和盒子。

「哇，真厲害！超好吃的！」

個子最小的「來打屁股」拆開銀色包裝紙，把巧克力放入嘴裡咬，一副置身天堂般的表情在地上打滾。章魚一邊說著「這是什麼啊？」一邊動著下顎開始咀嚼。鈴子也打開拿到的罐子，把一片餅乾放入嘴裡，默默吃了起來。瞬間，她的舌根和下顎的關節處冒出大量的唾液——怎麼這麼鬆軟、這麼香！光一口就讓人感到「豐富」，美妙的滋味宛如魔法。

「……好好吃喔！」

鈴子不由得陶醉其中，發出了像是讚嘆般不清不楚的感嘆。突然，她和榎健的眼神對上，他似乎有話想說，換了個表情開口道：「啊，對了……」鈴子發現這個男孩有酒窩，原來男生也會有酒窩啊。

「你叫什麼名字？」

其他的少年也滿嘴食物地看著鈴子。鈴子說出了「二宮」兩個字，接下來卻不由得語塞。

「鈴……」

雖然想假造一個名字，但又臨時想不出來。她的眼神落在吃到一半的餅乾上，努力想著自己曾經有過的綽號，這時遠方突然傳來叫聲，「小鈴！」松樹林的出口處有個人朝這邊揮著手。

「啊，找到了找到了！小鈴！快回來！妳媽媽在找妳啊！」

是周子。鈴子慌張地出聲回應，然後回望著少年。

「我得走了。」

五個人仍舊雙頰鼓脹地嚼著食物，一時不知如何回應才好。

「今天謝謝了，也謝謝你們給我這個。」

把剩下的餅乾塞入嘴裡，轉過身時，背後傳來男孩們的聲音。

「原來叫小鈴啊！」

「而且是『小』喔！」

「嗚哇！是個嬌滴滴的男生呢！」

大家不由得咯咯笑了出來。啊，真應該更細心品嚐才是，而且好想再多和那些孩子們相處——榎健和章魚，還有南京豆……混雜著小碎石的沙地不好走，鞋子裡進了細沙，鈴子故意緩下腳步，慢慢往回走。

「怎麼啦，那是什麼？」

周子一臉慌張地等著鈴子走回來，什麼都還沒說就先注意到餅乾的罐子。

「別人給我的，那群孩子。」

回頭望，穿著白色運動衫的少年們仍然聚在一起。周子點頭說：「這樣啊。」便推著鈴子的背向前。

「餅乾，妳要吃看看嗎？」

「謝謝妳……但是啊，妳媽媽很擔心妳呢。三點前出門到現在都不見人影。」

「喔……現在幾點了？」

「已經超過四點半了啊！她說店已經快要開了，妳還在外面閒晃，這怎麼行。」

我待在外面這麼久了啊？

「看到了嗎？美國人的軍隊。」

「……嗯。」

「他們從剛才開始就愈來愈浮躁。一下是車子的喇叭響，一下是莫名其妙的叫聲，那聲勢看來應該繃緊到快裂了，肯定一發不可收拾。」

鈴子這才發現和少年們相處的短暫時間內，她的腦袋裡完全忘了小町園和那些女人的事。真的好久沒有和同年紀的孩子交談了，而且對方完全沒有懷疑，把鈴子當成了男孩。還脫口說出了什麼卵葩。

想到這裡，還真讓人忍不住竊笑，鈴子再次抱緊胸前的餅乾罐回到了家裡。

「終於回來了！小鈴，妳究竟跑去哪了？」

在玄關處脫鞋後正打算把鞋子翻過來、倒出裡面的沙粒和小石子時，母親便從走廊跑了過來。

「我去運河邊了。」

「運河？那這是什麼？」

「別人給我的。」

母親拾起放在玄關台階上的餅乾罐，表情更加難看，蹙起眉頭說道：

「妳該不會是……去偷看了吧？」

進到家裡，母親充滿威嚴的氣勢逼近了鈴子的臉。

「妳去看占領軍了是嗎？我那麼嚴肅地告誡妳，妳卻還是去看了？」

被母親的話激怒，內心糾結的不愉快突然爆發，「才不是呢！」鈴子對著母親大喊。

「我不是說是別人給我的嗎！」

「那到底是誰！」

「附近的小孩啦！從海裡把掉落在俘虜收容所的物資撿起來的孩子！」

母親的雙眸因震懾而動搖。啊，最討厭母親這樣的表情，雖然也討厭母親哭泣的臉，但鈴子最討厭的還是母親這張懷疑別人的臉。

「明明什麼都不知道！這後面有運河，還有俘虜收容所，剛才有飛機投下了很多物資，掉到運河裡的被附近的男生游泳搶了過來。他們跳進水裡搶來的！」

母親的表情瞬間放鬆了下來，但鈴子的怒氣卻無法抑止。什麼嘛！不過就是這麼回事，難道以為我會笨到自己去接近那群人嗎？瞪了母親一眼，母親緊張地聳起肩，鈴子把她拿著的餅乾罐搶了回來。

「這是那些小孩分給我的！如果妳不相信的話……」

「我知道了，知道了。」

母親嘆了一口氣，終於回復了原本平靜的表情，再次盯著鈴子的臉。

「我只是想讓妳知道我很擔心。妳知道今天是什麼日子吧？占領軍一直在店外等候，聚集了愈來愈多人，店一開幕，想必會引來一陣騷動。」

「……我知道啦。」

母親把手輕放在鈴子肩上，就像在安撫她，臉上表情說著「所以我才擔心啊」。

「我知道我很囉嗦，但還是希望妳隨時保持警覺。那些人不但有武器，而且人數眾多、個頭又大，我們的力氣怎麼比得上他們……」

「面對根本贏不了的對手，小心也沒有用吧！」

「妳消消氣吧！是我不對，我們也快被逼到絕境了。總之，妳不要被他們看見就是了。」

真是不想聽到這番話。明明在自己的國家，竟然得打扮成男孩的樣子，還得四處躲藏，偷偷摸摸地過日子。又不是我們去招惹他們的。

「糟了，我得走了。」

母親看著手腕上的錶，皮革錶帶發出黑色光澤，不知是何時入手的。「那等會見。」她對著鈴子說道：

「今天別再出門了，好嗎？」

「囉嗦死了！我知道了啦！」

「不要生氣了，拜託。周子，她就拜託妳了。」

回到廚房向周子打了聲招呼，母親再次拍了拍鈴子的肩膀後，匆忙地離去。光看著母親的背影就知道她是多麼慌張，她的背影似乎訴說著，終於要開始了。終於，終於。

慢吞吞地通過走廊回到自己的六疊房間，鈴子再次看著餅乾罐。太好吃了，好吃到讓舌頭幾乎要融化的餅乾，外國的味道，光吃一口就讓肚子咕嚕咕嚕地叫了起來。

鈴子想像著做出這麼美味餅乾的外國人，像罐子上畫的可愛金髮女孩所在的國家的人。對照之下，那些排著隊伍等候買日本女孩的人……不，那肯定是日本人刻意安排的，是故意這麼做的。

鈴子想像著自己空虛的內心裡有一座偌大的掛鐘，鐘擺開始左右搖擺。

應該已經五點了吧？

晃啊晃，擺啊擺。

占領軍的士兵開始前進了吧？

晃啊晃，擺啊擺。

往沒看過的日本女人前進。

晃啊晃，擺啊擺。

語言明明不通。

之後會變成什麼樣子，鈴子根本無法想像。

「小鈴，吃飯前先去洗澡吧。不然之後二樓的女孩要用浴室喔。」

不知這樣過了多久，紙門外傳來周子的叫喚。鈴子應了聲好，但思緒暫時還停留在搖晃的鐘擺上，身體動也不動。

就是現在。

現在。

現在。

雖然是毗鄰的建物，這裡卻什麼也聽不見。

5

洗完澡後，鈴子發現家中的氣氛似乎變了。

「我洗好了──」

進房間之前想先告訴大人一聲，她在走廊轉角探了探，竟無人回應，前方的後門玄關門敞開著。昏暗的遠處，可以看見周子站著的身影，似乎正和別人交談。

正準備回二樓的房間時，聽到啪噠啪噠下樓的腳步聲，是益子從二樓下來的背影，她接著往後門玄關走去，途中轉過頭來，臉色和平常不太一樣。平常總是板著的臉，現在卻像紙一般慘白，似乎擔心著什麼事。發現鈴子時，益子的表情瞬間一變，結果又一聲不吭，逕自往後門玄關走去，到外面和周子交談。在暮色初上的背景下，周子和益子面對面的樣子宛如放在遠方畫框裡的畫，鈴子只是呆然地望著。接著春代也現身，加入了兩人的談話。

真奇怪。

似乎發生了什麼事。

真讓人感到不安。

但卻很安靜。

發現外面施工的聲音停止了。這棟建物或許也和小町園一樣準備好了。鈴子盡量壓低腳步聲，躡手躡腳地回到六疊的房間裡。雖說要搬到新的住處，但也不知道進行得怎樣了，某一天會有人來帶鈴子她們到新家去嗎？

房間依舊不通風，但眼前畢竟有高牆擋著，其實不必在意別人的視線。鈴子心想不如脫下襯衫，等到洗完澡的熱氣散去，反正只穿一件內衣應該也無所謂。正想脫掉襯衫時，發現上方數來的第三顆鈕扣似乎快要脫落了。

跟母親說吧。

不，對剛才的事，她心裡的怒氣尚未平息。何況母親今後會很忙，肯定會對鈴子說，縫個鈕扣這種小事妳自己來吧——即使知道鈴子不喜歡裁縫。

討厭的事最好早點解決。脫下襯衫，上半身穿著長襯衣，鈴子蹲在壁櫥前想要找出裁縫用具，就在拿到擺在下層的小裁縫盒、準備站起來的瞬間，感覺頭上有人影在晃動。一抬起頭，看到壁櫥的上層，鈴子手裡的裁縫盒不由得落掉。

「這……這……」

鈴子嘴裡發不出像樣的詞，嚇得整個屁股往後跌坐在地上，眼前的人影蠕動著。

「拜託……」

傳出了一聲囁嚅，早上疊好的薄棉被及床墊蠢動著，一張慘白的臉從棉被隙縫間露了出來。

「拜託……」

眼前的人眼睛哭得紅腫，濡濕的白色臉龐皺成一團，再次苦苦哀求。鈴子就這麼坐在地上，驚慌地回頭窺看紙門，確定門是拉上的，於是再度看著壁櫥裡的人。是個女人，而且很年輕。

「救救我……」

鈴子的薄棉被上下起伏，藏在下方的女人整個身體露了出來，頭髮因汗水而亂糟糟，口紅暈到唇外。她穿著讓人感到害羞的、顏色與圖案都很豔麗的浴衣，領口及下襬被扯得亂七八糟，白皙的赤腳到大腿全都露了出來，明明是大熱天卻全身不斷顫抖著。

「小弟弟，拜託你……」

「啊，我……我是女生。」

鈴子慌張地起身，對著雙手合十拜託自己的女人搖頭，皺著一張臉的女人微微鬆開了眉頭。

「因為外面很危險，所以我才被迫做這身打扮——其實我是女生。」

維持著呆滯的表情，女人緩慢地點了點頭。白皙的喉嚨吞了一口口水，鈴子以為女人會鬆了一口氣，沒想到她只是筋疲力盡地望著半空，不久後，身體更大幅顫抖了起來，趴在鈴子的被褥上。發出哽咽的女人臀部下方有塊紅色的血跡。讓鈴子看了不由得屏住呼吸。

「有血……」

看她的樣子，肯定是在小町園工作的女性。

「妳……妳流血了。受傷了嗎？痛不痛？」

不論鈴子說些什麼，女人只是壓低聲音，身體不斷顫抖抽噎。鈴子的視線因眼前女人的身體流出的血而晃動。

「我……我去叫人來。」

女人沒有回應。

躡手躡腳地正要走出房間，才發現自己身上只穿著一件長襯衣，鈴子慌忙穿回襯衫。胸口緊張得砰砰直跳，手指無法靈活地扣好扣子。

糟糕了。

有什麼大事發生了。

竟然變成這樣。

腦袋裡盡是相同的話打轉著。白天看到母親手提包裡的紙上寫著的「滅私奉公」、「防波堤」、「昭和吉孃」、「民族純血」等詞語也混在其中，像漩渦般轉啊轉地。

「啊，這位姐姐……」

穿好衣服再次對女人搭話，但女人依然沒有任何回應。鈴子出了房間，在走廊上奔跑，廚房和食堂不見半個人影，她正納悶大家都上哪去了時，望都從後門玄關走了進來。鈴子向望都揮揮手，然後跑向她。

「小鈴，我跟妳說……」

「望都姐，望都姐！」

鈴子煞車不及，整個人幾乎和踩在玄關的邊框、正要開口的望都撞個滿懷。鈴子在她耳邊說道：

「我們的房間裡……有個女人。」

「女人？」

鈴子用力抓緊望都，繼續說道：「她好像受傷了，還流血。」鈴子感到望都的身體因使力而緊縮了起來。接著望都把鈴子從自己身邊拉開，看著鈴子的雙眸。

「在小鈴的房間裡，對吧？」

鈴子用力點頭，接著望都要鈴子立即回房間去。

「大家從剛才就一直在找她。她流血了？」

「而且哭得很慘。」

「真是糟糕……小鈴，妳好好看著剛才那個人，知道了嗎？我立刻去叫人。」

望都握緊鈴子的手臂，然後從玄關飛奔出去。鈴子帶著苦澀的心情回到走廊，瞬間在腦海裡閃過一個念頭——或許不要看得太緊比較好。那個人肯定想逃走，那就放她走吧。但她一身引人注目的浴衣，而且還流著血，應該逃不了多遠，如果被外面小町園的占領軍給盯上了，或許會遭遇更加險惡的事。

悄悄拉開房間的紙門，望著壁櫥，女人依然趴在鈴子的被褥上啜泣。

不久，望都帶著益子回來。益子粗暴地打開紙門，確認鈴子在之後，她憤怒地喊道：

「喂！妳啊，妳剛才一副奇怪的表情看著我對吧？莫非剛才妳就已經把她藏在這裡了？」

沒想到益子會這麼說，鈴子一怔，不知如何回應，但益子已經跑到壁櫥前，瞪著在裡面哭泣的女人。鈴子心想益子肯定要扯開嗓門大罵了，沒想到在她嚥下一口口水之前，益子只是大大地嘆了一口氣，然後雙手抱胸，宛如變了一個人，發出小貓般的聲音說道：

「哎，妳啊，居然躲在這裡。我們可是找了半天，真是讓人傷腦筋啊。」

她接著看了鈴子一眼，抬了抬下巴。

「不好意思，妳們可以先離開，讓我們單獨談談嗎？」

又回復原本嗓音的益子像是會變身的貓妖，鈴子暗自吃驚，她竟然能這樣恣意地變臉和變聲，真令人毛骨悚然。

「好了，走吧走吧。」

望都牽起鈴子的手。鈴子感受著手上的溫暖，眼神還望著壁櫥裡哭泣的女人，但不得不退出房間，和望都一起半推半就地來到食堂，一在椅子坐下，她才發現自己好疲憊。真是漫長的一天啊，明明沒遭遇空襲，卻如此惶惶不安，身心俱疲。

「妳嚇到了吧？」

望都倒了一杯水放在鈴子前方的桌上，嘆了一口氣。鈴子默默喝著水，再度深深吐了一口氣。

「望都姐，那個人……」

「真可憐，想必很害怕吧。」

「……害怕美國人嗎？」

鈴子說完後抬起臉，望都以沒有受傷的側臉對著鈴子，沉默不語。但放在桌上的手卻緊握著，鈴子察覺望都正強忍著不開口。

「那些人……肯定受到了恐怖的對待吧？」

問了不應該問的事，如果是母親，肯定不會回答，但鈴子仍舊忍不住開口。才一個晚上，和鈴子同住在這個家的普通姐姐，究竟在隔壁的房子裡遭遇了什麼事？

「再怎麼說，對方實在太高大了，而且人數又多，鈴子的母親拚命努力，但不聽話的人實在不少，我不知道應該怎麼說才好……真的太嚇人了。」

他們的所作所為啊。望都看著別處，又嘆了一口氣。

「這麼說或許很過分，但他們真的是野獸，怎麼看都是。」

換句話說，剛才躲在壁櫥裡哭泣的女人等於是被野獸襲擊了。被施暴，感到害怕，受了傷，而且流血了。就是這麼一回事吧。

「對方應該樂翻天了吧，他們贏了，今後可以為所欲為，愛怎麼做就怎麼做。但我們也是人啊！就算拿了錢，那些孩子也是……」

緊握著拳頭自顧說話的望都的臉頰流下了淚水，鈴子感到背脊一陣寒氣冒上來。連不必面對美軍的望都都如此憤恨，只能像這樣逆來順受、獨自流淚，到底是怎麼一回事？小町園現在反覆上演的究竟是什麼樣的劇碼？

「我從來不曾有過這樣的感覺——我們是真的輸了啊……」

望都再度嘆氣，然後才回過神來，伸手抹去臉上的淚水，望著鈴子。

「小鈴搬家的事，也得趕快進行才行。他們就在隔壁，想到就無法忍受，明天或後天也會讓那些人進來……妳們應該已經找到新的住處了吧？」

「應該是吧……」

「宮下先生應該在安排了。小鈴一個人暫時待在這裡沒問題吧？可以嗎？我去把宮下先生找來，然後早點讓小鈴離開這裡，最好盡早離開，在這種地方……這種生不如死的地獄。

望都低著頭說出的沉重話語傳進鈴子耳裡，瞬間，她的背後及手臂又有一股毛骨悚然的感覺湧了上來。

她之前已經目睹了很多地獄。一片火海的住家，被燒光的焦黑大地，身上著火拚命逃命的人們，如山一樣堆積的屍體，這難道還不夠多嗎？每次看著眼前這樣的光景，就讓鈴子心裡的空洞愈來愈大，如今已經是不毛的空虛地帶。

現在戰爭好不容易結束了，竟然還有更煎熬的地獄等在前方。

在這裡等我，不要離開喔！望都再次對鈴子叮嚀，鈴子目送著她走出食堂的背影。

肚子餓了。

周子去了哪裡啊？大家還不知道找到那個女人了吧？

還是先睡覺好了。

哪裡都好，好想馬上躺下來，可以的話真想變成睡美人，沉睡個幾年都好。忘了飢餓，忘了所有的事，只想一直睡覺，鈴子胡亂想著，就這麼一個人待在食堂。

6

隔天鈴子醒來時，一樓還是沒有半個人在。

「早安？」

鈴子先到廚房一探，不見往常一早就在這裡忙著準備早餐的周子，不只沒有周子的影子，食堂和浴室、洗臉檯，還有中庭的井邊，完全不見人影。新來的女人們明明應該都在二樓，卻一點也感覺不到樓上有人在。只有走廊盡頭的後門玄關門敞開著，從外面吹來徐徐涼風。風在走廊的昏暗處隱匿，預告著秋天的腳步正逐漸接近。

難道大家一早全都去了小町園？邊想著外面是否和昨天一樣，占領軍的車子大排長龍，邊走向後門玄關，鈴子發現地板邊框上放著報紙。

「竟然把報紙丟在這裡。」

寫有文字的東西，不論是什麼，都不能放在人踩踏來往的地面，鈴子從小就被這樣嚴格告誡。那麼，這應該不是母親放的吧。

戰況變得熾烈前，每天清早送來的報紙，會先由坐在寬敞簷廊的藤椅上的父親展閱，這是鈴子記憶中的早晨風景。那時她比現在還年幼許多，不明白由細小的文字排列組成的報紙到底有什麼好看，只覺得很不可思議，但現在卻不由得想知道上面寫了些什麼。只要讀報紙，就能多少知曉當今世事。

看到日期欄寫著「八月二十九日星期三」，她這才想到現在還是八月。換句話說，宣布戰爭結束至今剛好過了兩週。

「美國先遣隊登陸厚木」

最先映入眼裡的是這則標題。

「天奇陸軍上校所屬一百五十名」

版面的正中央刊登了一張不清楚的照片，是登陸神奈川縣厚木機場的美國空運部隊，和並排停靠在逗子岸邊的艦隊，還有標題上所寫的天奇上校等人的照片。仔細一看，迎接美軍的日本人十分瘦小，就像鈴子從小被訓示的那樣，照片裡的人背骨挺直、立正站好且下顎微揚，看來反而像是抬頭仰望美國士兵，簡直就像小孩硬扮成大人。

一百五十名。

其中有幾個人會加入昨天小町園前的隊伍呢？

「進駐主力．美第八軍」

「美國潛水艦十二艇亦有所行動」

「麥克阿瑟前往沖繩」

報紙版面的最上方條列著其他標題，在學時老師曾說過，報紙右上角的新聞就是當天最重要的頭條。

「戰後復興的物資　賞賜木材百萬石　鑑於聖慮之仁慈恩賜百姓」

即使無法理解正確的意思，但看到標題裡使用的「賞賜」、「鑑於」、「恩賜」等字眼，很容易想像內容和天皇有關，因此或許是很重要的報導。但坦白說，比起天皇的事，鈴子現在更在意的是湧進日本來的占領軍，昨天她親眼看到了這些人，今後直接影響鈴子生活的肯定不是遠在天邊的天皇，而是近在眼前的美國士兵。

她接著翻到背面，上頭寫著：

「輻射腐蝕肌肉　無任何救助處理　擦傷的女演員竟過世」

映入眼簾的是這樣的標題，報導的上方橫書的文字寫著「撼動醫學界的核爆慘況」。

廣島和長崎各自被投下核彈、城裡瞬間被燒成焦土的可怕事件，她是從宮下叔叔口中聽來的。炸彈落下的城市上空形成了令人作嘔的香菇雲團，長時間盤踞，無法消散，即使在相距很遠的地方也能清楚看見。核爆應該是發生在天皇廣播之前，但到現在炸彈的威力仍「腐蝕肌肉」，甚至無法做出適切的「處理」。不過是「擦傷」都可能致命，核彈的威力究竟有多大？是不是不像東京各處如火雨般降下的燒夷彈只能破壞落地點、引燃後就結束了？但光燒夷彈就夠令人戰慄了啊。

困難的漢字標上了平假名讀法，認真地讀就能了解大致的內容。正當鈴子讀著這則報導內容時，又瞄到一旁的標題。

「國民學校和大學　九月中旬回復授課～受災校返校執勤」

學校？

回復授課？

這才是和鈴子有直接關係的事。跪坐在地板上，她認真讀著內文。

戰爭已經結束，除部分特例學生，全部皆應復學，繼續晴耕雨讀的教育，只有女校的課程因應緊急措施暫停。但也有學生及各界聲浪反映，學校受災狀況嚴重，恐怕很難立即復學，甚至有無法復學的危機。教育部認定學校不應停止授課，制訂九月中旬起重新展開國民學校、大學、專科學校等戰前教育課程之方針，二十八日對地方官員及大學、專科學校校長發出通告。且隨課程的回復，教科書及教材等有許多只適用於戰爭時期的內容，在授課時應格外注意，必要的話刪除部分內容，適度調整。

一、學校（包含女校）課程的實施，應回復平常科目的授課，讓學生返鄉的學校也須於九月中旬起重新開課。

二、被認定為必要情況者（視災情及土地狀況，有極少數特例）得暫時停止課程或返鄉。

三、因受災而無法重新授課的學校須盡快和相關單位聯絡，盡速整修校舍設備、教職員及學生宿舍，或以委託授課等方式，盡速重新實施課程，並致力糧食增產等作業。關於以上事項，各大學及專科學校等學校團體（可組織聯絡互助會）應互相支援協助。

四、教學用圖書、教材的使用請遵照八月十四日頒發的詔書主旨，小心取捨，針對部分的內容進行適當的省略及處理。

此外，被指派至農業、運輸、通訊等機構勞動的學生，請繼續支援勞動，應畢業者將於今年九月舉行畢業典禮，明年度開始回復正常的三月畢業。

鈴子最近完全沒有意識到這一點，如果照往常的生活，她今年春天應該要升上國民學校高等科的二年級。

可以再去上學，和朋友們見面，一起念書——真的能夠重拾這樣的日子嗎？

真的嗎？

但要去上哪裡的學校才好呢？感覺已經回不去本所了，三月的空襲幾乎將整個城鎮燒到面目全非，鈴子她們的家也灰飛煙滅了。況且，母親如果在這裡工作，鈴子就不可能回到本所。

「啊，怎麼坐在這裡看報紙？真沒家教。」

頭上突然傳來聲音，鈴子抬頭一看，是母親。益子、望都、周子、春代接著出現，所有人魚貫進到屋裡。

「……妳們上哪去了？」

鈴子邊把報紙摺好，對著大家問。但五位女性沒有人回答，全都一臉神祕又見外的表情，進了室內只是快速地往走廊移動。鈴子急忙喚住母親，接著把報紙上的報導拿給回過頭的母親看。

「據說學校要重新開課了。」

母親瞥了一眼報紙，表情依然不變，開口說道：

「比起這件事……吃完早飯後我們就要搬家了，貨車應該不到一個小時就會來，大致上就是這樣。」

「……要搬去哪裡？」

「這裡再過去一些的地方。」

「我們和大家一起嗎？」

母親說這次只有她們母女和望都三個人要搬家，周子和春代、益子會留在這棟屋子裡，這時望都突然從廚房探出臉。

「就是這麼回事，請多關照。」

望都臉上還是一副僵硬的表情，接著又像突然想到什麼似地露出微笑，那瞬間，望都周圍像盛開著美麗的花朵般明朗了起來。鈴子有感而發，不由得暗中嘆了口氣——這就是所謂的美啊，但一方面還是對今早大家做了什麼感到納悶。

用餐時沒有一個人開口說話，大家只是面無表情，機械式地動著筷子。尤其是益子，比以前更加臭著一張臉，默默地動著嘴角，看來甚是扭曲。總之不必和這位大嬸一起生活了，搬家萬歲。

「我吃飽了……那麼，我先去整理行李了。」

飛快放下筷子站起身時，周子才對著鈴子說道：「好好保重喔。」

「只是搬到走路不到幾分鐘的地方，還是隨時都能見面吧。」

「我也會去找妳玩，到時要歡迎我喔！感覺像多了幾個親戚，真令人開心。」

春代勉強擠出僵硬的笑容。只有益子一個人把臉偏向另一邊繼續抽著菸。

回到房裡對著壁櫥，鈴子自然而然想起昨天那個女人，那個人在她的棉被上留下的血跡已經不見了。乾掉變成暗紅色的血跡讓人感到不舒服，所以鈴子把被單丟進春代負責清洗的衣物堆裡，裝作什麼都不知道，畢竟她根本無能為力。

只睡了幾天的房間，要說增加了什麼行李，頂多就是男孩的衣服，以及宮下叔叔拿來的幾本雜誌、英文筆記本和文具，還有昨天收到的舶來餅乾罐。即使只有這些，但想要收進之前使用的背包卻塞不下，鈴子想去找母親問看看是不是有花布巾可以包，在走廊上正要轉彎時，便聽到益子憤怒的聲音喊著：「我就說嘛！」鈴子不由得停住腳步，躲在走廊的轉角處，豎直耳朵傾聽。

「別把錯都怪在我身上。」

「我沒有說是益子小姐的錯啊，只是感到很遺憾！」

近乎慘叫的聲音是望都發出來的。

「如果益子小姐能夠再多關心她一些，好好看緊，或許就不會發生這種事了。」

「我是看那個女孩昨晚似乎理解了，心情看起來也回復平靜了，而且我教了她消毒的方法，還開導她很多事……」

「不！」益子沙啞的聲音再度被望都強勢的回應阻斷。

「其他女孩不也說了嗎？那個女孩昨晚就出走了。而且她是第一次吧？即使再怎麼理解或已經有了覺悟，這樣的經驗肯定還是太過殘酷了。」

鈴子覺得雙頰彷彿燒了起來，同時感到太陽穴附近發熱，她們一定是在說昨晚躲在壁櫥裡的姐姐。

「雖然妳說得沒錯，但我一個人再怎麼樣也不可能在一天內教會這些普通的外行人怎麼接客，這根本是不可能的事！何況對方還是美國人。」

「所以我才說妳要多費一點心啊！如果能多關心她一點，或許就不會發生這麼淒慘的事，她就不會跳下鐵軌自殺了……」

剎那間，有一股力量撞進了胸口，鈴子扶著牆壁，不知道應該將視線放在哪裡。食堂傳來微弱的抽噎啜泣聲，一度凍結的心臟再度激烈地跳動。

「而且，為什麼不能跟警察說那是我們這裡的女孩呢？警方說『這麼一來就要當成無親無故的死者處理』，這實在讓人很難接受，太悲痛了啊。」

「這是上面的指示。」

母親開口了。

「這也太過分了！太可憐了吧！」

「好不容易熬到戰爭結束，卻變成這樣，躺在鐵軌旁，只蓋著一張破席子……」

周子和望都還無法接受事實，爭相訴說著，卻被母親的聲音打斷：

「別再說了！我們……RAA絕非強迫那些女孩來這裡勞動，已經事先將目的和所需的覺悟都告訴她們了，如果被知道開幕當天就發生了這種事，今後該怎麼辦！」

耳邊只傳來哽咽的抽泣聲。

「我們的人也會開始感到不知所措吧？昨天一天到底有多少流血的衣物妳們知道嗎？床罩、浴衣……我甚至覺得所有的女孩都被美國人撕裂了身體……」

「那麼多的人她們根本就無法應付，光個頭就夠大了，還完全不知道要休息，而且人數實在太多了，不只是五個或十個，客人最多的女孩昨天到底應付了幾個人？」

「昨天？可能有二十六個人吧……」

「不光是流血，每個女孩身上也都留下了傷痕，還有人連嘴唇都腫了起來，或是因為流汗而全身濕透──連腰都直不起來了啊。」

「那些人到底知不知道羞恥啊！就算我們準備不周，但在那種只有一道屏風分隔的地方，竟然能和平常一樣……」

鈴子的耳膜深處傳來轟轟的耳鳴聲。呼吸困難，胸口不斷激烈跳動，按著牆壁的手掌、站在走廊上的雙腳腳底都因汗水而濡濕。

死了。

那位姐姐？

為什麼……？

鈴子甚至忘了自己是為了什麼走出房間，只是拖著身子回到房裡，就這麼跌坐在榻榻米上。跳軌自殺。

僅有一張草席覆蓋。

為什麼……？

為什麼這麼傻？

為什麼要死呢？

好不容易才從漫長的戰爭中倖存了下來。

不久後，從目黑搬到這個家時負責開貨車的司機「山田」來接鈴子她們。鈴子在母親的催促下，以床單而非花布巾匆忙地打包行李，和望都一起慌亂地坐上貨車的後車斗。

駛出寬廣的道路後，左手邊就是小町園。因為時間還早，看不到昨天那樣成群結隊的占領軍，取而代之的是成排的貨車、馬車及人力車，塞滿了馬路。左手邊延伸而去的黑色塀障，繼小町園之後，掛著「悟空林」、「柳」、「樂樂」等看板，看起來都是豪華又高級的料亭。每一間的占地內和門外都停了幾輛貨車和人力車，運送著木材及各種物資，道路也因而變得更加壅塞。這些建物的使用目的想必和小町園一樣，即使不問母親，鈴子也能判斷。

路旁種著三三兩兩的松樹，似乎宣告著海邊的接近，和料亭的黑牆顯得很協調，但挾著淡褐色寬敞道路的另一側，正好完全相反。雖然多少殘留著燒焦的區塊，卻能清晰地望見遠方的山巒，中間是一整片的焦茶色原野。

「就像天國和地獄。」

坐在緩緩前進的貨車後車斗，塵埃被風吹得四處飛揚，鈴子不由得嘆氣。

「到底哪一邊是地獄，真是搞不懂。」

一旁的望都出聲回應，她的視線依然望向遠方，緊抿著雙唇。母親和望都她們今天早上肯定去看了那位姐姐的屍體。往行駛中的電車跳去，肯定被撞到彈起來吧，總之，她最後成了只蓋上一張草席、無親無故的可憐屍體。

在空襲持續不斷的那段日子，鈴子看過無數屍體。被燒到焦黑的屍體、溺死的屍體、被人群擠壓而斷氣的屍體，也有一些猛一看不像已經死去的屍體，還有身體的脂肪滲出，變成一塊脂肪漬的屍塊。像年幼的千鶴子一樣，自己也不知道怎麼回事，就消失在這個世界的人也不在少數吧，這些屍體都不是自願想死，而是被殺死的。

但是昨天的姐姐卻是自己選擇了死亡。因為是自己決定的，所以也沒辦法。剛才聽了母親她們的對話後，鈴子決定這麼想。戰爭已經結束了，今後只要不被美國士兵殺害，就能按照自己的意志活下去，至少鈴子不想死——即使心裡被巨大的空虛占據。

只要能活著……

有一天或許還能吃到美味的餅乾和其他好吃的食物，或許也能穿漂亮的衣服，況且只要匡哥回來，就能家族團聚，一起生活。沒錯，這一天肯定會來到。

再往前行駛不久，右手邊出現大火肆虐後僅存的神社鳥居，車子通過時鈴子看到幾位名少年聚集在那裡。

「啊，是榎健！」

望都以手按著被風拂亂的頭髮，一瞬間現出疑惑的神情。

「榎健？」

「不是真的榎健啦！是綽號叫榎健的男生。」

鈴子故意這麼說，想跟望都開個玩笑，但望都已經回復了僵硬的表情，只是輕輕地點頭。明明是只要微笑就能緩和周遭氣氛的美人，卻因為臉上的傷被奪去了原本的美貌，或許，她曾經歷過鈴子想像不到的可怕的事。

7

開車花了不少時間，但行駛的距離不算太長，他們終於抵達了狹小住宅密集的地區。每戶人家都沒有外牆，房子和房子幾乎貼在一起，這樣的住宅區讓鈴子想起了從小居住的本所一帶。

「到了喔。」

這裡原本是鎮上的小型工廠，打開入口的拉門，土牆的角落放置著幾座古老的機器，一對老夫婦從裡面走出來。房東夫婦看起來約六十幾歲，對於母親她們的招呼只是淡淡地回應。

租給鈴子她們的是陡峭樓梯上方的二樓空間，各是六疊和四疊半的房間。

「房間有點小，請將就點。這是費了一番苦心才找到的，附近也有很多房子被燒毀，每個人都拚了命只為了找到住處。」

母親對著把少少的行李努力搬上二樓、擦著額頭汗水的山田說：「我明白。」今天第一次展露笑容的母親，將裝著東西的小包裹交給山田。

「也請幫我們向事務局的人打聲招呼。」

山田慎重地收下小包裹，扭曲著半邊臉頰對母親露出一抹微笑。

「這都多虧了宮下先生。」

啊！

鈴子不由得想把臉轉過去，嘴裡有某種苦澀感蔓延開來，山田先生肯定知道母親和宮下叔叔的關係，剛剛才會露出詭異的笑容。到底是怎麼回事，難道母親一點都沒有感覺到嗎？

「再怎麼說，都多虧了ＲＡＡ啊，真了不起。有國家這個強力的後盾，也能自由攢錢，在今天的日本還能辦到這些事的人，數也數得出來吧。」

「……對了，昨天拜託的召募的事。」

「啊，這件事也在進行了。這兩天應該會在報紙上登廣告，銀座的中心地段也會製作大看板吧，總之要從各個地方集結人手。」

母親只是點點頭道：「這樣啊。」在一旁的望都發出小到幾乎聽不見的呢喃，重複著：「從各地啊……」然後沉重地嘆了口氣。

從全開的窗戶吹進來的風裡混雜著海潮的氣息。雖然每個房間望出去的風景都再平凡不過，不是前方的小巷就是隔壁的屋子，但風能夠這麼吹進來，而且打開窗戶也沒有混凝土高牆遮住視野，光這些就夠讓人開心了。

「希望這次能在這裡展開安穩的生活。」

將少少的行李整理完，三個人並肩站在窗邊。隨著太陽高掛，氣溫也跟著上揚。

「真希望學校趕快開始。」

鈴子不由得脫口而出，比起母親，先反應過來的是望都，她發出「噢」的一聲，望著鈴子。

「學校要重新開始了嗎？從什麼時候？」

「似乎下個月就要開始了，但是，我應該去上哪一間學校呢？」

鈴子又盯著母親看。母親只是敷衍地應聲，一點也沒有認真思考的樣子，鈴子只好再度看著她，要她回答自己的問題，母親這時才勉強回答說會和宮下叔叔商量。又是宮下叔叔，什麼事都要靠他啊。

「……我想要回本所。」

鈴子故意這麼說，但母親連正眼也不瞧鈴子一眼。

「我想回本所的學校。」

「……這個嘛，不知道可不可以呢。」

「報紙上也寫了啊。」

「寫什麼？」

「……盡量回到原本的學校。」

當時只是大致瀏覽一下，其實鈴子也不確定報紙上是不是真的這麼寫，但她幾乎是不加思索地脫口而出。像現在這樣，什麼都按母親的想法被擺布，鈴子感到有點生氣。不，應該不是母親，而是宮下叔叔的擺布吧。

「那是針對疏散的人吧？總之我會好好調查，讓妳早日回學校的，好嗎？」

母親依然一副空洞的表情，說完後便和望都一起下樓，說得先和房東商量一下今後的事。再回到二樓時，便決定好今後鈴子要和房東一起在樓下吃晚餐。

「和他們一起吃飯嗎？可是……」

「沒辦法啊。又不能讓小鈴一個人吃飯。」

「不過……」

「不必擔心。除了房租，我還會另外支付晚餐的費用，我已經跟他們說了，米、鹽及其他食材的開銷我們都會負擔的。」

「那位婆婆不覺得麻煩嗎？」

「怎麼會呢？畢竟他們也沒有其他的收入了。只要小鈴不覺得彆扭，好好感謝對方準備的飯菜，有禮貌地一起用餐就沒事了。」

而且我也告訴他們小鈴是女孩了，母親繼續說著：

「結果對方說：『這樣裝扮才好。』他們似乎也看到昨天占領軍的車子隊伍了。」

「……但如果要去學校，我要回復女生的打扮。」

鈴子盯著母親的側臉說。母親的眼角突然閃現憤怒的情緒。

不要讓我為難。

不要煩我。

妳難道不知道嗎？

這根本不可能啊。

母親的側臉這麼說著。ＲＡＡ的工作才剛開始，根本還沒做好萬全的準備美軍就登陸了，而且是大軍壓境，現在母親她們肯定手忙腳亂，何況還有個姐姐因為害怕而逃跑——鈴子突然按捺不住浮躁的惡意，母親是怎麼想的？那位姐姐死了，竟然還能保持平靜？真想脫口問個清楚。

「對了，昨天壁櫥裡的那位……」

「小鈴。」

「……什麼事？」

母親白罩衫領口下的喉頭隨著吞嚥而動作，接著她撫摸上鈴子的上臂，壓低聲音說道：

「小町園的事，妳不必再掛心了。」

母親摸著鈴子比剛剪好時長長了一些的頭髮，目光嚴厲地看著她。

「讓小鈴經歷了那麼多不愉快的事、那麼多討厭的事，母親真的很心疼，從今天起，小鈴和小町園或是ＲＡＡ已經毫不相干，只要妳別遇到危險就好。況且今後如果開始去上學，小鈴只要集中精神在學習上就好，母親會努力工作的。」

「……母親不覺得討厭嗎？」

母親一副感到迷惑的樣子，露出不知該笑還是該哭的不可思議的表情，眨了眨眼說道：

「該怎麼說呢……談不上討厭或喜歡……總之，在匡平安回家之前，為了和小鈴兩個人好好活下去，母親只能這麼做。況且現在有人需要母親。」

「誰？」

「什麼？」

「宮下叔叔嗎？」

母親終於肯好好直視鈴子。她恢復了往常的表情，溫柔地搖了搖頭。

「更多的人。在店裡工作的人，還有美國人。」

「就算這樣，但美國人對那些姐姐做了很過分的事不是嗎？即使日本輸了，也沒有道理啊——」

「這就是工作啊！畢竟美國人付了錢給我們。」

母親又回復了僵硬的表情。

「我們並不是無條件地讓他們予取予求。這是一件工作，一定要有人做，大家只是各做各的事。況且母親懂一點英文，雖然這麼說有點失禮，但我和益子、春代不一樣，可是拿了很高的薪水啊。」

母親深呼吸，緩緩吐著氣，看著鈴子。

「我們雖然是戰敗國的國民、失去家人的女人，但還是得活下去啊，和那些不得不在那裡工作的女孩一樣，我們必須克服現在的困境……」

這就是我們面對的嚴苛困境啊。

母親用以往不曾有過的沉重語氣說道。

第三章　大森海岸

1

昭和二十年八月三十日。

這一天，鈴子和房東夫婦一起吃晚飯時，開著的收音機傳來聯合國最高司令官道格拉斯・麥克阿瑟元帥抵達厚木機場、直接前往橫濱總司令部的新聞。

「是元帥啊？」

老爺爺吸著南瓜和菜葉粥吐出了這句話。

「元帥，很高階嗎？」

鈴子自言自語，老爺爺則從鼻子吐了一股氣，說道：「當然啊！」就像日本的山本五十六或是東鄉平八郎。

「那麼，是很高階的軍官囉？」

「那些偉大的美國人，今後到底要怎麼處置這個國家呢？」

繼昨晚之後，今天是她第二次和房東夫婦一起用餐。雖然初見面時看起來一點都不親切，但他們至少願意簡短地回覆自己的問話，而且晚飯並不難吃，對鈴子和母親的事也不會追根究柢，應該不是什麼壞人，鈴子心裡這麼想。此外，晚飯前鈴子看到矮桌上的報紙不由得讀了起來，老婆婆看了有點驚訝，「妳真了不起啊。」她對鈴子說：

「原來如此。從今以後時代將會這樣轉變啊，不分女人男人，大家都能學習、增長智慧。」

「真的會變成這樣嗎？」

鈴子把讀到一半的報紙推到老婆婆面前。

「首都的中等學校、國民學校　九月一日開始授課～男子科目為科學、女子科目為處事禮儀」

換句話說，即使學校重新開課，女生上的課還是「處事禮儀」，顯然沒有那麼容易就和男生齊頭一起學習。

「但是啊，小姐的媽媽正因為會說英語，才能在這個時代獲得特別好的待遇，過現在的日子啊。」

「是嗎……」

「有這樣的媽媽，小姐很幸福喔！父親不在了嗎？過世了？」

「……對。」

「真是可憐，但妳媽媽真有能力啊。如果妳想的話，肯定不必過『三界無家』[13]的日子吧。」

但母親使用那樣的「能力」，別說是三界，根本是把那些姐姐推入苦海、利用了她們不是嗎？鈴子不由得這麼想，但當然說不出口。

「苦海」這個詞是望都教的。今天早上趁母親不在時，望都提到才三天的時間，在小町園工作的女人已經超過一百人，而且附近的「悟空林」、「柳」、「樂樂」也將加入，馬上就要開業。

「我們的人數再怎麼增加對方還是不斷冒出來，美國兵簡直蜂擁而至，不曾間斷啊。」

因此即使到了夜裡，店還是無法準時打烊，望都這麼說。除非有人出來嚴格管理，不然美國士兵們徹夜喧鬧，不只是姐姐們，連負責接待的工作人員都不得不應付他們。

「在這種情況下，小鈴的母親真的很了不起啊。」

連望都都這麼說。

「會說英文當然很厲害，但在那種煉獄中，在每個人手足無措的一片混亂當中，小鈴的母親很沉得住氣啊。」

在店裡所需的地方全都貼上了英文字條，但美國士兵還是不知道怎麼開拉門，或是會穿著鞋子進屋裡，還大聲抱怨，母親卻完全不為所動。望都模仿著母親的樣子，兩手像揮著「再見」的手勢那般，並左右搖頭。

「就像這樣子一邊說著『NO、NO』或是『Wait a minute』，就能讓美國士兵安靜下來，簡直像施了魔法。」

「真的嗎？」

「而且啊，那可能是美國的習俗吧。交談沒多久就要拍拍對方的手腕，光是這樣對方就會露出笑容，真是太厲害了。我看到毛那麼多的手臂就不由得發抖，況且那些人的體味真的很重，要克服心理障礙面對他們，就已經是不容易的事了。」

望都是真心稱讚母親，沒有任何反諷，但鈴子對母親如此沉得住氣的舉動，打從心裡感到一股不愉快。明明兩週前還叫那些人「鬼畜」，現在卻能平心靜氣地摸他們的手臂。

---

13 三界無家：指女人從小遵從雙親，嫁人後遵從夫家，老了遵從子女，一生在人世間沒有容身之處。三界泛指全世界。

八月三十一日。

從早就下起好久沒下的雨。鈴子一大早便和母親到了附近的國民學校，她即將復學的學校是距離現在的家走路只要幾分鐘的大森第五國民學校。

這間國民學校的校園另一側可以望見海洋，因為學校沒有遭受空襲，所以校園和一部分的校舍變成鄰近住屋被燒毀的人們臨時的落腳處，此外教室也借給附近學校被燒毀的學生，人們在雨中來來往往。學校的模樣和鈴子原本的不同，但能接觸到學校的建築及校園的空氣，仍讓她心生懷念。

「是你啊！」

辦完轉校手續後，鈴子在母親和新的導師交談時，自己先走出了校舍，這時突然有人叫住她。轉頭一看，是前幾天撿起空降在俘虜收容所物資的其中三個男孩，他們傘也沒撐就站在那裡，但確實是章魚、喜美夫還有「來打屁股」。

「你在這裡做什麼？」

眼睛細到只剩一條縫的章魚瞇著更細長的眼，就像在威嚇別人似地，微微抬起下巴走向前來。

「聽說明天就要恢復上課了。」

「你要轉來我們的學校嗎？」

「對啊，我母親正和……」

話還沒說完，「來打屁股」已經發出叫聲：

「嗚哇，竟然叫母親呢！」

喜美夫也附和道：

「嗚哇哇，你是哪裡來的少爺啊？」

章魚瞪著鈴子，一臉狐疑，整張臉皺了起來，散發出一股討人厭的汗臭味。

「我才不是什麼少爺呢！」

「騙人！」

被三位少年包圍，還被揶揄著「竟然叫母親」時，母親本人出現了。

「小鈴。」

少年們一起回過頭看著母親，嘴裡故意喊著「小鈴」、「小鈴」，咯咯地譏笑了她一番，鈴子則抬起下巴對他們發出「嘖」的一聲。

「讓妳久等了，我們走吧。」

雨似乎沒有要停的跡象。看到望著天空這麼呢喃的母親，鈴子突然有種不可思議的心情，感覺母親變得耀眼到無法直視，一股奇怪的羞怯感湧了上來，她反射性地把眼光從母親身上移開。真奇怪，母親的服裝和包包明明都和平常一樣，為什麼她突然覺得母親變了。

「似乎是個好老師呢，母親安心多了。老師也理解我們的情況，剛才小鈴在時也說過了，即使學校重新開始，暫時還是……」

說著說著，母親突然發現眼前的少年，微歪著頭說道：

「咦？你們是這間學校的學生嗎？」

原本咯咯竊笑的三人突然一陣緊張，鈴子用眼角餘光偷瞄，尤其是章魚曬得又黑又髒的臉明顯漲紅了起來。

「我家的孩子明天也要上這所學校的高等科二年級，請和她好好相處喔。」

母親說完，「來打屁股」突然發出一聲驚叫：

「啊！那麼，和章魚還有榎健同年級呢。」

「來打屁股」指著紅著一張臉的章魚告訴母親：「他就是章魚。」

「榎健現在不在這裡，但曾見過這傢伙——小鈴。」

「咦，是嗎？小鈴，榎健是……」

「就是之前在運河邊的……對了，他不是給了你餅乾？」

這次換喜美夫逕自站出來。母親才恍然大悟，用力點了點頭。

「那時候的……原來如此，已經交到朋友，不必擔心了呢！對吧？小鈴。」

少年們已經收起笑容，以一副僵硬不自然的表情偷瞄著母親的臉。

「我家現在只剩我和這個孩子兩個人，我們在戰爭結束後搬到這裡，好不容易才安定下來。還有啊，雖然打扮成這副模樣，但小鈴的名字是鈴子，她是女生喔！」

三人聽了驚訝到無話可說，只是張大著嘴，瞠目結舌，鈴子看了不由得笑了出來。

「但現在四處還是紛亂不安對吧？還會有很多美國士兵來到日本，她本人很不情願，是伯母強迫她把頭髮剪短、穿成這樣的，請不要取笑她喔！」

「原來如此！和南京豆家的姐姐一樣啊。」

喜美夫一副恍然大悟的表情。

「安全褲也穿了好幾件呢。」

「為了不被施暴。」

不知他們是不是真的明白其中的意思，連「來打屁股」也一副了然的表情直點頭，接著又是一陣附和。

「原來是女生啊。」

「那就沒辦法了。」

「榎健聽了肯定會吃驚到下巴掉下來。」

然後和章魚一起，三個人又咯咯地笑了起來。爽朗無邪的笑聲，和他們帶著汙垢的體味及被雨濡濕的校園土壤味混在一起，沁入鈴子心中空曠的虛無，並不斷擴散著。長長的八月終於結束了。

2

九月一日。星期六。

鈴子終於以轉學生的身分開始到復校的大森第五國民學校上課。但這一天早晨，集合在校園裡的學生當中幾乎看不到二年級到六年級的學生，只有喜美夫和「來打屁股」等少數疏散的學生回來上學，其餘的學童似乎大多都還沒從疏散地返回。因此站在高等科的鈴子等人身旁的，盡是今年春天才要入學的一年級的小小孩。

「那個孩子的家人好像全死了。」

「那邊那個的爸爸似乎也戰死了。」

「我們家四處撿被燒剩的木材，總算搭出了一個臨時組合屋。」

「真好，我們家還在防空壕裡生活，而且還有其他兩家，總共九個人。」

「我奶奶把私房錢藏放在瓶子裡，埋在壁櫥下面的地底。後來從燒焦的土裡挖了出來，我們才得救了。」

「對了，你們是怎麼洗澡的？」

大家互相確認對方平安，倖免於難的喜悅和這些對話一起傳了過來。因為是轉學生，所以沒有人認識鈴子，也無從交談，她只是一個人呆呆地聽著這些對話，想像著本所的國民學校的同學，是不是也像這樣開心地再會。

學生們個個瘦弱不堪。特別是新生，每個人都瘦小到幾乎不像是要上小學的年紀，也有不少學生流著鼻水、臉上沾著汙垢，其中還有沒木屐穿而穿著草鞋的人。即使如此，能來上學仍然讓人感到開心，削瘦到沒有肉的臉頰只有眼珠骨碌碌打轉，看著這些難掩喜悅的低年級學生，鈴子不由得想起了千鶴子，內心深處湧起一股苦澀。因為沒有找到屍體，鈴子和母親每次談到千鶴子，都會說服彼此相信她現在仍然活在某處，只不過搬到大森海岸後，母親已不再提起千鶴子的事了。

「各位同學，你們從今天起將脫胎換骨，成為日本未來的主人翁，也背負著這個國家的未來，因此必得長成一位清廉、端正、勇敢的人。戰爭中荒廢的學業，現在開始要重新趕上，奮發成為一個對重建國家及發展建設有用的人。」

入學典禮兼朝會時，校長這麼訓示道。同樣升起國旗、齊唱國歌、遙拜，但已經不再唱頌軍歌〈海行兮〉，解散時也不再播放軍艦進行曲，只有老師吹哨子的嗶嗶聲取代號令。

校長既然這麼說，應該立刻就會恢復新的課程才是，沒想到到了隔週，正式的課程依然遲遲無法開始，像樣的課只有複習讀書和算術罷了。而且課程上午就結束了，下午則將學校借給其他校舍被燒掉的學生們當教室，加上沒有教科書，也只能這樣。沒有訓練，也沒有體操，有些孩子因為飢餓，只要動作太激烈就會頭暈目眩，老師也認為不能勉強。

鈴子的便當裡每天放著蒸地瓜，但說實話，她們搬到現在的家以後，早晚餐的菜色已經漸漸變得豐盛。除了從ＲＡＡ那裡逐次獲得了白米、砂糖、味噌、醬油等各式食材，母親和望都也從進駐軍那邊拿到了不少至今不曾吃過的罐頭等。多虧了這些，房東老爺爺和老奶奶的臉上也比她們剛搬進來時多了親切的笑容，但母親卻說這些食材都不能帶到學校。

「有孩子甚至沒有東西吃不是嗎？所以不能引起別人的注意。」

有些孩子確實連蒸地瓜都沒得吃，他們到了中午吃飯時間，就只能跑到教室外擅自拔院子裡種的菜來吃，或是喝洗手的水充飢。

到了下午，男生們被派去附近填補因炸彈而受創的馬路空洞，鈴子等女生則負責照顧一年級與二年級的低年級學生，並幫忙整理校舍，把碎布縫成一片當成抹布，用來擦拭玻璃等。

「什麼嘛！這樣的日子跟戰爭時沒有什麼兩樣不是嗎？」

有一天，同年級中唯一和鈴子一樣打扮成男生的野本，在洗手檯替一年級新生洗臉時邊蹙著眉頭說道。鈴子和野本在和低年級的學生相處時，總被嘲笑是「小哥」，野本每次都裝出一副嚇人的嘴臉回道：「再吵看看！」還會追著小學生跑，從後面抱住他們小小的身體搖來晃去，每次都讓新生們笑得東倒西歪。雖然可以聽到久違的、純真無邪的開朗笑聲，但野本卻總是馬上喘不過氣，只能當場蹲下來。

「不應該做這麼蠢的事，肚子愈來愈餓了。」

在鈴子擺出「真拿妳沒辦法」的表情之前，她便又笑了出來：「但我就是忍不住啊！」接著濕了眼眶說道：

「他們讓我想起了妹妹，她本來和這些孩子一樣，這個春天就要升上一年級的。」

「野本也有妹妹嗎？」

「咦，莫非妳也有？那她人呢……」
「失散了，就在春天的那次空襲。」
「我妹妹是在五月的那一次……」
「這樣啊……」
「嗯，不知道跑去哪裡了。」
「唔。」
因為這個契機，鈴子開始向野本敞開心胸。野本家從事的是海苔養殖並經營釣船屋。
「今後美國士兵或許會來釣魚呢！我爸很期待的樣子。但是他只剩一條腿，在滿洲時另一條腿被炸飛，所以已經無法出航了。」
野本家除了父親，似乎沒有其他人被徵召，但是最小的妹妹和祖父母都在空襲中喪生，現在還有一個弟弟和一個妹妹沒從集體疏散處返回。鈴子也說自己現在和母親兩人相依為命，原本應該有五個兄弟姐妹，現在唯一希望的是生死不明的匡哥能平安返家。她簡單地帶過家裡的事，不希望被問到母親在做些什麼，幸好野本完全沒有提到這件事。
週末，聯合軍隊進駐東京。
「太強了！」
「真的太厲害了！」
占領軍的士兵擠滿了四方形的車子和大貨車的後車斗，看不到盡頭的長長隊伍不斷前進，鈴子和榎健、章魚他們一起站在學校門口眺望著，這條廣闊的道路稱為「京濱國道」，一路通到小町園。眺望著眼前的風景，鈴子總覺得這些綿延不絕的貨車全部都是朝小町園而去的。在貨車後方的美國士兵以希奇的眼神望著這裡，當中不只有白人，還有黑人，宛如被墨塗黑的臉上，只有圓滾滾的眼珠和張開嘴時的白牙，加上紅色的舌頭，十分突兀。

「哇，真的很黑耶！」

章魚發出感佩的聲音。

「章魚，莫非你從來沒見過？」

起初鈴子叫他綽號時，他總是一副氣呼呼的樣子，卻一下就習慣了。章魚人如其名地嘟起尖尖的嘴歪著頭道：「沒有啊。」

「可是，你們在俘虜收容所不是見到了很多外國人嗎？」

「但是沒有黑人啊，小鈴難道看過？」

因為周子和母親叫鈴子「小鈴」，所以榎健和章魚也跟著叫，在還不熟的同年級同學面前被叫道「喂，小鈴」時，雖然覺得很害羞，但想到自己被榎健他們當成同伴，鈴子也就不怎麼再意了。

「沒有。一次也沒有。」

榎健只是點頭回應了一聲，章魚又插嘴道：

「但是啊，就算榎健再怎麼曬也不可能變得那麼黑。」

「這還用說，你白痴啊！我雖然這副德性，但可是堂堂正正的日本人。啊！看到了嗎？他們的手掌是白的喔。」

儘管是和平常一樣傻里傻氣的對話，但那天真無邪的樣子，真讓鈴子欣羨。站在他們身旁的鈴子再次明白，不論白人或是黑人，美國士兵的大個子著實讓人感到震撼，想到個子那麼大的男人不分日夜每天往小町園擠，就讓鈴子不由得心生戰慄。而且望都說母親不只能順利地和他們交手，還很快就結識了美國憲兵的人。但不論是白是黑，在鈴子眼裡看來都是一個樣。

「喂，妳不覺得滿溢著熱情嗎？」

耳邊突然傳來一句話，鈴子瞄了一眼，默默嘆了一口氣。是久保田雅代。鈴子轉來這間學校時，雅代最初向她搭話時說道：「喔，妳倒是個美少年啊。」這話雖然算是種奉承，但鈴子對她卻沒有好感，總覺得對方讓人感到不舒服。或許是因為她散發出投機取巧的狡猾，態度又有點傲慢，不光個子長得高，刻意裝成大人的模樣更讓人覺得做作。而且她和野本不同，似乎想要探聽鈴子家的家庭成員和生活隱私，這更讓鈴子感到厭惡。

「什麼東西滿溢熱情？」

「我也不知道，就是感覺啊。美國人和日本的男人完全不一樣。」

她的言下之意鈴子也不是全都不懂，但那種口吻就是讓人感到莫名不舒服。啊，真想念勝子。勝子同樣是個高個子的女生，同樣受到母親的影響，總是把「男人啊」這樣的話掛在嘴邊，但比起雅代，勝子完全不會給人黏膩的不快感。勝子應該還活著吧？有一天能再見面吧？

「看慣了那樣的男人，會覺得日本的男人啊，寒酸又沒用，一點都不吸引人。對吧？」

雅代咯咯笑著，邊用手肘頂了頂鈴子，鈴子只能隨口敷衍，即使確實是這樣，她也不想表示贊同。

「我好想靠近一點看看那些男人啊。」

雅代不像鈴子和野本打扮成男生的模樣，罩衫胸前已經開始膨起，引人注意，頭髮也綁成兩條辮子，光看到她的髮尾就讓鈴子感到不愉快。因為鈴子本來也想留長髮。轉校來的第一天，導師飯埜向同學們介紹時，特別說明她「其實是女孩」，讓鈴子羞愧不已，還好野本在，讓她鬆了一口氣。回到家後鈴子立即和母親抗議，但母親只是回答：「別人是別人，我們是我們。」她明明和宮下叔叔異口同聲地說全日本的年輕女孩都把頭髮理成光頭，但事實卻不然。

「我再也不要留這種頭髮了！等再長長一些，我就要穿回普通的衣服。母親，妳會幫我準備吧？」

在激烈抗議的鈴子面前，母親只是皺著眉回答「知道了」，邊按著自己的太陽穴。看到母親的樣子，鈴子也無法再多說些什麼，她很明白，母親和望都都很疲憊。

小町園的工作似乎比母親想像的還要辛苦。鈴子總是先就寢，因此不知道詳情，但聽房東說，母親幾乎都過了半夜十二點才回到家，而且中午前就必須出門，沒有週六也沒有週日。

即使不聽母親說，光走到京濱國道一看就了然於心了。一天接著一天，從早到晚，往小町園方向前進的四方形車隊完全沒有減少的跡象。

「再怎麼說，對方的人數實在太多。我們每天都在報紙上登徵人廣告，只能盡量多僱用一些女孩子，當然，還有開店的準備工作，人手根本不足，物資也很匱乏，再怎麼努力也追不上。」

望都這麼說。他們甚至在銀座的正中央立著偌大的看板徵人，因此每天都有很多女人為了求職而前往同樣位於銀座的RAA總部面試。當然，有很多女人得知工作內容後詫異萬分而立即離去，也有不少人得知後痛下決心加入。像是因為空襲而失去住處和親人、變得孤苦無依的女人，只要有地方住、有衣服穿、三餐有得吃，為了活下去，也只能下定決心成為「挺身隊員」，沒得選擇。只要自己的身體能為國家盡一份力就好——這麼說服自己的人也不在少數。

但就算真的下定決心來工作，一兩天後就忍不住逃走的大有人在，像小町園開業的第一天躲到鈴子房間壁櫥裡的女人，後來就跳軌自殺了。看到小町園裡反覆上演的殘酷現實，明白自己的身體將遭受多大的痛苦，會逃走也是無可厚非，望都這麼說。

「總之，那是很痛苦的勞動。即使是原本吃這行飯的內行人也說，對方不是日本人，這一點讓人吃足苦頭，吃飯時間根本是抱怨大會。」

體格不同，體力不同，習慣不同，興趣、嗜好和感覺也不同，而且語言還不通。就算覺悟要成為挺身隊獻出自己的身體，但身體的反應根本追不上腦袋。何況她們完全沒有時間好好休息，每三十分鐘就換下一個人，得不斷面對在後面排隊的美國士兵，根本無法應付這麼龐大的人數。

「每三十分鐘？」

過程中當然並不只是打招呼對看，也不可能只是和這些初次見面的人蓋棉被純聊天。

「這種工作可以獲得多少報酬？做多少就能賺多少嗎？」

「怎麼可能，她們受僱於RAA，所以當然是和公司對分酬勞，三十分鐘三十圓，那些女孩子可以拿到十五圓。」

「十五圓？三十分鐘？可以拿到這麼多錢啊？」

鈴子不由得身體前傾，望都像是這才回過神來，應了一聲後，又嘆了一口氣道：

「原本不應該和小鈴說這些的，真的很對不起。但是，我也不知道應該怎麼辦，一整天待在那種地方，不斷聽到男人和女人間的吵鬧爭執，又無法置身事外，不對誰說出來，我真的就要爆炸了。」

鈴子也有自己的好奇心，這三十分鐘裡到底都做些什麼呢？和日本人不一樣，到底是指什麼？又是怎樣吃盡苦頭？她真的很想問個清楚，但也明白不能多問，如果追根究柢的話，一旦真的知道了，自己可能就再也回不去了。

走出鈴子她們和望都一起住的地方後，右轉京濱國道就是小町園，左轉直走則是鈴子現在上的國民學校。占領軍的車隊總是以小町園為首，一路延伸到鈴子家附近，有時也會排到校門前，甚至不斷往後延伸。

看到要從學校回家的鈴子一行人，坐在四方車上的美國士兵們總會向他們搭話，喊著：「hey!」、「come on!」手掌對著天空，四根手指不停前後擺動，這似乎是他們打招呼的手勢。士兵的臉上全都掛著笑容，看起來意外地溫和，即使如此，孩子們還是害怕得不敢靠近，美國士兵們繼續搭話，並開始加上大大的肢體動作和手勢，宛如一座山，還邊說邊拿出東西來。

「啊，有巧克力！」

「口香糖！是口香糖耶！」

有人喊道，孩子們一聽，立即擁上前去爭搶撒出來的糖果。這種事反覆上演幾次後，比較小的孩子慢慢敢接近美國士兵，然後美國人便從四方形的車子上下來，蹲在地上，盯著孩童的臉看，或是摸摸他們的頭，繼續說些意思不明的話，溫柔地對孩子們笑。剛開始緊張且害怕的孩子，也漸漸因為他們的笑容而卸下心防，展開了微笑，後來美國士兵喊著「hello」時，孩子們便會跑上前去。重點是他們給的各式糖果，就像鈴子第一次從榎健那裡收到的餅乾一樣，每一樣都是出生以來第一次嗅聞的新鮮滋味，而且是不曾嚐過的美味。

「雖然叫做鬼畜，但他們其實也沒有長角啊。」

「頭髮的顏色完全不同，眼睛有褐色也有藍色呢。」

「他們並沒有想像中的那麼壞嘛。」

看到這樣的景象，自己也不由得被誘惑，想前去拿糖果或撿糖果，但鈴子的心情依舊很複雜。

就算對孩子們再怎麼溫柔，他們在不久以前確實是敵軍，說到底，在東京各處，不，把日本各地變成一片焦土、在廣島和長崎投下核彈的不正是這些人嗎？更何況他們會去小町園，三十分鐘付三十圓，把日本女人當成玩具，讓她們流血，甚至無法挺直腰桿站起身，遭遇如此悲慘。現在根本只是因為等到無聊想殺時間，才興起給孩子們糖果的念頭吧。

占領軍到底為了什麼進駐日本呢？日本輸了，他們贏了，因此想要獲得些什麼呢？是女人和小孩嗎？不光只是這樣吧？今後到底會變成什麼樣子，鈴子真的無法想像。

3

九月十一日，東條英機自殺，卻被救了回來。鈴子當然也知道這位原本是軍人、幾乎在整個戰爭期間都擔任總理大臣的人。位階僅次於天皇的人自盡的新聞從收音機裡傳出，就在鈴子吐出訝異的聲音之前，房東老爺爺已經先一步出聲大罵：「混帳東西！」

「他以為自己一個人擅自去死，事情就能解決嗎！」

「孩子的爹，你怎麼氣成這樣……」

「開什麼玩笑！他們那群自以為是的人讓多少日本人民去送死，現在以為自己隨隨便便去死，就能一筆勾銷嗎！別傻了，我們可是頭痛得很啊！」

粗暴地把飯碗丟到矮茶几上，老爺爺一副氣沖沖的樣子，老婆婆則只是低頭默默動著筷子。

「他那傢伙站在最頂端的安全地帶，發生什麼事當然都不痛不癢啊！每戶人家的子弟們可是都被當成蟲子般殺死了啊！」

這個起居室設有小小的佛壇，門框上掛著幾張裱了框的照片，其中有幾位身穿軍服的男人，八成是老爺爺的兒子們，一定是在戰爭中喪命了，就像肇哥一樣。

「他到底想怎麼樣！事到如今，已經再也回不去了！死去的人無法重生，留下來的人要面對不知道會被進駐軍怎麼對待的局面，這不都是他們那些在上位的人擅自決定的嗎！去他的一億總懺悔！」

幾天後，小町園旁開了新的慰安所「見晴」和「樂樂」，自天皇的廣播以來，剛好過了一個月。

才一個月。

卻感覺過了好久，回過神來，已經聽不見蟬叫聲，取而代之的是日暮西垂時，秋蟲聲像浪花一樣打來的充滿回音的季節。有時會突然像回到夏天般酷熱，但天空已是秋高氣爽，紅蜻蜓成群飛舞，空氣悄悄轉變了。

「聽好了，千萬別忘記，這屈辱的戰敗是我們每個人能力不足所導致的結果。」

有一天，正拔著校園菜圃裡的雜草時，導師飯埜突然這麼說。

「為了敬愛的天皇陛下，上前線的士兵賭上自身性命，守在槍炮後方的人更得要加倍、加倍地忍耐才行。正因為努力不足，所以才需要一億總懺悔！」

飯埜老師大約四十幾歲，煞有介事地說出現在常聽到的詞「一億總懺悔」，老爺爺憤恨唾棄的「混帳東西」，飯埜老師卻如此珍視。

「我之前曾聽過一次這個詞，到底什麼是一億總懺悔啊？」

章魚問榎健，聲音傳到一旁的鈴子耳裡。

「一億就是指日本國民的總人數。」
「這樣很多嗎？」
「廢話！當然啊，都上億了。」
「但是，戰爭不是死了很多人？現在還是有那麼多人嗎？」
章魚開始數著「個、十、百」時，飯埜老師的聲音突然響起：「那邊的同學！誰叫你動口的！快動手，手！」
飯埜老師非常瘦，一張四方臉戴著眼鏡、顴骨突出，稍微咬緊牙關時，下顎處的關節就浮了上來，太陽穴附近的血管也會跟著浮出，露出領口的脖子像鶴一樣又細又長。
「我說你們這些人啊……」
努力張開眼鏡後方細長的雙眼，飯埜老師指著還蹲在地上的榎健他們，想要再說些什麼時，卻有人說道：「請別再說了。」鈴子他們一起朝聲音的來源看去，原來是隔壁班的田中老師。她取下頭上罩著的手巾握在胸前，剛好站在鈴子他們的菜圃之間。
「莫非你要學生們也負起戰爭的責任嗎？」
「我是說……」
「這麼小的孩子們，究竟有什麼責任呢！」
「我就說了……」
「應該負責的是其他主事者不是嗎？首先，你根本不應該再繼續用這種軍隊的口氣來教訓、威脅學生！」
怎麼看都比飯埜老師年輕許多的女老師毅然站起來反抗。對此，飯埜老師只是微微動著像鶴一樣細長的脖子，高度數眼鏡後方的眼珠下方不停抽動著。

「沒錯，沒錯。」

榎健嘴裡小聲附和，章魚則噗哧一聲強忍住笑聲。

「既然您都說了一億總懺悔，那麼今天就進入菜圃，和學生們一起拔草怎麼樣啊？」

這次換學生們之間咯咯地笑出聲。鈴子悄悄嘆了口氣，原來還有這樣的女人啊……戰爭雖然輸了，但她們不用在RAA這樣的地方光著身體、披著浴衣，和美國士兵交手，而能這般在男人面前說出自己的意見。

即便是女人。

真想轉進田中老師的班級。母親在辦轉校手續時，明明和校長商量過，希望能編入「好老師」的班級。

「教育本來就不是用命令和打罵的方式進行的，我恨不得學生們早一天自己察覺學習的樂趣，希望孩子們能回復原來的笑容。」

田中老師的表情看起來十分耀眼，相反地，一臉畏縮的飯埜老師則一副懦弱卑屈的模樣，讓人不忍卒睹。母親到底認為他哪裡好，鈴子完全無法理解。

盡早回復原來的笑容。

但是……

今後鈴子他們真的得每天「懺悔」度日嗎？或是真的能夠笑著過日子？再怎麼說，這畢竟是國家的命令，最初說出「總懺悔」的人正是首相東久邇宮。

自戰敗以來，歸究原因當然不只一個，應等候後世歷史學家的審慎研究及批判，今日我們只能回溯過往，無法去責備誰或怪罪什麼，不論是前線或後方，軍或官或民，每一位國民都應深刻反省。現在我們要做的正是總懺悔，在神的面前，洗滌一切邪惡之心，以過去為誡，面對未來，以全新的心迎接戰後的每一天，舉國一家，分擔貧乏，勞心吃苦，相互依偎取暖、提攜協助，竭盡自己的本分，克服即將來臨的苦難，開拓帝國未來之路。

房東家訂的報紙上有這樣的報導，晚上的新聞也播報著相同的內容。鈴子詢問母親懺悔的意思，母親說是指做了壞事的人低頭道歉，表達「我做錯了，請原諒我」。換句話說，一億總懺悔就是從大人到孩童，對於這場戰爭，日本全部的國民都得道歉才行。

但是，對誰道歉？原因是什麼呢？

她完全不明白。鈴子她們不也經歷了慘痛的遭遇？不但失去了家人和房子，每天還只能挨餓度日。

「聽好了，現在老師說到的部分，都要用墨汁塗掉。」

過不到幾天，飯埜老師在上國文課時，要鈴子他們立即準備墨水，並命令大家打開教科書照做。

「翻到第五頁，第八行、第九行、第十行。」

好不容易才拿到的新教科書，卻馬上就要在上面塗墨，這樣好嗎？起初鈴子看著四周，感到很困惑。老師要大家塗黑的地方也包括了〈天皇代代繁榮〉這篇文章，飯埜老師明明很敬愛天皇，為什麼要大家這麼做呢？鈴子一頭霧水。

「快點！下一頁，第六頁。這一頁全部！」

教室裡發出陣陣騷動，榎健遲疑地問道：

「老師，全部塗掉的話，就什麼都看不到了。」

「別回嘴，照做就是了！」

飯埜老師的下顎讓人感到不舒服地蠢動著，眉間蹙起深深的皺紋，說這是進駐軍的命令。

「塗好了嗎？好，再來。聽好了，十六頁全部。」

老師的聲音微微顫抖著，拿著教科書的手也同樣顫抖不已。

因為輸了。

美國人不喜歡的部分要全部刪除。肯定是這樣。

「要好好塗，不能透出原來的字，要塗到全黑看不見才行，之後我會一個一個檢查。」

老師的話讓原本不敢放開、只沾了少許墨水的學生們慌張地磨起墨，照他說的把鉛字都塗黑後，教科書的頁面便因吸飽了墨水而呈波狀起伏。以前明明被教導只要寫有文字的東西，不論內容是什麼都不能放在人們走動的地方，要好好地珍惜，但現在卻得把文字塗黑到再也看不出來才行。

後方傳來啜泣的聲音。

鈴子回頭一望，有好幾個同學邊用手背拭淚邊動筆。相反地，久保田雅代卻滿臉開心地塗著教科書，甚至心情好到用鼻子哼著歌。

「你們想想看，我們肯定是做錯了什麼，所以才會輸掉戰爭的吧！」

當天回家的路上，鈴子和野本及雅代三人一起走。她原本是想和野本兩個人一起回家，但不知為什麼雅代突然追了上來。野本聽了雅代的話，一副懷疑的表情，像是無法苟同。

「我爸說日本之所以會輸，是因為我們太窮了。」

「這麼說也沒錯，明明很窮卻偏要跟有錢的白人作對，才會落到這種下場。」

「妳這種說法不太對吧……」

「事實難道不是這樣嗎？什麼神風吹啊吹，結果一次也沒有吹成啊！」

對著面有難色的野本，雅代的表情宛如自己贏了戰爭般，更加突顯正開始發育的胸部。個子不高，再加上扮成男生也沒有人懷疑的野本和鈴子，簡直被雅代的氣勢壓倒了。

「聽好了！總之，從勝利的一方來看，日本人確實做錯了。之前日本的大人教了孩子們錯誤的事，這些全部都要刪除才行。」

雅代一臉得意，甚至抬高了下巴。這麼說似乎也有道理，但這樣一來，鈴子她們至今被教導的事，不就全都是謊言了嗎？

「……重新去讀被塗黑的地方，或許就能知道是哪裡錯了。」

「不可能，八成沒辦法讀了，因為都變得黑漆漆了啊！啊，等等，妳們看！」

雅代表情一變，鈴子她們也不由得追隨著雅代的視線。

京濱國道上依然是一整列以小町園和樂樂為目標的進駐軍車隊，但隊伍的另一方、馬路的對面，卻出現了一個引人關注的女人。

「……那是什麼裝扮啊？」

野本看傻了眼，出聲問道。

女人看起來很年輕，穿著下襬很蓬的連身長裙，一身華麗的亮色圖案，炫目到刺眼，而且似乎用相同布料做成了緞帶綁在頭上，從遠處看依舊能清楚分辨出她搽著鮮豔的口紅。女人說著

「hi」，朝著進駐軍的車子揮手。

美國士兵之間突然傳來盛大的歡呼聲。女人幾乎是邊走邊跳，沒想到下一刻卻越過馬路往這邊來。華麗的裙襬像盛開的花朵綻放開來，宛如不同生物般搖擺著，有人咻咻地吹著口哨，有人拍手助興，傳出了陣陣喧鬧聲。

「那個人在幹嘛？」

「那身衣服是在哪裡找到的啊？」

「應該是自己縫的吧，用窗簾什麼的。」

就在鈴子看傻時，女人跳舞般轉著身子，穿越了幾台車子間的縫隙，宛如另類生物突然闖進沒有顏色的世界。接著她停在一輛車子前，瞬間盯著車子裡，緊接著上了車。車子的引擎發動，立即駛離了車隊。

「……剛才那個是日本人吧？」

「對，應該是……」

「臉很扁啊。」

竟然有日本女人打扮成那種模樣，搽那麼鮮豔的口紅，到底打什麼主意？鈴子正要說出這番話時，雅代搶先一步說道：「好羨慕啊！」聲音裡還夾雜著些許嘆息。

「剛才的女人之後應該會和美國士兵交往吧？真好，好羨慕啊！」

鈴子不由得和野本面面相覷，看著雙手在胸前合掌，一臉哀怨，身體左右搖擺的雅代。

「再過幾年，我一定也要和美國男人交往，一定要！」

「呃……」

「因為美國人帥多了啊！而且看起來溫柔又有錢……啊！我真迫不及待，好想快點長大！」交往……和美國人。

那妳乾脆去小町園工作好了！鈴子嘴邊不由得湧起惡意的話。而且還能拿到酬勞，不愁吃穿喔！

——明明什麼都不懂，根本不明白會遭受什麼悲慘的事。

鈴子望著一旁神情陶醉地目送車子駛離的雅代側臉，心想著，剛才那個女人肯定很快就會後悔。不，不一定，其中應該也有不後悔的女人吧？

4

這時報紙上剛好出現天皇和麥克阿瑟元帥站在一起的照片，這張照片不光讓大人們受到衝擊，鈴子也受到不小的震撼。穿著正式且背脊挺立的天皇多少令人敬畏，然而個子實在太小，感覺不太可靠；相較之下，一旁的麥克阿瑟元帥不但個子高大，長相還意外地帥氣，雖然穿著沒有很正式，手叉在腰上，連鞋子都不太搭，卻是一副從容不迫的姿態。

這個人……

一點也不畏懼天皇。

鈴子他們從小被灌輸天皇是現世神的觀念，為了守護他和這個國家，犧牲了數以萬計的生命。換句話說，麥克阿瑟這個人現在是不是比天皇還要偉大呢？

進入十月後，說出「一億總懺悔」的東久邇宮內閣隨即總辭，幣原喜重郎成為新的總理大臣。

「這個人還活著啊？」

房東老爺爺驚訝地說。

隨著深秋的腳步接近，小鎮的樣子也一點一點地變化著。

首先，是京濱國道另一邊被燒成焦土的原野開始四處搭起了組合屋，熙來攘往的人也漸漸變多。到了黃昏，四處升起煮飯的爐火，炊煙也隨之飄起，食物的香氣不覺飄散在空氣中。鈴子發現天氣好時，甚至可以望見遠方小小的富士山。

另一方面，大森車站的對面出現了被稱為青空市集的露天市場，臨時搭建的架台和攤販並排，大人們稱為「黑市」，只要到這裡，就有賣麵疙瘩、麥餅和紅豆粥的店，也會販賣碎布、碗盤、燈泡等各式雜貨。母親對鈴子說「那種地方不可以去」，不讓她前往，但鈴子自認已經裝扮成男孩了，應該沒關係，於是偶爾會邀野本和榎健他們結伴一起去。光是四處逛逛、看看那些兜售的物品，她就感到興味盎然，而且每次去都會因為店家變多而感到驚訝。這裡有時還會販售供在佛壇裡的小佛像，或是用軍隊的頭盔做成的鐵鍋，甚至還有舊雜誌。

「只要能賣錢的東西，什麼都能拿出來擺。」

有一次走在擁擠的人群中，榎健突然這麼說。

「女人真好，迫不得已時還可以賣身，男人就沒辦法了。」

榎健是不是真的明白男人和女人之間的不同？他是不是真的了解女人「賣身」的具體情況才說出這番話？如果真是這樣，鈴子倒想問問他，但這種令人羞愧的事，她實在說不出口，尤其混在黑市的擁擠人群中，光跟緊榎健就已經很不容易了。

進駐軍開的四方形車子原來叫做吉普車。以小町園為首的ＲＡＡ慰安所開張後，「波滿川」、

「蜂乃喜」、「花月」等店也陸續開業，店面一旦增加，在裡面工作的女性人數當然也就隨之增加。或許因為這樣，偶爾還會看到故意將和服穿得衣衫不整的年輕女人，或和之前奔向吉普車的女人那般穿著華麗的女性。

「你這個下流好色的混帳！」

沿著京濱國道，有許多年輕女性露出淺淺的嫵媚笑容邊向男人招手，有時也會看到她們對著美國士兵怒斥髒話，然而美國士兵卻反而一臉開心地揮手回應著「bye」。

「真是白痴啊！還以為自己被讚美了嗎？分明不懂意思嘛。」

一起看到這一幕的野本，忍不住嘲諷著說。

「這裡以前不是這樣的地方啊。」

還有一次，比鈴子他們小一個年級的南京豆這麼說。那時鈴子跟著打算去釣魚當晚餐的榎健、章魚和南京豆一起搭乘野本家的小船，男孩們和野本自小就習慣了出海，熟練地操縱著船槳，在離開沙岸邊不遠處準備垂釣。眼前望去的俘虜收容所已經看不到俘虜，因此再也沒有支援物資從天而降了。

「我也這麼想，現在完全變了樣子。」

野本也點點頭贊同。

「那麼，這裡原本是個什麼樣的地方呢？」

鈴子問道，榎健脫口說出：「是個好地方。」

「沿海那一帶並排的料亭雖然沒變，但靠近這邊原本有更多養殖海苔的漁夫，京濱國道的另一邊則有許多茶屋和麻糬店，還有小型旅館及土產店。」

「現在已經全部被燒光了，那附近原本有料亭和旅館，所以有不少藝伎。」
「不但可以聽到三味線的琴聲，因為附近還有很多小工廠，所以也會交雜著機械聲，散步時挺有趣的呢。」
章魚和南京豆似乎也回想起了大森海岸過去的光景。
「我還是很喜歡松樹林啦。總之，這裡以前有各式各樣的人，是個熱鬧又充滿活力的快樂小鎮。」
野本倚在船舵上，從搖搖晃晃的船上望著陸地。
「全都變了呢。」
「現在一天到晚都得忍受吉普車的臭味。」
「還有穿著奇怪的衣服、想引誘美國士兵的大姐姐。」
「對了，『小町園』和『樂樂』裡面到底在做些什麼啊？」
「反正他們就是在裡面尋歡作樂吧！我們連吃的東西都沒有，他們卻……」
章魚說道。鈴子反射性地望著榎健——你不是知道嗎？真想脫口這麼說。那裡面到底上演著什麼，知道的話，你們恐怕再也無法輕易說出「女人真好」這樣的話了。
「怎麼了？小鈴。怎麼不說話？」
野本盯著鈴子的臉瞧。結果鈴子還是什麼都問不出口，只是搖了搖頭。
「我在想，被燒光前的這些街道是什麼樣子呢？我以前住的本所也是個熱鬧的好地方啊。」
眼看太陽就要西沉了，風也開始變冷，放眼望去可見小小富士山的剪影。南京豆叫了一聲：
「啊！竟然可以看見富士山呢！」

進入十一月，吹起乾冷的風，街上有時揚起塵埃，帶著淡黃色的混濁風景，讓鈴子想起三月空襲後的模樣。

當時只要揚起塵埃，鈴子就會不由得想到，這些都是被燒死的靈魂碎片。只留下油脂痕跡、像燒盡的炭一樣死去的許多人，似乎隨風起舞哀嘆著。暑熱的夏天過去，長長的戰爭確實結束了，但飛舞的塵埃裡，肯定還是混雜了死去人們的碎片。

大森海岸的料亭地帶，出現了「柳」、「乙女」、「清樂」等建物，同樣以RAA慰安所的名義開始營業。默默生活的貧困日本人身旁，出現了一處莫名喧囂的角落，以那一帶為目標的進駐軍吉普車並沒有減少的跡象。而經過大森海岸，一路揚起塵土灰煙、直驅東京的吉普車也愈來愈多。除了大森海岸以外，RAA的設施在其他地方似乎也有增無減，尤其是在銀座建造了偌大的設施，名為「銀座綠洲」，裡面有舞廳、有真正的樂團演奏美國音樂，當然也能喝酒，宛如置身美國，據說那裡平常就有多達四百個日本女人在當美國士兵的舞伴。「我想要當舞孃。」聽到這個流言的雅代立即脫口說出：

「我本來就超喜歡跳舞的，小時候還拜師學過日本舞呢。」

「妳說什麼傻話啊！」

眼睛瞇成三角形的野本說。

「那和日本舞差得可遠了！妳真的明白嗎？那是和美國人抱在一起、幾乎身體貼著身體跳舞喔。像這樣手繞著腰，多下流啊！」

「哎喲，這樣才好啊！穿著美麗的洋裝、踩著高跟鞋，啊，好想試看看！」

和雅代說這些根本沒用，像她這種人，一從學校畢業，隔天就會去從事那樣的工作吧！鈴子私下和野本這麼說。兩個人的頭髮最近都漸漸長長了，但還沒有穿回女生的衣服，不光是鈴子的母親，野本家也嚴格要求女兒暫時繼續打扮成男孩。

「這話不方便公開說。」

午休和放學回家的路上，雅代沒有一起時，野本便會環顧四周，說起現在日本各地都有女人被美國士兵強姦的事。

「我親戚裡有個叔叔是報社記者，這是他之前來時說的。進駐軍表示絕對不能寫在報紙上，也不能公開說出去。」

野本聽說有女人走在路上時突然被吉普車擄走，或是有人闖進普通民眾的家裡用槍威脅女人然後施暴，其中甚至有好幾個受害者是比鈴子她們年紀還小的女孩，還有人在遭受悲慘的暴行後死掉了，鈴子聽到這裡，不禁全身打顫。而且對於這種暴行，日本的警察竟然束手無策，任他們為非作歹。

「為什麼！自己國家的女人遭到這麼悲慘的事卻什麼都不做？」

「因為我們戰敗了啊！現在日本的警察根本一點權力都沒有，只能淪為進駐軍的司機。」

「……這是真的嗎？」

無奈地點頭的野本，眼眸深處透著絕望的暗澹，面色凝重。

「既然如此，那為什麼……」

「什麼？」

「為什麼還要有像小町園這樣的地方？」

不就是為了防止這樣的事發生，才要許多女人成為「昭和的唐人吉孃」嗎？被迫一天要接客

三、四十人，她們這麼努力犧牲自我，不都白費了嗎？

「我說小鈴，」

野本盯著鈴子的臉。

「莫非妳知道小町園或是樂樂……那附近的料亭現在變成什麼樣的場所了？」

野本的眼神窺探著鈴子的內心，鈴子真的很想把憋在心裡的事全盤托出。

豈止知道，我母親就在RAA工作啊！因為父親走了，母親只好接受宮下叔叔的照顧，也就是成為他的姨太太。成為姨太太，我們才有可能活下去，但因為戰爭輸了，所以這次只能聽他的話到RAA工作。因為母親會說一些英語，她得居中替進駐軍的士兵和賣身的女人溝通。

當然說不出口，這種事……

「野本呢？」

看著一旁緩緩搖著頭的友人，鈴子只能深深地嘆氣，說道：「我也是。」

這時，母親開始不斷地叮嚀她「消毒」這件事。慰安所愈來愈多，RAA組織也擴大了，除了小町園，母親也開始到RAA的京濱事務所幫忙，變成一般的上班族，所以最近總是傍晚就回到家。回家後，她就和望都一起打開最近已經變得冰冷的水龍頭，幾乎是神經質般地洗手漱口。

「小鈴自己也要注意，即使是很好的同學，也不要吃對方咬過的甜點。」

「我才沒有呢！」

「我只是提醒妳。聽好了，分著吃便當裡的菜時，也絕對不能用同一雙筷子，或是用同一個杯子喝水，這種事絕對不行。」

「跟野本也不行嗎？為什麼？」

因為最近正四處流行傳染病，母親這麼說。

5

據說是花柳病。

「花柳？」

起初聽到這個詞，鈴子還以為這種病是藝伎和舞孃之間流行的，日本舞的流派裡好像有這樣的名稱。聽說RAA開始經營大型舞廳，此外，比起那些經常光顧「小町園」、被稱為GI的美國士兵，他們更依次開設供更上級的美軍利用的高級設施。這些地方在報紙廣告欄或直立看板上召募的已不再是「挺身隊」那樣的女人，而是真的被稱為藝伎的人，聽到望都說起這些事時，鈴子最先想到的是勝子的母親。「花柳病」是進出這些場所的藝伎和舞孃被進駐軍傳染的某種惡性疾病吧？

「不是的。」

母親神經質地蹙緊眉頭解釋，就算以進駐軍為對象，光是跳舞的「一般」舞伴是不會傳染這種病的。儘管如此，花柳病已經暗中傳了開來，在RAA底下以GI為對象的女人之間廣為傳布，今後誰會在什麼地方傳染給另一個人，已經無法控制了。

「總之，妳盡量不要和別人有多餘的接觸。」

不只是從吉普車上丟糖果的GI，也要注意黑市裡混雜的人群中那些大聲叫喚的人噴出的口水，或是在眼前打噴嚏的人飛出的鼻水，而吐痰的人更是碰不得。據說花柳病會藉由眼瞼、嘴唇或口腔等處的黏膜傳染，也會經由刀傷或擦傷等傷口進到身體裡。萬一有細菌進入體內，就可能藉由血液擴散到身體各處，因此一旦受傷一定要立即消毒，把傷口包住。因為細菌對熱很敏感，如果覺得不安，就立即用熱水清洗，或將手巾煮沸消毒，擦淨身體各處。母親對鈴子做出許多詳細的指示，連十隻手指都不夠數。

「說口水和噴嚏會傳染未免太誇張了，總之最容易傳染的是男女之間做的『那件事』，要是做了一定會被傳染。美其名叫做『花柳病』，說穿了，就是性病。」

結果告訴鈴子具體事實的還是望都。那一天，她抱著進駐軍送的菸、很香的香皂、羽衣般的薄絲襪加上好幾種罐頭回家，其中的菸和牛肉罐頭說是要各給房東一個。鈴子聽從望都的吩咐將東西拿到樓下交給房東夫婦，兩人慎重地低頭道謝，臉上露出燦爛得過頭的表情，卑微地收下。

「小鈴，這是給妳的。」

回到二樓的鈴子收到的則是好時的巧克力。

「啊，thank you!」

她故意用英文回答，接著打開褐色包裝紙和銀色薄紙，在望都面前以手指壓著巧克力的兩端，啪的一聲用力折斷，將甜甜的巧克力片輕放在舌頭上，四方形的塊狀巧克力在嘴裡漸漸融化。

「巧克力真的好好吃，太美味了！這是用什麼做的呢？」

「不知道是什麼呢。」

「和砂糖的味道不同。」

「也不是麥芽糖的甜味。」

每次陶醉在這個味道裡時，鈴子總是想著「這就是美國的味道」，也是「戰敗的味道」。如果戰爭沒有輸，她應該永遠沒有機會嚐到這種滋味，因此，打輸或許是件好事吧！巧克力就是這麼美味。鈴子接著從邊邊開始一點一點地吃著，剩下的則打算明天再吃，就在她把銀紙包回去時，望都提起了「花柳病」的事。

「性……病？」

光聽就令人全身打顫。鈴子處在這年紀，平常就對「性」這個詞十分敏感，光看到這個字眼就有一種莫名的、異樣的嫌惡感，更是無法開口說出來，感覺那是十分骯髒的事。而這個「性」字竟然和病連在一起，還用「花柳病」這樣美麗的名字來稱呼，真受不了母親。

「被傳染了會怎麼樣呢？」

望都似乎感到有點難以啟齒，一副正在腦裡搜尋著適當用詞的表情，「那幾乎都是有關下體的問題。」她壓低聲音說道：

「老實說我也不知道，總之，最初小便會不順，然後那附近會開始痛，不趕緊去找醫生治療的話，最後擴散到全身就糟了。」

鈴子似懂非懂，但總感覺很恐怖。望都反覆說著她不知道實際的詳細症狀，只不過，雖說是性病，但細菌的種類也分好幾種，有些會讓人立即長膿或是腫起來，也有人好幾天都沒有症狀，等症狀出現後細菌已經擴散到全身，發現時才知道為時已晚。

「放任不管的話，絕對不會自己痊癒的。因此，也有經過幾十年後才出現症狀的人。」

「經過幾十年……那會怎麼樣呢？」

望都也只是歪著頭思考，說了一句：「會變成廢人吧。」

「而且就算病症沒有出現，但細菌依然存在，這段期間只要做『那件事』，就會傳染給對方。」

「這麼可怕的病，是進駐軍帶進來的嗎？」

「現在似乎無法斷言，原本日本也有這種病，據說在日本從事這類營生的人，染上這種病也不算罕見。」

最近望都開始抽菸了。有不少人想要ＧＩ帶進來的菸，還有女人拿去賣，賺點零用錢，望都心想，菸真的有這麼美味嗎？半帶著好奇心嘗試吸了幾口，沒想到就上癮了。菸抽起來並不香，只是那種讓頭腦暫時麻痺的飄飄然感受，令人習慣之後就不由得想來上一根。

「至今為止，我什麼都忍下來了，抽幾口菸應該也不至於會遭到懲罰吧。」

細長的手指夾著菸，背對著鈴子吐出煙的望都側臉，還是宛如女演員般美麗。只要沒有臉上的傷，這個人現在肯定過著完全不同的人生吧！鈴子不由得這麼想。

「問題是，就算知道自己可能染上了這種病，在我們這裡工作的女人，是不會坦白說出來的。畢竟是在別人看不見的地方，而且如果被知道患了這種病就不能繼續工作，這麼一來，這些靠每天的工資過活的孩子們，會不知道如何是好吧。」

邊吐著菸草的煙，望都莫名地歪著嘴。

「其中還有人認為這是『挺身隊對那些傢伙的報復』，害日本變成這樣，失去了家人和所有一切，自己還遭受到這麼悲慘的待遇，有些人根本就不把將性病傳染給他們當成一回事。」

在房東給的、前端缺角的古花紋小缽上把菸屁股的餘火按熄，望都繼續說著，那些人往往在不知不覺間病得愈來愈重，最後搞壞了身體。接著她又嘆了口氣：

「光是那樣使用身體就已經很慘了，又染病的話，身體真的會變得殘破不堪。即使自己沒有病，但也有可能被對方傳染啊！」

「……她們一整天要面對幾十個客人不是嗎？這麼一來，性病一下子就傳開了吧？」

「所以啊，最近進駐軍開始不斷抱怨，說自己的軍隊中得性病的人愈來愈多，全部都是日本人的錯。」

真是莫名其妙！是帶菌的GI先傳給日本女人，然後身為「挺身隊」的女人不得不接很多GI客人，所以進駐軍的病情才會擴大的吧。只不過是轉了一圈再回到自己身上，根本是自作自受。

「現在開始好像要求他們做好預防措施，或是要仔細檢查。」

「怎麼做呢？」

預防性病的方法和「不受孕」的方法似乎一樣，必須使用一種叫保險套的東西，軍隊的倉庫裡好像有一大堆，現在已經大量運到RAA，也發給進駐軍了。但這項方法的控制權在男人手上，他們如果覺得使用保險套很麻煩或不喜歡，女人根本沒轍。

「剩下的方法，只有在客人回去時趕快消毒，或經常接受檢查。」

「就算討厭？」

「她們有義務得定期接受檢查。」

如果發現染病了就要強制住院，然後使用進駐軍帶來的特效藥。美國似乎有很好的特效藥，只要治療一次就會好，「這部分我們真的追不上啊！」望都苦笑著說：

「老實說，如果只是發生在在我們那邊工作的女孩身上，小鈴的母親也不會變得這麼神經質。」

望都又嘆了一口氣，看著鈴子的臉，接著問道：

「鈴子看過嗎？」

「看過什麼？」

「最近有些女人穿著特別華麗的洋裝，頭上綁著緞帶、化著很濃的妝走在街上呢。」

沒錯，鈴子點點頭，想起從學校回家的路上看到的年輕女人。野本說她們「不潔」，雅代卻說「很羨慕」，最近在車站附近或黑市也常見到那類衣著華麗、濃妝豔抹的女人。她們有時會依偎在高大的GI身邊走著，嘴裡一定會嚼著口香糖，一副高高在上的表情，因為穿著太過醒目，和周遭格格不入，不由得引人注意。

「那些人就是所謂的流鶯。」

「流鶯？什麼意思？」

望都歪著脖子，猶豫著該怎麼回答。

「意思我不知道，但總而言之，她們做的事和RAA一樣。」

「……是嗎？」

「現在終於出現了那樣的女性呢。憑著一己之力，為了養家活口、為了活下去，主動向GI賣身。」

「……自己主動？」

「我和小鈴的母親擔心的就是那些女孩子，她們肯定也會染上性病。而且她們是私娼，當然不可能要求她們自己去做檢查，也不知道她們是不是有這方面的知識，所以我們才會這麼擔心。不知道這個病到底擴散到什麼地步了，真令人操心啊。」

穿著農夫褲的望都兩手抱著膝蓋，蜷著身體，「到時肯定會變得更加棘手。」她望著長年被煤燻黑的天花板說道：

「看我們裡面的女孩就知道了。剛來店裡時，哭喊得可淒慘了，但害怕GI而拚命逃跑的女孩們，轉眼間已經心平靜氣，漸漸還有不少人樂於以他們為對象，而且也能說上幾個英文單字了。」

大概是習慣了吧，望都搓著疲憊的臉龐。

「身體確實吃盡了苦頭，但的確能賺到錢，ＧＩ每次都會帶罐頭之類的來，也算是有所補償吧。而且那些人和日本男人不同，基本上對女性很溫柔的，當然其中也有粗暴的人或借酒裝瘋的人。但我有時甚至覺得，如果有好的機會搞不好自己也會接客呢。」

「……真的嗎？」

「只要拋掉世俗的眼光，就能比想像中還冷靜地接受，看她們就知道了，畢竟也沒有其他的路，更沒有可以維生的技能，那倒不如在這裡好好地做。」

望都說到這裡突然回過神來，擺了個淘氣的笑容。

「如果我再年輕一點，臉上又沒有傷疤的話啦……」

不知道應該如何回應才好，鈴子若無其事地把視線從望都的臉上轉開，看著老舊榻榻米的邊緣。

「不論是誰，看到這張臉都會感到害怕吧。」

「……我剛開始確實是有點嚇到……但是因為望都真的很漂亮，所以反而讓人感到憐惜。」

「憐惜是嗎？其實呢，這個傷……」

鈴子吞了一口口水，發出咕嚕的聲音。

「是我先生出征前劃傷的。」

望都仍舊單手抱著膝，另一隻手則指著受傷的臉。

「和我先生結婚之前，我有交往的對象，我們發誓將來要在一起，但我先生不知道從哪裡聽來這些傳言，因此把我劃傷，讓我無法再和別人交往，只能一心等著他回來。」

鈴子突然想起光子姐的臉。光子姐在婚前好像也有喜歡的人，卻因此被母親斥責。

「真是太荒唐了，結果還不是兩個人都死了。」

一段長久的沉默後，望都終於感嘆地低語，她似乎也累了，只是輕輕地搖頭。

「我時常想，如果沒有這場戰爭的話……」

這時傳來了上樓梯的腳步聲，望都隨即重新坐好。

「我回來了。」

母親帶著難得的晴朗笑容，從拉門後方露出臉來。

6

進到望都房間的母親，馬上從布包裡取出了兩本《少女俱樂部》，自從搬到這個小鎮、從宮下叔叔那裡收到雜誌以來，鈴子就再也沒讀過了。

「要在亮的地方讀喔，不然對眼睛不好。」

母親的聲音比平常更開朗，鈴子的腦海裡瞬間閃過一個念頭——這些雜誌是從哪裡取得的呢？但她卻忍住不問出口。如果知道是從宮下叔叔那裡拿到的，自己肯定又會感到無奈吧。

「怎麼樣？去看過了嗎？」

「嗯，總之那邊也……」

一跪坐下來，母親和望都便開始談論工作上的事，鈴子起身離開，往隔壁房間去。接近初冬的冷空氣，漸漸擴散到房間的每個角落。她驀然回想起去年的冬天，雖然空襲日益嚴重，但那時她們還在本所的家裡，家人變少的房子變得空曠又空洞，各處積鬱著寂寥混沌的空氣。

那時沒有人想得到一年後的自己會過著這樣的生活吧？不，現在還活著且生活在日本的人當中，肯定沒有半個人想到。不論是大人或小孩，每個人都深信一億玉碎，沒有人知道明天的命運。一想到這裡，只能說現在還活著而且能夠平安過日子，簡直是奇蹟。光子姐和千鶴子活著而鈴子死去，就算發生這樣的事也不足為奇，一切真的都是基於「偶然的好運」。「偶然的好運」讓鈴子逃過死劫，活了下來。

好幾年來，《少女俱樂部》的封面畫的都是一些綁著加油頭巾或是戴著防空頭巾、緊抿著嘴角抬頭望著戰鬥機離去的少女，但這次母親帶回來的十月號已經不一樣了，空白的背景上，畫了一個罩衫外穿著吊帶裙、頂著妹妹頭的女生，手上還拿著一把稻穗。

戰爭結束了，現在正是迎接收成的季節，少女傳達著這樣的季節感，但卻一臉落寞的表情。不過想來也不奇怪，今年其實是幾十年以來的大歉收，讓原本糧食就不足的情況雪上加霜，再這樣下去，有人餓死也不意外，只要仔細聽大人們的交談就會知道。

封面上的女生肯定也想著這件事，因此才無法露出開朗的表情。而且，說不定這個女孩也因為戰爭失去了家人，或許她是為了畫作而被迫拿著稻穗，卻已經沒有可以一起用餐的家人了。

光是一張封面，就足以讓鈴子產生許多想像，她邊愛憐地撫摸著封面，邊翻開了雜誌。接著出現的竟然是全家人一起聚在餐桌前用餐的畫，位在前方的母親身穿和服還繫著圍裙，手上的碗裡盛著白飯。

「大家都很有朝氣，和睦平安，父親和母親帶著喜悅的笑臉，愉快又幸福的早餐時刻」

讓人有種厭惡的感覺。

現今有哪一個地方是從早家人就聚在一起享用早餐的呢？這張畫所描繪的是戰爭愈演愈烈之前、還沒有半個人死去的家庭。鈴子的家，以前也曾有過這樣的風景。那時父親、光子姐和肇哥都還活著，匡哥也還在家，千鶴子當然也在——鈴子的心情突然變得低落沮喪，不經意地翻閱著雜誌，這回出現了「我所見到的美國人」這樣的標題。

持久戰讓日本迎向悲慘的終戰時刻，現在世界各國全都嚴格監督著日本。聯合國軍隊進駐日本本土，簽定休戰調停協定，麥克阿瑟總司令部對於日本的戰後處置與……。

此時此刻，大家應該要先對現在進駐的美國和美國人有所認識。

執筆的人好像是報社記者。美國人有很強的愛國心、生活富裕豐饒、經常追求「行動與上進」——唔，真的是這樣嗎？鈴子的眼光熱切地追逐著文字。

美國人不拘泥小節、性格直率。只要自己認為正確的事，就會不顧他人的眼光去做。不拖泥帶水，不喜歡拐彎抹角。效率至上，速度至上。

就是因為不顧他人的眼光，所以才能在別人也看得見的地方，若無其事地對女人「做那種事」吧？鈴子突然聯想到。因為速度至上，所以以三十分鐘為單位給錢，用這樣的方式來買日本女人剛剛好是嗎？他們相信這麼做是正確的嗎？性格直率……這樣的用語實在讓人猜不透意思。

再者，美國人的民族性不喜說謊，與人交涉時嚴肅認真，不敷衍隨便，而且待人親切，甚至

忘卻自身……（美國人指出）來日本後最驚訝的事是看到大部分的女人都揹著很重的行李，畢竟戰爭剛結束所以無法爭論這一點，但在電車裡，前方站著兩肩揹著重物的女人，男人竟然能心平靜氣地坐著，或是假裝睡覺。抱著嬰兒餵奶的母親就站在面前，中學生還能坐著談笑自如，這實在是我們的常識無法理解的事……。

如果這裡寫的是真的，日本男人從中學生到大人，真是冷酷無情，一點同情心也沒有，讓美國人「無法理解」，因為他們平常都對女性很溫柔。望都剛才確實說過，美國人和日本男人不同，很溫柔。

然而野本也說過，雖然無法寫在報紙上，但美國士兵不知強姦了多少日本女性，這應該也是真的。想必是這樣沒錯。把東京燒成焦土，還不痛不癢地投下核彈的國家的人民。如果真的是「待人親切，甚至忘卻自身」的人，怎麼可能做出這麼過分的事！能平心靜氣地做這麼可惡的事，他們肯定是把日本人當成和自己完全不同的人類吧！

雜誌的其他內容和戰爭時沒有什麼太大不同，橡實的吃法、完美縫紉農夫褲的方法、徹底食用白蘿蔔的方法。戰爭雖然結束了，卻得比以前更加忍耐，只有忍耐才能讓新的日本誕生——要比以前更加忍耐，但到底還有什麼可以忍耐的呢？鈴子忍不住想把雜誌丟到一旁，內心深處有一股模糊又難以忍受的厭惡感湧了上來。忍耐的心情早就爆炸了。那樣的力氣早已用盡。

十一、十二月的合併號除了詩和小說外，沒什麼值得讀的內容，最重要的果然還是「今後要如何取得食物」的文章，然後是布襪的作法、地瓜家常菜的作法，地瓜餅、茶巾地瓜、地瓜麵包、地瓜飯糰……除了地瓜還是地瓜。

煩死了。

到骨子裡。

鈴子知道，自己算是走運的。雖然每天上學時午餐只能帶地瓜，在家裡卻有白飯和罕見的罐頭吃，白天的地瓜因此更顯得礙眼，根本不想再吃了。她已經受夠了整天吃地瓜和南瓜的三餐，厭惡到骨子裡。

「小鈴，妳來一下。」

突然傳來母親的叫喚聲。鈴子應了一聲，把雜誌隨手一丟，跑回望都的房間。

「妳先坐下來。」

母親和望都一副看不出是沉著還是安靜的樣子，面無表情地看著鈴子。鈴子慢慢端坐在榻榻米上，才剛擺好雙腿，母親便開口道：

「是這樣的……我們決定要搬家了。」

「……又要搬？」

母親偷望了一旁的望都，鈴子也跟著看向望都。望都剛才正好說到一半，鈴子終於知道她臉上傷痕的祕密，很想再聽聽後續的發展。

望都像是準備緩頰那樣，對著鈴子微笑。

「對了，這和母親回來之前，妳們兩人交談的內容也有關係喔！討厭的病正在流行，還有流鶯之類的事。」

就在鈴子歪著頭細想時，望都深深地吸了一口氣，把手伸到一旁放著的洋菸盒上，令人驚訝的是，她竟然將菸盒推到母親面前。母親倏地蹙起眉頭，接著卻沒有一絲猶豫，只是輕輕向望都點頭示意，然後取出了一根菸。她把菸靠近望都點著的火柴棒前，菸的尖端燃起了火苗，母親吸了一口，跟著吐出煙。一連串的動作讓鈴子看得目瞪口呆，完全忘了眨眼。

原來母親也抽菸，而且動作看來已經很熟練。

母親和望都兩個人像是一起嘆著氣，又像是深呼吸般地吞雲吐霧。當煙再次吐完後，母親重新看著鈴子，輕輕舔了一下嘴唇後說道：

「也就是說，這附近的環境愈來愈糟了，尤其是對鈴子來說。」

說完她又將菸靠近嘴邊，鈴子想著，真的，環境變壞了，連母親都開始抽菸了。父親要是看到了，肯定會瞠目結舌。

「原本因為母親工作的關係才來到這個小鎮的，沒想到最初住的竟然是這樣的地方，真的對鈴子很抱歉，母親真的這麼想。」

鈴子低著頭，視線落在自己的膝蓋。最近穿男孩的褲子也不再感到不愉快，倒不如說，天氣變冷後，穿褲子反而溫暖許多，早晚也不覺得冷。就算動作粗魯一點，也不會像洗一洗就馬上變薄的農夫褲那樣容易破裂，不需要加補丁，穿起來反而更舒適。

「但是，再怎麼說也是因為有了這份工作，母親和鈴子兩個人才能活下去。況且搬到這裡之後，託房東的照顧，不必擔心三餐，學校又很近，母親相信這一切都是最好的安排。」

如果現在還住在小町園旁，後果真是不堪設想，鈴子確實曾反覆想過這件事。小町園附近林立的大型料亭，如今幾乎都成為ＲＡＡ經營的慰安所，京濱國道沿路大排長龍的ＧＩ吉普車隊，對居住在附近的人家來說已經見怪不怪。此外總是有許多穿著暴露和剛睡醒、頭髮亂糟糟的年輕女人，不顧往來的民眾眼光當街向ＧＩ拉客，明知對方根本聽不懂，還是以日語說著「請再度光臨」、「下次請帶些像樣的東西」等，大家也幾乎習以為常。如果現在依然住在小町園旁，鈴子肯定會看到「更驚人」的場面。

「雖然如此，最近這附近實在變得太糟糕了。」

「但是，我們不會離開大森吧？我不想再轉學了。」

母親的唇又輕吸了一口菸，指尖的菸前端發著光。

「這麼說也沒錯……小鈴學校的事，真的很抱歉……但這次是要搬到有點遠的地方。」

鈴子心中有各種疑問開始翻攪。換句話說，母親要辭掉RAA的工作嗎？如果是這樣，接下來要做什麼呢？還是使用英語的工作嗎？還是以進駐軍為對象嗎？最近她都沒有提到宮下叔叔，是有了什麼變化嗎？這次又是聽宮下叔叔的話嗎？

「其實啊，因為小鈴的事，母親前陣子和協會的總部商量過了，希望能換個平穩一點的工作環境。」

望都似乎看穿了鈴子的心思，早一步開口道：

「妳明白吧？為人父母的，讓孩子住在這種愈來愈惡劣的環境，肯定會擔心的。何況小鈴還是個女孩子。」

「那麼，母親不會辭掉RAA的工作嗎？」

母親和望都同時點頭。

「那要去哪裡呢？」

母親指尖前的橘色火焰又亮了起來。她的視線移開鈴子的臉，薄唇間吐出長長的煙後，再次看著鈴子。

「熱海。」

「……熱海？是那個熱海嗎？」

「幾年前去過不是嗎？妳記得嗎？戰爭還沒有這麼激烈之前，我們和父親一起去的。」

別開玩笑了！鈴子第一時間想這麼說，但聽到望都接著說的話，卡在喉嚨的「為什麼要去那麼遠的地方」便硬生生被吞了下去。

「熱海似乎沒遭受空襲喔！而且鎮上也和往常一樣平靜。」

「……真的？」

鈴子不想再看到燒焦的荒原了。每次風吹起沙塵四處飛揚時，眼前就浮現被燒夷彈炸死的靈魂隨著塵埃一起在空中飄浮、有苦說不出的樣子，鈴子的內心同樣被燒成了一片虛無，感覺自己也僅剩下一絲游魂那麼地痛苦、哀傷。

「……但是到熱海去的話，匡哥如果回來了，要怎麼聯絡上呢？」

「只要去本所的區公所登記就行了，或是拜託別人，總之肯定有辦法的。」

「去了熱海母親要做什麼呢？如果不辭掉工作的話……」

「還是做和進駐軍有關的工作啊。」

原來如此。做的事其實一樣吧？如此一來環境的好壞，根本只是藉口罷了，當鈴子把臉轉向一旁時，母親微笑著回答：「但這次不一樣了。」

「這次是幫將校級以上的人工作，替他們處理事情，還有幫忙很多其他的事。」

望都也用力點著頭。

「不論是日本人還是美國人，其實都一樣。下面的人不管怎樣還是在下面，能出人頭地的，都有一定程度的教養，也具備相當的品德吧？既然有機會一起工作，當然是替上面的人工作更好啊。」

熱海不但有溫泉，也有歷史悠久的旅館，距離箱根又近，所以進駐軍想把那一帶當成自己人休養的地方。

「路上那些騷亂的事肯定會減少，既然是將校，大部分一定都是gentleman。」

「……什麼是gentleman？」

「就是紳士啊。」

「望都也一起去嗎？」

「妳母親希望我也一起去。說真的，再待在這裡，我的精神也快要受不了了。」

望都補充道，其實自己有這種想法真是太奢侈了，說完只是帶著落寞的微笑。鈴子不禁想起剛才的對話。望都說過，如果沒有臉上的傷，或許她也會淪為流鶯。

「那麼其他人呢？益子還有春代她們呢？」

母親再度微笑，一副「當然不可能」的表情搖了搖頭。

「那些人只能靠自己的方式活下去吧。不必妳操心，每個人都有每個人的路要走。這麼說或許不適當，但益子真的滿適應現在的職場。」

「不管是周子或春代，她們都不覺得在這裡工作有什麼辛苦的。只是幫忙煮飯和清掃就能衣食無虞，還能拿到比一般人更好的薪水，實在沒得抱怨。」

望都接著母親的話說，倒是母親意外地一副冷靜的樣子點了點頭。

「換句話說，我們就不同了。我和望都能商量很多事，還可以互相分擔、彼此理解，今後還得互相幫助，一起生活呢。」

望都也笑著對鈴子說：「今後請多關照囉。」鈴子這才露出笑容。望都的笑容能給人力量，原來所謂的美就是這麼一回事。

「對了，美國人啊，都會盛大慶祝聖誕節。從幾天前開始就把家裡裝飾得很漂亮，還會準備各種食物開派對喔！所以他們也希望我們趕快搬家，幫忙處理這些事。這是今天妳母親在辦公室收到的消息。」

在望都補充說明時，母親表情放鬆，把菸蒂在畫有圖案的小缽上按熄。鈴子嘴裡重複著「聖誕節」，抬起頭來正對著母親。

「那宮下叔叔呢？」

母親眉毛又微微抖了一下，不經意地將視線從鈴子臉上移開，說道「這和叔叔沒有關係」。鈴子以為母親應該會更詳細說明而直盯著她看，沒想到她只是抿著嘴角，什麼也沒說，一動不動，然後又突然露出了笑容。

「沒事的，相信今後的日子會愈來愈好。一定會有好事的。」

八月戰爭結束時，鈴子似乎聽過類似的話。

和那時相比，現在確實好多了。到了夜晚也能開燈，不必因為空襲而四處躲藏，甚至還能吃到巧克力。

「既然決定了，那麼今天就開始收拾東西、準備搬家吧！」

母親和望都一臉開心。

歌舞伎和相撲重新開始了，睽違許久的娛樂，讓很多人興奮無比，但另一方面，也冒出「日本社會黨」和「日本自由黨」等政黨，高聲談論政治的大人也變多了。GHQ[14]每天都會發布新的命

14　GHQ：General Head Quarters的縮寫，指盟軍最高司令官總司令部。

令，一下要民眾做這個，一下要民眾做那個，要求一大堆，盡是些讓人吃不消的新聞。街上的臨時組合屋愈來愈多，熙來攘往的人也增加了，鎮上不時充斥著躁動的空氣。

十一月中旬某個晴朗的星期日，鈴子離開了大森海岸。雖然心裡仍有許多的迷惘，卻得帶著不捨的心情和大家告別，這實在是件苦差事，於是鈴子決定瞞著野本和榎健他們，就這樣悄悄離開。反正只當了三個月的同學，大家一定很快就會忘了我，自己肯定也會馬上就忘記他們了，彼此彼此。鈴子決定這麼想。

再見了東京。再見了大森海岸。再見了大家。

鈴子決定以歡樂的表情道別，坐上貨車的後車斗，眼前看得見富士山，和剛從目黑搬來時的風景已經不同了。冷冽刺眼的寒風吹來，讓鈴子的淚水不停湧出，隨著風飄散而去。

第四章　聖誕禮物

1

或許因為當天是週六只上半天課，中午過後出校門時，鈴子突然閃過一個念頭，想起早上母親說過的話。平常出了校門總是往上坡路走回家的鈴子，這一刻，雙腳卻毫不猶豫地往相反的方向走去。光是這麼一件小事，就讓她像窺見了另一個不可知的世界那般，難掩興奮的心情。

只是在路邊繞一繞，應該不至於被罵，雖然這麼想，但鈴子還是帶著探險般的心情走下坡道，不久，來到了通往海岸的坡道中央，盡頭處是不知用石頭或混凝土做成的拱型石牆。她之前倒是走來過這裡幾次，拱型石牆的另一側之前好像是陸軍醫院。再遠一點的地方，據說興建了豪華洋館「熱海飯店」和高級旅館「樋口旅館」，這一帶已經被進駐軍接收，日本人無法進出。

「接收」這個詞，鈴子是來到這個小鎮之後才學到的。

「全部被搶走了。」

同班的男生一臉不高興地吐出這句話。

「東京各處不也都被接收了嗎？麥克阿瑟元帥工作的地方，也是ＧＨＱ搶去的啊。」

麥克阿瑟元帥率領的ＧＨＱ總部就設置在皇宮附近，這件事鈴子當然知道，只是沒想到那也是

「搶去的」。總之，他們做的事和RAA一樣，鈴子原本還以為是日本自己獻上請對方使用的。但仔細想想，這也是理所當然的、沒辦法的事，畢竟日本戰敗了。

沒辦法的事。

以前鈴子一直帶著百無聊賴的心情過日子，但最近她的腦袋裡則都是「沒辦法」這個字眼。事實上，眼前確實都是沒轍的事。回過頭想，不論再三搬家、戰敗或轉學，全都是鈴子無法控制的事，就算抵抗也無濟於事，只能默默接受，然後在心裡嘆息，並停止追究。

拱牆前站著兩名個頭高大的GI，面無表情，只是盯著這邊看。眼眸裡明顯散發出輕視，宛如看著什麼小蟲，臉上就像寫著「這裡已經是美國的地盤，日本人不准靠近」。不僅皮膚和髮色，他們甚至連瞳孔的顏色都和日本人不同，有帶褐色或灰色的，偶爾也有藍色的。光和這樣的瞳孔目光交會，就讓鈴子背後傳來一陣戰慄，只有這時，鈴子會慶幸自己打扮成少年的模樣。

沒辦法。

何況……

我又沒做什麼讓你們不滿的事。

鈴子裝作一副什麼都不懂的表情避開他們的視線，轉往前方的小路，往通向海岸的道路走去。海水的氣味漸漸變濃，也開始聽見浪濤聲。來到沿海的道路，右手邊前方可以看到「阿宮之松」，松樹的前方則是「阿宮被貫一踢」的石像[15]，是哪個時代的哪位阿宮做了什麼事而被貫一踢？為什麼會有這樣的傳說？鈴子每次經過這裡都覺得不可思議。

「阿宮之松」附近，馬路右側的面海處蓋起了一整排大型旅館，鈴子邊眺望左手邊的海洋邊一直往前走，不久來到小河邊。母親曾告誡鈴子不能到河的另一邊，這附近剛好是黑市和攤販聚集的鬧區，往河川的上游去，則是所謂的「淫猥地帶」。

「那裡不是女人應該去的地方，更別說是小孩了。不論是白天黑夜，都有賣春的女人對男人搭話，甚至硬拉他們的手臂。」

剛聽到這番話時，鈴子還以為這個小鎮已經有RAA的慰安設施，沒想到那竟然和RAA無關。

「這裡本來就是港都，有那樣的地方也不足為奇。熱海原本就是溫泉鄉不是嗎？而且不久之前還滿街都是軍人的樣子。」

望都也跟鈴子說「這裡是男人想要展翅放縱的地方」，會有這樣的地帶也是理所當然的。而且不光是熱海。

「不管有沒有戰爭、有沒有成立RAA，這樣的地方必定會存在。」

只不過RAA是在「國家的方針」之下成立的，和單純的「淫猥地帶」並不同。事實上，這裡還有另一項審慎的考量，望都這麼說。那就是為了讓日本男人和進駐軍士兵之間，不再發生多餘的摩擦。

「妳想想，以日本男人的角度來看，畢竟是很沒面子的事。連自己國家的女人都無法守護，任憑美國人愛怎麼樣就怎麼樣，只能咬著手指眼睜睜看著一切，這對日本男人來說當然一點都不有趣。」

那時望都的臉上是比往常更加諷刺的表情，似乎心事重重，眼光追著吐出而飄遠的香菸的白煙。

---

15 阿宮被貫一踢：日本作家尾崎紅葉的小說《金色夜叉》裡的主角及情節。

「所以我們根本束手無策，小鈴在大森時也看到了不是嗎？現在的日本男人根本形同廢人，行屍走肉。」

「……行屍走肉？」

「戰爭打輸不但讓他們失去了自信，還陷入了營養失調，毫無反抗的力氣也是可想而知。相對地，對方打贏了，不但驕傲自滿，而且體力旺盛。正因為這樣，更不可以把這些男人們買女人的地方安排在一起。這個國家的男人已經沒有戰鬥的力氣和體力，那個國家卻是體格高人一等，還擁有武器，如果一個不小心，不但會被揍，還有可能被一槍打死，那一切就玩完了。」

「……這麼說來，日本的男人已經無法保護女人了？」

「……唉，可以這麼說。即使是不會在街上徘徊的日本男人，每個人也都為了眼前的利益殺紅了眼，那副樣子當然一點都不討人喜歡，所以也沒有資格抱怨就是了。」

連平常總是溫和沉穩的望都，說出這番話時，口氣也變得冷酷，且語調中似乎含有些許憤恨。鈴子原本還想追問是不是發生了什麼事，但又體認到「這是沒辦法的事」，也就閉上了嘴。

仔細思考，確實像望都說的，在大森海岸的幾個月來，鈴子親眼目睹了一切。拖著筋疲力竭的沉重腳步來往的人們，學校的老師，在RAA底下工作的大人。除了少數像宮下叔叔這樣的人，每個人幾乎都是垂頭喪氣，看起來落魄不堪。戰爭中再怎麼飛揚跋扈的人，餓著肚子時，也只能一副餓鬼的模樣在黑市徘徊。

當初不要發動戰爭就好了。

聽了望都的話，這樣的想法更是在鈴子腦海裡縈繞不去。到底是為了什麼而戰？連鈴子這樣的孩子們都無法上課，被迫去幫忙農耕或到工廠勞動，即使再怎麼飢腸轆轆、沒有安身的地方，也只能忍耐著不能有任何抱怨，這到底是為了什麼？房子沒了或許總有一天還能重建，但是，失去的人命卻無法以一句「沒辦法」就交代過去。父親喪生的意外確實是不幸的事故，即使沒有戰爭也可能會發生，但是光子姐和嬰兒，還有肇哥和千鶴子，大家都是因為戰爭才死去的。積鬱的憤恨實在無法簡單地以「這也是沒辦法的事」輕輕帶過。

像往常一般，愈想心情就愈差，鈴子抱著無法平息的憤恨走著，沿海的道路突然急遽左彎，來到了狹窄的河川。不經意地過了橋後，她才突然回過神，匆忙地返轉腳步。其實她心裡隱約想親眼看看母親她們說的「淫猥地帶」是什麼樣子，但想到那裡如果有像聚在小町園那麼多的ＧＩ，就算打扮成男孩的模樣，心裡仍不免感到畏懼。再者鈴子今天真正想繞路瞧一瞧的地方，其實應該在這條河川更前方才對。

走回來時路，左轉到河川前的寬廣道路。兩旁大大小小的旅館林立的平坦大道，往前蜿蜒通向山邊，道路也開始傾斜，旅館變成了接二連三的商店和土產店。途中窺探著兩旁的小巷，白天的陽光照射不到的小巷子裡掛著劇場的看板，還有緊緊相鄰的狹小飲食店。更遠方應該是剛剛鈴子一不留意差點越過的河川，和這條路並行，潺潺流過。

這條路上的店家很多，似乎是小鎮的主要街道，還有幾間銀行及食堂、土產店、鞋店、餐具店、雜貨店、舊衣店、乾貨店、菓子店、鐘錶店、理髮店等，相當熱鬧。當然，有些店家陳列的商品其實很少，店裡空盪盪的，但也有些店家的商品還算齊全。以熱鬧的程度來看，海岸邊的黑市確實凌駕其上，但和那些混雜的攤販比起來，這條井然有序的商店街，氣氛沉穩多了。映在鈴子的眼裡，與其說是新鮮，更奇特的是冷眼旁觀看著這些店家經過的路人們。

在東京，大部分的男人還是穿著國民服、打著綁腿，女人依然穿著農夫褲，但這一帶白天卻有穿著浴衣、披著棉袍的男人，踩著木屐悠閒地往來，也有穿著和服、外面套著白色圍裙，手上提著購物籃在街上買東西的女人。這究竟是怎麼回事？這裡竟有鈴子記憶中「理所當然的日常風景」。

走過另一條小路，突然傳來啪噠啪噠的腳步聲。仔細一看，小巷深處堆著一升裝酒瓶的木箱還是木桶，後方有幾個小孩跑了過來。

「快逃！」

「別跑！別跑！」

這些小朋友各自發出歡樂的喊叫聲，從小巷裡飛奔出來，霎時圍繞著佇立不動的鈴子，跑了一圈又各自散開，像風一樣往坡道上方跑去。裡面還有位揹著小嬰兒一起嬉鬧的少年，木屐的鞋跟踩著小石礫的聲音四處響起，掀起一陣塵土。就在反射性地把臉背向塵埃的瞬間，鈴子回想起來了。

這麼說來……

她也曾有過這樣的時光。鈴子壓根忘了在本所時，男孩和女孩總是聚在一起，在空地和小巷裡四處鑽動追趕，當時每天都非得玩到天黑才肯回家。她偶爾也會揹著還是嬰兒的千鶴子和大家一起玩，那並不是母親的吩咐，而是她想讓大家看看又小又可愛的千鶴子，硬是要大人讓她揹的。

距離現在至少四年前，鈴子每天都是這麼過的。然而那一天之後，孩子們似乎就無法自己隨意在外面追逐玩樂，直到天黑了。

為什麼妳現在在熱海呢？

如果那天之前的鈴子出現在眼前，肯定會這麼問。

而且還會追問這是什麼頭啊，還有這身衣服，難道妳想當男生？為什麼？是想加入軍隊嗎？真奇怪。

搖著妹妹頭、什麼都不懂的十歲的鈴子，一點也不曉得世間的殘酷，大概只會看得津津有味，不斷發出疑問問道「為什麼」、「怎麼一回事」吧。鈴子宛如真的遇見了年幼的自己，用力地癟了癟嘴。

少囉嗦！後來發生了很多事，還是小孩子的妳根本不懂！那些事就像山一樣多，真的，不知道應該從何說起，想像不到的事情一件接著一件，排山倒海而來。

已經看不到那些往上坡奔去的孩子的身影。鈴子彷彿被年幼的自己丟下，一臉落寞，又故意若無其事地別開眼，回頭看看剛才走上來的下坡路。冷冽的海風把額頭滲出的汗水吹散，向海延伸而去的，有時是一整片緊密毗鄰的小型鐵皮屋頂，有時是悠然聳立的整齊屋瓦，還看得到消防瞭望塔。四處都是氤氳嬝嬝的溫泉蒸氣，一派閒散溫暖的情調。

真的發生了很多事。讓我變成了孤單一人。

山巒的稜線從左右兩端逼近，剛好像兩隻手臂包圍著這座小鎮。被巨大的手臂守護著的這個鎮，沒有燒焦的原野，也沒有斷垣殘瓦堆積而成的小山，甚至眼前瞭望的海洋也湛藍無際，和在大森海岸看到的景致截然不同。如果說有什麼相似的地方，那就是眼前同樣都有島嶼。但大森的是填海造成的人工島，而且被當成俘虜收容所，這裡則是名為初島的天然小島。這天薄雲遮住了陽光，要是晴朗的日子站在高處遠眺，海洋璀璨奪目，包含浮在海上的初島，宛如一幅美麗的畫。

2

正如母親她們說的，熱海沒有遭受空襲。聽說這個城鎮同樣有很多男人被徵召上前線作戰，轉學後認識的同學當中，也有家人或親戚死於戰爭。而且熱海還有軍方的醫院，也有很多海軍，戰爭時鎮上似乎充斥著穿軍服的人。他們曾「看過」空中飛來的戰鬥機，「聽過」機關槍掃射的聲音——新的同學們似乎不想輸給鈴子，有些孩子爭相說著這些所見所聞。

「真的很嚴重喔，車站甚至一度被機關槍掃射呢！」

「聽說初島還死了一個人！」

鈴子完全沒有回應。其中有好幾位同學不厭其煩地追問鈴子裝扮成男生的原因，一副懷疑的眼神歪著頭問：「真的有這樣的事啊？」對此，鈴子覺得自己沒辦法做出有條理的完整回應。

「怎麼一副臭臉啊？」

「東京來的人，果然很高傲！」

任憑同學怎麼說，鈴子其實無所謂，反正明年春天就要從國民學校高等科畢業了。在那之前是不是真的會一直住在這裡，鈴子也不確定。她甚至認為，如果馬上又要分離，倒不如不要交朋友還比較輕鬆，這也是切身之痛，沒辦法的事。

再次轉頭往上坡走，她的眼神立即停在毗鄰道路左手邊的龐大建築。前方的建築物看起來像是飯店，後方的建築物則有看板寫著「大湯」兩個字。這個「大湯」前停著貨車和馬車，腳下穿著布襪的男人進進出出。

原來就是這裡啊。

這裡肯定是新的陪酒酒吧或是舞廳吧，鈴子很快就認出來了。她就是為了看一眼，今天才特別繞路閒逛。

「那些人真的很喜歡熱鬧呢！特別是年輕的士兵，根本對日本溫泉鄉的寧靜氣氛沒興趣，他們完全不了解溫泉的好處。結果就是不論去到什麼地方，都把美國那一套搬過去，說是不能跳舞或沒有熱鬧的音樂就不行。」

今天早上聽到這番話，剛好是吃早餐的時候，和望都三人圍著矮桌，鈴子其實等著母親說出和「今天」有關的話。去年、前年和那之前，母親在同一天早晨一定會說出相同的話——又過了一年，要邁入第二年了啊。

那一天的事鈴子仍記憶猶新。全家人圍在一起吃早餐時，鈴子心想收音機八成又要傳來軍歌〈海行兮〉了，沒想到卻是反覆說著「將播報臨時新聞」。

「大本營陸海軍部十二月八日上午六點發表。帝國陸海軍於今天八日凌晨，於西太平洋和美軍、英軍進入戰鬥狀態。」

那是四年前的今天，昭和十六年十二月八日。日軍突襲夏威夷的珍珠港，美軍、英軍的聯合軍隊因此對日本宣戰。

那一天的白天到晚上，只要打開收音機就會傳來咚咚咚的鈴聲，大本營不斷發表著日軍大獲勝利的消息，新聞的最後總是以英勇的軍艦進行曲結尾。城裡從早就像舉行祭典般，四處響起萬歲的歡呼聲，在鈴子的學校，朝會時校長也以刺耳的音量說著：「終於進入熾熱的決戰時期！」

以那一天為分界，鈴子他們的日常生活丕變。在此之前，就算知道日軍在中國作戰，就算聽聞大東亞共榮圈的事，就算目送著男人們一一前赴戰地，戰爭也只不過是隔海發生在遠方的事。他們怎麼也沒想到，敵軍會飛到自己頭上，不分日夜地投下炸彈。所有的悲劇就是從十二月八日那天開始的。

尤其是去年到今年，更是無比淒慘的一年。鈴子無法忘懷，去年的今天，連過年的年糕配給也變得十分嚴苛，鄰組甚至傳來不許裝飾年節糕餅的命令。

「小千想要吃很多年糕。」

年幼的千鶴子擺出失望的神情反覆說著「年糕、年糕」，鈴子記得十分清楚。

同一個時期，她在學校得知日本組織了特別攻擊隊，展開了士兵們開著飛機衝撞敵軍的死亡戰術。

「也就是說，他們知道自己要去赴死、去衝撞敵人？」

這種恐怖的作戰方式讓鈴子聽了全身發抖，母親也因為擔心匡哥而忍不住流下眼淚。空襲變得愈加頻繁，戰地如果是地獄，那麼本地也一樣是地獄。從那時起到夏天戰爭結束為止，鈴子經歷了不曾有過的夜晚，沒有一天能伸長手腳好好睡上一覺。在這樣煎熬的日子裡，炙烈的戰爭突然結束了，隨之而來的卻是ＲＡＡ。

因此鈴子忘不了今天是什麼日子，今後也肯定忘不了。但母親從早就說著舞廳的事，還開心地談笑，鈴子怎麼也無法理解。或許母親是刻意想遺忘這一天，但這表示母親「不打算再回顧過去」，一想到這，鈴子心裡就湧起一陣嫌惡的感覺。

更明白地說，在鈴子的眼中，自從搬到熱海後，母親看起來簡直「飄飄然」。她甚至覺得母親像是自己在舞廳裡跳著舞那般，帶著莫名的興奮。所以鈴子才想要親眼看看舞廳是什麼樣的地方，才會繞遠路來到這裡。

看板上寫著「大湯」兩個字，或許這棟建築物以前是個大型錢湯[16]吧。

「喲！」

鈴子呆愣地望著建物時，背後突然傳來聲音。一看，似乎是在哪見過的大個子少年，戴著斜斜的帽子，一隻手插在褲子口袋，慢吞吞地走上坡。鈴子盯著少年的臉一會兒，才小聲地叫出聲。確實是同年級的同學，但鈴子不知道對方的名字，況且在學校很少見到他，他應該很少來上學吧。

「你家在這邊嗎？」

「……不是的。」

「那為什麼來這附近呢？」

鈴子一時語塞，但又不能裝作沒聽見而走開，只能低頭看著自己的腳。

「那麼，你知道這裡被改造成什麼場所嗎？」

竟然問了自己討厭的事，現在應該怎麼辦呢？該坦白回答嗎？還是裝作不知道？鈴子正在腦袋裡猶豫著要怎麼回應時，眼角餘光出現了穿著浴衣、披著棉袍的男人。悠閒地走過來的男人，對著剛好從建物裡走出來的工匠搭話，頭上捲著頭巾、腳下穿著布襪的工匠回道：「這裡啊……」聲音傳入了鈴子耳裡。

「別把什麼地方都說成陪酒酒吧。」

「咦？難道不是嗎？」

「這裡主要播放美國當地讓人渾然忘我的音樂，是可以和年輕女孩一起唱歌跳舞的地方。」

「是進駐軍專用的吧？」

「啊，這我就不清楚了，好像聽說日本人也可以光顧。」

「是嗎？那可熱鬧了。什麼時候會蓋好呢？來得及在新年之前開幕嗎？」

16 錢湯：指澡堂。

「我看根本來不及啊！怎麼說都要等過完年了吧。我們也是被催著趕工，但材料什麼的完全不夠用啊。」

「這樣啊。」一邊回答邊從棉袍的袖口取出菸的男人，之後仍繼續和工匠交談著。

渾然忘我。

唱歌又跳舞。

一旦有了這種場所，肯定又會讓這座小鎮的環境惡化，這麼一來，母親八成又要搬家了吧。不，這次可說不準，畢竟母親現在似乎如魚得水，她或許真的會在這裡工作下去。

鈴子繼續慢吞吞地走上坡道，一想到來這裡竟被同學撞見，如果不繼續走到一個段落，好像就沒有折返的好時機。通過「大湯」時，眼前出現了神社的鳥居，寫著「湯前神社」。

「你要走到哪裡去啊？」

穿過鳥居、正打算進入神社境內時，背後又傳來聲音。但鈴子假裝沒聽見，逕自往社殿走去，然後拍手祭拜。不知道祭祀的是什麼神，總之先打招呼就是了。午安，初次見面，我叫二宮鈴子，這次我母親應該會在那附近的大湯工作，想請示神明的旨意。

「喂！什麼啊，裝作沒聽見嗎？」

參拜完後回頭一看，背後是剛才那位同學。

「你才是呢！為什麼跟著我。」

鈴子挑釁地睨視著少年，少年剎那間似乎被鈴子的氣勢壓倒，緊接著歪著嘴角露出古怪的笑容。

「……怎樣？」

「你果然很奇怪，明明打扮成男生的模樣，說起話來卻是女生。」
鈴子瞬間感到自己的臉整個漲紅了起來，她發出「嘖」的一聲，嘟著嘴把臉轉向一旁。
「反正這裡的小孩是不會明白現在的東京有多麼危險，戰爭結束時有多麼恐怖的流言流傳著，而且那些流言還不只是流言。」
少年一副傷腦筋的表情低著頭，鈴子心中不覺湧起了一股惡意。
「我什麼都不知道，以為全日本都遭到空襲、被燒毀了。沒想到原來還留有這樣的地方啊，住在這裡的人真的很幸福呢。同樣身為日本人，經歷的事完全不同，卻還大喊著『真的很艱苦啊』、『真的很害怕啊』，你們根本什麼都不懂，你們口中的辛苦根本稱不上辛苦。」
少年的表情愈來愈困惑，「或許吧……」他吞吞吐吐地說：
「可能真的是這樣，可是……」
「你想想看，如果從這裡望去的整片風景全部都被燒光了的話，會是什麼樣子？現在的東京就是這樣。」
「……所以妳才搬來這裡，因為住在這附近，從剛才就……」
「我說了我不住在附近。」
「那為什麼……」
「我只是剛好來這裡散步。」
少年癟著嘴，第一次抬起下巴，盯著鈴子瞧。
「那麼，我再問一個問題，妳知道那裡要蓋陪酒酒吧的事嗎？」
「……知道又怎麼樣。」

「也就是說，妳爸媽或兄姐是從事相關的工作嗎？」
是又怎麼樣，鈴子的臉色開始變得蒼白，少年則是取下帽緣扭曲磨損的帽子，搔起頭來，接著聲音嘶啞地說道：
「我的……我的大姐要開始在那裡工作了。」
「……所以呢？」
「什麼是陪酒酒吧？我媽哭著說：『再怎麼樣也別去那種地方！』去那裡工作和去糸川那邊的紅燈區工作根本沒兩樣，而且對象好像還是美國佬？」
「當然，是沒錯。」
「妳剛才的意思是東京有很多美國佬，很危險，所以妳才扮成男生不是嗎？竟然要去接待這些危險的人，那不就……」
心裡開始愈來愈不耐煩，鈴子刻意深呼吸，面對面看著這個不知道名字的同學。
「那麼，我就告訴你吧。」
少年不知道是笨還是聰明，看不出在想什麼，呆愣著一張臉，輕輕地點了點頭。
「陪酒酒吧就是和進駐軍的人一起喝酒，然後男女身體緊貼在一起，抱在一起跳舞。」
「抱在一起……只有這樣嗎？」
「誰知道是不是只有這樣呢？如果無法就這樣結束，那麼，你認為接下來會怎麼發展？」
「……怎麼發展是指？」
「換句話說，就是指小孩子不需要知道的事啊！」
鈴子吐出這句話後，看也不看對方的臉，逕自走下神社的階梯，快步往下坡路奔去。她心想，如果對方再追上來，一定要大聲回他：「你給我適可而止！」還好他並沒有追上前來。

就是啊。這不是小孩子應該知道的事。

離開大森海岸後還不到一個月，這段期間事情接二連三發生，其中最大的一件事，就是鈴子的月事來潮了。當知道自己的身體起了變化後，鈴子幾乎陷入絕望地望著天空。

果然還是來了。

她已經不再是小孩子了。

一點都不感到喜悅，反而害羞到什麼都說不出口。好不容易習慣了男孩的裝扮，也能適應這樣的日子，但身體卻徹底不同了。一想到再怎麼掙扎，今後也只能以「女人」的身分活下去，鈴子的心情就無比沉重。

沒辦法。沒辦法。

她不斷這麼對自己說。反正將來的事誰也不知道，她或許能幸福地結婚，當個好母親。但也可能在小町園這樣的地方工作，或是淪為街頭的流鶯，和不特定的許多外國人在一起，每三十分鐘出賣一次自己的肉體，然後得到花柳病，身心都不堪折磨，最後生下眼睛顏色不同的孩子——不管鈴子自己是不是這樣期望，這副身體已經出現了這種可能性。

現在鈴子、母親還有望都住的地方附屬於一間小旅館，就蓋在離熱海車站不遠處的坡道上。雖然是棟小巧的建築，但有溫泉，還附餐飲，如果有需求，也能幫忙洗衣服。

「把這裡當成自己的家，輕鬆地過日子吧。畢竟經歷這麼多劫難後，好不容易才生存了下來啊。」

主屋還有從東京和神奈川來的兩個家族，旅館老闆娘以月租的方式接受房客入住，她大約比母親年長五、六歲，應該接近五十歲了，是個很愛閒話家常的人。「最後保留下來的房間」附浴缸和洗手檯，不知道位於邊間的這兩個毗鄰的房間究竟以多少錢租給鈴子她們，但總之老闆娘摩拳擦掌、盛大熱情地歡迎鈴子她們的到來，打開話匣子後滔滔不絕地講個不停。

「哇，真是個可愛的少爺啊！」

第一次見面時，老闆娘得知鈴子是女孩後，瞇著眼睛盯著她，露出了整個暴牙，以由衷驚訝的表情喊著：「哎喲！」後來知道鈴子初次月事來潮後，不知從哪裡找來了生理用品和新的內衣，還煮了紅豆飯替她慶祝。連不相關的外人都知道自己的身體起了變化，一想到這一點，鈴子就羞愧到不知如何是好，本來想躲在房間不見人，但好幾年沒吃到紅豆飯了，實在受不了誘惑。雖然下腹有股沉重的不舒適感，食慾卻毫不受影響，看著飛快動著筷子的鈴子，母親露出了安心的笑容。

「可能是溫泉的效果，這裡的空氣和環境都好上太多了，也因此讓人精神穩定了不少吧。」

母親雖然沒有說出口，但其實一直擔心著鈴子的初潮可能就要來了。

「這可不是生病喔，即使這段期間心情會有高低起伏，但也希望妳能夠安穩地度過。」

那時母親的口吻難得地溫柔平穩。她和望都都經歷過相同的事，只要是女人都會有迎接「月事」的一天，經歷後才能成為一個成熟的大人，因此鈴子只能默默點頭。

但是……

心裡其實還是覺得討厭。即使再三跟自己說這是沒有辦法的事，但一想到再也回不去了，就怎麼也無法抹去討厭的念頭。再也回不去孩童時代了。再怎麼反抗，也只能成為大人，成為女人。

啊，真討厭！

鈴子怎麼也揮不去小町園開業那一天，躲進自己房間壁櫥裡哭泣的大姐姐的身影。那個跳下鐵軌自殺的姐姐衣服被扯得凌亂、露出了白皙的大腿，腿間還有乾涸的血跡，那畫面深深烙印在她腦海裡。加上京濱國道上衣衫不整、死纏著語言不通的GI的女人，穿著華麗洋裝、濃妝豔抹地在黑市遊走拉客的女人，這些影像在她腦海裡不斷重疊、組合。

度過了憂鬱的數日後，鈴子又恢復了原來的模樣，但令她不由得在意的，是脫口說出「妳已經不再是個小孩了」的母親身上的變化。

3

母親確實改變了，看外表就知道。她和望都都不再穿農夫褲，不知從哪裡弄來了裙子、罩衫、上衣、絲巾和短外套，還有黑色皮鞋。在另一端的走廊洗好晾著的，則是從進駐軍那裡拿到的絲襪，像是一串褪色的海草般掛著。此外母親也開始習慣搽口紅了。

「那些將校大多數都很有教養，像紳士一樣，所以我們也要穿得端莊大方，有女人的樣子，才不會讓對方感到不舒服，對吧？」

對著鏡子微張雙唇，擺出像說著「ㄟ」時的嘴型，搽上玫瑰花蕾般鮮豔的口紅後，母親笑著對鈴子說：「這樣看起來氣色好多了吧？」

「即使是戰敗國的人民，也絕不能表現得卑屈。」

對鈴子來說，母親打扮得美麗絕不是討厭的事，反而讓她引以為傲。母親利用自己的英語能力，和那些個子高大的外國人堂堂正正地交談，和之前只會依賴宮下叔叔、看起來卑微枯萎的樣子全然不同。照這個樣子努力下去，她們肯定能等到匡哥回來的一天，到時一切都會很順利。但為什麼自己的心情還是無法平靜？或許是母親散發出的氛圍讓人有這種感覺，鈴子無法明確地說出原因，只感到母親似乎離她愈來愈遠了。

例如，最近母親在用餐時雖然和鈴子面對面、眼睛向著鈴子，實際上卻沒在看，或是雖然看著鈴子卻沒在聽她說話。並不是對話中斷無法繼續下去，而是不管鈴子說什麼，母親總是只回答「這樣啊」或「對啊」，總覺得母親心不在焉。就算是戰爭結束前，在目黑的家和宮下叔叔三個人一起住的那些日子，鈴子都不曾有過這樣的感覺。即使會在見到宮下叔叔時突然像變了一個人，但那也是母親的另一面，至少母親總是會好好地面對眼前的人，不論是對話還是視線。

「小鈴的母親真是位了不起的人呢！」

有時望都會這麼說，但是當鈴子追問：「怎麼說呢？」她卻只是笑而不答，盡說些母親很前衛或很有膽識之類的話。

母親在ＲＡＡ究竟擔任什麼樣的工作？母親有什麼祕密呢？正因為讓人感到事有蹊蹺，鈴子才忍不住想去看看新建的舞廳或是陪酒酒吧。

「母親也要在新建的舞廳裡工作嗎？」

當天晚餐時，鈴子盡可能以若無其事的口吻詢問。母親臉上一瞬間閃現困惑的表情，眨了眨眼，然後瞄了一旁的望都。

「母親和那裡沒有關係喔，那裡是望都以後的工作地點。」

「……是嗎？」

鈴子驚訝地看著望都，望都的目光則落在料理上，說道：

「正確來說……是管理即將在那裡工作的女孩住的宿舍。」

「這樣的話，妳就不和我們一起住了嗎？」
「嗯，很遺憾。」
抬起頭的望都，露出往常的美麗笑容，並說這是自己提出的請求。
「我啊，不像小鈴的母親，能大大方方地在大家面前和任何人交談，而且英語能力也只到打招呼的程度，所以比較適合以日本人為對象，做些後方支援的事。」
望都的視線瞬間瞟向母親。不知為何，兩人之間似乎飄散著以前未曾有過的奇妙氣氛。
「雖然這麼說，但開店是年後的事了，在這之前還是要讓我跟妳們一起住喔！」
看著微笑的望都，鈴子捨不得地用力點頭表示「那是當然的啊」，然後再度凝視著母親。
「母親……」
「那些來到熱海的將校們啊……」
母親對於要和望都分開沒有任何不捨嗎？她也贊成望都的決定嗎？母親打斷了鈴子想說的話，眼神低垂地開口說道：
「大家因為長期的戰爭和不適應國外生活，現在正需要舒緩疲憊的身心。因此從現在開始，我們不得不思考真正的待客之道。」
彷彿咀嚼時突然一併咬到了其他什麼東西，母親持續緩慢地動著下顎。鈴子的筷子停在半空中，凝望著母親，似乎想從她的表情裡讀出些什麼。
「雖然有很多不同的地方，但那些人和我們一樣也是人。長期以來為了打仗而感到疲憊是當然的，所以才會打從內心想要得到療養。」
母親竟然徹底變成了為對方著想的人，鈴子在心裡暗暗感到震驚，不由得瞠目結舌。明明夏天之前還稱對方為鬼畜，現在卻有了這麼大的轉變。對於讓自己的國家變得如此悲慘的人，竟然能這麼親切地為對方著想，連「待客之道」這種話都說得出口，鈴子簡直匪夷所思。

這是沒辦法的事。

就算這麼說，戰爭也已經結束了。況且多虧了母親在RAA工作，鈴子才能比其他人更早獲得遮風避雨的住處，也不必挨餓度日。這件事絕對不能忘記。

來到熱海後，母親和望都先是在名為「風喜莊」的旅館幫忙整頓的工作。那棟旅館的外觀雖然很氣派，但戰爭時完全荒廢了，現在則由RAA買下。要因應進駐軍將校不斷增加的「休憩處」需求，將他們的希望傳達給RAA事務局，然後做必要的調度、充實各項服務。

為了讓將校們能穿著鞋進入屋內，於是把榻榻米改成地板，還得把鋪被換成床，這一點也很大費周章。再者，因為規定住宿的地方不能提供餐飲，所以基本的飲食只能由住宿的將校自己想辦法，但如果有想要的食品，還是得透過RAA事務局幫他們調度，其中僱用母親她們並急著搬家的原因，正是為了聖誕節的準備。不僅得搬來大棵的聖誕樹、著手裝飾室內，還要調度唱片機的蓄電池及現場演奏的樂團，寄給美國家人的聖誕卡也得委託印刷行，並死命地搜尋西餐的餐具。

「因為他們用的是刀叉，不會用筷子，又說聖誕節一定要有turkey和cornbread。真的是很頭痛啊！」

母親說她也不知道什麼是turkey和cornbread，結果只好由GHQ自己想辦法。就這樣，母親慢慢把「風喜莊」整頓得像個樣子，緊接著又要忙著「玉乃井別館」的開業準備。「玉乃井別館」同樣位於熱海，卻距離鬧區比較遠，是近山麓別墅地帶的豪華旅館。這裡和「風喜莊」一樣是供將校們使用的，所以特別氣派，當然，也不需要那些「特別挺身隊」的女人。

「不必再照顧那些女孩，也不必再四處徵人，光這樣就謝天謝地了。」

來到熱海後，母親和望都每天都異口同聲地這麼說。

不久，母親幾乎每週回去東京的RAA總部一次，因為火車的班次不多，無法當天來回，因此每次去都一定要住上一晚才回來。多虧了望都在身邊，鈴子至少有人陪，此外她也期待聽到東京現在變成什麼樣子，只是雖然很期待，但聽到的盡是些負面的事。

「如果一直住在那裡，不知道會變成怎麼樣，或許比戰爭剛結束時更糟糕。」

物資不足的情況似乎比戰時更加嚴重，往返熱海的列車班次也因為石炭不足的關係減少了。東京似乎擠滿了人潮，自戰地返回的士兵及以前疏散到其他地方的孩童都回來了，但根本沒有糧食，也沒有住處，甚至找不到家人。四處盡是沒地方可去的人在路邊徬徨。

「也有學童從疏散地回來後，發現家人都死了。不少孩子抵達了車站卻沒有人來接，最後變成孤伶伶一個人，無處可去。」

在被燒成一片焦土的東京，因為忍耐著飢餓，人們變得更加煩躁，城裡幾乎散發著一股肅殺的氣氛，隨時會擦槍走火，每次母親從東京回來，總是一臉擔憂，但也只能哀聲嘆氣。

「大家的心都被掏空了。只要把東西放在腳下馬上就會被摸走，小偷和強盜也變多了。黑市裡的中國人和朝鮮人爭相搶地盤，一整年糾紛不斷。報紙和廣播雖然沒有報導，但進駐軍其實也引起了各式各樣的問題。」

解除兵役回到東京的士兵身心受創、筋疲力竭，心情同樣惡劣又煩躁，其中還有很多受傷的軍人找不到容身之處，只能和乞丐一樣在街上流浪。

「情況只能說慘不忍睹，但再怎麼生氣也沒用，因為自己的國家打輸了，實在無法反抗。這些人只好成群結黨變成流氓，總之，那局面簡直是騷亂又動盪啊。」

飢餓、疲憊且孤伶伶的人，最後只能成為流浪漢睡在地下道和車站。這樣的人不是只有幾十個或幾百個，而是有好幾千個，聽到這裡，鈴子整個背脊冒起一股寒氣。就要接近年尾了，天氣也愈來愈冷，他們卻無法好好洗個澡，也沒有換洗的衣服，只能任身體發出惡臭，只能撿掉在地上的東西來止飢。可以想見，一定也有許多年幼的孤兒就這麼餓死，想到千鶴子，又讓鈴子的胸口一陣刺痛。

「好可憐……」

如果千鶴子也混在這樣的人群當中，該如何是好？鈴子幾乎要脫口說出，即使只有一個人也好，不能把她當成千鶴子收養嗎？母親宛若讀到鈴子內心的想法，冷靜地說：「這也是沒辦法的事啊。」

「只有靠自己變強，努力活下去。現在是每個人都得拚命的時代，弱者自然會被淘汰。戰爭雖然結束了，但如果這個時候認輸了，結果還是一樣。每個人只能自己努力想辦法活下去、回復以前的生活，哪有閒工夫去同情別人呢。」

和以前只會依賴宮下叔叔的時候截然不同，母親彷彿變了一個人，竟然說得出這番話。

「這就是小鈴的母親厲害的地方啊！我實在做不到。」

比母親年輕許多、原本應該更美麗的望都，和鈴子在一起時，總是聳著肩用這種半放棄的語氣說話，讓鈴子湧起難以言喻的心情。沒有這回事，她實在無法說出這種安慰望都的話。如果沒有臉上的傷痕……一想到這一點，她只覺得望都太可憐了。

終於來到十二月下旬，在初審戰犯的法庭開始的前一天星期日，傳來身為公爵、曾任總理大臣的近衛文麿企圖服毒自殺的新聞。

「應該是很不想被捕吧！」

旅館的老闆娘像往常一樣把晚餐端過來時，忍不住說著這些事。

「哎，不論以前是貴族還是什麼的，只要被美國人審判，肯定是死刑吧。再說麥克阿瑟元帥到底想拿天皇陛下怎麼辦呢？共產黨的人趁現在天下大亂，大聲喊著日本不需要天皇了，真是亂來！」

鈴子只是睜大眼睛聽著老闆娘說這些事。此外最近收音機多了一個叫「真相大白」的節目，報導這次戰爭時軍人和政府做過的事，至今為止日本國民不知道的許多真相才一步步被揭露。

「真是讓人愈聽愈生氣，明明是一個狂人自作主張，卻搞得好像我們日本人全部都是大笨蛋，笨到想和美國人為敵！而且竟然還是由ＮＨＫ播送，一想到可能真的是這樣，就覺得所有的一切都變得不堪入目了啊。」

到底應該相信什麼、應該關注些什麼才好呢？

大家都感到無所適從。但鈴子想到的是，如果戰爭真的是正確的決定，那應該會贏才對啊，是因為有人在某個環節做錯了什麼決定，才會掀起戰爭，並導致戰敗吧。到底是誰在說謊呢？鈴子也想知道真相。到底是哪裡的誰，奪去了鈴子她們原本的生活？她想知道真相是什麼，但即使知道，也無法回到過去了。

沒辦法。

一一追究下去只覺得好煩，她其實什麼都不想再思考，什麼都不想做，什麼都不想說了。像自己這樣的人，或許應該遭遇空襲之類，像煙一樣消失了更乾脆一點。為什麼自己會和母親兩個人活下來呢？這件事再怎麼想都沒有答案。
下一個星期六的早晨，母親叫鈴子起床，然後突然說：「我們去兜風吧！」
「……兜風？去哪裡？」
還沒睡醒的朦朧腦袋試圖理解母親的話，但只看到對著鈴子微笑的母親說道：
「箱根。」
「……箱根？怎麼去？」
清醒過來時，才發現母親已經化好妝，從喉嚨深處吐出聲音笑著說：「哎呀，小鈴……」然後再次望著鈴子：
「兜風當然是開車啊！」
「哪裡有車？誰的車？和誰一起去？」
抬頭看著母親化好妝的臉，鈴子內心一陣騷動，不禁湧出各種揣測。

4

Hello.
Nice to meet you.
I am Suzuko Ninomiya.
I am a girl.
Fourteen years old.

Thank you.

Yes. No.

No, thank you.

身體在不斷震動中搖晃，鈴子的腦袋裡反覆背誦著剛才母親傳授的宛如咒語的詞彙。

您好。

很高興見到您。

我是二宮鈴子。女孩。十四歲。

謝謝。

是的。不是。

不用，謝謝。

車子駛在蜿蜒的陡坡上，耳邊時而傳來顛簸的聲響。配合著車子的震動，雙膝傳來互相磨擦的觸感，讓鈴子忐忑不安。好幾年來一直都穿著農夫褲或長褲，她一時不習慣突然穿上的裙子。

今早母親突然來到鈴子的枕邊，拿著全套的衣服及女孩的內衣擺在她眼前。還有外套和皮鞋、毛氈織的可愛手提包，一整套裝扮讓睡眼惺忪的鈴子以為自己還在做夢。

「妳已經不再是相信聖誕老人會送禮物來的小孩了，所以我就實話實說。這是母親給小鈴的聖誕禮物，雖然提早了一些。」

圓領的白色罩衫滾著蕾絲邊，貝殼扣子閃著光芒，紅色格子裙則是寬版摺幅，穿上後轉個圈，裙襬會畫出一個大圓。亮灰色的毛線衫和襪子則是一串菱形的圖案，此外還有深藍色的毛線外套。一件一件拿在手上凝視，鈴子想起來了，之前母親才替自己量了尺寸，那時她是說要請附近兼差做衣服的阿姨幫鈴子織一件毛衣，還要買冬天的褲子，沒想到竟是為了準備這一套衣物。

聖誕節到了。

聖誕老人會送小孩禮物的日子，一想到就會興奮地跳下床的日子，那已經像遙遠的夢一般。而每當過了聖誕節，鈴子則會迫不及待地倒數著新年的到來。

沒想到，今年竟然還能迎接那樣的聖誕節。

換句話說，漫長得彷彿沒有盡頭的一年終於結束了。真的結束了。

「趕快起床，準備換洗喔！」

不必等母親催促，鈴子已跳出被窩，洗完臉便套上新的襯衣站在鏡子前，但卻立刻發出絕望的慘叫聲：「啊，完全不搭嘛！」盛暑時搬到大森海岸立即被剃短的頭髮，四個月來雖然漸漸長出來，但還是很短，根本無法搭配這一套女孩的衣服和配件。

「我根本配不上那些衣服啊！這顆頭，怎麼穿都不搭啊！都是母親害的！鈴子不去了！」

在她幾乎要哭出來對著母親咆哮時，望都特意從隔壁房間露出臉道早安。

「我也有聖誕禮物要送給小鈴喔。」

望都把手藏在身後，一副要變魔術般的淘氣表情，露出了惡作劇般的笑容說道：「聖誕快樂！」這才將身後的手伸到鈴子面前。她的手掌上是個胭脂色的細髮箍。

「怎麼樣？」

「……這是長頭髮的人用的吧？」

「才沒這回事，妳戴看看。」

接著望都用熱水浸濕毛巾擰乾後，將鈴子睡醒亂翹的頭髮濡濕，雙手沾了一些山茶花油，細心地撫平鈴子的頭髮。鈴子的髮質和母親很像，又粗又硬的髮絲一旦變形就不容易回復原狀，但多虧了山茶花油，讓她的頭髮變得有光澤又柔順。望都就像替鈴子戴上皇冠似地，慎重地幫她把送給她的髮箍戴上。

「妳看，很適合吧？小鈴戴上髮箍突然變得超可愛，不覺得嗎？小鈴的脖子長、五官輪廓也明顯，比起長髮及肩，這樣顯得更清爽可愛，很適合呢！就像中原淳一[17]畫裡的少女喔。」

重新看著鏡子裡的自己，鈴子這才發現，一個小小的髮箍竟能讓她整個人煥然一新。而且旁邊有個小小的胭脂色緞帶，讓鈴子頭上彷彿停了一隻蝴蝶，剛剛明明還想哭的她，對這樣的造型似乎很滿意，不停檢視著鏡中的自己。

緊接而來的是接連不斷的騷動。穿上罩衫的鈴子因為覺得袖子「有點短」而抱怨，要扣上扣子時發現「很不好扣」又嘟起一張嘴，明明不是真的生氣，只是心情毛毛躁躁的，不發點牢騷就無法掩蓋自己其實開心得上揚的嘴角，她只是害羞得不敢承認。

新的衣服，像個女孩的裝扮，附緞帶的髮箍……到今天為止，這些都不是自己特別想要的東西，連做夢都沒想過。不，應該說她早就忘了這些東西的存在。長久以來，不管到哪裡隨時都想著逃命，因此這也無可厚非。這些東西突然真的出現在眼前，而且還全部屬於自己一個人，她的心情

---

17 中原淳一（1913-1983）：活躍於日本昭和時期的插畫家。

就像長期沉在內心最深處的珠寶箱突然被打開了那般。

其實，以前鈴子擁有過很多衣服和鞋子。雖然有光子姐的舊衣服，但因為母親也愛打扮，父親外出時偶爾還是會替鈴子買點東西。此外鈴子還擁有自己祕密的寶物收納盒，那原本是收納父親帽子的盒子，她拿來重新貼上漂亮的包裝紙。盒子裡有光子姐出嫁之前給她的緞帶別針和舶來品手帕、罕見的糖果包裝紙，還有玳瑁梳子、千代紙人偶、開口處有珠串的零錢包等。這些衣服和寶物全都在空襲中燒毀了，鈴子以為自己再也不可能擁有，早就死了心。

但或許並不是這樣。

今後想要的東西都可以再買到，而且是全新的，畢竟戰爭已經結束了。

東京四處都是孤伶伶的流浪兒和流浪漢，餓死和凍死的人一批接一批，好不容易從戰地返回的男人卻找不到工作，也沒有家可回，只能在街頭徘徊。連乍看和昔日模樣相去不遠的熱海，也盡是雖然有家可回，卻穿著髒衣服、踩著草鞋上學的孩子，有的學生不要說吃飽了，連便當都只有一條小小的魚乾。要不是身為一家收入來源的父親或哥哥戰死，就是父兄雖然返鄉卻帶著重傷，或是家裡有人生病，這些孩子多半來自這樣的家庭。

但是我們家不一樣。雖然父親和肇哥都死了，匡哥也還沒回來，但多虧了RAA的工作，因此母親才能打扮得比其他女人更美，不必再穿農夫褲，不必像其他姐姐只能從事全身髒汗的勞動。

「真是的，我膝蓋上有皮屑，母親，這樣很難看吧？」

「沒關係，裙子遮住看不見膝蓋的。」

「但是，連小腿也一樣是乾燥的白屑……啊，母親的滋潤乳膏借我嘛！」

「要擦腳？用凡士林不就好了。」

不要啦，讓我用滋潤乳膏嘛！鈴子不斷向母親央求，就在此時，母親突然想到了什麼，開始教鈴子像經文或咒語一樣的詞語。

「來，妳說看看。」

「……這是什麼？」

正當母親要鈴子複誦並記住幾個詞語時，才告訴她今天肯定會用上這些詞。鈴子瞬間漲紅了臉，心想「糟了」！

原來是這麼一回事。

鈴子被搖醒時，聽到要去兜風，原本還期待不已，但原來自己的直覺並沒有錯。而且母親會從頭到腳為她準備整套新衣服，肯定是從以前就計劃著今天的事，只有鈴子完全沒察覺。被設計了。

其實只要靜下心來想想，立刻就會明白這代表什麼，但她被新衣服吸引，難掩興奮，結果馬上就上了賊船，被風吹到遠處，一直看著鈴子的望都還在一旁微笑表示：「太好了呢！」

「去見識未知的世界是很重要的。而且小鈴正好處於花樣年華，如果能學會英語就再好不過了。」

望都幫鈴子把剛穿進袖子的罩衫領子整理好，繼續說著：「尤其面對今後的局勢……」

「肯定很受用。因此這是很好的機會，妳就先去感受一下氣氛吧！」

望都更對著鈴子的臉說道：

「聽好，雖說是美國人，但也不全都是可怕的人喔。」

這麼說也有道理。仔細想想，只是去見見母親和望都平常認識的人罷了，自己應該沒有理由討厭那些人。畢竟還在大森海岸時，她們之所以能夠衣食無虞，還有香菸和襪子等，全都是託進駐軍的福。而且現在母親她們和在大森海岸時不同了，不是為ＧＩ工作，而是為更上層的將校們工作，因此來到熱海後生活也明顯變得更好了。

對啊。

沒有理由討厭對方。

再說，她心裡其實存有一絲「怎樣都無所謂了」的念頭。有新衣服穿又可以兜風，已經夠令人興奮了，為了這個而記住一些咒語似的詞彙實在沒什麼大不了的。結果鈴子直率地反覆背誦著母親教的詞彙，把它牢牢記在腦海裡。望都今天不同行，雖然鈴子心有疑慮，但也沒特別追問，只是點頭應了一聲。過年後，望都就要負責管理在那間舞廳還是陪酒酒吧裡工作的女孩，肯定和今天的工作沒有關係吧，鈴子擅自這麼解釋。

後來回想起來，鈴子才發現是自己「大意」了。

真的。

不知道是自己太粗心，還是太笨。

車子搖啊搖，以相當快的速度行駛著，從車窗偶爾會看見徒步或坐馬車越過山頭的人。聽到車子行駛而過的聲音，任誰都會停下來，有時是膽怯地望著，有時則是愣怔地看著，目送鈴子他們離去。

真的。

鈴子自己其實也很傻眼，原來她根本不了解狀況。穿上新鞋子興奮地走到外面時是這樣，看到站在外頭、有著亮褐色頭髮的高個子白人男性時也是這樣。被母親督促著「快打招呼」，鈴子才有點害羞地低頭說出「hello」。

原來自己根本是狀況外。

鈴子一心以為她們是為了工作才去箱根的，沒想到原來是伴遊。

這位白人男性散發著鈴子從來不曾聞過的氣味。他的鼻梁很高，和髮色相同的褐色眉毛下，有著像人偶般的長睫毛和邊緣明亮的灰色瞳孔。他彎下腰來看著鈴子的臉，然後笑著說「Bell」，放在肩上的手傳來一股沉甸甸的感覺，鈴子甚至能透過全新的外套感受到溫暖。

「因為他想知道鈴子的名字，我告訴他，小鈴的『鈴』，英文就是『bell』，所以他才叫妳Bell。」

在鈴子還感到迷惘時，母親已經滿臉笑容轉向男人並開始交談，對方也以鈴子不懂的話回應。然後他先請鈴子坐上車，於是她一個人坐進了又大又厚實的車子後座，接著門從外面被關上，一股不知該如何形容的心情湧了上來。和以前坐父親的車時心情完全不同，那是有點害怕與害羞，但又有點驕傲的奇妙心情，而窗外的望都和旅館老闆娘果然也是一臉曖昧地揮著手。

車子裡散發著不曾聞過的香味，鈴子心想這應該就是「美國的氣味」吧！被這股香味包圍時，她甚至還沒察覺，在看到母親藉著男人的手坐進前方座位時，依然還未發現。

男人最後坐進駕駛座，發動引擎後，身體突然往一旁傾倒，當鈴子還處於驚訝之中，對方已將自己的唇貼到母親的臉頰。把臉轉向對方的母親側臉，滿是笑意。

車子啟動了，窗外的望都的身影漸漸變小，終至不見。

「小鈴。」

母親稍微挪動了身體朝向鈴子，車子經過來宮車站前，穿越省道，開始往陡坡行駛。

「這位是 David 中校。」

「Da……」

「他的名字是 David Gray 中校喔！」

吉普車底傳來行駛過石礫、上下顛簸的聲響，加上引擎吵雜的聲音，母親的音量自然比平常更大。身體隨著車子震動，鈴子死命地把母親傳出的不習慣的發音硬塞入震盪的腦袋裡。

中校……大衛．葛雷，大衛．葛雷。中校是很高的位階吧？上面應該還有上校，再上面是……。

不知為什麼，鈴子腦海裡突然冒出宮下叔叔的臉。不論住處被燒毀多少次，一定會幫她們找到新住處的宮下叔叔。在目黑的家時，每次從外面回來他總是脫下國民服，只剩一件內衣，熱得拭汗。剛搬到大森海岸時，他為鈴子找來了少女雜誌，鈴子的頭髮被剃得很短時，還神經大條地在一旁大笑……。

不知道他現在過得怎麼樣？家人是不是從疏散地回來了呢？所以他才把母親和鈴子忘了嗎？宮下叔叔的事，再也不會從母親口中聽到了吧。

握著方向盤的大衛．葛雷中校流暢地和母親交談，母親也每次都適度地回應，有時回得很長，有時只有一個單字，抑或兩人不約而同地笑著。鈴子一個字也聽不懂，只感到腦漿的震動。偶爾中校的嘴裡會傳來一聲「Tsutae-san」，那是母親名字的發音，鈴子只聽懂了這個字。

5

萬里無雲的藍天，風卻很大。不習慣坐車的鈴子要是暈車就不好了，母親似乎早就和大衛．葛雷中校商量過，他所駕駛的車好幾次在蜿蜒迂迴的路邊停了下來，每次停車都會催促鈴子下車。

「來，深呼吸，如果覺得噁心要馬上說喔！」

站在冷風吹拂中，母親以近日來少見的溫柔表情望著鈴子微笑。中校則一邊發出既像雀躍又像嘆息的聲音，一邊架好相機對著風景，然後喚著母親的名字「Tsutae-san」，也喚著「Bell」，邊向鈴子招手。他擺出的手勢和日本人相反，手掌朝上，手指上的金色大戒指閃閃發亮。

「中校要幫我們拍照了，過來這邊一起站好。」

鈴子露出的腿因為冷風的吹拂失去了感覺，但母親依然拉著她的手臂要她笑一個，鈴子則緊盯著大衛・葛雷中校架好的相機。

「啊，好舒服喔！妳看！一下子就爬到這麼高的地方來了。」

轉向母親說的方向，越過枯草的遠方，在冬陽的沐浴下，展現出平緩的海岸弧線。

「咦，那是熱海嗎？」

「大概是吧。」

眼前小而美的景色宛如人工打造的，像是在國民學校的課堂上看過的日本手繪地圖攤開的模樣。而沿著海岸線延展開來的小聚落裡，確實有許多房子，裡頭住著貨真價實的人，或許有幾十人、甚至幾百人。那些人和鈴子今後的人生應該不會有絲毫瓜葛，不論大人或小孩、男人或女人，他們將或哭泣或微笑地度過每一天。鈴子想到這裡，湧現了一股不可思議的感受。從這裡眺望時會浮現這樣的心情，如果爬到更高處瞭望，是不是會有比現在更奇特的感覺呢？

比如從飛機上往下看。

或是從戰鬥攻擊機。

那些看起來像模型的地點，就算不斷投下炸彈，感覺也像投下小石子般，肯定不痛不癢吧。腦袋裡雖然明白下面其實有好多有血有肉的人生活著，但卻沒有半點真實感。

看向一旁，大衛．葛雷中校的手繞過母親身後搭在她另一側肩上。鈴子反射性地移開視線，重新調整呼吸，再度偷偷地觀察母親和中校的互動。

兩個人都在笑。

母親一副很冷的樣子，兩手在胸前摩擦著，側臉卻露出一股平靜且滿足的氛圍。

原來如此。

幾乎不必再懷疑了。難怪今天望都說要看家，因為她知道這次來兜風和RAA的工作完全沒有關聯。望都肯定知道這位大衛．葛雷中校和母親有著特殊的關係。

環繞在母親肩上的中校的手很大，手背和手指都長著毛，果然「與眾不同」。光看這隻手就可以知道了。而且眼睛的顏色、頭髮的顏色都不一樣，語言也不通，更何況對方是在今年夏天之前一直被教導是鬼畜的人、應該打從心底憎恨的國家的人民。母親是以什麼樣的心情和這樣的人交往呢？

「喔，好冷喔。我們出發吧！」

看到母親微笑，大衛．葛雷中校也微笑回應。然後大步走近車子，果然同樣先打開後座的車門，對著鈴子喊了聲「Bell」，並微微歪著頭，揮動手臂做出「請」的手勢，鈴子也只能坦率地上車。

這個人，有多大年紀呢？

應該不年輕了，但鈴子完全猜不出來，畢竟她是第一次這麼近距離看到外國人。

「OK! Let's go!」

母親上車後，他自己也緊跟著坐上車，再度發動引擎。看到這一幕，鈴子才想起以前在《少女俱樂部》裡確實讀過這樣的文章。文章裡提到美國人的性情，對女生很體貼，不像日本男人，看到提著重物或是揹著嬰兒的女人，絕對不會裝作沒看見。原來如此，原來是這麼一回事。

但是，難道就因為這樣？

就因為這樣。

鈴子當然也不是喜歡宮下叔叔，不，坦白說應該是討厭。他特有的沙啞嗓音，對什麼事都很粗線條、不細心，還有不斷拭著汗的樣子，她全都感到厭惡。但一想到「這也是沒辦法的事」，就只好接受宮下叔叔存在的事實，再怎麼說，他原本是父親的好友，要不是叔叔在，鈴子和母親或許早就活不下去了。因此，她只能懷著感恩的心，這麼說服自己。

難道他比這樣的宮下叔叔更好嗎？

肇哥說不定就是他殺的；匡哥如果遭到什麼不幸，可能是他害的；而在鈴子住的城市及日本各地投下炸彈、在廣島和長崎投下核彈的人，或許也是他。

大衛．葛雷中校在「十國峠」把車停下，眼前可以看見巨大的富士山。鈴子想起了幾個月前短暫生活過的大森海岸。在那座小鎮，只能出賣自己的身體賺取生活費的女人被迫擠進幾棟建物裡，為了買這些女人，ＧＩ的吉普車排著長長的隊伍，夏天過後秋天漸近時，在那裡可以看到焦土遠方的小小富士山，那時的富士山和現在的富士山並沒有不同。

野本和榎健，早熟的雅代和來打屁股，有沒有看過這麼巨大的富士山呢？現在在這裡看到鈴子的話，又會做何感想？穿著全新的衣服，搭乘著不是別人的、而是進駐軍將校的車子。

雅代肯定會扭捏著身體，羨慕不已吧？那個女孩是真的想當舞孃嗎？

豎立在道路中間的舊路標上以毛筆寫著「十國峠」，大衛．葛雷中校為了將這個路標和富士山一同收進照片裡，正努力地調整相機的位置，母親則在一旁說著什麼。中校專心地調整相機，邊點頭稱是，接著又說著「Good, Good」回應。

「小鈴，妳知道嗎？」

母親看著歪著頭不知所以的鈴子，再度問道：「妳知道十國峠地名的由來嗎？」鈴子兩手插在新外套的口袋裡，刻意望向別處。有必要知道這種事嗎？鈴子更想知道的是母親和這個人的關係，真想直接問母親是以什麼居心和白人交往的。

「因為在這裡能瞭望日本古代的十個國家，所以才叫十國峠喔。有伊豆、駿河、甲斐、信濃、武藏……嗯，還有哪裡呢……」

母親扳著手指頭一一數著，光是這樣就樂在其中。

「那種事無所謂啦。」

鈴子只是抿緊著嘴角抬起下顎。

「反正土地全被美國占領了，再說那些古老的地名也沒意義了吧。」

這時，大衛．葛雷中校似乎拍到了滿意的完美照片，說了聲「let's go」。母親立即回應「sure」，眼看她正準備轉身，鈴子不由得拉住母親外套的袖子，望著回頭的母親雙眼問道：

「……妳和那個人在交往嗎？」

母親的雙頰瞬間顫抖了一下，像冰一樣的冷風，吹亂了她的頭髮。

「宮下叔叔知道嗎？妳說不會再和他見面了，是因為在和這個人交往嗎？從什麼時候開始的？」

「……沒錯。」

母親的回應伴隨著一聲嘆息，被風吹散了。

「不久之前開始的……他是個好人喔，開朗又溫柔。而且啊，現在鈴子身上穿的衣服、鞋子全部都是他幫忙找來的。」

鈴子咬緊無法合攏的牙根，緊抿嘴唇，將視線移往雪白的富士山。淚水湧了上來。因為太冷了，風太刺骨了。

母親真是太過分了。

「這樣的事，對那些人來說，沒有什麼大不了的喔。」

如果現在發出不滿的叫喊，八成會被說「那妳全部脫掉好了」，鈴子剎那間想像著，就算知道那是不可能的事。即使穿成這樣，刺骨的寒風吹來依然冷得打顫，況且此刻是在距離鎮上很遠的山路上，鈴子揣想著料想自己肯定無法放肆地反抗卻又感到慌張的母親。

「聽我說，小鈴。」

母親和鈴子並肩看著富士山，直視著前方說道：「母親啊……」

「已經受夠了。」

「……受夠什麼？」

「戰爭，和所有的一切……母親不想再經歷那種慘痛的事，當然也希望鈴子能無憂無慮地過日子。」

「但是，我們家不是還有存款嗎……」

「不只是錢的問題。」

母親按著被風吹亂的頭髮看著鈴子。

「小鈴，日本沒有、但美國有的，妳認為是什麼？女人沒有、但男人有的又是什麼，妳知道嗎？」

昨天母親到美容院去做頭髮，連臉上的汗毛也除得一乾二淨，或許因為這樣，今天的妝才比以前更加顯眼。口紅的顏色和平常不一樣，眉毛也修得很整齊，光從表情來看，已經一點都感受不到空襲的陰影。充滿回憶的重要的家被燒毀了，一整個晚上四處逃竄，途中甚至和千鶴子走散，筋疲力盡，只能獨自一人愣怔無力地看著一切。那個在鈴子眼中柔弱可憐、快要被壓垮的母親，現在對著鈴子擺出的，卻是一種半帶挑釁的神情。

正當母親要開口時，背後突然傳來車子的喇叭聲。大衛．葛雷中校打開車門看著兩人，母親露出笑臉向中校招手，迅速推著鈴子的背。

「是力量。小鈴，是力量。」

母親的手充滿了力氣，鈴子只能在半推半就下往前走。母親以開朗的語氣和大衛．葛雷中校說話，中校逐漸露出大大的笑容點了點頭，然後又為鈴子打開車門，彷彿這種事做幾次都不嫌麻煩。

「……Thank you.」

聲音含在嘴裡，勉強說了出口。中校一瞬間顯得很驚訝，接著浮現了溫柔的笑容，向鈴子眨了眨眼示意，鈴子也不由得回以笑容。一個大男人竟然這樣微笑，這是鈴子以前不曾看過的，那是在父親、哥哥們和宮下叔叔臉上從沒看過的笑臉。

他們當然不可能有這樣的笑容，因為一直在打仗，連在學校只要稍微露出牙齒都會被老師和來軍事訓練的教官打罵。

連笑都不被允許。

但敵方的中校，這麼偉大的人，竟然能以如此開朗的表情微笑。日本人餓著肚子、營養失調到幾乎要昏倒還得作戰，連鈴子這樣的孩子都得拿起竹槍，面對在本土決戰的困境，而美國人卻在戰爭一結束就把像山一樣多的吉普車和貨車帶到日本，丟糖果給孩子們，連鈴子的衣服都這麼容易就能買到？

力量。

已經受夠了。

母親剛才的話在鈴子胸口不斷反芻著。

過了十國峠不久後，就來到可以瞭望湖泊的地方，湖的對面就是聳立的富士山。大概不久之前才剛下過雪，四處殘留著白雪，行駛在殘雪中的蜿蜒小路，映著建築物的黑影，宛如水墨畫的世界。被陽光照射的殘雪因光線反射而炫目。母親告訴鈴子眼前的是蘆之湖，大衛・葛雷中校又取出相機把風景收進鏡頭，也幫母親和鈴子拍下了紀念照。

之後不知道行駛了多久，在上坡途中，看到了戴著寫有ＭＰ[18]字樣白色鋼盔的白人，鈴子沒想到這樣的深山裡竟然也有ＭＰ。車子駛進了ＭＰ看守的大門，眼前豎立著一幢如同城堡的龐大建築物。

「我們到了。」

---

18 ＭＰ：Military Police 的縮寫，指美國憲兵。

就在母親迅速從包包裡拿出隨身鏡子確認自己的妝時，鈴子已在大衛．葛雷中校的催促中先下了車，一股令人打顫的冷空氣迎了上來，她重新抬頭看著建物，吐出的氣息帶著白煙。鈴子從沒見過這麼巨大氣派的建築，而且這棟房子竟然能逃過空襲。

「真豪華呢。」

下了車的母親站在張嘴呆望著的鈴子身邊。

「這是什麼地方？」

「飯店，現在被GHQ接收了。」

「和熱海飯店一樣？」

母親看著鈴子的臉，用力地點頭。

「所以呢，普通的日本人已經不能進去了。」

但我們卻來到這裡，妳明白這是什麼意思了嗎？母親的眼神意有所指。鈴子移開視線，看著自己吐出的氣息成為白煙流竄著。

力量。

可以進去普通日本人無法進去的地方的權力。為什麼需要這樣的權力呢？為了獲得這股力量，所以必須和敵人交往，感覺未免太奇怪。母親的所作所為，和在小町園出賣自己的身體以獲取一些金錢、香菸和罐頭的姐姐們有什麼不同？如果有不同，是哪裡不同呢？鈴子很希望母親說個清楚，讓自己能明白，能接受。

「走了，進去吧。」

母親站在大衛．葛雷中校身邊露出淺淺的微笑。穿過鑲在厚重木框上的玻璃大門，溫暖的空氣撲上了面頰。天花板吊著幾顆發出耀眼光芒的燈炮，穿過那些光線，隱約可以看見天花板上描繪的畫作。地上鋪著的則是感覺會讓身體下沉的厚重絨毯，吸收了來來往往的大人的硬鞋底發出的腳步聲，取而代之的是音樂和人們柔和的笑聲。這裡宛如「另一個世界」。鈴子這次真的有被施了魔法的感覺。

6

漆黑的夜裡，車子行駛在顛簸的砂礫上。從剛才開始，照亮黑夜的兩盞前照燈光束中，開始飄下了白色的飛雪。鈴子望著宛如生物般撞向母親和大衛．葛雷中校面前的前車窗玻璃、往左右消逝的無數雪片，從剛才就不斷以手指撫摸著手中的一張風景明信片，那是要離開前，一位叫做艾瑪的少女送給鈴子的。

她竟然忘了這件事。

在看到這張風景明信片的瞬間，鈴子才想起自己竟把曾經那麼喜歡小悅和小譚寶的事忘得一乾二淨。在戰況變得激烈之前，她會將照片貼在房間裡，在母親的鏡台前忘我地模仿著她們。甚至拿鉛筆前端戳著自己的嘴邊，希望有像她們一樣的酒窩，或是用手指不斷捲著頭髮，希望有像小譚寶一樣的捲髮，更對那一頭金髮嚮往不已。

想要小譚寶穿的可愛洋裝，想要和她一樣的玩偶，想穿那樣的圍裙，想和小譚寶一樣從心愛的籃子裡用手拿食物出來吃，想知道那是什麼樣的滋味，央求父親和母親帶自己去看電影，或是看到雜誌上的照片就想要——那是什麼時候的事了？

當時鈴子當然不曾想過小譚寶是美國人這回事。

中校和母親依然以鈴子聽不懂的語言交談著。母親有時發出淺淺的笑聲，那是鈴子不曾聽過的聲音，每次聽到那樣的笑聲，坐在後座的鈴子便不禁皺起鼻頭，臉也蹙成一團。母親的笑聲讓人不由得產生這樣的反應。反正車子裡黑漆漆的，完全不必擔心被誰瞧見。

車子的後車廂塞滿了伴手禮。餅乾和巧克力等甜點、看起來很溫暖的襪子、沒看過的觸感柔和的帽子配上顏色很美的雨傘、淡桃色花紋的梳子配上隨身小手鏡，全都是要給鈴子的禮物，是進駐軍和他們的家人送的。

「這些禮物都是為了紀念大家今天和鈴子成為朋友喔。」

母親微笑說著「太好了」，每收到一份禮物就催促鈴子道謝。鈴子只是反覆地說「thank you」，對那些有著褐髮、金髮或紅髮，以灰色或藍色眼瞳望著鈴子的大人和小孩們低頭道謝。

「小鈴不懂英文真是太可惜了，妳知道大家看著妳說了些什麼嗎？」

母親一副惡作劇的表情這麼說，然後在搖著頭的鈴子耳邊說：「這個女孩真是太可愛了！」隨即咯咯地竊笑。

「美國人很主動，即使語言不通也會不斷攀談，甚至約鈴子一起玩呢！所以小鈴不要覺得害羞。」

事實上，母親還沒說完這句話，那些遠遠看著鈴子的孩子們就全都來到她面前說「hi」了。在母親的催促下，鈴子只好穿過大人之間，跟著那群孩子離開。

那群孩子裡有比鈴子還小的兒童，也有年長的孩子，有男孩也有女孩。他們輪流來到鈴子面前，以手勢和肢體語言要鈴子記得自己的名字，而且也想知道鈴子的名字。鈴子按照大衛・葛雷中校叫她的發音，說自己的名字是「Bell」，今年十四歲。孩子們跟著輪流自我介紹，安、吉姆、艾瑪、連恩、安德烈、漢娜、伊莉莎白，他們一再仔細唸著自己的名字，直到鈴子記住為止。接在名字之後的應該是年齡吧？但這鈴子就搞不清楚了，只有那個叫艾瑪的女生說「fourteen years old, too」時不斷指著自己和鈴子，鈴子才理解原來這個女生和自己一樣十四歲。

他們占據著飯店廣闊大廳的一角，輪流站起來，混進大人之間，拿著盛滿食物的盤子和甜甜的飲料回來給鈴子。尤其男孩們輕柔的動作，更讓鈴子暗暗吃驚。《少女俱樂部》裡寫的好像是真的，大衛．葛雷中校並不是特例，原來美國男孩從小就這麼溫柔地對待女孩。

鈴子和他們一起走到寬廣大廳的中間，看著那裡的大桌子上擺滿各式各樣的豐盛菜餚，在他們的推薦下品嚐那些一口大小的料理，並模仿他們使用刀叉。對鈴子來說，這全都是第一次的體驗，初次嚐到的滋味。坦白說，她無法判斷食物好吃或不好吃，不過各種食物的口感、嚼勁，甚至是味道與香氣，都是這麼地罕見。

「啊，已經交到朋友了啊？當小孩子真好！」

時而有日本女人走近向鈴子搭話。除了母親以外，今天的聚會上還有幾位日本人，大多是女人，每個人都打扮得很時髦，完全嗅不到戰爭的氣息，其中還有人穿著正式的和服。本以為母親今天已經裝扮得夠時髦了，但和那些穿和服的人相比，反而顯得太樸素。

或許因為沒有其他的日本小孩，感覺這些日本女人比美國人還要興致盎然地看著鈴子。每個人都想找適合的時機來和鈴子說話，而且一定會問到母親的事。母親是哪個人的朋友？母親從事什麼樣的工作？妳們住在哪裡？除了回答家住熱海之外，其他問題鈴子一概回答「不知道」。並不是母親這樣指示，而是鈴子直覺這麼回答比較安全。

「不好意思，請問妳父親呢？」

「已經過世了。」

對方聞言表情不變，變得莫名親切，說起今天聚在這裡的美國人都是進駐軍中位階特別高的人，能和這些人有親近交談的機會，深感榮幸之類。

「這些都是今後會幫助日本重建的有力人士啊！在場的人，大家都希望日本人能卸下心防、希望和日本人交好。」

與其聽這些說教般的內容，還不如和語言不通的孩子們在一起比較輕鬆自在。鈴子慢慢吃著淋上如蜜糖般醬汁的肉、不知是蔬菜還是水果的東西，還有巧克力口味的蛋糕，視線偶爾窺視著夾在一堆大人當中的母親。每次看到母親，她的身邊總是緊跟著大衛．葛雷中校。

現在回想起來，因為領土被接收了，所以這樣的情況或許是理所當然的，但令人驚訝的是，在這間飯店裡工作的全都是日本人。當鈴子想找洗手間而詢問工作人員時，他們總是以疑惑的眼光盯著鈴子，甚至頻頻上下打量她全身，眼神裡似乎說著「為什麼」、「明明是日本人的小孩」。

「Bell！」

夾在混雜的人群當中獨自發呆時，馬上就會有小朋友來找鈴子。就這樣，都是對方主動來交談，拿英文書給鈴子看，或是帶鈴子到其他房間放唱片給她聽。雖然不知道歌詞寫些什麼，卻是非常甜美溫柔、無法言喻的美妙男音，也有讓人聽著聽著不由得想搖晃身體的愉悅音樂，唱片一張接著一張播放。

盡是些罕見的東西，不可思議又有趣的事。然而隨著時光的流逝，鈴子內心慢慢醞釀出坐立難安、時而悲傷時而憂愁的情緒，那許久未曾出現的無趣的心情。

太無趣了。

這些人為什麼可以過得這麼舒適？每個人似乎都很幸福、富裕又美麗，沒有半個人餓著肚子。大家究竟為什麼都這麼親切呢？明明不久前還想把日本人趕盡殺絕。因為你們這些人，害我過得那麼悲慘，現在竟然能不當一回事，鈴子真想問個清楚。

電影裡的小譚寶也有許多悲慘的遭遇。父親和母親都不在了，儘管有壞心的人出現，但總是有心地好的大人在一旁幫助小譚寶，最後小譚寶一定會過著幸福快樂的日子，可怕的事和擔心的事都會煙消雲散。美國人很喜歡小孩，一定會幫助弱小，最後大家肯定都能以笑容收尾。只要看了小譚寶的電影，就會相信美國人都是這樣吧。

但是鈴子早就發現了。

那根本都是騙人的。

美國人其實很恐怖，向和自己無關的人投下核彈時，連眉頭都不會皺一下。光那一顆炸彈，究竟害死了多少人？科學比日本進步那麼多的國家一定不會不知道後果。什麼壞事都沒做的老百姓竟然得遭受輻射之苦，那不是一般的受傷或是燒傷，之後好像會痛苦一輩子。學校裡的老師說，廣島和長崎在未來的幾十年內，連一根草、一棵樹都無法生長。

換句話說，美國人對自己投下的原子彈會造成什麼後果根本毫無興趣，不在乎像鈴子一樣過著普通生活的日本人是死是生，不在乎他們會被迫面對什麼樣的絕境。如果不是這樣，怎麼可能一進駐就在小町園前面大排長龍，或是犯下連報紙都無法報導的罪行。雖然外表不同，但日本也有許多和小譚寶一樣年紀的小孩啊。

總之，今天總算讓鈴子深深察覺到這些令人厭惡的事。

隨著車子在夜晚的雪花飄散中前進，鈴子就像從夢裡醒來，身體裡感到無趣的情緒愈來愈膨脹，讓她完全無法控制。別的不說，想到今後等在前方的現實，就讓人不得不感到更加心寒。每天只有味道很淡的味噌湯、竹筴魚乾和醃梅子能吃，沒有烤得香脆的麵包，只能吃混著地瓜或雜穀的稀粥度日——光是這樣就值得感謝的現實。今天遇到的那些孩子們明白這樣的生活嗎？

不光是吃的，還包括穿的、用的，不論什麼都是天壤之別。即使是區區一張唱片，也和幾年來只能不斷唱著軍歌的鈴子他們不一樣，那些孩子一直以來聽的就是那麼輕快動人的歡樂樂曲或柔和優美的歌聲吧？和光是聽到最近流行的「蘋果之歌」就能舒緩疲憊的表情、仰望天空感受戰爭真的結束了的日本人，實在相距太遠。

「小鈴，妳醒著嗎？」

坐在副駕駛座的母親突然微微轉過頭來。

「今天真是一場盛宴呢，妳累了吧？」

「……好累。」

「但是，很快樂吧？」

「……嗯。」

「太好了！等一下記得向中校道謝喔！他原本希望我們在那裡待到聖誕節的。」

「待到聖誕節？」

但是因為母親還有工作所以沒辦法留下來，鈴子聽到母親喃喃自語。什麼嘛，是母親自己想要留下來吧！當然鈴子如果聽到要過夜，應該也會開心地點頭，但她今天從夢裡醒來了，不在那裡過夜才是正確的。如果真的住了一晚，最後或許再也回不去之前的生活了，她說不定會變得很羨慕美國人的生活，不論怎麼樣都討厭貧窮的日子、不論怎麼樣都要學他們吧！

就算鈴子有任何一件事能和他們一樣，她也明白自己絕對不可能和美國人的孩子相同，因為她的臉上再也不可能出現像今天見到的孩子們那般純白無瑕的笑容。鈴子的所見所聞和那些孩子們實在太不相同，經歷的事實在太過悲慘。在無法保證明天是不是能安全活下去的每一天裡，腦袋和心都被掏空了，每天只能跟著母親四處避難逃竄的日子，並非遙遠的夢境，而是幾個月確實存在的真實。這樣的日子美國的孩子完全無法想像吧？不但失去了家和家人，還只能天天咬緊牙關挨餓忍耐，最後戰爭卻輸了，迎面而來的是因為新的危險而不得不打扮成男孩的日子。

母親說她受夠了，再也不想嚐到這麼悲慘的遭遇，所以她才需要「力量」。不只是母親，今天在場的所有日本人肯定也有相同的感覺，他們每個人都恨不得明天就變成美國人吧？那表情顯然已經忘了戰爭，彷彿一開始就是美國人的朋友。

這樣真的好嗎？母親真的這麼希望嗎？

鈴子心想前座怎麼這麼安靜，原來在黑暗中前進的車子副駕駛座上，母親的頭開始左右搖晃，眼看著就要倒向駕駛座的中校那邊。鈴子突然想起那個初夏的日子。不論怎麼逃，轟炸依然緊追著不放，她們被炸得四處逃竄，在東京各地徘徊，最後終於和宮下叔叔再會——她想起了母親那時的模樣。當時奔向宮下叔叔的母親，彷彿就要倒向叔叔的懷裡。那一天不過是半年前的事。

她接著想起了光子姐以前說過的話——母親是個依靠男人才能活下去的人，所以鈴子要「注意」。事到如今，只能說光子姐真是了解母親，原來母親是這樣的人，只能這麼活下去的人。

在腦袋東想西想停不下來時，身體深處湧起了扭曲的不愉快感受。這是理所當然的不是嗎？對鈴子來說，母親是父親的妻子、他們的母親，不守自身分際的話，當然讓人困擾。父親知道了肯定會生氣，化成英靈的肇哥一定會驚訝到下巴掉下來，還有，匡哥到底哪一天才會回來呢？

至今沒有收到戰死的通知，因此他絕對還活著。怎麼不趕快回來呢？快回來重建二宮家吧！這樣一來，母親應該也會變回以前的二宮津多惠，不需要奢侈的東西，只要家人能一起生活就夠了……。

「小鈴，小鈴！」

被搖醒時，車子已經抵達熱海，大衛．葛雷中校正迅速地將塞滿後車廂的行李卸下。行李全搬到玄關後，他又將嘴唇貼在母親的臉頰上，然後叫了還沒完全清醒的鈴子一聲「Bell」，回過神來，鈴子已經被抱個滿懷。像牆一樣厚實壯碩的身軀突然壓了過來，鈴子不由得「嗚」地叫出聲。

「Good night, Bell.」

中校彷彿從腹部深處發出聲音。

「真是的，小鈴。」

當偌大的車影漸漸遠去，母親低聲道：

「我不是跟妳說過要好好道謝嗎？」

正想要回嘴的鈴子猛然望向身旁的母親，當下大吃一驚，腦袋終於完全醒來——母親的眼眸裡散發著冷豔的光芒，就算在夜裡也能看得一清二楚，宛如不認識的女人。

「下次見面時如果不能好好回禮的話，母親會覺得很沒面子喔。」

「……不會有下次了。」

嘴裡吐出的氣息化成白煙飄散，正打算轉身的母親詫異地回過頭，鈴子刻意瞥了母親一眼，隨即移開視線。

「母親愛怎麼樣就怎麼樣吧。」
「小鈴，到底怎麼回事……」
「但是鈴子不會再見他了。」
「……等等，妳在說什麼？」
「母親其實也覺得鈴子不在比較好吧？所以……」
隨妳便吧，不用管我。最後這句話梗在喉嚨說不出來，鈴子慌張地吞了吞口水，吐了一口氣，直盯著母親。
「鈴子已經不再是小孩了，一點都不介意。母親愛怎麼樣就怎麼樣吧。」
在山路降下的雪似乎沒有下在這附近，取而代之的是夜晚冷冽的空氣鑽入短髮縫隙間的寒夜。

7

太狡猾了。
太狡猾了。
鈴子宛如荒漠的空洞內心不斷響著的詞，此刻突然急遽擴大。
大人真是太狡猾了。所謂的人類。
太無趣了，所有的一切。
不論是誰，不管在哪裡。
宛如落下的燒夷彈讓城市著火，四處竄起的火焰瞬間連成一片，互相吞噬、蔓延開來，接著發出轟轟的詭異爆裂聲，熱風和火苗開始形成漩渦時的感覺。鈴子感到自己內心束手無策的漩渦捲成一團紅黑交纏的物體，不同於刺痛和火燒的痛苦在體內蠢動著，揪著她的心。

什麼嘛。

母親為什麼要這麼做。

管他什麼大衛．葛雷中校，為什麼能平心靜氣地和那樣的人交往？比起來，宮下叔叔還好一點，雖然聲音很奇怪、粗線條、舉止粗魯讓人討厭，但至少還能溝通，至少不會叫鈴子「Bell」，會好好地叫她「小鈴」，何況她也知道叔叔其實是關心自己的。

況且宮下叔叔雖然不討喜，至少還是父親的好友，大衛．葛雷中校卻是不久前被當做「鬼畜」的敵人啊！和那種人那麼親近，被親了還有說有笑，根本不可理喻。

太骯髒了。

就算「為了生存不得不犧牲」，這也太過頭了。而且還在女兒面前親熱，簡直讓人目瞪口呆，人格根本有問題——就算大衛．葛雷中校確實比宮下叔叔高大、強壯又溫柔。

腦海某處的確覺得「情有可原」、「沒辦法」，母親所說的選擇有「力量」的一方，鈴子確實也懂。再怎麼說，她們長期忍受飢餓、身家財產全都失去了，還一直處於緊繃的狀態，不斷被要求對任何事都得忍耐，那實在太悲慘、太讓人筋疲力竭了。母親說的「受夠了」，和鈴子的感受確實有所重疊，鈴子也一樣「受夠了」。在這種狀況下，有個不動如山、強壯有力又溫柔的人出現，會安心地想靠過去也是理所當然的。

但是，即使腦袋真的這麼認為，心理上卻無法順理成章地接受。況且為什麼非得是敵國的將校呢？真想對母親說，難道妳連身為日本人的自尊都丟掉了嗎？另一方面，鈴子的舌頭、鼻子還有胃，都無法忘懷在箱根飯店品嚐的一切。如果現在再被邀請，自己都沒有信心能拒絕，光是想起當時的一切，嘴裡就會自動分泌出唾液。

不只是當天的佳餚，那一天從早到晚宛如仙杜瑞拉的故事成真。從眼睛張開的那一刻起，映入眼裡的是全新的洋裝，來迎接的是豪華氣派的房車，在山路上不斷超越慢吞吞的行人，還有那棟竟然還存在於日本、像宮殿般豪華的飯店。寬敞的大廳在閃爍的燈光下，擺滿了至今聞都沒聞過的誘人料理，不論是麵包、肉或各式料理的味道和口感，甜點和果汁的滋味，都令人難以忘懷。那是好幾年來終於能開口說出「好飽啊！」的幸福時刻，有和小譚寶相同國籍、帶著笑容的孩子們主動來搭話，甚至還有撼動心靈的音樂。

真想再經歷一次那樣的體驗。鈴子只要稍微放空，馬上就會湧起這樣的心情。但是，卻得因為這樣接受母親和大衛．葛雷中校的關係，這是非國民才做得出來的事——不，非國民這個詞，已經不必再使用了。即使如此，這根本是自甘墮落，鈴子愈想愈感到腦袋、內心和身體快要分裂了。

從那一天開始，鈴子幾乎不再和母親交談，母親也似乎改變了態度，不再討好鈴子，每天就像什麼都沒發生過那般，若無其事地過日子。就這樣，來到了年末工作要告一段落的時刻，母親外出後，鈴子在暖桌上發現了一封「給小鈴」的信，還有一本薄薄的冊子，上頭寫著「日美會話手冊」。

小鈴：

小鈴已經會看字母，應該要開始認真學英文了。即使膚色和眼睛的顏色不同，但同樣身為人，要是語言相通，心靈就能相通。只要小鈴隨身帶著這本書，遇到美國的小孩，應該當場就能簡單地交談，然後可以慢慢地相互理解。
艱苦漫長的一年終於要結束了。有很多悲傷的事和恐怖的事，但小鈴和母親活了下來，這件事得感謝父親、光子、肇、千鶴子，還有神佛的保佑。相信明年匡會平安回來，小鈴也要一起祈求喔。
母親不論何時都是以小鈴的幸福為優先考量，真心希望未來的一年對小鈴來說會是很棒的一年。

讀著母親熟悉而柔順的字跡所寫下的信，鈴子的體內湧起一股苦澀，甚至感到嘴裡真的嚐到了苦味。
為什麼說優先考量的是鈴子的幸福呢？難道和大衛．葛雷中校交往其實是為了鈴子嗎？她根本沒有要求母親這麼做啊！在ＲＡＡ工作也是，何況母親還擅自認定千鶴子已經死了。別的不說，如果現在匡哥回來了，她們該做何打算呢？母親能把現在過著什麼樣的日子全部對匡哥坦白嗎？哥哥聽了又會有什麼反應呢？總不可能笑著說「昨天的敵人是今天的朋友」吧？
鈴子把放在一旁的書拿起來翻閱，首先出現的標題是「日常會話」。

1. 謝謝。 Arigato.
Thank you! 三Ｑ。

但母親教的是「登Ｑ」，哪一個才正確呢？

2. 非常感謝。Taihen Arigato.
Thank you, awfully. 三Q奧弗利。

接著還有「午安」、「早安」、「晚安」等招呼語，但為什麼最先出現的是道謝呢？鈴子依然感到嘴裡一片苦澀，邊像以舌頭舔舐那抹苦澀般，邊盯著四種不同的標示。

為什麼非得道謝呢？因為對方願意收買貧困的日本女人？因為他們會丟巧克力和口香糖給年幼的孩童？因為替可憐的寡婦和不得不裝扮成男孩的少女找來了全新的衣物和配件？

在做這些事之前，是不是應該先說點別的呢？他們有必須先說的話吧？對不起。奪走了你們的家，奪走了你們的家人。在不是戰地也非戰場、只是一般人生活的土地上投下了大量的炸彈，更投下了核彈。

日本人也一樣狡猾。

明明之前被欺負到那種地步，不可能這麼簡單就忘了吧？為什麼現在要巴結以前稱為「鬼畜」的人、甚至對他們堆滿笑臉？為什麼要先說「謝謝」？明明已經夠悲慘了，還得把女人推出去當「防波堤」。

太狡猾了。

結果大家都在說謊。

戰爭結束了，卻沒有一件好事。所有的一切都讓人感到灰暗、汙穢、憤怒。

昭和二十年十二月三十一日，星期一。

當晚餐結束、床也鋪好之後，鈴子她們因為寄宿處老闆娘的邀請而聚集在她家的起居室，和其他寄住在旅館的家庭一起過年，聽說十點二十分開始，收音機將播放「紅白音樂大賽」特別節目。等到過了午夜，換了新的一年，接著則會傳來收音機直播的除夕鐘響。已經不必擔心空襲了，到這麼晚還醒著，是自天皇廣播以來的第一次。但說實話，鈴子根本不想聽廣播，可以的話只想獨處，但如果說出口，母親肯定又會覺得她在「鬧彆扭」，而且馬上就要分別的望都也說：「難得的過年，就接受邀請吧。」鈴子沒辦法，只好答應了。

「哎呀呀，來來來，請到暖桌前坐。」

一進到主屋，老闆娘便像往常般露出暴牙，滿臉笑容地把鈴子她們帶到起居室。她之前原本一直給人和善又好親近的印象，最近卻因為時常收到母親送的罐頭和乳酪等，不自覺變成帶著挖苦的做作笑容。像今天這樣和母親一起露臉時，母親總會帶著美國的餅乾「請大家一起吃」，因此老闆娘才對鈴子她們特別親切。

「這也是因為緣分不是嗎？大家才能在同一個屋簷下一起迎接新的時代啊，真的是很有福氣呢！」

老闆娘一邊把親戚寄來的蜜柑分給在座的每個人，一邊叫大家「別客氣」，自己找坐墊坐下。她確認了火爐裡炭火的狀況，用放在火爐上方煮沸的水壺裡的熱水替大家沖了淡茶。其實別的家庭還有更小的孩子，因為先讓小孩入睡了，結果只剩下鈴子一個孩子混在大人之間，也因此老闆娘無意將母親帶來的餅乾打開。

「終於要迎接新年了。」

「真的啊，能活到今天真的很幸運。」

雖然不知道在座每個人的經歷和身世，但逃過了那場戰火浩劫而來到熱海、在這間旅館寄宿的大家，在溫泉的洗滌下，漸漸褪去了一年來累積的塵垢疲勞，露出了劫後餘生的笑容，到了十點便開始認真地聽著收音機。

「各位聽眾大家晚安。本節目是由日本廣播協會於東京麴町的東京廣播會館第一錄音室，為日本全國聽眾所做的現場直播節目。」

這個節目由女性組成紅隊、男性組成白隊，分成兩個隊伍，輪流獻唱及演奏音樂。主持人由紅隊的水江瀧子和白隊的古川綠波擔任。

「迪克．米內會出場嗎？」

老闆娘和兩個年輕的媳婦在起居室和茶水間忙進忙出，現身時隨興插進大家的談話。周圍瀰漫著鰹魚和昆布湯底味，加上醬油香。啊，這就是和平的滋味，鈴子在沒有小孩的起居室裡，一個人偷偷嗅著這股空氣。和在那間飯店裡聞到的味道完全不同，這是她從小就習慣的生活況味。

「迪克．米內是唱『漂泊三豪俠』的那位吧？」

「我想聽他唱『Dinah』。」

聽著大人們的對話，鈴子也開始回顧這一年。記得才剛說完即使對小事也要懷著祝福的心，從元旦起東京上空就出現了B29，開始了躲避空襲的一年。年糕的配給完全不夠，那是個寂寥落寞的正月。即使如此，去年的現在還可以在本所的家度過，雖然只剩下自己、母親和千鶴子三人，但卻能在充滿家族回憶的老房子迎接新的一年。那真的是讓人感慨萬千的一年啊。

「那個人已經不用再叫三根耕一了吧？」

男人們看到老闆娘端出酒，眼睛都亮了，相互交談應和，一邊開始小酌，表情也漸漸放鬆了。

「淡谷紀子[19]後來怎麼樣了？」
「聽說加入慰問團到各地，倒沒聽說死掉了。」
「不知道今晚會不會出現啊！會唱那首『別離的布魯斯』吧？」
「聽說那個人啊，不論何時都要把妝化得美美的，我看她絕對不肯穿農夫褲吧。」
女人們這時忙著縫補東西和編織，其中一人偶爾偷瞄著母親和望都，只有母親和望都兩人不必在夜晚工作，兩個人的手卻閒不下來，不時抽著菸。
「現在肯定高興得不得了吧。」
女人牽起嘴角，一副諷刺的表情喃喃說道。其中一個男人突然開口對母親說：「是吧？」
「已經無所謂了吧，妳說是嗎？」
「……您指的是？」
「迪克．米內的名字和『別離的布魯斯』，應該不算是敵國語了吧？」
母親剎那間不知如何回應，和望都對看了一眼，瞇著眼角回覆對方：
「那應該是……沒問題吧。」
其他低著頭忙著手上雜活的女人們也一齊抬頭，帶著些許遲疑又無法隱藏的好奇，直盯著母親和望都瞧。從那些女人的眼角可以看出，她們不光只是帶著純粹的好奇。
果然。
鈴子內心深處有一種被攪亂的複雜情緒，不由得低下頭，視線落在自己手上。
果然大家都以異樣的眼光看待她們。從其他女人的角度來看，母親和望都顯然和大家是不同世界的人，這一點完全無法否認，畢竟從服裝上就可以判別。其他人的衣著和戰爭期間沒有多大不同，依然是農夫褲和看起來老舊的和服，只有母親她們穿著裙子和針織衫、燙了頭髮甚至搽了口紅，而且手上沒有做任何針線活，只是專心聽著收音機，手指還夾著菸吞雲吐霧。其他女人們沒有半點羡慕的神色，只是一臉狐疑，帶著刺探以及些許嘲諷的感覺，鈴子感到自己的雙頰轉紅，甚至痛了起來。

「啊，問妳們肯定是最正確的吧！畢竟妳們在跟進駐軍相關的地方工作啊。」

披著厚重的外袍、蜷曲著背、手伸向火爐前取暖，約五十來歲的男人開口道：「可以分一根嗎？」邊指著母親的菸，向她露出討好的表情。母親笑容可掬地說：「請。」向他伸出美國製的菸。

「這是什麼菸呢？」

「Lucky Strike」

「是什麼意思？」

被這麼一問，母親再次和望都對看，然後嘴裡吐出「幸運的……」，拿了菸的叔叔接過母親遞出的菸盒，交錯看著母親和菸盒上的圖案。

「幸運的……怎麼說明呢？Strike，就是棒球裡的好球，您知道吧？」

男人一副似懂非懂的表情，即使如此，還是模仿著相撲力士揮手刀的姿勢，開心地取出一根菸，接著恭恭敬敬地點菸抽，全身跟著放鬆，慢慢吐著煙。

「原來這就是美國的味道啊！」

19 淡谷紀子（1907-1999）：日本香頌的先驅，有一系列以「布魯斯」為名的歌曲。

有什麼好開心的？鈴子看到這一幕，不由得升起怒火。不會連菸的味道都這麼不同吧？美國的菸真的比日本菸好上那麼多倍嗎？連這種地方日本也遠遠落後於美國嗎？

「是這樣的，聽說您工作的地方，現在景氣非常好是吧？」

誇張地吐出第二口煙後，男人邊眨著眼，再次望向母親她們。「怎麼說呢？」母親依然不改滿面笑容的曖昧表情，取而代之的是望都的回答：「有這樣的流言啊？」她故意擺出燦爛的笑容回應。從鈴子的角度可以看到望都受傷的臉，但男人的角度應該是看不到的，他擺出了一副不好意思的內疚表情，鈴子一面觀察著男人，暗自佩服望都使用「武器」的方式。美人光是擺出這種笑容就已經有足夠的殺傷力了。

「對啊，我也是聽說的。不過真不可思議，明明不久前還是敵人的美國人，現在竟然有公司想要好好款待他們。」

「哎，這也是沒辦法的事啊。誰叫我們輸了，而且是無條件投降啊。」

男人們微傾著手上的酒杯，帶著卑屈的表情似笑非笑，歪著嘴角、弓著背，這讓鈴子內心又產生了一股騷動。你們出一張嘴說什麼「無條件投降」，現在還能這樣坐在暖桌前取暖，那對如今仍必須以「挺身隊」的身分繼續工作的女人，你們是怎麼想的？鈴子真想當場質問。想必她們今天——甚至除夕夜的此時此刻——依然得接客吧。

「冒昧請教，您是如何獲得現在這樣的職務呢？」

另外一位喝得滿臉通紅的男人，對著母親詢問道。

「也介紹一份給我吧！現在的時局，怎麼也找不到一個像樣的工作啊！」

母親勉強維持笑臉，歪著頭回答：「這我實在也不好說啊。」鈴子聽到這番回應，又往不好的方向聯想了。何不乾脆回答，要先看你有沒有本事當對方的情婦啊！但是，我已經把那個人丟在大森海岸了，現在服務的可是進駐軍的將校，你這蠢貨還不夠格呢！

「那個大湯……之後要做陪酒酒吧的地方，也和您工作的公司有關吧？冒昧請問，您在公司究竟做些什麼呢？」

母親和望都又暗暗地交換了眼神。

「我雖然還稱不上是口譯，但學生時代學了一些英文，這位則是因為會記帳，所以負責會計事務。」

詢問的人聽到這裡，發出了「噢」的一聲。

「原來如此啊，英文加上算盤！太太們原來是讀書人啊！」

「真有膽識，可說是女中豪傑啊！竟然能正大光明地和美國人對等交談。」

男人們刻意用爽朗的笑聲回應，在座的其他女人也應和著，擺出一副曖昧的表情，望都伸直了背深吸一口氣道：

「怎麼說我們都是戰爭的遺孀嘛！今後的時代女人只能靠自己活下去，根本沒有閒暇顧慮太多，只能大膽去做。當然我們也是吃了不少苦頭啊，美國人不愛農夫褲，不論服裝打扮什麼都得注意，不然會被看低。都已經戰敗了，如果再被人看扁，那就是日本人之恥了。」

這時收音機傳來霧島昇的歌曲「誰不想故鄉」，鈴子聽了不由得叫出聲。

「小鈴？」

母親訝異地看著鈴子。

「這首歌……」

鈴子聽著歌喃喃地說：

「這是肇哥喜愛的歌。」

母親也一副恍然大悟的表情。大哥也喜歡這個歌手唱的「從一杯咖啡開始」，時常哼個不停，興致好時甚至會在家沖起咖啡。咖啡香滿溢室內，那時的鈴子總是央求肇哥，想要分一口咖啡喝，然後哥哥會看著鈴子皺起一張臉喊苦，愉快地笑道：「我就說吧！」

肇哥……

我們家的明星。如果大哥還活著，這個家肯定不會是現在的樣子。即使父親已經走了，母親也不會變成這樣吧。

啊，好想回本所的家。好想見到大家，好想回到過去。

「小鈴？」

當她站起身時，背後再度傳來母親的聲音。

「我去洗手間。」

丟下這句話後，鈴子踏進充斥著冷空氣的走廊，把自眼眶滑落的淚水吞進喉嚨，埋入感慨萬千的內心深處。

漫長的昭和二十年終於過去了。

第五章　母親

1

鈴子決定不去上學了。

寒假結束、迎接開學典禮的早晨，她像平常一樣出門，拖著沉重的腳步走在陡峭的上坡道，來到國民學校大門前，不知為何，心裡倏然湧現「無所謂了」的念頭。雖然也沒有什麼特別的想法，但就是無法跨進校門，於是逕自往一旁的小路彎去。雖然心跳加速，但她還是順從了內心的聲音，「根本無所謂了」。

即使過了一個新的年，也不會有什麼重要的課程，肯定和去年一樣，不是幫忙照顧低年級學生、做些體操和運動，就是裁縫和唱歌，抑或讀著大半內容被墨水塗黑的教科書所剩無幾的部分，盡是些索然無味的事。她也沒有特別要好的朋友，有趣的事一件都找不到。

國民學校距熱海車站很近，就在視野遼闊的丘陵頂端。走路前往學校的學生當中，有人穿著過年新買的制服和一看就知道是新的毛衣，腳下還踩著發亮的白色運動鞋，但也有一些人揹著幼兒、穿著半纏棉襖、掛著花布包，在這麼寒冷的時節，腳下踏的卻是木屐，慢吞吞地走著。雖然鼻下淌著兩條鼻水，臉上卻依然帶著笑容，看到這樣的低年級學生，鈴子心裡莫名湧起一股怒氣。笑什麼笑啊！她甚至想上前一問究竟。

擦身而過的幾個孩子以一副不可思議的表情看著鈴子，鈴子不以為然地望向一旁，逆向穿過孩童人潮，沿著圍牆旁的道路走。挾著學校、和車站相反的一側在戰前是棟龐大的陸軍醫院建築，現在則是大門緊閉，掛著「禁止進入」的牌子。沿著建物旁的碎石階往下走，茂盛的庭院草木的另一側，可以瞭望整個熱海的海面。站在丘陵上，遠方的阿宮之松和打在海灘的白色碎浪顯得十分渺小。

深吸一口氣，甚至讓胸口感到疼痛的冷冽寒風，使鈴子眼裡自然湧出淚珠，隨風飛散而去。眼下寬闊的冬日海洋在早晨陽光的照射下，宛如撒了金粉，波光粼粼，熠熠生輝。

真想坐著小船，任它漂流在那片海洋，隨便到哪裡都好。

望都再過兩個星期就要搬到新的陪酒酒吧宿舍去了。既然如此，鈴子也想離開。

「要和小鈴妳們分開真是寂寞。但為了工作，這也是沒辦法的事。雖然搬家了，還是在附近，隨時都可以見面喔。」

幾天前望都這麼說。總是在乎鈴子、像親人一樣關照鈴子的望都，打從內心對她說：「有什麼事都可以來找我喔！」鈴子雖然明白望都的真心，但不知為何自己當時只能冷淡地回應。明明是搬到大森海岸之後，像家人一樣一起生活的人，鈴子心裡卻覺得什麼都無所謂了，要走就走吧。

她已經徹底明白，要走的人留也留不住，即使再怎麼懇求、拜託、哭著叫對方不要離開。反正生離和死別根本沒兩樣，從自己眼前消失的人，就等於是死了。

這個元旦，天皇坦言自己「並非現世神」。到去年為止、也就是戰爭打敗之前，明明被當成神，現在卻變成人，也就是失去了神力吧？還是巨人般的麥克阿瑟元帥下令讓他成為人的？

而且年初三GHQ立即發表聲明，要將之前領導日本的人全部放逐，讓日本再也無法拿武器對準美國，還要把贊成且推動這場戰爭的人全都驅逐，人數甚至可能高達好幾萬人。只要把這些人都趕出去，日本就能變成和平的國家。

感覺一切都在改變。這真的是好事嗎？真的是值得高興的事嗎？她總覺得很詭異。因為日本輸了戰爭，輸了卻「會變好」，所以應該要高興，但這根本說不通。

這天上午鈴子只是眺望著海洋，在沒走過的小路上四處遊盪、消磨時間，等到放學時再若無其事地回到住處。在玄關處喊著「我回來了」，裡面就會傳來老闆娘的回應「妳回來了」，就像平常一樣。到了晚上，下班回來的母親也沒有發現任何異狀，沒什麼大事地度過平穩的一天。

隔天和再隔天依然相同。鈴子早上帶著便當，如往常那樣說道「我出門了」，便走出住處。但在往學校的路上，她往往走到一半就隨意往路邊的小路彎進去。甚至沒有細想今天要彎進哪一條小路，或往哪個方向去，只是隨興地閒晃，在熱海的街上度過無所事事的一天。

陸軍醫院再過去，面海的地方是GHQ接收後的熱海飯店和樋口旅館等建物。這附近同樣是熱海，但氣氛和鈴子住處附近或是栽種阿宮之松的海岸一帶南轅北轍。幾近垂直的陡峭石崖近在眼前，毗鄰的低谷很深，幾乎沒有過往的行人。在蜿蜒的巷弄裡偷窺，眼前就是戴著MP白色鋼盔的白人，這裡顯然不是可以任意閒晃的地方，鈴子只好往溫泉旅館林立的繁華鬧區走去。

「一月二十五日開幕！大家的樂園，陪酒酒吧『新熱海』，工作人員召募中！舞孃、陪酒員、女侍、櫃台、酒保、廚師」

以前來探查狀況時，還有工人進進出出的，現在似乎已經完工，曾經是「大湯」的建物牆上貼著準備開店的偌大告示。一家店開幕需要這麼多的人手啊？鈴子只是呆呆地望著告示，沒有一處看得到RAA的字樣，如果連廚師都要徵，看來和小町園那種慰安所不同吧，但這裡還是需要和GI跳舞的舞孃，所以可能還是很類似。總之，日本女人和美國男人。不管去到哪裡做的盡是相同的事。

以前母親告誡過鈴子絕不能去糸川的另一邊，但她最近卻都毫不猶豫地渡過小橋走到對岸。那一帶不但巷弄狹窄，店面侷促的小店家緊鄰，四處還可以看到寫有「酒」、「小吃」的紅燈籠。原本以為白天日頭正高時應該閒散無人，沒想到上午就不知從哪裡傳來了音樂聲，時而夾雜著女人健朗的笑聲。一眼便看到大白天就喝醉的男女挨著肩踉蹌地走著，而以為沒有人的地方，走近了才發現有女人蹲在路邊抽菸。

「等等啊，這位小哥！」

在不知第幾次踏入這裡時，後面突然有人叫住鈴子。一回頭，燙著一頭捲髮的女人驚訝地睜大眼說：「哎啊！不行吶！」火紅的嘴唇張得大大的，咯咯地笑了起來。

「這可不行啊！再怎麼看，你想要尋樂子也太早了吧！」

鈴子不知道該怎麼回答，只是呆佇在原地，接著不知從哪裡冒出了別的女人，說著：「也無所謂吧。」一意有所指地從頭到腳打量著鈴子。

「小哥是第一次來這種地方吧？就讓這位姐姐好好教你吧！怎麼樣？長得滿俊俏的嘛！還是要跟我呢？」

對方眼看要伸手拉扯鈴子的手臂，鈴子慌張地退後，接著轉身逃跑，背後傳來女人們的叫罵和訕笑。這時鈴子的腦海裡湧起了一幕幕在大森海岸看過的景象，在小町園及之後陸續開業的慰安所裡工作的女人們，她們總是在光天化日下衣衫不整地跑到建築物外頭，站在路邊搭訕語言不通的

ＧＩ，皮笑肉不笑地吐出不正經的話，「這個畜生」、「明明昨天還來過的」，聽不懂對方說什麼卻依然笑著把手環繞在女人腰間的ＧＩ感覺很隨便，女人看起來也頗汙穢。

聽說原本就有些女人以此為業，但也有數不清的姐姐是出生在普通家庭的女孩，其中甚至夾雜一些看起來只大鈴子三、四歲的人。原本被帶到大森海岸時還只是垂肩的長髮配上農夫褲的裝扮，卻被迫塗上一大罐的白粉、穿上俗豔廉價的和服，把身體賣給語言不通的傢伙，也有人因此隔天就跳軌自殺。流著血、害怕到發抖，逃到壁櫥裡躲起來痛哭。

這些人和鈴子之間究竟有什麼根本上的差異呢？又和母親有什麼不同？和望都呢？和這個鎮上從早就開始拉客的女人呢？

大家都是戰敗國的女人。賣身、打扮成男孩，或和美國的將校交往，都是因為輸了的關係。即使如此，還是得填飽肚子活下去，也要有衣服穿、有地方住才行，所以只能這麼做。

不打仗就好了。

每天在街上四處遊盪，鈴子心裡的矛盾愈滾愈大。不久，望都也搬到了酒吧的宿舍，家裡只剩下鈴子和母親兩人，母親依然一週到東京一兩次，去東京的時候幾乎不會當天就回來。知道內情的老闆娘，晚上會把鈴子一人份的晚餐端到房間裡，就算她再三邀請鈴子和大家一起吃飯，鈴子仍頑固地不肯點頭。

「妳這孩子可真彆扭，明明不用這麼客氣啊！畢竟望都小姐不在了，要是會怕的話隨時都可以叫我喔。」

老闆娘總是露出暴牙、帶著笑容，鈴子表面上點頭示意，但骨子裡卻咒罵著：「別開玩笑了！」「我才不想讓你們有機會探母親的隱私。」她並非討厭老闆娘，只是覺得每個人都很煩。

「小鈴，過來一下。」

約莫過了一星期還是十天、抑或半個月，快要進入二月的某個夜晚，母親突然一臉正經地叫喚鈴子。

「什麼事？」

她盡量若無其事地回答，但其實緊張到幾乎屏息，以為沒去學校的事被發現了。

「請妳轉過來。」

「到底什麼事？」

儘管裝出平常的聲音回應，但身體其實很僵硬，手心甚至瞬間冒汗。瞄了一眼，發現母親用力抿著嘴角看著鈴子。

「是有關母親工作的公司——也就是RAA的事。」

母親這麼說道。什麼啊！不是學校的事。鈴子卸下了心裡的擔憂，又有點懊惱，蹺課了將近一個月，母親竟然都沒有察覺。

「或許不久之後，會有變化。」

「公司的？什麼變化？」

「雖然還不確定，但GHQ突然說了些奇怪的事。」

「什麼奇怪的事？」

「上面的人說要廢除慰安所。」

鈴子一聽，立刻覺得這樣做很好，但再仔細思考，就不由得懷疑這真的是件好事嗎？她凝視著母親。

「……為什麼？不就是為了那些人才設了慰安所嗎？」
「就是說啊。」
「如果廢除慰安所，他們打算怎麼辦？那些GI要上哪去？」
「這也確實是個問題啊……」
母親一副糾結的表情道：「他們認為原因在我們。」接著又如往常般取出菸。鈴子只是默默看著母親纖細的手指夾著菸，然後移到嘴邊。
Lucky Strike 的香菸名稱，意思其實就是「幸運的一擊」，母親在過完年後告訴大家。香菸原本是住在美國的印地安人抽的，從歐洲移民到美國的人邊和印地安人作戰邊尋找金山，最後定居下來，因此，費盡千辛萬苦終於挖到的金礦才命名為「幸運的一擊」，母親這麼說明。但現在的日本人要是聽到美國人說「幸運的一擊」，最先聯想到的肯定都是核爆和其他炸彈，所以當時她才刻意含糊帶過。
「搬來這裡之前，我不是和妳說過傳染病的事嗎？就是花柳病。」
不知從什麼時候開始，母親手上甚至有了美麗的金色打火機，看起來像個小珠寶盒的打火機。用這個打火機點著了菸後，母親空著的另一隻手邊摩娑著臉頰，說道現在仍無法阻止花柳病的傳播，然後嘆了口氣，一併吐出了煙。
「GHQ說這些全都是日本的錯。」
「為什麼？明明是男人傳給女人的不是嗎？」
「當然，但也有可能相反——基本上以美國人的眼光來看，日本是個不衛生的地方。」
「不衛生？哪裡不衛生？」

「很多地方。所以自己再怎麼預防也沒有用。事實上，日本在這方面的知識和預防對策很落後，他們之前就曾經不斷地告誡。」

鈴子感到太陽穴一帶發冷。我們這個國家不衛生，很落後。

真的是這樣嗎？

或許是吧。

反正美國人說了算。畢竟對方是不論武器或食物，一切都很豐饒的國家。

「但是這種病無法斷言是日本人傳出去的吧？」

「話是沒錯——但是在慰安所工作的女人之間，確實是火速地蔓延了開來。就算再怎麼治療，又會立刻再發病。」

在慰安所工作的女人一旦得了花柳病，就會把病傳給美國人，為了國家作戰的士兵如果得了病就麻煩了，而且他們在國內的家人也會擔心，母親這麼說。

「美國是個基督徒很多的國家不是嗎？基督教是不允許和配偶以外的人做那樣的事。來到日本這種黃種人生活的野蠻島國，在不衛生的地方背叛了家人，還染上花柳病，要是被知道做了這種違背神諭的事，可是很嚴重的。」

鈴子愣怔地看著母親的嘴角和手指。夾著「幸運的一擊」的手指，不知何時戴了一個鑲著寶石、閃閃發亮的戒指，肯定是大衛・葛雷中校送的。打火機和她身上的東西全都是，母親真把自己當成半個美國人了吧？不然怎麼能如此冷酷地批評、貶低自己的國家？即使母親說的是事實，但怎能這麼冷淡地落井下石，鈴子實在無法理解。

「麥克阿瑟元帥自己也是虔誠的基督教徒，而且紀律嚴謹，所以是不會看著自己的部下、自己國家的士兵接二連三罹患花柳病而坐視不管的。」

「……如果真的這麼做，那在小町園和那些類似的地方工作的人會怎麼樣……啊，還有母親呢？」

母親微偏過頭，避開菸草飄上的煙，眯著眼睛說，自己的生活可能也會受到影響。

「又要搬家了嗎？回東京嗎？」

那和大衛．葛雷中校又如何呢？這句話當然卡在喉嚨，被鈴子硬生生吞了回去。如果無法再領RAA的薪水，大衛．葛雷中校或許就成為母親和鈴子活下去的唯一依靠了吧。只是，大衛．葛雷中校難道不是基督徒嗎？難道在美國沒有太太嗎？雖然她無法判斷美國人的年紀，但對方怎麼看都像是四、五十歲的人。

「總之，可能隨時會發生變化，妳最好也有心理準備。」

慰安所會被廢除。

也就是說，日本的「性的防波堤」即將消失。這麼一來，連一般婦女都會被進駐軍突襲施暴嗎？等頭髮長長就再也不要打扮成男生了，這件事根本無法如她所願，因為會遭遇危險。

愈想愈覺得不愉快。

指責別人的國家不衛生，卻毫無顧忌地侵犯這個國家的女性，這些人簡直可惡。

2

這個冬季，東京街上充斥著孤兒和無家可歸的流浪漢，每天都有人餓死或凍死，每次母親從東京回來就會提到這些事。原本就缺乏食物，衣服和生活用品也嚴重不足，所有的東西都飛漲倒令人瞠目結舌的高價，因此弱勢的人就成了這波情勢的犧牲者。

「我們能到熱海來，真的得感謝上天啊！即使身邊有些錢，但買不到東西根本沒用。」

因為去年農作歉收，加上天候不良及戰爭時農地荒廢，又缺乏耕作的農具，能下田的人力也都被軍隊徵召了。而且戰爭輸了，之前日本的殖民地朝鮮、台灣等地運送來的食品被迫中斷也是一大原因。

「這時期士兵們不斷從戰地返回，也有很多人從殖民地或滿洲遣返，東京現在因這些人而爆滿。他們身無一物回到家，沒有工作也沒有住處，都為了爭奪食物而殺氣騰騰啊！」

而且銀座中心地段和市中心的主要街道都是美國士兵，變成「戰勝國」的中國和朝鮮人又趁機搜購土地和受戰火殃及留下的建物，掌握了許多黑市。失去了鬥志、財產和歸處的日本人營養不良又沒有體力，只能被放逐到邊緣地帶。但在這麼嚴苛的環境中，仍有人堅持做生意的精神或從戰前即鬥志滿滿，也有飛行練習預備軍等血氣方剛的年輕人回國，想要拓展生存之道。

「果然沒有力量不行。即使戰爭結束了，但根本還不能安心生活啊。」

就某種層面來看，母親比任何人都要堅韌不是嗎？鈴子不由得湧起這種諷刺的想法。所以她才有餘裕嘆息著說別人「真是可憐呢」，那表情就像在說「我們和他們那些人可不一樣」。

依照母親的說法，進駐軍的食物並非來自日本，而是從美國直接寄送的。因此，和日本人再怎麼挨餓或不衛生一點關係也沒有，即使處在「黃色人種居住的不衛生的島國」，也可以過著和在美國時一樣的「安全清潔」的生活。母親和鈴子之所以不必為生活所困，就是因為能拿到進駐軍的食物和日用品。再怎麼說，母親可是在ＲＡＡ工作，而且是負責關照大衛・葛雷中校的人，因此鈴子不必像大家一樣挨餓，還能穿漂亮衣服，這讓鈴子更是生氣。

即將進入二月，學校依然沒有聯絡家長。就像以前去看酒吧施工時巧遇的同學一樣，沒有來學校的孩子不少，或許鈴子也被當成其中一個。母親完全沒有起疑，老闆娘他們其實也沒有嘴上說的那麼關心鈴子，結果根本沒有人發現，鈴子就這麼日復一日在街上閒晃過日子。她最近開始出入海岸邊的市場，反正打扮成男生，應該沒有人會注意。

說是市場聽起來可能有點高級，但其實不過是攤販林立的露天黑市。那裡有本來就從商的人、從軍隊回來的人，也有寡婦和來歷不明的男男女女，各自帶著粗糙的物品擺攤，或將商品放在地上，賣著各式各樣的東西。有還沾著泥土的蔬菜、連著枝葉的蜜柑、蒸地瓜，也有類似髮飾或橡皮圈的東西。還有一大堆用來接燈泡的接頭、像是軍隊用過的飯盒等，也有人賣些已經生鏽或有瑕疵的舊東西。有些店擺著不知道能不能寫的鋼筆或是用到一半的鉛筆，有舊衣店，還有人散賣一根一根的菸，或只賣單腳的鞋子。有老唱片行，也有店前擺著裝滿舊書的紙箱，門口總是人滿為患，每個人都專心地翻著書本，看得入迷。有張貼著「紅豆粥」、「麵疙瘩」等紙條的食堂，但也有不知湯裡放了些什麼的店家。還會突然聽到並木路子的「蘋果之歌」，最近不論去到哪都會聽見。

露天市場並不大，但混在這些不認識的人群當中，刻意在攤販的隙縫間穿梭，讓鈴子感到輕鬆不少。感覺這樣時間過得快一些，今天一天也就過了。

「小哥，最近常看到你啊！」

每天都泡在這裡，面孔自然也熟了。

「你不必去學校嗎？」

「嗯，不必。」

「那你要來幫我賣東西嗎？」

「不要，才不要。」

每天不知從哪裡找來釣竿或縫針等奇奇怪怪的物品來賣的男人，記住了鈴子的臉，有時也說上幾句話。此外，鈴子往往也不由得和年紀相仿的少年和少女對視。那裡也有年幼的孩子賣著單支的菸或是鞋帶。

不久後，鈴子注意到有小孩子組成的集團來到市場當扒手。雖然不知道確切的人數，但有一兩個集團，幾乎都是聚集了遭遇類似的孩子。最早發現他們分工從店前偷東西時，鈴子感到驚訝又害怕，只能站在原地動彈不得。對方似乎也發現被鈴子看到了，露出了警戒和敵對的態度。

「你是打哪來的？」

「不用你們管。」

「如果你多管閒事，可沒這麼簡單就放過你。」

走出市場時，鈴子突然被人拉住袖子，由三、四個少年組成的團體表情凶惡地瞪著鈴子。她突然想起在大森海岸認識的榎健他們。「別拉我。」她甩開手說道：

「我對你們做些什麼，完全沒有興趣。」

其中一名少年睜著圓圓的大眼說道：「原來是女的啊！」接著鈴子感受到另一個少年的眼眸散發出異樣的光芒，雙頰反射性地緊張發麻。鈴子強作鎮定地對自己說，現在逃走會正中對方的下懷。

「我會假裝沒看到你們做的事，你們也別做多餘的猜測了。」

最瘦弱的少年歪著頭說：

「猜測？什麼猜測？」

正當他們竊竊私語時，鈴子盡可能邁開大步，避開他們。心裡擔心著如果對方突然從背後推上來或襲擊她該怎麼辦，膝蓋發出僵硬的關節聲響，但為了不讓對方察覺，她硬是假裝沒事。應該不會被攻擊吧？但那樣的眼神確實很詭異。這是鈴子首次感覺到空襲之外的「危險」。

或許會被襲擊，因為是女人。

腦袋仍處於混亂中。雖然裝扮成男生，對方也還是少年，而且同樣都是日本人，但她依然產生了這樣的危機感。

只要不去市場就不必再擔心會遇到這些人，因此，之後幾天鈴子不再踏入市場一步。但不去市場實在不知道怎麼消磨時間，結果過沒幾天她又開始去市場，在人群中徘徊。

她看到相同的面孔好幾次，但都和不同的人組成一隊，或以不同的店家為目標，仔細觀察就會發現他們各司其職，和同伴之間默契十足。有人負責引開店裡人的注意，有人負責下手偷東西，還有人負責運贓物，他們會刻意往不同的方向逃走，目前為止還沒有被逮到過。

「妳要加入我們嗎？」

有一天，一位少女走近鈴子對她說。

「妳不是女的嗎，幹嘛扮成男的？真的是女人的話，何必扮成這副模樣？」

看起來是比鈴子小一兩歲的女孩，全身髒兮兮，眼上還沾著眼垢，鼻子底下掛著鼻水，頭髮也黏黏的，走近時還有一股臭味襲來。

「妳在這附近做些什麼？」

「不用妳管。」

「沒去上學嗎？」

「和妳沒關係。」

即使不想和對方有所牽扯，對方卻不死心地問東問西，不愉快的氣味始終追著鈴子。

「只要妳願意，我們可以合作。」

「你們想做什麼就做什麼，我不會對任何人說的。」

當時雖然擺脫了少女，但她卻不死心，三番兩次來找鈴子說話。有一天還從汙穢的衣服口袋裡掏出剛偷來的小魚串，想要分給鈴子。那麼髒的東西，我才不要呢！鈴子內心這麼想著，光盯著像小刀一樣發光的魚乾。

「給妳。」

「可是，這不是要給別人的嗎？」

少女於是說那原來是要給她父親的，但今早父親卻要她偶爾帶點別的魚回來，還毆打她。

「不過要拿到比這個更大的魚，真的很難。」

「同伴們不是會分妳嗎？」

「我有時會失手，而且腦袋又不靈光，沒辦法。」

少女沾著汙垢的臉露出淘氣的表情，接著說明現在的同伴們每個人都要養家或弟妹，所以才會開始當扒手。

「健郎的老爹死了，阿稔家裡只有奶奶，我家雖然爸媽都在，但無法工作。」

她的父親原本是木工，但在戰爭中頭部受了傷，之後就一直沮喪潦倒地過日子。母親有一段日子到「糸川附近」工作，但染上了「惡疾」。說不定是花柳病，莫非熱海也流行起這樣的病了？鈴子心裡又開始不安地騷動。

「健郎總是說，我們這些小孩要互相幫助，如果不同心協力就無法生存下去。所以妳也加入我們吧！」

鈴子看著臉上沾著髒汙的少女，什麼也說不出口。又臭又髒，但這個孩子跟自己又有多大的不同呢？她反倒覺得這些靠自己偷東西、努力生存下去的孩子們比她好多了。鈴子沒有這樣的才能，也沒有膽量，不，可能連這樣的資格都沒有。吃著美軍送的甜點和罐頭，和母親一起搭美國人的車兜風，在像宮殿般的飯店裡享用美味的食物，這樣的自己根本沒資格。

「這個……還妳。」

少女訝異地看著鈴子，但沒有抗拒，率直地接過手。

「要加入我們嗎？」

「不可能。我沒辦法加入你們。」

「為什麼？」

「不為什麼。不過我說了很多次，我不會妨礙你們的。」

「真的嗎？」

「真的。」

丟下這句話正要轉身離去的瞬間，鈴子突然想起本所的勝子和大森海岸的朋友們。大家現在不知道怎麼樣了？都活得好好的嗎？每天都有東西吃嗎？是不是記得我呢？

鈴子在這裡啊。

沒去上學，卻沒有人在意。母親只在乎自己，根本忘了鈴子。ＲＡＡ的事，大衛・葛雷中校的事。匡哥還不回來，已經沒有其他家人了，大家都死了。

鈴子在這裡啊。

戰爭輸了以後一直被迫打扮成男生的樣子，被髒兮兮的女孩邀請加入扒手集團，根本沒這種膽子的鈴子，只能每天在黑市裡閒晃，無處可去。

煩死了。煩死了。

收音機開始了英語會話的節目，從「證、證、證城寺」起頭的童謠「證城寺的狸囃子」其中一節開始，搭配著「come come everybody」的招呼語。為了這個每天黃昏十五分鐘左右的節目，母親甚至買了收音機。

「這麼一來妳就不必特意到主屋去，隨時都能聽自己想聽的節目。」

母親要鈴子每天至少聽聽「come come 英語」，才能多少習慣英語。

「母親會偶爾測試妳進步了多少喔。」

別開玩笑了！原本每天到了下課時間就會回到住處的鈴子，因為不想聽廣播，所以只好在街上遊盪到更晚。渡過糸川，往更西邊去。那裡和熱海飯店附近的氣氛完全不同，靜謐沉穩的旅館或別墅三三兩兩座落其間，她又發現附近有神社，雖然天氣冷到令人發抖，鈴子還是甘願在這裡待上幾個小時。

到底想做些什麼？

今後將會變成什麼樣子？

戰爭結束了，但鈴子她們接下來會變成怎麼樣？日本今後還會是日本嗎？母親又是怎麼看待自己和鈴子的生活呢？RAA呢？花柳病呢？大衛．葛雷中校呢……？

大家都好狡猾。

大家都好討厭，討厭死了。

日本人和美國人都一樣。

每天每天，陷在相同的事情裡，紛亂的思緒像泡泡一樣不斷冒上來，一個接一個湧出的疑問到底應該問誰？要怎樣才能解決自己無奈煩悶的心情？鈴子完全摸不著頭緒。

3

等到鈴子發現時，鎮上各處綻放著梅花的季節已經來到了。在坡道上偶然抬頭，綻放的小花映入眼簾，她看著恍如隔世的梅花，感慨萬千。鮮明的紅花在冬天的藍空下顯得更加豔麗動人。天空和梅花原來都有著這麼鮮明的色澤啊。鈴子回想過往，這幾年的記憶中甚至沒有抬頭欣賞梅花的一幕。

春天即將來臨。

一想到這裡，喜悅自然湧上心頭。但今年同時也伴隨著苦澀又令人恐懼的、說不出的憂鬱。她再次體認到自己今後再也無法以單純的心情雀躍地迎接春天的到來。再也不可能了吧！因為春天來臨，就表示那一天的來到，她又得再度回憶起三月那個令人永生難忘的一天。

因為勞動動員而被派到埼玉幫忙不習慣的農作勞動，幾天後回到上野車站時，眼前簡直宛如人間地獄的那一天。人和建物及所有的一切全被燒毀了。四處散落著燒焦的屍體，穿梭其間的則是宛如幽靈般徬徨的人。然後，鈴子也失去了一切。

如今能這樣看著梅花，感覺那一切就像遙遠的幻影或只是一場惡夢。但鈴子確信那一天目睹的光景一生永難遺忘，即使是現在，她仍能感受到當時竄入鼻子深處的嗆人的惡臭。那正是戰爭的氣息，慘敗的滋味。之後將迎接幾個春天，就代表著會想起幾次當時的事，一直到死為止。

現在回想起來鈴子還是覺得十分不可思議，明明目睹著眼前如人間煉獄的光景，卻還能守著為了國家隨時都能赴死的信念。仔細想想，為什麼鈴子他們非死不可呢？要根本沒做錯事的無辜孩子們一一去送死，這個國家不就等同滅亡了嗎？一個接著一個不明白的問題不斷冒出，但當時根本完全無法正常思考。腦袋裡被逃命的念頭占滿，如果有任何餘裕能思考，也盡是想著該怎麼取得食物而不至於挨餓。

在這樣的狀況下戰爭結束、迎來了新的一年，鈴子依然不知道該如何看待現在的日子。雖然再也不必忍受空腹，但距離被填滿的日子還很遠。不只是肚子，鈴子自身已經變成了一片廢墟，這也是當然的，所以才會覺得生活這麼無趣。每一天不論是睡著或醒著，壓根兒覺得空虛到無助。

鈴子最近還不斷擔心著，如果一直沒有去上學的事被母親發現了該怎麼辦才好。春天到了，表示畢業的日子也近了。但其實去年春天到戰爭結束、再到後來的秋天，學校幾乎都是處於關閉的狀態，課程也都被勞動動員和訓練等占滿，根本就沒能好好坐在教室裡上課。即使如此，鈴子依然升上國民學校高等科的二年級，如今也只能順勢畢業。

然而，自己蹺了那麼多課，真的能領到畢業證書嗎？還是只要假裝畢業就沒事了？但這樣行得通嗎？即使能夠矇混過去，又要怎麼面對未來呢？要出社會工作嗎？要去哪？要怎麼找到工作？能做什麼？當保母？當女傭？在熱海？或是離開母親？

毫無目的地晃盪著，不知不覺間來到往「新熱海酒吧」的坡道。這裡從以前就是熱海最熱鬧的地帶，最近每次來，商店街上總會停著貨車或馬車，有時甚至是卡車，好像在施工。在鈴子搬來的短短幾個月間，氣氛改變了不少，有一些店家將門面改裝得氣派豪華，甚至有掛著英語看板的店，大概是想吸引進駐軍上門吧。此外，乍看之下很普通的土產店，店裡擺放的商品卻和熱海毫無關係，而是一些日本人偶或小芥子人偶，也有羽子板或獨樂等玩具，還有盡是擺著富士山或舞孃風景明信片的店家。美國人會喜歡這樣的東西嗎？

這些店願意僱用自己當店員嗎？

如果進駐軍上門，得多少會講英語才行。母親給的唯一一本英文會話書，能派上多少用場呢？「come come 英語」她根本沒在聽。

離太陽西下還有一段時間，看著緩緩彎曲的坡道上方，「新熱海」已經開門營業了，從遠處也看得到入口的燈飾閃爍著。走近時，清楚看到店門前站著身穿黑西裝的男人。那是鈴子每次經過都會看到的男人，不論何時路過，他總是拍著手大聲叫嚷著：「來喲來喲！」

「新熱海」座落於土產店和旅館等林立的鬧街盡頭，幾乎位於坡道的頂邊。前面的路愈來愈窄，過了湯前神社後，還有三三兩兩的民宅，觀光客幾乎不會走到這裡。站在「新熱海」前的男人摸著油亮服貼的頭髮，腳下穿著一樣閃閃發亮的尖頭皮鞋，長臉配上細長的眼睛，發出令人驚訝的沙啞嗓音。他有時會對著駛上坡道的進駐軍吉普車比手劃腳地指示著什麼，沒有人時則會因寒風而聳著肩，搓著手不停地來回走動。今天剛好看到他對著幾個日本人喊「社長！」為什麼才看一眼就知道對方是社長？鈴子納悶著，在有點距離的馬路對面，悄悄觀察他們的舉動。

「嗯嗯，請放心。這是當然的，完全不必擔心。我們當然也非常歡迎日本的客人。社長可知敝店的口號？啊，是嗎？」

此時大頭男人砰砰地拍手，突然發出大大的嘶吼聲喊道：

「請進請進，歡迎來到東海道的熱舞不夜城！位在熱海的銀座大道的頂邊，本店是各位貴賓的綠洲，新熱海！來喲來喲！不分老少不分你我，昨天的敵人是今天的朋友，不論美國人或日本人，這裡是大家一起唱歌跳舞的天堂，尋歡作樂的社交寶地！」

到底是怎麼想出這一串不明所以的招攬詞？望著鏗鏘有力地說完的大頭男人，鈴子突然想到，這個人是不是去打過仗呢？看起來大概三十幾歲，不可能沒被徵召。那應該是從前線回來了吧？真是這樣的話，還能大聲喊著「昨天的敵人是今天的朋友」這種話嗎？

其中一位客人開始搭話，大頭男人誇張地搖著身體，擺出極盡阿諛諂媚的笑臉，又開始用力拍著手。

「有啊有啊！至少也有五十人！任由社長們挑選。從年幼的少女到風姿綽約的少婦，有剛入行的新人，也有在繁華的東京淺草磨練過、舞藝精湛的舞孃。嗯嗯，你是說？啊哈哈，當然沒有啊，沒有隔間。不論是日本客人或是進駐軍的美國客人，本店一律提供相同的服務……」

大頭突然壓低了聲音，男客人們像是同時被吸了過去般聚在門口，下一秒，眾人一同發出輕快的笑聲，互相看看對方的臉、交談了兩三句後，各自走進了店裡。門打開後，這些人一下子就被吸了進去，裡面流洩出恰恰熱鬧的音樂聲。裡面是什麼樣的光景，鈴子完全無法想像。

舞孃。

以跳舞獲取薪水的生活，或許還滿快樂的。但要是問鈴子有沒有辦法做到，她卻沒有自信。畢竟她根本不知道怎麼跳舞，而且又很害羞，況且就算不想跳的時候也非跳不可，想想似乎也不怎麼快樂。而且那肯定和淺草的舞台秀不同，是和男人一對一跳舞，而且也得和ＧＩ跳。

但是……

如果找不到其他的工作，或許鈴子也只能到那種地方做事。如果跟母親說自己要成為舞孃，不知母親會有什麼反應。

正胡思亂想時，一個年輕男人的身影突然闖入了鈴子的視線。看背影也知道他穿著骯髒又破舊的衣服，正不疾不徐地搖晃著上半身、跨著大步走近大頭男人。

「又是你啊！」

大頭蹙起了眉頭睥睨著對方，嫌他是個「煩人的小鬼」，跟剛才在「社長」面前展現的表情判若兩人。

「我已經說過了，工作中是不能見客的。」

「可是……」

「有事的話你們回家再說就好了，知道吧！」

「但是，她根本不回家啊！」

「這關我什麼事！聽好了，這裡是大人們遊樂的場所，不是你這種小鬼來的地方，我要說幾次你才明白。」

「那我問你，我家姐姐今天也有上班嗎？」

「我怎麼知道你家姐姐長什麼樣子！」

大頭還沒說完已轉身走開，年輕男子也跟在他身後。當兩人轉了個方向時，鈴子看到了年輕男人的臉，不由得探出身子——那不是和自己同年級的同學嗎？以前在這附近閒晃時曾被這他叫住。是那位少年沒錯，鈴子想起那時他曾說過自己的姐姐將在這裡工作。

「喂，這位大叔，拜託你！我有重要的事要和我姐說。」

無視追著不放的少年，大頭男人又開始拍手拉客，以似乎要交互拋出兩隻腳的步伐，在大門前來來去去，叫著「來喲，來喲」。鈴子的同學只能「喂、喂」地叫著對方，跟在他身後打轉。

「啊！你這煩死人的小鬼，我受夠你了！別再打擾我做生意，我可懶得理你這種小鬼！」

男人就像趕流浪狗般伸手揮了揮要他走開，鈴子的同學只好退後幾步，但仍不死心地站在原地。雖然個子頗高，但和成年男人相比，他還是個孩子，被這麼惡劣地對待，完全束手無策，鈴子看著他可憐的模樣，不由得心生怒氣。什麼啊！讓他見一下姐姐有什麼關係！正要喊出聲之前，肩膀突然被揪住，剎那間鈴子全身豎起了寒毛，詫異萬分。

「果然是小鈴！妳在這裡做什麼？」

回頭一看，是望都。鈴子叫了聲「望都姐」後就乖乖閉上了嘴，因為望都正用看著陌生人的眼神，冷冷地望著鈴子。

「妳不是應該在學校嗎？今天沒放假吧？」

一瞬間發冷的太陽穴突然熱了起來。鈴子知道應該趕快找些理由，但什麼都說不出口。為什麼會在這種地方撞見望都，腦袋裡千迴百轉，冒出了各種藉口。

逃走吧，快跑！

笨蛋！這麼做也沒用，她肯定會聯絡母親的。

那麼，應該怎麼辦？

比起胸口，腦袋更是轟轟作響，簡直快要爆炸了。「等等！」下一瞬間，鈴子卻突然轉頭喊了聲：

「喂！他還不肯讓你見姐姐嗎？」

被大頭痛斥、只是呆愣地站在原地的少年，突然緩緩地轉過頭來。鈴子小跑步跨過馬路走向少年，望都從背後追來，喊著：「等等，小鈴！」

「你說有重要的事，所以才特地來到這裡不是嗎？還提早離開學校。」

走到少年身邊，鈴子把兩手插入褲子的口袋裡，故意抬起下巴盯著少年的臉，但少年一臉錯愕，看來像是忘了鈴子。真討厭，還不快點搭腔！難道他真的忘記我了嗎？這個傢伙是不是笨蛋啊！心裡默默感到憤怒，鈴子乾脆轉向大頭男。

「為什麼不讓他們見面？他就只能來這裡找人啊，有什麼辦法！」

走近一看，才發覺大頭男的年紀或許還不到三十歲。眼睛下方有著疤痕，長臉配上尖鼻和尖下巴，細長的眼睛散發出討厭的光芒，讓人不寒而慄。鈴子的心裡瞬間傳出了「危險」的警訊。

這個人很可怕。

看起來像做過十惡不赦的壞事，或是看過什麼恐怖的場面，他肯定是這樣的人。在思考的同時，手臂和臉頰已經有一股寒意湧上來，傳達著警訊。

「嘖！又來一個小鬼！你們到底是想怎樣？」

嘴角歪一邊，細長的眼睛瞇得更細，大頭男正瞪著這邊看。光這樣就讓鈴子感到害怕，但她還是鼓足勇氣虛張聲勢道：「誰叫你要這樣！」鈴子刻意抬高下巴。在這裡逃跑的話就前功盡棄了。

「誰叫我要怎樣，你這可惡的小鬼！」

大頭明顯被激怒了，他的臉一步步靠近鈴子，這次鈴子的背脊傳來一股觸電般的恐懼。別靠近我，怎麼辦，正想要抓住一點都不可靠的同學的手時，大頭男的視線突然轉向一旁，表情丕變。

「對不起，柏木先生。這個孩子我認識。」

「啊？喔，啊，這樣啊？是能瀨小姐的？」

「柏木先生應該知道吧？是二宮太太，管理部的那位。」

「二宮、二宮……啊！是那位英語很溜的？」

「對，她就是那位太太的女兒。」

咦！男人一臉驚訝地再度看著鈴子，眼底依然散發著令人毛骨悚然的氣息。望都竟然能平心靜氣地和這樣的人交談，鈴子交互看著叫做柏木的男子的臉和走近的望都的臉。

「女兒？是女孩啊？」

望都應了一聲，對大頭露出了鈴子再熟悉不過的燦爛笑容：

「是貨真價實的女孩喔！她叫做鈴子。」

沒想到望都會在這種地方大方地說出自己的名字，鈴子不由得想阻止望都，但下一秒卻又閃現了完全不同的想法，感到一陣愕然。

原來啊。

鈴子從來沒想過，望都和大頭都是RAA的員工，也就是工作上的同事，母親也是。原來她們的職場上會有這樣的人，她們得和這些就連鈴子看來也覺得很不正經的人一起工作啊。

「我們前一陣子還住在一起呢。」

大頭恍然大悟地點了點頭，像是在幫什麼東西估價般，不斷打量著鈴子。這次則讓鈴子感到和恐怖相同強度的惡寒傳遍全身，但望都依然一副和對方認識了很久的模樣，維持著相同的笑容看著鈴子：

「那麼……鈴子，這位是？」

「呃……是我同學。對吧？」

用手肘撞了一下大個子少年，他才突然回想起來似地低下頭。

「他的姐姐在這裡工作。」

「是嗎？你姐姐的名字是？」

「脇屋、須惠。」

「脇屋……啊，是須惠啊？你是須惠的弟弟嗎？」

鈴子這才知道同學姓什麼，為了記住他的名字，便在心裡不斷默唸著「脇屋、脇屋」，然後看著同學，又看看望都。

4

隔著暖桌，鈴子從剛才就低著頭不說話，久到脖子後面都感到疼痛了。視線裡只有自己放在暖桌上的手和桌面，偶爾映入望都將菸灰撣落在桌上菸灰缸的手指。

「妳打算這樣晃盪到什麼時候？」

隨著輕輕一聲嘆息，傳來了望都的聲音，鈴子卻什麼也答不出來。不知道如何回答，要晃到什麼時候根本連自己也拿不準。她一點也不想繼續擺這個姿勢，脖子好痛。

「我說小鈴啊……」

望都的手指又映入眼簾，她將變短的菸在菸灰缸上捻熄，這已經是第三根了。

自己真的是太粗心了。望都負責管理的酒吧的女生宿舍就在同一條路上，而且離酒吧很近，就在斜對面。鈴子一直以為兩個地方應該有一段距離才是，沒想到她就站在宿舍的建築物前面看著大頭和同學說話。望都說「沒發現妳才奇怪呢」，鈴子還真的完全無法反駁。

鈴子被帶到宿舍裡望都住的房間。八疊的和室加上延伸出去的寬敞簷廊，簷廊前還有小小的庭園。現在夕陽正好照進屋子，房間除了暖桌外還有高台炭暖爐，鐵架上放著的鐵壺，從剛才就咻咻地冒著熱氣。

這裡原本是旅館，現在則被ＲＡＡ借用，因為本來就是旅館，所以既有溫泉也有氣派的大廳。除了當舞孃們的宿舍，東京的ＲＡＡ相關人士也會帶家人或工作上的客人來這裡，當成度假旅館使用。和欠缺食物的東京比起來，熱海至少有魚，光這一點就讓東京來的人感到很滿足了。

「妳說說話吧？為什麼不去學校？是從什麼時候開始蹺課的？」

鈴子並非不想回答，只是被問到「為什麼」時，真的不知道應該從何答起。望都從剛才就一直追問她無法回答的問題，但她認識的望都不是個囉嗦的人，因此鈴子才不想抬起頭正視望都。況且這跟她根本沒關係吧？說到底望都終究是外人。就算之前因為工作的關係而彼此交心，但她後來還不是那麼乾脆地就從鈴子身邊離去，令人措手不及。

「……結果，怎麼樣了啊？」

「什麼？」

「剛才的……」

「啊，妳同學嗎？應該見到了吧。」

因為望都居中交涉，大頭只好不情願地去找脇屋須惠，回來後要鈴子的同學從「後門」進去，在樓梯那邊分開後鈴子就被帶到這裡，之後的事就不清楚了。

都幫到這個地步了，鈴子真想看看那位同學的姐姐，並不是因為她是脇屋的姐姐，而是想看看舞孃都是什麼樣子的人。據說脇屋須惠也住在宿舍裡，望都甚至不知道她是當地人，總之是個工作勤奮的人，也常常外宿，昨天似乎就沒有回到宿舍來。換句話說，是回家去了嗎？但如果真的回家了，為什麼脇屋會到這裡找人呢？鈴子覺得很納悶。

「我說小鈴……」

「那個小孩……」

瞬間抬起頭瞧了望都一眼後，鈴子嘴裡低聲唸著：「脇屋同學……」

「為什麼非得去見姐姐不可呢？」

終於找到藉口了！鈴子腦海裡突然閃過一個念頭，對了，剛好拿他來當擋箭牌。

「我之前聽他說過，他的母親很擔心。就是……不知道在這種店工作有沒有問題。」

「所以呢？」

「所以，我就跟他說我陪你一起去吧。」

「為什麼？」

「因為……那間店是RAA經營的吧？那麼……」

「那麼怎麼樣？」

「就是……母親在，啊，還有望都姐也在啊！」

「妳母親和我啊？」

「對吧？」

鈴子自認為回答得很謹慎了，但是望都卻大大地嘆了一口氣。

「別再扯謊了。」

「什麼扯謊？為什麼認為鈴子在說謊？我才不是在扯謊……」

「那為什麼不一開始就來找我呢？」

「因為我不知道望都姐就住在這裡啊。」

「是嗎？那妳之前就已經聽同學說了，為什麼不先找母親商量呢？」

「因為那沒用吧，母親看起來很忙啊。」

「我說小鈴啊……」

鈴子只是抬頭瞄了望都一眼，又立即低下頭。望都的笑容很有魅力，但像現在這麼嚴肅的臉，也有著獨特的魄力。

「其實我之前也看過妳在街上晃盪。」

手心裡冒著汗。鈴子在暖桌上張開手心，上頭閃著一顆顆細小的汗珠。啊，真討厭，原來早就被看到了啊！

「而且是在海岸邊的市場。那時我看到嚇了一跳，正想叫妳時，妳一下就消失在人群裡了。我還在想會不會是自己看錯了，但肯定沒錯，就是妳，妳也到那邊去了對吧？」

「……那又怎樣。」

「我們就開誠布公說清楚吧！或許我可以幫上小鈴什麼忙，如果有不好說的事，我也不會告訴妳母親的。」

鈴子知道自己已經無法再隱瞞，而且剛才望都已經打了電話到母親的辦公室，母親說會「盡快趕來」。

「妳就坦白告訴我吧！什麼時候開始沒去學校的？」

「……年初開始。」

「從年初開始？今年年初？一直沒去？」

「居然這麼久了。」隨著嘆息聲傳來的是望都的呢喃，就像陰鬱的霧在室內蔓延。鈴子自己也聳了聳肩，用力地大口吐著氣。既然都走到這個地步了，只好全盤托出。

「一開始我也在想不知道什麼時候會被發現，但結果學校什麼都沒說，母親也完全沒發現。」

「是嗎？完全沒發現？」

鈴子終於下定決心抬起頭，發現望都換了一副至今沒見過的表情，眼眸裡流露出對鈴子的憐愛。鈴子突然覺得自己很可憐，很想說「不要用那種眼神看我」，但又想要笑著帶過，甚至有種想哭的心情，實在無法言喻。

「妳住處的老闆娘也沒發現？啊，那個人本來就是這樣的吧——那麼，妳每天是怎麼過日子的？」

「……就順其自然啊。」

「順其自然？」

「隨處晃盪發呆，或是在神社吃便當。」

望都的臉上似乎說著「在這麼冷的天氣？」

「妳一個人？」

「……什麼意思？」

「沒有同伴嗎？沒有交到朋友嗎？像剛才那個孩子。」

「他也很久沒去學校了，我只是剛好之前在這裡見過他一次。在市場那邊，有扒手集團問我要不要加入他們。」

「扒手？大人嗎？」

無力地左右搖搖頭，鈴子想起了那個又臭又髒的女孩，那個全身汙垢、發出惡臭的女孩昨天也在市場裡四處晃。

「那小鈴……」

「我拒絕了。那些小孩都是為了活下去才當扒手的。我多虧了母親，不必做那種事也能過日子。」

啊，母親現在是什麼樣的心情、什麼樣的表情呢？正準備從哪裡趕過來吧？自己肯定會被斥責，得先有覺悟。但實在不知道會怎麼被罵，鈴子想像不出來。仔細回想最近什麼時候惹過母親生氣，實在想不出來，應該是戰爭變得白熱化之前吧。之後根本連吵架和生氣的閒工夫都沒有。

望都又點燃了新的一根菸，眼神望著遠方，吐了一口煙後，似乎在思考著什麼。應該是想著要怎麼教訓她或罵她吧？看著望都僵硬的表情，鈴子的心情不禁變得沮喪。雖然也不是非向望都道歉不可，但總之先說聲「對不起」吧，如果這樣就能解決倒也輕鬆多了。

「我一直很擔心，很怕這種事情會發生。」

沒想到在吐出第二口煙後，望都語重心長地這麼說。

「想到小鈴會是怎麼樣的心情……」

「我的心情嗎？」

「是啊，畢竟從去年年底開始發生了很多事啊。」

聽到望都說「很多事」，鈴子又不由得垂下眼簾。原來望都姐全都看在眼底啊！想也知道，雖然只有短短半年，她們卻像家人一樣生活，所以才會一起來到熱海。這段期間望都當然也在一旁看著母親的變化，不，她或許比鈴子更了解母親的各種面貌。

「小鈴的母親也為了生存拚了命啊。總之拚命努力這種事是不用說了，也輪不到我來說些什麼，但對小鈴來說畢竟是唯一的母親，不感到受傷才奇怪吧？」

「……望都姐是怎麼想的？」

「什麼怎麼想？」

「母親和那個大衛．葛雷中校……交往的事。」

望都一時語塞，再次望著遠方。鈴子也看得出來，她似乎在努力尋找適合表達的詞彙，換句話說，望都也並非完全贊同。其實望都之前也說過類似的話，像是自己實在辦不到之類的。

「小鈴呢？」

「我？我啊……」

望著自己的手心，鈴子吐出一句「我無所謂」，但那聲音感覺既遙遠又陌生。

「如果母親認為這樣好的話。」

「小鈴真的無所謂嗎？」

「或許不是無所謂，而是沒辦法。鈴子再怎麼說討厭，母親也不會聽吧？何況……」

她想起那天去箱根兜風的事。

「何況……母親需要那個人。」

勝過需要宮下叔叔。吞口水的咕嚕聲在自己內心大聲地響起。沒錯，母親需要那個人。別說宮下叔叔了，母親甚至需要那個人勝過需要鈴子。就是這麼回事。

「就是因為和那個人在一起，才會連我沒去上學的事也沒察覺吧？」

「怎麼會，再怎麼樣也……」

當望都正要說話時，屋子外響起了溫和的聲音：「大姐在嗎？」望都說了聲「請進」，拉開紙門，出現一位穿著全黃罩衫配上碎花裙子的年輕女人，彎曲的波浪長髮披在肩上。她看了鈴子一眼後，搽著口紅的嘴又再度叫了聲「大姐」。

「里江似乎有點狀況。」

「里江？怎麼了？」

「好像發燒了，昏昏沉沉的。我覺得這樣讓她到店裡不太好，所以來問問妳。」

望都的手撐著暖桌站了起來。

「我去看看狀況。妳等我一下。」

對著鈴子丟下這句話後，望都便快步離開了房間。房間裡剩下鈴子獨自一人，她把手放入暖桌裡，蜷曲著背，臉頰靠在桌面上。放空後，發現全身突然力氣盡失，一種不可思議的感覺湧上心頭。

終於被發現了。

但一點也不覺得懊悔和遺憾。說實話，雖然她討厭被教訓，但也是沒辦法的事，所以乾脆放棄掙扎。不，坦白說，自己反而覺得鬆了一口氣。終於被發現了。再也不必在寒冷的日子裡一整天四處遊盪，也不必擔心被拉進扒手集團，更不必擔心什麼時候會被盯上、被來歷不明的男人侵犯。

其實不久前鈴子默默想像著，自己「變成女人」的日子愈來愈接近了。如果再像現在這樣每天在街上亂走，一定會被莫名其妙的人叫住吧。知道鈴子是女生後眼神頓時變得奇怪的，不只是那群扒手集團的少年，鈴子走在糸川附近自然就能感受到不同的眼光。換言之，男女之間的事，不論是對日本人還是美國人來說，並沒有不同。不管鈴子內心怎麼打算，還是可能碰到即使用盡力氣反抗，也只能被迫「做那件事」的險境。鈴子已經隨處感受到這樣的氣氛。

但是，這樣的擔憂似乎已經遠離。總之，被發現了。

之後的事隨它去吧。好累。

暖桌桌面的冰涼觸感很舒服。除了自己的呼吸聲和鐵壺的咻咻聲以外，四下安靜無聲。

喀噹、砰咚，微小的聲響叫醒了鈴子。

「也得想想……」

傳來幾近呢喃的低沉聲音。鈴子閉著眼睛，想著自己現在在哪裡、處於什麼狀況。

「這樣最好，畢竟正值敏感的青春期呢。」

「這我知道。」

「我說，為什麼不讓小鈴去上女校呢？」

是望都的聲音。她想起來了，這裡是望都的房間，她正在等著被人叫出去的望都回到房間，等著等著就睡著了。閉著眼微微地動了動手，領子處有著柔軟的觸感。有人披了什麼在她身上，而且，頭下面還有個像是枕頭的東西。

「這是我先生的想法。他認為比起做學問，女孩子學習才藝和當家庭主婦更重要，他就是這樣的人。」

「可是，妳明明是從那麼知名的女校畢業的啊！」

似乎傳來倒茶的聲音，不久後又聽到啜飲著茶的聲音。喀噹、砰咚，放東西的聲音又響起。

「那個人啊，對這種事很反對。我原本也想把長女送到女校就讀，拜託了他好久，他就是不肯點頭，說什麼『女人做學問有什麼用呢』。」

第一次聽說這件事。鈴子假裝翻身，微微改變了姿勢。為了不漏聽母親刻意壓低的聲音，豎直了耳朵。

「我們原本居住的老城區，大部分人家的女孩都繼續升學，但我愈說他愈是頑固，再堅持下去，肯定會惹他生氣。」

「哎呀，是喔？」

「所以在先生面前我只能徹底扮演順從的妻子——只要這麼做，他就是個溫和體貼的人。」

「那麼，津多惠妳為什麼會說英文呢？」

「他其實知道我喜歡英文，但自從孩子們出生後，我就不曾在他面前談過英文的事。很想讀英文的時候也只能偷偷地看，為了不被他發現，還把書混在孩子們的書裡。那個人啊，對於討厭的事就是一律抹滅、隱藏和搪塞啊。」

「做到那種地步啊？還真是極端。」

「他是個很有男子氣概的人，但相反地猜忌心也很重，把我束縛得很緊，除了家裡的事，只要我稍微知道一點他不熟或不懂的事，他就會顯得不高興。」

鈴子搜尋記憶裡對父親的印象，問著父親：「真的是這樣？」真的嗎？父親真的是這樣的人？父親總是溫柔又可靠不是嗎？所以大家才認為母親完全依賴著父親。因為父親總是擔心著母親，所以才把她綁在自己身邊。連光子姐也說，母親是個沒有父親就活不下去的人。

「但是，妳先生已經過世了，算我多管閒事，我覺得應該讓鈴子好好受教育。」

腦袋陷入一片混亂，鈴子聽到望都的聲音，胸口深處瞬間激起火花。她依然緊閉著雙眼，聽著母親的回應：「妳說得也是。」

5

結果那天鈴子在望都面前和母親約定了一件事——如果不想去國民學校，也是沒辦法的事，但變通的方法是，在畢業前每天到望都的房間念書，不論是讀寫或是算盤都由望都指導。熱海沒受到空襲，要取得教科書並非不可能的事。

「這段期間，母親會想辦法找到讓小鈴升學的學校。」

原本以為會被罵，抑或會讓母親流淚，擔心了半天，沒想到母親只是一臉疲憊地按著太陽穴這麼說道。鈴子突然感到眼前霧散天晴。原本覺得自己並不是那麼喜歡念書，如今卻有一股不敢置信的喜悅，這麼一來就有地方去，不必去當舞孃了。

「小鈴，妳要好好和望都說謝謝喔。」

在一起走路回住處的途中，母親開口道。

「……好。」

「像平常去學校一樣出門，也要帶便當。」

「……好。」

「再犯的話，母親可傷腦筋了。」

「……嗯。」

仔細一想，兩個人幾乎不曾單獨走在熱海的街上，這是頭一回吧。但母親說完這句話後就沉默不語，只有腳下的鞋子發出陣陣聲響，快步地往住處走。鈴子最後呢喃的「對不起」，似乎也沒有傳到母親的耳朵裡。

隔天開始，鈴子每天到望都住的宿舍。望都只是不斷地進出房間，不知從哪裡弄來二手教科書和國語辭典，然後看著書要鈴子「把這些問題算好」或是「把這漢字的讀法寫出來」，她不斷出簡單的算數或讀寫問題給鈴子，鈴子大半的時間都在房間自習度過。有些是以前學過的簡單問題，也有一些必須細讀教科書、自己努力思考才會的問題，有時還要將從 a 開始的英文字母大寫及小寫端正地各抄寫三行。

這個之前好像學過。

鈴子不論做什麼科目的問題，即使不知道答案，也會對著書桌開心地學習。所有的問題對她來說都很新鮮。打開筆記本，握著鉛筆，只是全心全意地寫字，或是絞盡腦汁思考著答案，光是這樣，時間便感覺飛快地過去，心情也很踏實，這一點鈴子自己也很明白。

「果然有其母必有其女啊，小鈴學得真快！只要認真，一下子就能把落後的進度都追上來了。」

中午和望都兩人一起吃飯，有時望都吃鈴子帶來的便當，有時鈴子吃望都做的雜粥和麵疙瘩，這樣身子比較暖。鈴子已經好久沒有感受到和別人一起聊天吃飯的快樂了。

「這麼說來，望都姐有六個兄弟姐妹？」

「原本是的。」

「那其他人現在呢？」

「最大的哥哥在台灣，第二個哥哥去了滿洲，大姐也嫁去了滿洲，然後就是我。大弟小時候因為傷寒死了，最小的弟弟則是戰死了。」

去了台灣和滿洲的兄姐據說至今依然聯絡不上。望都原本出生於東京的小石川，生長在祖父母和叔父、叔母一起住的大家庭，家裡開藥局，甚至有女傭和店員住在家裡幫忙，當時真的很熱鬧。望都回憶著懷念的過往說道。從少女時期附近的鄰居及親戚就認為望都可以去當女明星，從女校回家的路上還曾被埋伏等候的一高學生塞了情書。

「太厲害了！好棒喔！」

鈴子想像著當時肯定是個美少女的望都，紅著雙頰接過一高學生的信，不由得欣羨了起來。而且那時她說不定能成為女明星。

「要是沒有這場戰爭的話。」

懷舊的回憶總是被這樣的結尾打斷。臉上的傷是結婚的對象在出征之前劃傷的，這之前已經聽過了。都是戰爭造成的，鈴子的母親也同樣是受害者，戰爭改變了所有人的命運。日本的每個人肯定都這麼想——沒有這場戰爭就好了。

「大姐，可以打擾一下嗎？」

鈴子在房間時，也不斷有住在這裡的女人來找望都。一下是化妝品不夠，一下來借針線，或是請教這裡的地址、收到英文信等等。望都成為她們商量的對象，關照這些瑣事，還有嚴格監視她們不能帶男人回宿舍，是望都最重要的工作。只要宿舍的紀律不被打亂，她們要在「外面做些什麼」，就是自己的責任了，望都這麼說。

在酒吧工作的女生，上班時間分成「早班」和「晚班」。早班的人過了中午就開始準備出門，回家的時間也不會太晚；但傍晚才出門的「晚班」的人，不只是那位脇屋須惠，其他人有時也會隔天才回來。

「望都姐不會擔心嗎？」

鈴子歪著頭，望都只勾起嘴角，笑著說：「怎麼會？」

「雖然對外宣稱是舞孃，但有其他金錢交易的女孩也大有人在吧。」

鈴子囁嚅著：「其他……」然後直勾勾地盯著望都。

「這麼一來……不就跟在小町園時沒兩樣了嗎？」

「那裡的人最早就是為了那樣的目的而僱用的，但在這裡工作的女孩可不是。如果客人邀請，可以自己決定要怎麼做，所以說到底，我們是無法禁止的。」

只是，這裡是她們生活的宿舍，並非她們「做生意」的地方，因此絕不能讓她們帶客人回來，這一點必須嚴格管理，望都說道。

「說起來我還真有點不敢相信。同樣是這個國家的女人，大家竟然變得這麼快。」

「……這一點我家的母親不也一樣嗎？」

終於說出了心裡的話，看著望都不知如何回應的困惑模樣，鈴子不由得嘆了一口氣。

「坦白說，我真是不了解母親。」

即使有望都幫忙緩頰，但母親知道自己沒去學校也不生氣，而且還說如果不想去也不用勉強。雖然說過要找能讓她入學的學校，但她真的打算幫自己找嗎？真的能找到嗎？因為母親之後什麼也沒說。鈴子最近真的不知道母親在想些什麼或打算怎麼做。

「總之，一切都是為了能和小鈴一起活下去，這件事是無庸置疑的吧。」

望都也隱藏不住困惑的表情。

「望都姐，妳覺得母親沒有和大衛．葛雷中校交往，我們就無法活下去嗎？」

望都一副覺得「這很難說」的表情喟嘆著。此時拉門又被打開，一個女人探出頭來。

「望都啊──哎，對不起！鈴子在念書，打擾了。」

是綠姐。她每天都會來報到，是會和鈴子交談的舞孃之一。要去上班時她總是穿著華麗、濃妝豔抹，感覺很火辣，但上午則會不化妝、穿著農夫褲走來走去，鈴子不經意和她交談後，意外發現她其實是個乾脆的大姐，甚至有點男人味。

「請問，妳有陀羅尼助之類的東西嗎？昨天的酒裡似乎混了什麼，到現在還殘留著，讓我有點反胃。」

望都請她等一下，接著站起來拉開櫃子抽屜，在裡面翻找著。綠順勢進了房間，鈴子把手肘撐在放著翻開的本子的桌面上，身體不由得往前湊。唔，一股酒臭味。

「綠姐，妳只是喝太多了吧？」

鈴子挖苦地抬頭說，綠只是回以一笑，用手指戳了戳鈴子的額頭。

「或許吧。對了，鈴子妳長大後打算做什麼？」

「不知道。」

「咦，還不知道啊？我在妳這個年紀的時候，可是已經立志要嫁給高級將校呢！」

「就算妳這麼說，現在也不可能還做這種白日夢吧。」

綠用手撐著臉看著鈴子，爽快地大笑了起來。

「這倒是！尤其是現在，應該會跟我交往的人，大家都轟地死光了啦！」

「……大家？」
「有人加入了特攻隊，也有人搭上大和戰艦。優秀的人一個個被輪流送到戰場，轟的一聲被炸死了。」
綠的語氣是這麼誇張又這麼開朗，聽在耳裡反而感到更深的惆悵。她從望都手中接過陀羅尼助藥丸後，說聲「打擾了」，就輕快地跳出房間了。
「妳別看她那個樣子，她可是女子大學出身的呢！比我有學識多了。」
重新坐在暖桌前，望都看著闔上的拉門後，再次低語。
「她根本沒必要來當什麼舞孃啊。」
「那她為什麼要這麼做呢？」
望都一臉悵然地歪著頭說，每個人都有自己的苦衷吧。
「她喝醉回來時，嘴裡常喊著『我一定要向那些臭男人報仇』，可能有過很不堪的遭遇吧。」
看起來那麼開朗乾脆的人，果然心裡也受過傷。鈴子甚至認為，戰敗國恐怕再沒有人能開心過日子了。
進入三月，據說現在流通的所有紙鈔都不能用了，因此得將手上的紙鈔都存到銀行，換取新的紙鈔才行。但是存進去的錢沒有辦法一次全部領出來，每個月有限額。
「他們好像認為流通的紙鈔太多，物價才會一直飆升。」
當鈴子一個人自習時，綠突然出現，說道「真不知道上面的人腦袋在想些什麼」，一臉受不了的表情嗤之以鼻。
「妳瞧瞧，做這樣的事也不可能把物價壓下來啊，即使物價能壓下來一點，食物也不會因此流通吧。」

她又像以往那樣用手肘撐著暖桌，身體傾向鈴子，伸手說了聲「給妳」，把好時的巧克力片拿給鈴子。

「日本的米倉根本是空的，美國的倉庫則是麵粉和各式各樣的東西都有，甚至多到可以拿去餵豬，但卻故意不給我們。」

「為什麼？」

「那當然是要日本人聽話啊，要賣我們人情。」

我們愈是飢餓，對日本的政治家就會愈感到憤怒，不再相信政治家。美國人等到我們餓到極限時再給食物，大家就會開心地飛奔過去，這麼一來，大家就會把分我們食物的美國當成「好人」，這就是美國人的策略，綠這麼說。

「所以，光把鈔票換新，根本沒有任何作用？」

「反而限制了現金的使用，變得更加不可收拾呢。」

綠說了這些後，對鈴子笑著說「快念書吧」便站起身。

「今後得多用腦才行，不然只會被牽著鼻子走喔。」

接著輕輕地飄走了。

6

不光是母親和望都，在新熱海工作的舞孃口中，最近時經常吐出「歐夫利密特」這個詞。

據說那裡是「歐夫利密特」。
那裡也是？又來了！
還要持續下去啊？
就算將它劃成「歐夫利密特」，也不會有什麼改變吧。
就是啊，不管去到哪，反正做的事都一樣。
當大人們交頭接耳談論這件事時，必定壓低嗓音，即使知道鈴子在一旁，也會暗示這種事輪不到小孩插嘴，所以鈴子雖然在一邊豎耳傾聽，表面上卻裝作聽不懂的樣子。總之可以肯定的是，鈴子周圍的大人正熱烈地討論頻繁出現的「歐夫利密特」。
歐夫利密特。歐夫利密特。
沒聽過的詞。鈴子努力思考著這到底是什麼字，才發現或許是英語。這麼一來，她就不可能知道了。
歐夫利密特。歐夫利密特。
望都房間的茶櫃上，幾天前開始放著一對站立的雛人偶，這麼說來已經接近女兒節了。沒受到空襲的地域是不是仍保留著這樣的古老雛人偶呢？鈴子在自習的空檔不由得沉思，看著那對站著的雛人偶。
去年的這個時候，本所的老家還在，千鶴子也在。雖然如此，她們卻被再三告誡奢侈是大敵，菱餅或雛糖根本無法入手，遑論蛤蜊等應景食材，當然也無法穿女兒節的華麗和服。母親還告誡她們得注意「鄰組」等鄰居的目光，鈴子為了失望的千鶴子在畫圖紙上用蠟筆畫了雛人偶，貼在牆上。她還畫上桃花、菱餅和甜米酒，甚至畫了穿著女兒節美麗和服的千鶴子，和母親三人一邊看著畫，一邊低聲唱歌。

點亮燈吧！一盞兩盞，

獻上花吧！桃樹之花。

嘴裡哼著相同的歌，回憶不覺湧上心頭。連那種蹩腳的畫都能讓千鶴子那麼開心，搖著頭快樂地唱歌呢。啊，好想再見見千鶴子啊！

終於不必再擔心空襲後，東京至今卻仍爆發天花、傷寒、流行性斑疹傷寒等疾病，比起餓死的人，更多人染上這些疾病，每天幾乎都有人病死。母親每次去東京回來，都會聽聞這些恐怖的事，最後的結論總是，搬到熱海是正確的決定。

「如果當初堅持不離開東京，現在肯定不堪設想。一想到這裡，我就全身發顫。」

現在仍留在那個令人戰慄的東京生活的人們，究竟是怎麼過活的？勝子等本所那邊的朋友，還有只有短暫相處、在大森海岸熟識的榎健、章魚、來打屁股，是不是平安無事地度過每一天？和鈴子一樣剪短了頭髮的野本，頭髮應該長得和鈴子一樣長了吧？個子高大早熟的久保田雅代，總是興沖沖地說著想和GI交往之類的事，希望她不會輕率地跟了過去，遭遇悲慘的下場。大家好不容易逃過戰爭的死劫，要是之後卻營養不良、生病或被GI侵犯，那就太讓人懊惱了。可以肯定的是，大家今天也一樣飢腸轆轆吧。比起鈴子，他們一定更常因為沒有食物而煩惱。一想到這裡，鈴子便心生同情，也對此感到愧疚。

「咦，鈴子，又一個人嗎？望都呢？」

當鈴子不由得陷入沉思、想著以前的朋友們的臉時，紙門突然被拉開，冒出來的是綠的臉。

「啊……她出去了。」

「去哪裡？」

「好像公司找她，有緊急的會議。」

綠捲曲的長髮垂在背後，走到鈴子身旁應了一聲後，手肘撐在暖桌上，望著鈴子的筆記本。她的長髮從背後甩過來時，散發出和普通化妝品不同的強烈味道，有點像勝子偷偷拿到學校的香水的氣味。因為勝子的母親是藝伎，有別於一般女性，擁有各種胭脂粉盒。勝子會偷偷把這些東西帶到學校給鈴子她們看，每一樣東西似乎都充滿了祕密，有的璀璨似錦，有的精緻美麗，還有的意外可愛，甚至散發著芬芳的香氣。

「哎呀，今天完全沒有進展啊？會被望都罵吧？」

「……我可以問妳嗎？綠姐。」

鈴子仰望著綠那張和素著臉時判若兩人的臉。

「歐夫利密特是什麼？」

「off-limit？妳從哪裡聽來的？」

「最近大家常掛在嘴邊啊。」

綠嘟起火紅的唇，微微歪著頭說道：「也是。」長長的頭髮再次隨著晃動。

「是英語嗎？」

「啊，妳知道是英語啊！」

「因為沒聽過這個字啊。告訴我，是什麼意思？」

緩緩在暖桌前坐下的綠，再次嘟起嘴。她的下巴有顆大大的痣，還像桃子的果核一樣凹凸不平。她嘟噥著把手伸向望都放在暖桌上的香菸。

「分我一根。」
露出淘氣的表情後，綠拿了一根望都的菸。
「意思就是『禁止進入』。」
視線追著自己吐出的煙，綠的臉上顯出有些疲憊的神情。鈴子不由得猜想，她真正的年紀是幾歲呢？拿離嘴邊的菸上，清楚地印著口紅。
「也就是說，某個地方變成了禁區？」
「應該說是地方，還是說人呢……」
「是誰？」
「唔，應該是GI吧。」
「禁止去哪裡呢？」
「慰安所。」
綠偷瞄了鈴子一眼。
「鈴子妳知道呀？那裡的事。」
鈴子看著綠指尖前方的菸，輕輕點頭說：
「也就是指……RAA經營的慰安所吧？那裡變成禁止進入？但這麼一來苦惱的不是進駐軍嗎？啊，對了，日本也會很苦惱，如果成為進駐軍防波堤的女人不在了，換句話說，誰也不知道GI們會做些什麼對吧？」
綠一瞬間驚訝地看著鈴子，隨即像贊同鈴子的說法似地，微微地笑了。
「也對，鈴子不可能不知道，畢竟妳媽媽在我們公司工作呢。」

「不光是這樣，來這裡之前，我還待過大森海岸喔！天皇廣播之後母親就開始到那裡工作了。」

鈴子半帶著自傲的神情，微微挺起胸膛說道。和望都交談時她也有相同的感覺，不論是自己的真心話或是家裡的事，能和不用隱瞞的對象說時，自己顯得最為坦率，而且也感到很輕鬆。說不定綠和住在宿舍的大家心情都相同。為什麼會到熱海來，為什麼會做現在這份工作，在這裡的人大部分都有不想和別人一一說明的苦衷。或許正因為是這些女人，才不會過問鈴子為什麼不去國民學校，卻來這裡念書。尤其最近鈴子時常感受到她們的溫柔貼心，什麼都不說，只是把巧克力放在桌上，或是給鈴子生理用品，擦身而過時還會笑著說「加油喔」。

「那麼這些事，妳當然也知道吧。」

綠一臉認同地點點頭，換句話說，進駐軍好像對所有慰安所「抱怨連連」。

「因為這些慰安所讓GI們染上了性病，怎麼治也治不好。一個傳一個，沒完沒了，說什麼再這樣下去，乾脆全部禁止進入。」

「他們又這樣放話啊？」

鈴子的嘴翹得比綠還高。

「性病的事我在大森海岸時就聽說了。但是，大家有加強消毒，也請醫生來診察了不是嗎？」

「是嗎？這樣啊！搞不好RAA的事鈴子知道得比我還多呢！」

綠似乎聽到了意想不到的事，睜大眼睛望著鈴子，又像突然想起了什麼，身體猛然向前傾。

「話說回來，妳媽媽真是了不起啊！該不會原本就和煙花界或風俗業有什麼關聯吧？」

鈴子一副「才沒這回事」的表情搖著頭，告訴綠母親嫁人後就沒有再出去工作過了，綠恍然大悟地用力點了點頭。

「也就是說，妳媽媽是自己開竅了，或說是嗅到了時代的改變吧。」

綠一副欽佩的模樣，說著「真了不起」，發出像在感嘆又像低吟的聲調。

「在這麼混亂的情勢下，她真是有勇氣啊。」

「那是因為去世的父親的好友、一個叔叔剛好知道母親會說英文，所以才找她，因為是國家出錢開的公司，肯定是鐵飯碗……」

綠原本就不大的眼睛周圍畫著黑眼線，眼皮的部分又塗了藍色眼影。她瞇著的眼睛看來更細了一些，嘴角浮現嘲諷的笑容：

「鐵飯碗啊……雖然這麼說沒錯，但要是知道我們公司靠什麼來賺錢，一般的家庭主婦幾乎都會打退堂鼓吧？」

怎麼講得好像我母親不是一般的家庭主婦——其實鈴子可以這麼反駁，但是綠的話直接說中了鈴子的心思，鈴子發現自己反而感覺很爽快。

「啊，抱歉抱歉！對不起，不小心就……」

發現鈴子閉口不語，綠慌張地把手上燒短的菸在菸灰缸捻熄，唇上的口紅染到菸上，使得被捻歪的菸蒂在菸灰缸中宛如另類生物般鮮豔。鈴子看著菸蒂，緩緩地搖了頭。

「……妳說得沒錯啊。」

「我不是說這樣不好，妳了解吧？」

「我知道，沒關係。真的……是這樣沒錯。」

去年夏天起一直梗在鈴子心裡的事，初次藉由綠的嘴說出來了。鈴子感覺一直卡在心裡的討厭的異物總算被推了下去，心情輕鬆了不少。

「其實我也一直覺得很不可思議。母親為什麼能心平氣和地接受？明明還有我在一旁啊，為什麼呢？」

綠換上了一個和臉上的濃妝不相襯的安穩表情，看著鈴子。鈴子則是望著天花板大大地深呼吸。

「這是沒辦法的事，沒辦法的事，我一直這麼想……但其實心裡還是覺得不對，一直很懷疑。明明沒工作過的母親竟然能做這些事……」

「而且還是負責照顧以進駐軍為對象的慰安婦？」

對於綠的話，鈴子這次又緩慢地搖了搖頭。她不想說這樣的話。

「那些姐姐也是普通人啊。最初到大森海岸時，大家都穿著農夫褲，頭髮也都紮在後腦杓，她們怎麼看都是普通人家的大姐姐。但是，卻一瞬間就變了。做不到的人只好逃出去或是自殺。」

「鈴子，總之就是……」

綠托著腮，一副無趣的表情摳著自己手指的死皮，歪著嘴角說：

「不改變的話，根本活不下去啊。」

綠頻頻看著自己伸長的手，低聲說道，好不容易才回復成以前的手呢。戰爭時不是被迫去工廠勞動就是幫忙農作，都是一些要使力的粗活，害她手指關節腫大，或是手被太陽曬得脫皮，留下一堆乾裂的傷痕。

「畢竟我們失去了一切，剩下的就只有自己這副身體，沒有其他的了，對吧？刻苦耐勞為了國家、甚至賠上性命，結果換來了什麼？一想到這裡，不改變才讓人覺得不可思議呢！」

綠再度伸手拿了望都的菸。依然托著腮，以手指把玩著一根紙捲菸，大大嘆了一口氣：「大家真的是受夠了啊！」

「光是傻傻地相信或默默地等待，比想像中還要累呢。而且也不知道要等到什麼時候，就算這樣我們還是一心一意、真的賭上性命相信、等待、忍耐——到頭來卻是一場空。」

鈴子想起母親曾經說過類似的話。已經受夠了。那是和大衛．葛雷中校一起去箱根途中的事。鈴子度過了宛如仙杜瑞拉的一天。

「筋疲力盡，厭倦一切了，卻還是得活下去，那至少要今天一天不必擔心沒有東西吃，不必擔心沒有地方睡或沒有衣服穿。反正會關心自己的家人和手足都不在了，也沒有什麼好覺得丟人現眼的了，拋開一切裝傻過日子，反而樂得輕鬆啊。」

這麼一想，就覺得在現在這樣的時代，這種生活是最輕鬆的，綠不由得嘲笑自己似地歪著嘴角。

「但是我也知道，再怎麼厭倦了一切，也不可能一直這麼隨波逐流、沉淪下去啊。所以才決定裝扮成這樣，至少不要成為流鶯，有朝一日一定要修正軌道。」

「……綠姐的話，肯定馬上就能做到。」

不是客套話，鈴子是真心這麼想。雖然只是偶爾交換個三言兩語，但綠和其他舞孃不同，似乎總是看著未來，且通曉世事，總是那麼沉著穩重。望都說得沒錯，綠不愧是大學出身的，鈴子從以前就這麼想。

「別太抬舉我啦！我現在還是光靠一張嘴，雖然跨出去了，但結果還是隨波逐流。相較之下，鈴子的媽媽真是太了不起了。」

子。

終於把在手上玩弄半天的菸送到嘴邊，綠咻地劃了一根火柴，點燃香菸，然後緩緩微笑看著鈴

「從一開始氣魄就不同了，她很有膽識，總之，是真的徹底看透局勢了。既然都談到這了，就沒有什麼好隱瞞的了吧？我就直說了，鈴子的媽媽和進駐軍的將校在交往對吧？」

太陽穴倏地發熱，鈴子不由得低下頭。

「……原來連綠姐都知道啊。」

「大家都在傳啊！但她不是和下層的一般人在一起，而是抓住了有地位的男人呢，肯定是很有魅力吧。總之妳母親一定吃盡了苦頭，也或許是絕望透頂了。」

「絕望？對什麼？」

綠望著遠方，看起來比平常還要疲憊。因為濃妝的關係，看不出真正的表情，但看在鈴子的眼中，綠的眼淚似乎即將潰堤。

「對這個國家和這個國家的男人啊！沒錯，她肯定再也無法相信他們了，而且非常生氣吧。」

像是要把湧上眼眶的淚珠強力吞下去般不斷眨著眼的綠，又深深吸了一口氣，然後伸直了背說：

「女人啊……也有可能用這種方式復仇呢。」

凝視著某一處的綠似乎突然回過神來，露出笑容說：

「哎呀！這種話真不應該對鈴子這樣的少女說。」

對不起、對不起，笑著道歉的綠含著菸站了起來，逕自走出了房間。

7

進入二月後，存款開始被凍結了，人們手上的現金被強制存進銀行，三月三日以後，除了五圓鈔、一圓鈔及硬幣外，其他面額的貨幣都不再流通。換句話說，手邊的錢如果不拿去銀行換新幣，再怎麼有錢也形同廢紙。因此大家只好將現金拿到銀行換成新鈔，但金額卻有限制，超過上限的人，只能被迫把錢存在銀行裡。

「據說今後每個月只能領出五百圓？在什麼都飆漲的局勢下，這要怎麼生活呢？」

寄宿處的老闆娘每天反覆抱頭喊著「傷腦筋」，又因為開放兌換的時間很短，只能每天跑銀行，而且一等就等上好幾個小時。

「如果房客只能以舊鈔支付住宿費，那真的很苦惱啊。」

「聽說現在只有零錢還能用，所以大家都在蒐集零錢，連找錢都不給了呢。」

老闆娘和其他人不斷抱怨的同時，一旁的母親卻不吭聲，意外地沉著。至於理由，鈴子已經從望都那裡聽說了——只有一部分的人和進駐軍能毫無限制地把現有的日本錢幣換成新的貨幣。就是這樣。

換句話說，母親靠著和大衛．葛雷中校的關係，肯定已經事先換到了一筆新鈔。某一天晚上，鈴子和母親確認這件事，母親一臉理所當然地點了點頭。

「光這個春天，我們就多了不少支出，這種時候更要用用這裡啊。」

這一天，母親穿著像蒲公英般鮮黃的毛衣，一臉開朗地笑著用手指了指自己的腦袋。

看到這樣的母親，鈴子不由得想，她真的是對所有人都感到絕望了嗎？雖然看起來比任何人都滿足，戰爭結束後好像每天都過得很愉快，但是，那時綠說的話也很有道理。畢竟鈴子依然清楚記得母親說過的「已經受夠了」。

「對了，小鈴。」

明天終於要進入三月了，晚上用完晚餐後，兩人聽著收音機時，母親突然叫了鈴子。

「大衛問妳下個星期日要一起去箱根嗎？」

「鈴子不是說過不要再去那種地方了嗎？」

最近沒有外人在場時，母親會稱大衛．葛雷中校為「大衛」。聽到這樣的叫法就讓鈴子感到不舒服，但母親似乎一點也不在意，真讓人無法置信。事實上，連綠都知道了，表示母親的行為很明顯。其實今年以來，她已經和大衛．葛雷中校去好幾趟箱根了吧？看來她根本無意隱瞞，但鈴子仍然裝作不知道。如今只剩下母親和自己相依為命，鈴子實在不想和她爭吵，何況她也接受了這是生存的必要手段。鈴子已經這麼替母親著想了，希望母親能察覺，沒想到她又來邀約，母親說道：

「這次很特別喔！」

「星期日剛好是女兒節啊。因為美國沒有這樣的習俗，為了加深日本和美國的親善關係，所以要讓美國的女孩們體驗一下日本的女兒節。」

如果答應要去的話，母親明天就會準備好一套長袖和服和草鞋等應景的服飾。

「當然不可能馬上訂做，但如果小鈴要去，我會找一套適合妳的高雅和服喔。」

長袖和服。

想起自己接收的光子姐那套華麗和服，鈴子瞬間倒是頗為動心。再過幾年就會由鈴子傳給千鶴子的長袖和服，也在去年的空襲中被燒毀了。啊，又想起了討厭的過往。

「當然，飯店也會精心準備料理喔。」
「母親。」
「什麼事？」
「母親真的不在意嗎？」
今天的母親穿著白色罩衫、外面披著清爽的藍色針織衫，鈴子其實很久沒有面對面好好看看她了。這身打扮加上略歪著頭的樣子，讓鈴子驚覺母親又變得更漂亮了。
「什麼？」
這氣質不正是大人常說的「洗練高雅」嗎？感覺好像脫掉了一層皮，舉止不疾不徐、優雅大方，宛如出生以來一次也沒有經歷過悲慘或痛苦的事。
「我是說……」
在戰爭結束前，遭空襲隔天終於見到宮下叔叔時，母親立即綻放笑臉；三個人在目黑的家一起生活時，母親也是一副沒有宮下叔叔不行的樣子；但是去掉戰爭、去掉這身打扮，母親也從來沒有散發過現在這樣的氣質啊。
「妳想說什麼？」
「……沒事。」
現在說這些也無濟於事。把自己的家燒毀、害家人死掉的國家的人，為什麼妳能心平氣和地和他交往呢？就算這麼質問，母親也不可能回答「那我放棄這段關係吧」。即便就像綠所說的，驅使母親這麼做的原動力來自對日本的絕望抑或憤怒，但總之她如今毫無疑問是獲得了至今不曾有過的生活。如果不這麼做，絕不可能變得如此美麗。

「小鈴。」

「……是。」

「母親想說說春天之後關於小鈴學校的事。」

話題突然改變了。其實鈴子每天都想要問，一直等待著母親主動提起，但又覺得希望渺茫，所以不敢問。

「四月開始妳就可以去上女校了。」

「……真的？」

慢慢將落在自己手邊的視線往上揚，母親依然一副平穩的表情，正好伸手去拿菸。「只是啊……」在點燃了菸後，她瞇著眼睛說。母親這時的表情和吐煙的方式、手指的動作，不知為何和綠她們截然不同。

「要降一學年入學。」

以鈴子的年齡來看，如果念完六年的國民學校後升上女校，這個春天原本應該升上女校三年級。但怕她跟不上學習進度，所以改編入下一個學年，和低一學年的學生一起上課。母親這麼說明。

「這樣可以嗎？」

「……降一學年就能追上進度嗎？」

鈴子實在太久沒有上學念書了。去年春天大空襲後學校就關閉了，也是沒辦法的事。再前一年則因為盡是勞動動員，根本沒能好好上課，即使多少上了幾堂課，但女校教的課業大概一點也沒學到。因此，如果真的能再去上女校，或許得從一年級開始才行。但是母親溫柔地搖了搖頭要鈴子不必擔心。

「去年春天之後學校就停課了，前一年也沒能好好上課，其實到處都一樣。不但是這樣，比較高的年級甚至被迫畢業，鈴子還算好的。而且，為了追上進度，望都現在不是每天拚了命教妳嗎？剩下的就看小鈴自己是不是有心努力。」

「那麼……我真的能去嗎？鈴子……可以回去當女學生嗎？」

空洞至今的心瞬間充滿了溫暖和光明，鈴子內心深處就像噴出了明亮的光團。

可以當女學生。

不必當舞孃。

「謝謝妳，母親！」

母親靜靜地微笑，皺起的唇間吐出白煙，似乎在思考著什麼。興奮得幾乎要站起身來的鈴子，盯著母親的臉。

「……還有什麼事嗎？」

母親歪著頭不動，將手邊的菸捻熄，重新收緊雙唇。鈴子不由得吞了一口口水。

「那間學校啊……」

母親表情平靜地望著鈴子的衣領處，這是母親即將談重要事情時的習慣。微微起身的鈴子再次坐回薄坐墊上，看著母親。

「離這裡有點遠。」

「……在哪裡？」

「箱根。」

「箱根？那間飯店附近嗎？鈴子有辦法到那裡上學嗎？」

「這當然不可能啊。所以啊，小鈴……」

母親的視線緩緩上揚，和鈴子的視線相接。

母親真的變漂亮了。

鈴子看得入迷的同時，母親的嘴唇動了起來：

「有宿舍……得住在學校的宿舍。」

住校代表要和母親分開生活，和其他不認識的人住在一起，一個人睡。

終於要變成一個人了。

沒問題嗎？

當然啊！這麼點事，辦不到的話怎麼行。

但是，為什麼？

這樣對母親來說更方便嗎？

鈴子的腦海裡剎那間閃過了各種想法。是想把我這個拖油瓶甩掉嗎？

不可能。

母親怎麼會做這種事。肯定是為了鈴子著想，才找了鈴子真的能安心念書的環境。

但這麼一來母親也更自由了。

「其實母親也想過讓妳去上東京的女校，但我實在不想讓小鈴回去東京。現在的東京太危險了，環境也說不上好，如果本所的家沒有被燒毀或許還有辦法，但現在的情況並不是這樣。所以母親才想要找一間現在對小鈴來說最好的女校。」

鈴子感到無法呼吸，不知道自己剛才充滿了溫暖火焰的內心，這時又將如何變化。

「雖然同樣在箱根，但學校離那間飯店還很遠呢。母親親自去了一趟，那是個很棒的地方，而且因為地點的關係，幾乎全部的學生都住在宿舍裡。原本是位在東京市區的學校，因為空襲才疏散到那裡的。」

「整個學校？」

「聽說有跟學校相關的人將箱根的土地租給學校。」

沒問題。

我才不會失望呢。

而且仔細想想，再也沒有比這更好的選擇了。可以進宿舍和同年紀的女孩們一起生活，簡直就像《少女俱樂部》裡刊登的故事那樣。

「而且啊，那是一間基督教學校喔。」

「基督教學校？」

鈴子再度睜大了眼，愈說愈像故事情節了。母親還真是厲害，竟然知道有這樣的學校。當鈴子不可置信地問了母親，她才透露其實是因為大衛．葛雷中校幫忙遊說，鈴子才被允許入學的。啊，這個名字又出現了。鈴子拚命忍住反射性扭曲的表情。自己並不是不能接受，宮下叔叔那時她一樣辦到了。

「大衛很擔心小鈴的事。既然要面對今後的時代，他認為日本的女孩也應該好好學習，還跟我說『不要限制了 Bell 的潛力和能力』喔！」

也就是說，他和父親完全不同呢！但鈴子硬生生吞下了這句話。啊，父親啊。莫非父親真的和鈴子心中認知的父親完全不同？

「他是在百忙之中抽空幫我聯繫、拜託對方的呢！所以小鈴至少得見他一面，好好和人家道謝才行。這一點妳應該做得到吧？畢竟也到了能自己做決定的年紀了。」

原來是這樣啊。

要一直像現在這樣到望都的房間念書，終究是不可能的。但說老實話，鈴子實在沒有成為舞孃的覺悟，也沒有去土產店當店員的決心。

沒辦法，為了能去女校念書。

鈴子慢慢地深呼吸，然後點點頭。

「我會好好跟大衛中校道謝，但我還是決定不去箱根的飯店。嗯……是不能去。」

「是嗎？為什麼……」

「因為……如果有時間，我想要加緊念書。」

母親的臉輕顫了一下。鈴子終於想起了久違的母親，這才是母親真正的樣子。她討厭輸，在匡哥還小的時候，甚至打他的屁股要他好好念書，叫他不論如何都要以第一名為目標才行。

「我當然也想慶祝女兒節，但是都已經要降級入學了，如果還無法跟上進度，那不是會讓幫忙的葛雷中校丟臉嗎？」

鈴子知道母親正飛快地思考著。

「啊，對了！可以請母親拜託中校，看能不能先拿到女校一年級的課本嗎？」

母親露出了試探的表情看著鈴子，然後才爽快地點了點頭回答「我知道了」。

「既然決定要去上女校，當然不能輸給新同學啊！」

這時的鈴子突然恍然大悟。不論何時都要比別人更優秀、不論如何都不想和「大家」混為一談，母親原來是這樣的個性。將憤怒和絕望當成激勵，母親比誰都想要盡快從戰爭的痛苦中掙脫。因為這樣而不惜努力，甚至不擇手段，這或許才是真正的母親。

結果女兒節當天，母親和大衛．葛雷中校兩個人去了箱根。鈴子努力堆出滿臉笑容，低頭向來迎接母親的中校說了「thank you very much」，靜靜目送兩人離去。

「全部都變成 off-limit 了！」

剛好一週後，抱著大衛．葛雷中校想辦法取得的女校二手課本，正要去望都的住處時，鈴子聽到從裡面跑出來的舞孃喊著這句話。

「全部？什麼意思？」

「就是說我們公司的慰安所啊！一個都不留，全部！」

認得的舞孃全都十分興奮的樣子，還沒化妝的細長眼睛睜得老大，嚷嚷著：「事情可糟了！」

「為什麼？這和姐姐們沒關係吧？」

「當然有關係！大大有關係！」

其他的舞孃也一樣興奮地加入「全都變成 off-limit」的話題。

「等等，全面禁止的話，慰安婦們怎麼辦？」

「全部都會被趕出去吧！」

「趕出去？」

「那些人會怎麼樣呢？」

鈴子不由得插嘴，兩個人互望後，以極為不安的表情低聲道：「會變怎樣呢？」

不久，街頭巷尾開始充斥著流鶯。

第六章　再會及其後

1

歌舞伎演員片岡仁左衛門被殺了，屍體在三月十六日被發現，剛好是星期六。那天母親正好在中午過後回到家，下午要和鈴子一起前往東京住一晚。去程和回程都由大衛．葛雷中校開車，在等著中校來接時，鈴子和母親一起吃著放了很多蕪菁的粥配滷嫩竹筍當午餐。正當兩人閒聊著當下的時節，品嚐著軟嫩的蕪菁，咀嚼著好幾年不曾嚐過的竹筍口感時，收音機卻傳來了這則新聞。

「真是太可怕了。為什麼像仁左衛門這麼有名的人會遇到這樣的事。」

母親的筷子停在半空中，入神地聽著收音機，似乎受到很大的打擊，反覆說著「太可怕了」。

「我以前去看過他的舞台表演。他演的是女角，真的是位很漂亮的演員呢。」

事件發生在他位於澀谷區千駄谷的家，十二代片岡仁左衛門和年輕的繼室，加上年幼的兒子一家三口，以及當時住在家裡幫傭的兩名女傭共五人，從昨晚到今早這段時間，在睡夢中被人用砍柴的斧頭砍死。新聞說道「不光頭部，顏面也有多處毆傷」，此外有一位同住女傭的哥哥行蹤不明。

「真是一片混亂啊。沒問題吧？這時候帶小鈴去東京。」

「我們又不是去澀谷。」

而且我們是跟大衛・葛雷中校一起，不需要害怕吧？這句話鈴子當然沒說出口。說實話，她根本不想見到大衛・葛雷中校，也不希望受到他的照顧，但這次真的是不得已的。

因為戰後的殘局還沒復原及石炭不足，火車的班次原本就不夠多，還得挪出進駐軍專用的列車，加上得把許多列車先撥給美軍使用，日本人只能擠在長長的隊伍中一票難求，等著不知何時才會來的火車，並且忍受擁擠不堪的車廂——從這種地方也能感受到日本人連火車都不能隨意搭乘的不便。

鈴子就快要成為女學生了，而且還要住進宿舍，已經沒有必要打扮成男孩的樣子，頭髮也長長了。因此這次她們要到東京把學校用品、日常必需品，以及宿舍生活必備的東西都買齊，還得準備包含內衣在內的幾套女生衣物才行。因為時局紛亂，校方並沒有硬性規定要準備上下一套的制服，但依然指定了幾種顏色和款式，以求某種程度的統一。就算要訂製也得鈴子本人去才有辦法，所以這次只好勉強帶著鈴子一起前往東京。或許母親其實想和大衛・葛雷中校兩個人去就好。

先不管這些，畢竟只有和大衛・葛雷中校一起，才能進到去年年底在銀座開幕的東京ＰＸ買東西，這是鈴子最期待的事。三越百貨對面的服部時鐘店被接收變成這間進駐軍專用的店，原本是不讓日本人進出的。只要到這家東京ＰＸ，進駐軍和他們家人的衣物、生活用品、食品和菸酒等各類商品應有盡有，幾乎和在美國沒有兩樣。一般日本人只能在路邊的攤販或黑市買東西，為了搶購中古貨或單腳的鞋子還得拚上老命，看在鈴子眼裡雖然多少感到內疚，但她仍不由得被能買到閃閃發亮的全新舶來品的欲望所誘惑。

而且，買到的東西可以直接放到車裡，輕鬆地返家，不必擠好幾個小時的火車。聽母親說，火車上幾乎動彈不得、擠得水洩不通，連上面放行李的置物架都躺著人。如果真的有過一次那樣的經驗，管他開車的人是誰，肯定都能睜一隻眼閉一隻眼，坦然接受。所以今天鈴子要自己盡量擺出乖巧的笑臉面對大衛．葛雷中校。

「明天也一樣喔，小鈴，不准一個人四處亂走。絕對不要去一些亂七八糟的地方喔。」

母親一臉神經質，蹙著眉頭。明天將鈴子所需的用品全部買齊後，就要找個地方一起吃午餐，母親下午還要到RAA總部辦事，傍晚再和大衛．葛雷中校會合，然後一起回熱海。

「要聽話喔。」

「我知道啦！」

「雖然還打扮成男孩的樣子，但現在的東京和以前大不同了，真的有好多壞人，不是能讓人安心的地方，在哪裡發生什麼事都不意外啊，妳要有警覺心喔。」

「母親，妳認為殺死仁左衛門的犯人是日本人嗎？是搶匪嗎？那個住在一起卻行蹤不明的人又去了哪裡？」

回到這個話題時，母親只是瞬間歪著頭疑惑地思考著，接著再度蹙著眉頭嘆了口氣。

「現在已經分不清誰是誰了吧。」

「誰是誰？」

不論是日本人還是外國人啊，母親半放棄地說。

「不僅到處都是進駐軍，中國人和朝鮮人也從日本解放、成為戰勝國的人，立場顛倒後，他們還真是作威作福、任意妄為啊。據說掌控新橋和新宿附近巨大黑市的也是這些人，銀座附近不知道地主是誰的土地也都被買光了呢。」

「那些人變成戰勝國了？」

母親點頭說，就是啊。

「為什麼？」

「哎，是為什麼呢？」

日本和中國確實是敵對作戰，但朝鮮只不過是日本的殖民地，應該沒有打仗吧。但為什麼他們變成了戰勝國呢？再說，日本是輸給美國，又不是中國。

「不光是這樣，小鈴用自己的眼睛仔細看看就知道了，日本人被逼到走投無路時也只好墮落了。唉，倒不如說，對日本人更要小心才行。」

長期的戰爭讓大家筋疲力竭，眼睜睜被比自己高大、物資又豐富的美國人騎在頭上，讓日本人變得十分卑屈。好不容易活著回來，家人和住處卻都沒了，更找不到工作，在絕望之餘加入暴力團體或自暴自棄的男人不在少數。母親接著說，愈來愈多人為了自己的生存而不管其他人，在完全吃不飽而營養失調的狀態下，根本不可能去顧別人的死活。聽到這些話，鈴子就想起匡哥，不禁愈來愈擔心。

「匡哥會不會也找不到我們、變成這種人了？」

「這妳倒是不必擔心，匡還沒回來。我到本所的市公所登記了這裡的地址，也去復員部確認了好幾次他是不是已經回來了。只要他一回來肯定能找到這裡的。」

陸軍部和海軍部已經不存在了，去年年底開始改名為復員部。

「之前還說什麼一億總火球呢！」

鈴子不由得呢喃，母親放下筷子，這次換上了嘲諷的口吻歪著嘴角說：

「現在回想起來，那根本是國家在背地裡操弄，不斷想出新的口號，就像念佛經一樣讓我們唱誦。這麼多年來我們這些國民像笨蛋一樣相信，而且什麼事都照辦，認為為了國家什麼都可以犧牲，連自己最心愛的兒子也送上戰場，結果完全沒有得到任何回報。什麼火球！反而讓自己住的地方被燒成火海，像千鶴子這麼無辜的幼小生命都被殺害——這算哪門子命運！」

她終於爆發了，把所有想說的都宣洩而出。鈴子心知肚明。因此，母親看透了這個國家，還有這個國家的男人。

最近母親飯後開始喝咖啡。大衛．葛雷中校送給她一套咖啡用具，像撈金魚的圓圈掛著布袋的是布濾網，還有磨豆的工具，當然還有咖啡豆和砂糖。以前肇哥在泡咖啡時，用的是新奇的玻璃虹吸式咖啡壺和酒精燈，鈴子這才知道，原來沒有這些道具也能輕鬆沖泡咖啡。吃完飯後，母親會拿著在炭火爐上咻咻作響的鐵壺，小心地將熱水注入裝著咖啡粉的濾網裡，獨特的香味隨即散發出來，讓鈴子也不由得被吸引。每每聞著咖啡香，就像時鐘倒轉，回到了過去，那再也不可能重現的歲月。

緩緩注入熱水，在一滴滴濾好的咖啡裡加入砂糖，用小匙子畫圓攪拌後，母親像往常一樣點菸，一副理清了所有思緒的表情。

「以後像這樣和小鈴面對面一起吃飯的次數也會變少了呢。」

鈴子要母親將熱水倒入吃完粥的碗裡，正默默地吹涼熱氣。很開心嗎？還是寂寞呢？真想問問母親。雖然她可能不會說真話。

「所以，母親想趁現在好好跟妳說明我的想法，妳聽好囉。」

氣氛突然嚴肅起來，讓人不禁正襟危坐。鈴子戰戰兢兢地抬起視線，母親換上一副奇妙的表情說道：

「小鈴，從此以後……妳一個人也要能堅強地活下去。」

突如其來的話讓鈴子摸不著頭緒。

一個人？

這句話在腦袋裡打轉。吐了一口煙後，母親瞬間緊抿著唇，看著空中的某處。換句話說，是要我有做為戰爭孤兒活下去的覺悟嗎？當鈴子正想開口說，母親果然認為她是個累贅的拖油瓶時，母親再度開口了。

「當然，這不是指現在馬上。我說的是小鈴的未來，長大以後的事。」

「……未來？」

母親話中的意思鈴子當然明白，是指未來的事。但老實說，她到剛才為止都還無法想像自己會有未來。已經好幾年了，只能思考明天的事，不斷被教導即使是身在後方的女孩，也要有隨時為國捐軀的信念，為國家奉獻一切是理所當然的。因此鈴子不知從何時起就這麼放棄了想當小譚寶的願望，甚至忘了自己曾經有過的夢想。現在突然說到未來，她的腦袋簡直一片空白——未來！

「母親希望小鈴做自己想做的事。不論想做什麼都可以，總之，希望妳有獨力過活的能力，不要依賴男人，靠自己的能力活下去。」

「換句話說，是要鈴子不要嫁人嗎？」

這也和自小被教導的觀念完全相反。光子姐那時候，母親和父親明明還異口同聲。

說什麼身為女人，最幸福的人生，就是找到門當戶對、家世清白的人家嫁過去，早點生小孩，服從丈夫和夫家，被大家所愛。最重要的是登對的對象，至少不能比鈴子家還要不如。如果丈夫和婆家自覺卑屈配不上，結果只會被欺負、過得很辛苦，但要是嫁給身分地位差太多的名門望族，也會被看不起，最後只能有苦自己吞。

如果對方的家族有遺傳性疾病或是體質不好那可不妙，親戚有見不得人的前科或經歷也不行，要結婚就一定要全部調查清楚，才能衡量是不是登對，判斷能不能生出健康的孩子，這一切絕不是一個年輕人能輕易看出來並且自己決定的。因此不能被一時的感情沖昏頭，尤其是女生，更要好好守住貞操，在嫁人前絕對要保持處女之身——那時父母親經常灌輸她們這樣的觀念。

「鈴子已經無法嫁到正常的好人家去了嗎？」

「妳怎麼會這麼說？」

「因為……」

因為現在她們不但變成了單親家庭，也沒了房子，加上只剩母親一個家人……鈴子逐一訴說著這些情形時，母親搖了搖頭，表示她不是這個意思。

「母親認為，今後已經不再是那樣的時代了。」

母親噘著嘴吐出一口煙，又啜了一口咖啡。如果父親看到現在這個把頭髮燙成柔和的波浪、肩上披著針織衫的母親，肯定會瞠目結舌，連心臟都停止跳動吧。誰想得到以前一年三百六十五天都穿著和服的母親，如今已完全融入洋裝的打扮。

「小鈴，妳也看到這個家的樣子了。我們家絕對不是有錢人，但妳父親年輕時創業成功，是個健康又有自信的人，所以我死去的雙親才會決定這樁婚事。但是，就算嫁到小有資產的家庭，也不能保證一生平安順利，小鈴，這一切的遭遇，我想妳都看在眼底了。」

「但這不都是因為戰爭的關係嗎？」

母親只是略略歪著頭，表情看不出是快樂還是悲傷，眼神猶疑不定的樣子，鈴子也無法判斷其中的含意。

「沒錯，如果沒有這場戰爭，我們的命運肯定和現在完全不同。但是……」

母親接著說：「聽好了，小鈴。」身體微微前傾。

「即使沒有戰爭、沒有失去任何一個家人……」

母親凝視著香菸前端的火焰，不久後聳了聳肩，發出罕見的深深嘆息。

「直到最近我才體認到，家人確實很重要，是不可取代的。但是，如果我依然像在本所的家一樣伺候妳父親、養育你們長大，按以前的方式生活……我的心真的能獲得滿足嗎？」

母親到底想說什麼，鈴子完全聽不懂。她宛如在說，即使父親和千鶴子沒有死，肇哥和匡哥沒有因為戰爭而被徵召，光子姐過著幸福美滿的婚姻生活，自己也無法獲得滿足。換句話說，母親認為比起被家人圍繞的生活，和大衛．葛雷中校交往的現在更好嗎？努力想理清腦海裡的混亂時，母親又繼續說道：

「小鈴啊，雖然現在只剩下我們母女倆相依為命，但我們在現在這個國家，能有這樣的生活算是幸運的了，妳明白嗎？」

這鈴子當然知道。每天能泡溫泉，有乾淨的衣服穿，不會被跳蚤或蝨蟲叮，也不用擔心流行性斑疹傷寒。每天的飲食固然有多有少，至少三餐都不必煩惱，也不用懼怕風吹雨打，夜裡還有棉被可以蓋，而且她今年春天開始就要重新去上女校了。

「這當然和父親遺留下的一切有很大的關係，但是母親從學生時代就很喜歡英語，即使因為結婚後長期沒有機會使用，至少還記得一些，因為這樣才能立即找到工作，這一點也很重要。」

確實如此。但也多虧了宮下叔叔的介紹不是嗎？

「就算這樣，母親現在還是切身感受到自己真的是半吊子啊。」

這次變成半自嘲的表情，母親歪著嘴說道：

「只有這樣半吊子的程度是不行的，如果當初更認真念書就好了，現在真的很懊悔呢。」

「但是……」

不由得插嘴的鈴子，感覺自己的內心有什麼正不斷冒出來。啊，大衛．葛雷中校已經快要來了，現在不是時候說這些多餘的話，但偏偏不能說的話已經湧上喉頭，不受控制地自動冒出來：

「不足的部分，不是由男人填滿了嗎？」

母親的表情突然僵住不動。果然不應該說的，鈴子立即感到後悔。但說出口後卻再也無法克制，各種心思一一湧了上來。

「這也算是一種才能啊，鈴子是這麼想的。畢竟只有母親才做得到啊。」

母親面無表情，視線落在咖啡杯上。從去年為止還是敵國的人手中收到的咖啡。母親聞著那陣香味時，肯定沒聯想到吧？本所的家，全家團聚在一起的生活，大家的笑容。為什麼能這麼心平氣和地喝著那些咖啡，鈴子始終無法理解。

「是之前認識的姐姐跟我說的。她說鈴子的母親真的很了不起喔，日本各地的國民聽到天皇的廣播後，大家都不知道明天應該怎麼辦才好，母親卻比大家更早一步找到ＲＡＡ的工作，幫那麼多女人成為美國士兵的防波堤，甚至兩三下就擄獲了進駐軍的將校。」

「……誰這麼說的？」

「是誰說的不重要。只是母親也不是從那時候才變得這麼厲害，從父親死去時就是這樣了。妳好好抓住了宮下叔叔，多虧了他，我們才能活下來不是嗎？」

母親的臉色漸漸變得蒼白，感覺好像遭遇了很悲慘的事，但鈴子仍然不吐不快。

「……光子姐也說過，要鈴子好好地看好母親。當時我不明白是什麼意思，但現在終於知道了。」

「我說小鈴，再過不久我們就要分開了……」

「這不正是母親希望的嗎？」

「小鈴，母親不是……」

「不是嗎？母親不是想要更自由嗎？所以才拜託大衛．葛雷中校幫忙找有宿舍的女校。鈴子……多虧了去年前還被教導是鬼畜的人的幫忙，今後要為了能一個人活下去而開始念書。」

母親細長的脖子顫抖了一下。

「沒問題的，不必擔心。鈴子一定能靠自己好好活下去。一定可以。因為……鈴子沒有母親這樣的才能，必要時會緊緊抓住某個男人，然後再換更好的，鈴子肯定做不到。」

說著說著，鈴子察覺自己的聲音已經變得沙啞，卡在喉間，感覺怎麼也吐出不來。她不明所以，只感到莫名激動的情緒卡在喉嚨深處。

「啊啊，我一點都不知道呢！」

又熱又苦澀的東西湧了上來，聲音顫抖著，視線愈來愈模糊。鈴子用力伸直背看著天花板，從眼角掉下的淚水流進耳裡。

「我真的不知道……原來母親是這麼看我們的，原來妳一點也不想要父親和哥哥們。」

「不是的！絕對不是這樣！小鈴，母親想說的是……」

「所以這樣最好了不是嗎！再過不久，鈴子也會從妳身邊離開，這麼一來，母親就能一個人隨心所欲做自己喜歡的事了，這樣正合妳意！」

自己的聲音響徹在自己的身體裡，鈴子甚至忘了要擦掉眼眶裡掉下來的溫熱眼淚，顫抖著嘴唇直瞪著母親。

「我就說了，不是這樣的啊……」

「算了，夠了！」

一切都是這麼讓人厭惡。真的很過分。一點也不想再看到母親的臉。真想現在就馬上住進宿舍。鈴子終於忍不住趴在桌上痛哭，心裡反覆想著太過分了，哭了一陣子，走廊傳來喊「二宮太太」的聲音，是老闆娘的叫喚。

「人家來接您了。」

這時鈴子突然止住了哭泣，也盡量克制住肩膀的顫抖。如果繼續哭，東京之行肯定泡湯。不行，一定要去東京。

重新坐好，用手背拭去了眼淚，眼前的母親與其說是筋疲力盡，不如說是一臉怔忡地看著鈴子。

2

外面頻頻傳來各式各樣的吵雜聲，讓人始終無法入眠。喀喀響的鞋聲，車子駛過的呼嘯聲，劃破空氣的喇叭聲，路人的說話聲，沉重的物品滾落的聲音。躺在床上一動也不動地聽著這些聲音，鈴子終於明白自己平常生活在多麼安靜的地方。

這裡確實是東京，她切身感受到自己的確回到了東京。雖然感受到了，卻莫名地讓人無法靜下心來。東京是這樣的地方嗎？雖然知道氣氛會因地區而不同，本所的家和之後移居的各個小鎮，還有目黑，確實氛圍都不一樣，大森海岸更是有天壤之別。但現在感受到的，似乎又不同於以往。

接近尾聲的冬季仍然乾燥，空氣中依然充滿了塵埃。但和以前整片燒光的焦土不同，顏色、氣味、風景都變了。從大衛．葛雷中校的車子往窗外望，鈴子看到大樓和大樓之間有農田，鐵皮屋頂的小屋雜然聚集，雖然還殘留著過往的城市風景，但空襲後遺留的許多斷垣殘壁仍在，鐵架就這麼突出，宛如古代遺跡的磚塊邊即是炸彈落下的痕跡，還有滿是孑孓的積水灘。一旁又突然緊接著出現「市場」的招牌，有些地方甚至夾雜著各式英文看板，像是撿來的殘骸破片勉強組成的，東京各地拼湊成了一片汙穢的風景。

此外，他們前往的每個地方都擠滿了人群，不知是為了什麼而排隊、群聚，有像是在等候都電的長長隊伍，有綁著頭巾的人群組成的團體，也有穿著農夫褲的女人們聚在一起，不分大人小孩，只是專心地看著什麼。除了日本人外，每個地方也都夾雜著比日本人高上一個頭甚至更多的高個子白人，五個人或十個人成群結隊，一臉理所當然地四處走動。其中也有正對著一群日本孩子說話的白人，還有人拿著相機拍這些孩子。每條街上幾乎都有英語的標示，四處停著吉普車，在十字路口一定會有看不出年齡和性別、髒兮兮的孩子和乞討的人，以及躬著背的露天攤販。

站在大衛．葛雷中校的一旁，母親幾乎是喃喃自語地說：

「東京竟然變成這麼髒亂的地方，擠滿了這麼多人。」

鈴子看著雜亂的人群而感到暈眩，明明幾天前這麼期待來東京的，或許出門前哭過的心情也有影響，她一點都不覺得開心或快樂，反而覺得陰鬱沮喪。

「大衛很擔心喔，他問 Bell 怎麼了嗎？」

去吃晚餐的路上，母親終於忍不住吐出了這句話，但鈴子仍然無法做出任何回應。她根本不想看到母親的臉，原本打算今天要努力裝出乖巧模樣的心情也完全洩了氣。每當大衛・葛雷中校向鈴子說話時，別說微笑回應了，她連好好看著對方都做不到，再怎麼努力，也擠不出那麼一點力氣。被帶去和箱根飯店不相上下的氣派飯店裡，吃著使用刀叉的豐盛晚餐。同樣穿著黑色西裝、但比新熱海酒吧的拉客男人更正派有禮的男士們，還有穿著黑色洋裝、圍上純白圍裙的女侍，每個人都恭敬地提供貼心的服務。美麗的盤子裡盛著至今為止沒見過的厚肉塊，搭配顏色繽紛的紅蘿蔔和其他蔬菜，佐以散發著香氣的配菜。但是鈴子一點食慾也沒有，感覺一吃就會吐出來，幾乎沒有動。

「或許是因長途車程而暈車吧。」

母親不安地看著鈴子，拚命向大衛・葛雷中校說明。大衛・葛雷中校只是輕輕點頭看著鈴子，偶爾輕輕搖頭、微笑眨眼，或眉毛高挑，做出各種表情。為什麼能做出那麼多奇奇怪怪的表情？眉毛、嘴巴、臉頰，為什麼能這麼靈活地動來動去？鈴子覺得莫名佩服，但依然無法做出什麼反應。

晚餐後，鈴子和母親在大衛・葛雷中校的護送下，來到有樂町車站附近的小旅館。母親之前也曾在這裡住過好幾次，但服務人員的態度卻很冷淡。

畢竟也不是每次都住這裡吧。

這麼說來，母親和大衛・葛雷中校兩個人來東京時，都住在哪裡呢？想歸想，鈴子實在提不起勁一一詢問這些事。

結果現在鈴子就在陌生的老旅館二樓，和母親躺在一起睡覺。白天激烈爭吵、嚎啕大哭的事，已宛如遙遠的過往。

一個人活下去。
思考未來。
一個人。
突然傳來一陣轟隆巨聲，鈴子全身嚇得彈了起來，接著又是一陣宛如野獸般咆哮的聲音，就發生在鈴子房間的外面。發生了什麼事？鈴子窩在棉被裡的身體變得僵硬。
「你幹什麼！」
「關你屁事！我要做什麼與你無關！」
「你再說一次！無賴！」
伴隨著激烈的喘息，同時傳來了類似互毆的聲音。鈴子倏地從被窩裡彈起，倚著窗邊偷看。正想伸手轉開窗戶的鎖栓時，卻被母親制止：
「小鈴，不可以喔，妳想做什麼？」
鈴子不理母親的話，繼續悄悄地轉開鎖栓，打開毛玻璃窗，拉起外圍的雨窗。此時又再度傳來母親更尖銳的叫喚聲，但鈴子依然將雨窗滑開，寒冬的冷風夾雜著濕雨吹了進來。從隙縫悄悄往外窺望，鈴子她們住宿房間的正下方路上，幾個男人毆打成一團。她屏住氣息，躲在雨窗暗處凝視著窗外的光景。
只有外面大街上的餘光照著，朦朧昏暗中，宛如不是人類的男人蠢動著，傳來激烈的喘息聲，還有像野獸的低吼聲震動著夜晚的空氣。他們下手又狠又猛，痛毆對方的殘酷聲音響徹在小巷內。
不久，被好幾個人包圍的男人獨自倒臥在地，周圍像影子般的男人仍不斷踹著倒臥的人。
「你這傢伙，看清楚了吧！」

「敢學這種事！」

「好大的膽子，哼！」

在急促不平的喘息中，傳來此起彼落的叫罵。這些人全部都是日本人沒錯，日本人之間互相毆打、互相欺負。鈴子全身起了雞皮疙瘩，不只是因為寒意。她仍屏住氣息不動，不久，男人們一一撂下狠話後便鳥獸散，她則依然望著灰頭土臉倒臥地上的男人。

「妳到底有沒有在聽！」

鈴子在母親的怒罵聲中，正打算關上雨窗時，這次換成了女人尖銳的聲音。「小康！」急促的腳步聲從大街上傳來，一看就知道是女人的身影。穿著蓬蓬的裙子，長髮燙成波浪，鈴子不由得想起綠，忍不住又躲起來看著他們。

「小康！」

女人跑向灰頭土臉的男人。

「啊，怎麼辦！你振作一點，喂，小康！」

當女人蹲在男人身邊時，之前宛如死去般一動也不動的男人，才終於挺起上身推開女人，把她推得倒向一旁。

「妳別多管閒事！我不是叫妳不必管我嗎！」

「怎麼可能不管你！喂，你還好吧……」

「拿開妳的髒手，妳這個流鶯！娼婦！」

大街上仍陸續傳來熙熙攘攘的吵雜聲和鬧哄哄的氣氛，一旁的小巷裡卻是一股令人作嘔的、互相叫罵毆打的陰暗世界。

「喂，你這是對姐姐說話的口氣嗎！」
「姐姐？什麼姐姐？妳還有臉這麼說，像妳這樣的妓女？別開玩笑了！」
男人搖搖晃晃地站起身，似乎要對女人動粗。
「聽好了，妳有種再回家看看！」
「你說什麼！你知道我是以什麼心情……」
「不要再說了！反正跟我沒關係！聽好了，別再用這麼髒的錢買食物給老媽和玉代她們了。」
兩個影子搖晃著。不知何時，母親也站在鈴子身後，感受到背後的氣息時，鈴子想起了在大森海岸的事。自目黑搬家沒多久後，某天她和一個編著辮子、身穿農夫褲的姐姐在住宿處的走廊擦身而過，當時那個姐姐一臉驚訝地說：「還以為是我弟弟。」而隔天她就去了小町園了。
「……你以為我是心甘情願這麼做的嗎？」
女人低沉的呢喃聲傳來。
「我所做的一切，還不是為了你們！」
吼叫聲幾乎要劃破冷空氣，但男人的影子沒有停下來，也沒有回頭，逐漸消失在黑暗中，只有女人的影子被留在狹小的巷弄裡。
「我要關窗戶了，會感冒喔。」
頭上傳來母親的輕聲細語，雨窗同時被關上。回到黑暗的房間裡，外面響著「混蛋！」的嘶吼。鈴子不由得身體顫抖地回到被窩裡，將棉被拉起來蓋住了整個頭。持續傳來喀噠喀噠關上窗戶的聲音及扭轉窗鎖的聲音，接著母親回到了自己的被窩裡。
那個男人做了什麼不得不被人痛毆的事呢？為什麼姐弟竟然落得互相叫罵的局面。他是退伍的士兵嗎？自己在戰地的期間，日本和家人竟然變成這樣，他大概無法接受這樣的打擊吧。自己的姐姐竟然淪為流鶯，他肯定震驚不已，也感到很悲痛吧。他一定無法想像她有不得不這麼做的苦衷吧。那樣的人肯定還有很多，就這樣成為美國人的防波堤。

陰鬱沉重的心情終於墜入深淵，白天母親說過的話也同時在腦袋裡如漩渦般打轉著。

要一個人活下去。

不能成為流鶯，也無法成為舞孃。糟蹋身體，筋疲力盡，最後卻換來花柳病，這樣的工作肯定無法長久。望都和綠也這麼說。

不要讓人在背後指指點點，也不必擔心會染上惡疾，在匡哥回來時，能打從內心以笑臉相迎，一定要找到這樣的工作才行。

「……母親。」

鈴子從棉被裡伸出頭，輕聲呼喚，立即傳來母親平靜的聲音問道：「怎麼了？」

「鈴子……會好好努力，一個人活下去。」

「趕快睡覺，別想了。」

身旁的母親就這麼安靜下來，不再發出任何聲音。鈴子轉過身背對著母親，蜷曲著身體，用力閉上了眼睛。

隔天是個一早就降下瑞雪的寒冷冬日，但母親從上午就帶著鈴子四處奔波，甚至忙到要冒汗了。

「沒有時間發呆了，總之要盡快把事情全部辦好。」

首先是和大衛．葛雷中校三個人帶著宛如突擊隊的氣勢衝進東京ＰＸ，爽快地買齊所需的東西。由於之前曾不斷被告誡「奢侈是大敵」，因此鈴子每買一樣新的東西都得猶豫半天、找半天，甚至帶著半分責備自己的畏怯心情，沒想到那句話根本就像謊言，因為母親幾乎把鈴子伸手碰到的東西全部買給她了。即使鈴子縮回手說「還是不要了」，母親仍舊硬是買了下來。

「多買一些沒關係，如果真的不喜歡，可以送給新朋友啊。鈴子是轉學生，要和大家打成一片才行。」

既然母親這麼說，鈴子也只好坦然接受。大衛．葛雷中校只是笑笑地眺望著她們母女兩人。不光是鈴子的東西，母親也豪氣地買了許多自己的東西，還有食物、香菸和甜點等。在東京ＰＸ購物完後，接著往裁縫店，丈量鈴子全身由上到下的尺寸。他們在ＰＸ買了幾套衣服，也在裁縫店選了幾塊布料，並從型錄中選了幾款喜歡的樣式。

「她從春天開始就要進女校寄宿，希望趕在那之前收到。」

母親一副雀躍的模樣。他們去了銀座最早重新開張的裁縫店，店主是個看起來六十幾歲的禿頭伯伯，脖子上掛著捲尺，剛開始還透過夾鼻眼鏡怯懦地看著大衛．葛雷中校，後來因為母親不斷和他攀談，光要應付母親就得卯足全力了。

「這樣啊，那真是恭喜了。」

「嗯，是寄宿制的學校。」

「是嗎？寄宿制啊。」

「畢竟現在時局這麼亂，在穩定下來之前，我認為這是最好的選擇。」

「啊，聽起來真的很不錯啊。」

「我們現在還住在疏散地，實在沒有時間來試暫縫的尺寸，現在她又剛好是長高的年紀，所以裙襬請幫我們多留一些褶布，袖子也盡量長一點，麻煩了。」

鈴子宛如稻草人，一下子向前，一下子向後，母親持續不斷地向店主說明，大衛．葛雷中校則坐在店裡的長椅子上蹺著長長的腿，悠閒地吸著捲菸，心情愉悅地看著這一切。裁縫店的店主邊聽著母親的話邊回應，又忙著把鈴子的尺寸記在紙上，還偷偷瞄了大衛．葛雷中校好幾眼，肯定是在猜測著鈴子他們三個人的關係。其實鈴子感到很不好意思，但另一方面又覺得無所謂，反正大衛．葛雷中校肯定不是個壞人。

不但和藹可親，舉止也不粗魯，總是四平八穩且表情豐富，對母親更是溫柔。他不是宮下叔叔那種大男人，也不會有失禮的舉動，仔細回想，即使是父親也並非總是有著好心情，不少時候倒是一臉不愉快，眉間緊蹙，讓人難以親近。某種層面來說，這位白人中校的表情甚至比父親還要可親。

況且他還陪鈴子及母親購物，幫忙拿全部的東西，換成父親和宮下叔叔，絕對不可能陪女生一起去買東西。鈴子突然覺得，如果自己能說英文，說不定會更喜歡這個人。

會有這一天嗎？

和大衛．葛雷中校以英文互相傳達心意的一天。

不。

肯定沒有。

今後無論鈴子多麼努力讀書，當能自由運用英語時，她覺得母親應該已經不是和這個人交往了。八成會有個更強、更有力量的人出現，母親肯定會再換另一個對象，不論是白人或日本人，這就是她的生存之道。

「啊，買了好多東西。」

所有的預定事項都順利結束了，母親一臉爽朗，開心地和大衛．葛雷中校交談著。中校帶著笑容把手伸向母親的背後擁住她，並且在她臉頰輕輕一吻後，也微笑看著鈴子。

「Thank you very much.」

昨天什麼都無法回應，但今天總算能帶著笑容鞠躬道謝。葛雷中校明亮的棕色雙眉上下挑動，露出像太陽一樣開朗的笑容，也把手繞到鈴子背後。鈴子全身僵硬地被他擁入懷中，她直接感受到中校的腹部上方傳來震動的聲音說著 Bell、Bell 什麼的。

「小鈴的將來肯定一片光明，不必擔心，而且神會一直保佑小鈴的，他這麼說喔。」

母親也笑得很開懷。啊，這溫暖碩大的胸膛如果是父親的該有多好，這樣鈴子將會多麼幸福啊！她的內心深處又是一陣躁動。

午飯後鈴子和母親分別，暫時一個人行動，並約好傍晚在這家ＰＸ前見面。

「聽好了，不論什麼人跟妳搭訕都不要理，絕對不能跟別人走。人家如果聽到妳的聲音肯定就會知道妳是女孩，一定要自己小心喔。」

母親嘮叨地叮囑，鈴子不耐煩地不斷點頭後，才終於得以轉身離開。雪已經停了。確定要來東京時，鈴子早已有了想去的地方。

3

她從剛才就一直在橋上徘徊。春分日益接近，確實感到白晝變得比較長了，藏在雲後只現出模糊輪廓的太陽，不知不覺中已西傾。鈴子打從體內感到寒冷，在不停歇的河風吹拂下，臉頰早已失去了知覺。逃過空襲的廄橋上來來往往的路人和人力貨車絡繹不絕，還有看起來沉甸甸的卡車夾雜其中。鈴子有時會被腳踏車的鈴聲催促，反射地回望聲音的來源，深怕自己擋到路，接著又目送陌生人的臉和腳踏車離去，再次望向河流。

眼下是隅田川上頻繁來去的板船和漁船，河邊繫著幾艘小船，似乎也有不少人在船上生活，會曬著嬰兒的尿布或放著炭火爐和鍋子，甚至有人正在燒飯，冒出淡淡的炊煙。這些船被河水拍打得搖晃不已，順著川流不止的河水靜靜地穿過橋下。

背後感受著過往的人聲和車聲，鈴子望著橋下的風景，切身感受到，只有自己無處可去。這幾個月看慣了熱海的海面，但眼前看起來太過平穩、波光粼粼的隅田川河水，也一樣默默流向海洋。不曾間斷、持續流動的河水再也不可能逆流了，過往的日子也無法返回。

無法返回了。永遠。

自己真是太傻了，這不是早就心知肚明的事嗎？一年前的那一天，從外宿的勞動動員地回到東京時，這個城市就已經消失了，自己親眼目睹了一切。像焦炭的屍體堆在城裡各處，漂流在隅田川上的無數屍體發白膨脹，堆滿了岸邊，所有的一切至今仍歷歷在目。

但不知為何，鈴子總覺得只要回到這裡就能再見到以往熟悉的風景，就像從惡夢裡醒來，往日的生活依然存在——她盡做著這種白日夢。想像著或許能在路上偶然遇見勝子或其他朋友，若無其事地閒聊著「今天玩什麼呢？」她甚至幻想著自己會突然找到那一天失蹤的千鶴子，原來是認識的人暫時幫忙照顧，她一看到自己便會發出可愛的童音叫「姐姐！」還會奔向前喊道：「我一直在等妳喔！」鈴子的腦海裡盡是這些畫面。因此，在ＰＸ前和母親及大衛．葛雷中校分別後，她立即前往都電的車站，擠上客滿的電車來到這裡。

隨著都電行經京橋、日本橋、室町，緊抓住窗框的指尖因緊張而漸漸使力，臉頰發熱或許不只是因為擁擠的關係。都電會在隅田川前左轉朝淺草方向駛去，所以鈴子在廄橋站下車，內心亢奮不已，裹在毛線褲裡的膝蓋疲軟無力，幾乎站不住。不斷反覆地深呼吸後，鈴子走過廄橋朝向本所，腦海裡不斷湧出幼年熟悉的懷念風景。

本所仍是一片焦土。一年前，化成瓦礫山的各處，只剩下焦黑建物的梁柱像幾根骨頭似地指向寒冷的天空，頭上數條電線交纏垂落，把天空分割成狹小的區塊，而現在眼前卻一望無際。那時這附近充斥的刺鼻味，甚至刺痛眼睛的空氣，如今也蕩然無存。連瓦礫山和房子燒盡的殘骸都消失的城區，不同於去年，顯得更加荒涼空盪。瓦礫被處理掉後露出的地面長著雜草，一切都被奪走的人類，不得不遷離此地，只有雜草開心地拓展了地盤，展現強韌的生命力，茂盛青翠。

人類原來比這麼渺小的雜草還脆弱啊。

鈴子想找自己原本的家，卻怎麼樣都找不著。道路和以前沒有什麼兩樣，但所有標的物已不見蹤跡，讓鈴子完全分辨不出來，就像迷途的羔羊。花了不少時間探尋著大致的地點，勝子家的所在、還沒被燒光的國民學校，想得到的地方鈴子都反覆走了好幾遍，卻連一個熟面孔都沒遇見。擦身而過的盡是陌生人，每個人都是一副心力交瘁的模樣，沒有人注意到打扮成少年的鈴子，大家只是默默擺動著手腳。

和其他遭受空襲的地方一樣，這裡也出現了臨時搭建的小屋聚落。有人在小屋前燒著撿來的木塊；還有婦人將看來勉強縫補的破舊衣服從曬衣桿收進來；也有比千鶴子還小的幼兒，明明應該是讓大人揹著的年紀，沒想到背後竟然揹著比自己還小的嬰孩，光著雙腳踩著搖晃的步伐；此外還有少年正將東西堆在看似沉重的腳踏車上。比小屋還要簡陋、幾乎只能擋雨的木板屋裡有人正在幫客人理髮；有人將搜刮來的彎曲釘子放在石頭上敲直；有人使用幾乎殘破不堪的鍋子在地面挖洞。這裡什麼都還沒結束，新的生活也沒有半點開始的跡象。鈴子看在眼裡只能這麼想。

現在的自己根本無法忍受這樣的生活。她心裡想著，還好得救了。

這一切都要感謝母親的個性。多虧她抓住了宮下叔叔，她們才有辦法脫離這種困境。之後的住處雖然再三被燒毀，但每次都能找到新的避難處、搬到新的地方生活。再之後也一樣，都是因為母親毫不遲疑地奔走，不斷追求更強、更有力的依靠。

結果鈴子沒能見到半個熟識的面孔，沒能找到任何在這裡出生長大的回憶碎片，只能拖著蹣跚沉重的步伐回到廏橋。

再次眺望四周風景，只有隅田川和廏橋不可思議地保有舊時的面貌。附近的景色變成了空曠焦黑的大地，只有川流和這座橋似乎忘了曾有過的戰爭，仍保留原有的風情。只要仔細看橋上沾黏的痕跡，肯定隨處都能找到被燒焦的人類脂肪，只不過在風雨的洗刷下，也註定將漸漸消失。

被燒光的原野成了雜草叢生的地方，不論水量多寡，河川仍如往常般流逝。相對於此，鈴子無法找到跟家人一起生活的絲毫痕跡，每天生活的點滴也面目全非，說穿了，人類或許根本無法扎根，一生只能隨風四處飄流。人原來竟是這麼無依無靠啊。

夕陽漸沉，華燈初上，差不多該回銀座了。鈴子將雙手插進外套的口袋裡聳著肩、拖著凍僵而沒有知覺的沉重雙腳渡過廏橋回到都電車站。已經有六、七個人在車站排隊等著電車。

再沒多久，都電那小小的長方形箱子就會喀隆喀隆地從淺草駛來，搭上車後，鈴子應該再也不會回到這裡了吧。已經沒有回來的理由了。換句話說，故鄉已經永遠失去了。如果匡哥順利返鄉、想要在原本的地方重建家園，或許會是另一番局面，但現在根本連匡哥是生是死都不得而知，鈴子也不知道在等待的期間自己將飄往何處。

永別了。

停在車站的電車打開了車門，圓臉的車掌下了車，抖擻地喊著「往新橋」。付了車資、取了車票，正要踏上車門階梯時，突然傳來「我要搭車！」的呼喊聲。

「等等！我要搭車！」

一看，一個穿著外套搭配農夫褲的女人，腳下踩著木屐，正發出咔咔聲拚命地跑向電車。

「請動作快。」

車掌的聲音冷淡地響著。

「請再往裡面移動一下！拜託請再挪一下！」

努力往客滿的車內挪動，站穩腳步時，後方一股強勁的力道推了過來，同時傳來上氣不接下氣的喘息聲。是剛才那位女性擠上車了吧？叮叮的警示聲響起，隨即又響了一次，接著傳來車掌的聲音，「車子要啟動了」，摩肩擦踵的擁擠四方形車廂開始喀隆地往前移動。鈴子被擠得只能把臉貼在陌生人的外套背後，拚命扭轉臉的方向時，和最後擠上車的女人目光相接，倏地清醒了過來。

女人的嘴型像是在說「妳」，而且對方也是一副不可置信的表情，接著努力往人群隙縫中擠過來。

「對……對不起，我遇到熟人。」

那個人不斷向周圍的人道歉，邊用力把身子挪近鈴子，這次嘴裡吐出的是「鈴子」兩個字。

「是吧？妳是鈴子吧？第一貨運公司的千金。」

「……伯母。」

「果然沒錯！真的……真的是鈴子！妳還記得伯母嗎？」

「……妳是勝子的母親。」

鈴子開口時，內心也湧起了一股激動。

「太好了，妳還活著！」

勝子的母親終於擠到鈴子身邊，幾乎濕了眼眶。儘管車內擁擠，兩人的身體終究緊貼在一起。

「看妳平安無事，我真是太高興了。」

伯母硬是抬起手撫摸著鈴子的頭和臉頰。那是觸感冰冷乾燥的手，儘管如此，鈴子被觸碰的臉就像被電到那樣，感到一陣暖意。

「妳現在住在哪裡？母親呢？其他的家人呢？不會是回到本所來了吧？妳正打算去哪裡？」

伯母冒出一連串的問題，讓鈴子一時不知如何回答。

「伯母，勝子呢？」

喀噹一聲，電車搖晃了一下，發出叮叮聲後停了下來。伯母的眼神在空中游移著，鈴子瞬間發現自己似乎問了不應該問的事。

不會吧？

勝子不會發生了什麼意外吧？正想開口，卻被電車重新啟動的噪音蓋過，只聽到伯母低沉地呢喃著「沒事」。

「不用擔心。」

正想要回問這句話是什麼意思時，勝子的母親像突然想起了什麼，先問了鈴子要在哪裡下車。

「銀座四丁目。」
「啊，和伯母一樣。但鈴子怎麼會一個人去銀座呢？」
「……我和母親約好了。」
「啊，是喔。妳媽媽還好吧？對了，妳爸爸已經不在了，上面的哥哥確實也那個了，其他的……」
「……現在只剩下我和母親兩個人。」
時而大幅搖晃的電車裡，充滿各式各樣的味道。塵土、樟腦、髒汗體臭、木屑、霉味，還有像玄米茶般的奇妙氣味和鐵鏽味混雜其中。在交融的氣味當中，鈴子聽到勝子的母親重複低吟著「只剩兩個人」。
「妳家也吃了不少苦頭吧？那現在的狀況呢？妳們住在哪？」
「熱海。」
「熱海？咦？妳是說那個溫泉鄉熱海？」
「戰爭結束後才搬去的，去年十一月的時候。」
「有認識的人嗎？親戚或是？」
「不是的……」
勝子的母親不斷小聲地說著「這樣啊」，又凝視著鈴子的臉問道：「那裡情況怎麼樣？」
「應該說普通嗎？因為沒受到空襲，和以前沒什麼兩樣。」
「這樣啊。物資有嗎？人多不多？」
「港口有漁獲，光這樣應該就比東京好多了。也有很多農夫，所以沒有什麼流浪漢，溫泉也有不少客人，像我們這樣疏散的人也很多。而且還有很多進駐軍。」

鈴子近距離看著勝子母親若有所思地點頭，在心裡暗自佩服，能在這麼擁擠的人群當中認出彼此真是不簡單啊，何況自己還一副男孩的打扮，印象肯定差很多。勝子的母親也和以前完全不同，雖然五官平凡，但畢竟是藝伎，頭髮總是梳得很美，即使穿著一般和服，看起也像是穿著典雅名貴的和服，化妝的技巧更不用說，氣質看起來就是與眾不同，而且不論何時見到她，她身上總是散發著香氣。然而，現在雖然靠得這麼近，勝子的母親身上除了冬天的氣息外，再也沒有別的香味。勝子確實是伯母剛滿二十歲時就生下的，這麼算來，伯母現在也不過三十五歲上下。但看她梳理整齊的髮髻裡甚至摻有一兩根白髮，完全沒化妝的臉上一點光澤都沒有，說實話，看起來比鈴子的母親還年長。

「下一站，銀座四丁目。」

當車掌的聲音傳來，「我要下車」的回應此起彼落。勝子的母親對鈴子說「走吧」，開始在人群縫隙中鑽動，往出口移動。鈴子也在推擠間慢慢靠近車門。

好不容易下了車，車站有一大群等著上車的人。有些眼看擠不上車的男人索性繞到電車後方，硬是抓住窗框，把鞋尖貼緊露出車廂的窄小邊緣，抓住車廂不放。連都電都是這副狀態，遑論其他的鐵道火車了。對於母親往返熱海絕對不搭火車、一定得開車的主張，鈴子終於有了切身的體悟。

「因為班次少，所以這也是沒辦法的事。到底什麼時候才會改善啊？」

在廄橋看到的像箱子般的都電，遠去時因貼在車外的人們，看起來倒像是橢圓的芋蟲。因為人群的摩擦，鈴子的身體完全暖和了起來，額頭甚至滲出汗珠。背後的三越百貨前，商人們一字排開，日本客人則窺看著商品。另一邊，戴著白色鋼盔的MP旁聳立著的PX，則見不到日本人的蹤跡，反而盡是顯眼的白人。

「走吧，要過去了。」

當MP的哨聲響起，勝子的母親便催促著鈴子快步越過寬廣的馬路。離夕陽完全隱沒還有些時間，約好的PX前方，尚未看到母親的身影。

4

勝子的母親在步行不遠的渡河口、有樂町高架鐵道下方經營一家只能站著喝酒的小酒館。每次電車經過就會發出轟轟的聲響，不光是店門，連排列在架上的碗盤都不由得發出喀噠喀噠聲，店內僅能容納五到六個男人。

「真不好意思，連個可以坐下的地方都沒有。」

希奇地睜大眼珠看著四周，鈴子聽到伯母的聲音從宛如壽司店吧台的作業台後方傳了過來。

「這種地方不是妳這個年紀的孩子應該來的，不過妳剛好打扮成男孩的模樣，與其在寒冷的路邊站著說話，不如帶妳過來，應該沒大礙。」

「這裡是伯母的店嗎？」

「是有付房租、正當經營的喔！其實我本來是想要再回去當藝伎，可惜和服和所有東西都被燒光了，況且如果回去做生意，肯定得接待進駐軍吧。」

「進駐軍？」

「是啊。但是再怎麼樣，我還是有身為女人的骨氣。不久前還大罵是鬼畜美英的人，現在怎麼可能要我跳舞給他們看，還得替他們斟酒，是妳也不想吧？」

內心冒出一陣冷汗。勝子的母親不想和進駐軍有瓜葛，和鈴子的母親正好相反。

「管他什麼麥克阿瑟元帥，都是那些畜生把我們害慘了。不管是我還是勝子啊……」

伯母說到這裡，大大地嘆了一口氣。

「別說了，倒是真的沒想到能再見到鈴子。其實今天我是難得比較晚出門，平常可都比現在還要早一個小時出門呢。我們註定要相遇，這就是有緣啊。」

伯母匆忙地將鍋子放在瓦斯爐上，還把作業台上倒放的杯子一一放回後方的架子上。

「雖說是店，但卻這麼狹窄，能提供的酒和下酒菜也只有那麼幾樣。」

「伯母……」

「真是受不了，這種日子不知道還要過多久。」

或許是因為在鐵道下方的關係，外面感覺已經變得昏暗，鈴子也必須盡快動身回到ＰＸ前才行。

「伯母，其實我一直很想見勝子，常常想起她……所以今天好不容易來到東京，才特別去了本所。」

伯母突然停下了動作。電車又經過了，轟轟作響的聲音甚至讓整間店都搖晃起來。

「勝子過得怎麼樣呢？」

「那個孩子，在五月的空襲時受了重傷……啊，那時鈴子在哪裡呢？」

「五月底嗎？二十五日的那次？啊，那時的話……我在新橋。」

「那附近也成了一片火海吧？」

「全燒了起來。」

「我們那時在青山……」

說到這裡，伯母的語調突然變了。鈴子屏息看著勝子的母親，再不開燈，就只能模糊地看到伯母的側臉。在這個昏暗狹窄且悶濕的空間裡，伯母說起那天在空襲中逃難時，勝子受了重傷，右手被炸飛了。

「而且還被燙傷……那時原本以為已經沒救了。」

鈴子不由得雙手摀住自己的嘴，只能看著溶入黯黑暮色裡的伯母的側臉。一股戰慄從手臂傳到脖子、耳際，甚至頭頂。

「勝子現在呢……」

「啊，撿回了一命，算是不幸中的大幸了。」

「那麼……」

「被燙傷的痕跡應該也會漸漸變淡吧……但因為失去的是慣用的右手，所以到現在還是吃盡苦頭啊。」

狹窄的店內瀰漫著伯母的嘆息。

「再怎麼想幫她治療，失去的手臂也不可能再長出來了啊。」

勝子竟然失去了一條手臂，而且還被燒傷。那個有點早熟、總是把母親的東西帶來炫耀的勝子。

「那麼，現在勝子在哪呢？」

「現在？伯母不在時她一個人看家呢。她的身體狀況一直很不好，幾乎都躺在床上，不過現在已經能夠起來了。但是啊，成了那副樣子，在家也幫不了什麼忙，她自己更是完全不想出門。」

「她現在在本所嗎？」

「我們在戰爭結束後就返家了。那時我原本打算馬上回去表演的，畢竟帶著受了傷的孩子，不論如何也只能依賴認識的人，光靠我一個人真的不知道該怎麼活下去啊。」

回過神時，鈴子的淚水已經潸然滑落。昨天哭了一場，今天又哭，明明很久沒哭了。鈴子在心裡想像著失去手臂的勝子。好想見她，好想當面好好安慰她。

但是……

勝子不知道怎麼想？她應該很痛苦、傷口也還沒痊癒吧？這樣的勝子真的會和以前一樣，也想見自己嗎？

「鈴子，謝謝妳。為了我們家的勝子流淚。今天我回去一定會跟她說，說見到了鈴子。」

伯母伸出手，拿著紗布般柔軟的布替鈴子擦著眼淚。

「勝子去上學了嗎？」

「去年三月開始就沒去了。我打聽過了，沒去好像也能拿到畢業證書。」

「啊，對了。」伯母又轉了語氣。一旁鍋子下方的爐火發出藍色的熊熊火焰。

「鈴子今年春天之後有什麼打算？已經決定了嗎？」

「……我會轉學去念女校，降一個學年。」

「啊，這樣很好啊。原本就是第一貨運公司的千金嘛，去上女校也是理所當然的。」

「……是嗎？」

「對啊。而且真的很了不起呢！在這麼紛亂的時勢，還能去上女校，肯定有不少的積蓄吧。」

「……對了，我可以寫信給勝子嗎？」

「哎，能這樣是最好的了。」

「請伯母告訴我地址。」

「當然好啊，要寫在哪裡好呢？其實啊，伯母也很想好好地向妳媽媽請教，剛才聽說妳們搬到熱海去……」

伯母終於伸手把天花板垂下來的電燈點亮，黃色的燈光瞬間將只有兩三疊的店內照亮。看起來簡陋的作業台的另一邊，只容得下伯母一個人工作，「烤魷魚」、「麵疙瘩」等，以薄木板隨便隔開的牆上貼著宛如小孩筆跡的字條。伯母看著店內，猶豫了一下，終於找到像是傳單的紙，唸唸有詞地在背後用鉛筆寫著「東京……」。

「對了，剛才鈴子不是跟伯母說熱海沒有被燒毀，還很熱鬧嗎？那裡從以前就是知名的溫泉勝地，應該也有不少藝伎，與其在這種高架鐵道下提供粗食勉強求個溫飽，不如和勝子去熱海，在那裡找可以表演的店家，這對勝子來說或許也是件好事。」

「……我會跟母親說說看。」

「拜託了。但是啊，鈴子……」

「是。」

「勝子不能回信喔！因為沒辦法寫了，手沒了啊。」

胸口一陣苦悶，但鈴子依然點點頭。

「我會寫上，我等她學會用左手寫信。不練習不行吧？至少另一隻手要學會所有的事才行。就算寫得再怎麼難看，也一定要回信給我。我會不斷寫信，直到收到她的回信。」

伯母用手背拭著眼角，突然抬起頭說：

「對了，妳還記得波江嗎？」

「是泉波江嗎？工匠家的那位？」

伯母說和鈴子同年級的那個女生，幾個月前被進駐軍的士兵強暴了。聽到這件事，鈴子再次感到全身打顫。這樣的事她在大森海岸也聽說過。

「不久前我偶然聽到的。那個孩子有個姐姐不是嗎？有一天她和媽媽、姐姐三個人一起去淺草，回家的路上進駐軍的吉普車突然停了下來，硬把她們推進車子裡。母女三個人都被強暴了啊！姐姐後來上吊自殺了，真是可憐啊。」

伯母再次看著鈴子說，讓女兒打扮成男孩，鈴子的媽媽真的是很有遠見啊。

「我們家的勝子如果身體健全的話，也非得打扮成男孩的樣子不可。雖然現在不是擔心這種事的時候。」

不得不靠狹小的酒館營生的伯母，燒傷而且失去了右手的勝子，被美國士兵們強暴的同學母女，上吊自盡的姐姐。這些人的遭遇要是和鈴子對調也不奇怪，只要伯母選擇不同的生活方式，轉入女校的可能就是勝子而不是鈴子。不論誰遭遇了什麼，都有可能發生在另一個人身上，這樣的時局下沒有人能預料。

「好了，看得懂吧？」

鈴子在燈下望了一遍伯母寫的地址後，把紙條收進外套的口袋裡。

「我得走了。」

「喔？我送妳一程吧？」

「沒關係，只要走到都電我就知道了。」

伯母一臉感慨地緩緩點了頭，乾燥的手握緊鈴子的手，傳來溫暖的體溫。

「有一天妳肯定能再和我們家勝子見面的。」

「嗯。」

「畢竟戰爭已經結束了，這一天一定會來臨。」

「……嗯。」

「鈴子也要好好保重喔，代我跟妳媽媽問好。」

伯母的臉哭得皺成了一團，而鈴子只能重複說著「嗯！嗯！」一邊點頭眼淚又潸然落下，最後在伯母的催促中，她終於拭去臉上的淚水。再不走不行，鈴子正準備全力往前跑，一出到店外卻佇足不前。

曾幾何時，夜色降臨的有樂町的鐵道下方，聚集了好幾處蠢動的人影。嘴裡吐出的香菸白煙冉冉上升，穿著豔麗的女人們倚在牆上，歪著頭排成一列。

是流鶯。

竟然有這麼多。

臉塗得粉白配上火紅口紅的女人們，頭上披著頭巾、戴著寬幅的髮箍，一看就知道不是普通的女孩。其中也有像男人般抱胸嚼著口香糖的。在她們銳利的視線中，鈴子屏住了氣息，低頭快步地通過。從另一側走過來的男人則是興味盎然地看著這些女人，每次有人走過，女人們就喊著：

「看什麼看！」

「我們對日本男人沒興趣，快滾吧！」

充滿殺氣又粗暴的聲音，讓人心頭一震，但同時又此起彼落傳來「hi」、「hello」的叫喚。不久前明明同是為了國家不惜獻出性命、拿著竹槍穿著農夫褲接受訓練的人；在八月那個酷暑的日子到來前，明明曾是同心協力守衛國家的夥伴。

但現在已經沒有人能幫助她們了，這些女人必須孑然一身、獨自活下去。

走過大街後，來到數寄屋橋畔，也有許多穿著打扮一看就知道是流鶯的女人。鈴子像要逃離她們似地往ＰＸ去，不知為何心裡湧現的卻是「對不起」這句話。

對不起，對不起。

我不想和大家一樣。

我沒辦法出賣自己的身體。

對不起，對不起。

把善後處理都推給大家。

一口氣跑到ＰＸ前，母親立即發現了鈴子，她似乎等得心浮氣躁，尖聲喊著：「小鈴！」站在一旁看著其他方向的大衛．葛雷中校也露出誇張的笑容大喊：「Bell!」像木棍一樣粗的手臂立即抱住鈴子，然後說些聽也聽不懂的話。鈴子只是反覆說著「I am sorry」。

「害我們擔心死了！」

「……對不起。」

「不是說好傍晚就要到的嗎？妳看，天色都暗成這樣了！」

從大衛．葛雷中校的懷抱裡解放後，鈴子垂喪著頭，只能不斷道歉。

對不起，對不起。

我要跟大家道歉。

請原諒我不必餓肚子，也不必擔心流行性斑疹傷寒，沒有受傷或燒傷，四肢健全地活著。沒有被任何人強暴動粗，保有潔白之身，而且還要住進女校的宿舍，今天甚至為此在ＰＸ大採購——因為母親和美國人交往的關係。鈴子只能緊跟在認為強者必勝的母親身後，低頭不斷說著對不起，對不起。

「妳到底上哪去了？」

「……沒上哪啊。」

「一直在這附近嗎？」

總覺得不能說出本所的事，還有見到勝子母親的事，鈴子只是在心裡重複著「對不起」，然後又流下了眼淚。

「哎呀，小鈴，沒必要哭吧？我們只是擔心而已。沒事了，總算見面了。」

啊，每天都這麼揪心、這麼痛苦，這樣的日子還會持續下去嗎？明明沒有挨餓，也不覺得冷，但內心卻是這麼難受。大衛．葛雷中校不知正說著什麼。

「他說吃完晚餐就回熱海吧！」

聽到這句話，鈴子才發現自己早就餓了。她又喃喃唸著「對不起」，這時候還是會肚子餓啊，一定又可以吃到勝子和伯母還有其他人無法吃到的美味食物。真的很對不起，對不起。

「走吧！畢竟很久沒來東京了，隨便走走也不會感到無聊對吧？」

母親拍著鈴子的肩說道。

啊，勝子母親的手真是不可思議。明明那麼粗糙、那麼冷又乾燥，但觸摸自己時卻傳來沁入心扉的溫暖。母親手上美麗的戒指閃閃發光，皮膚細緻，手指是那麼細長而白皙，但這雙手觸摸自己的肩膀時，自己卻沒有任何感覺。從以前就是這樣嗎？她已經不記得了。

乘坐大衛．葛雷中校的車子回熱海的路上到處都是人，而且仔細一看，聚集的都是女人。人群的後方有個人站在蘋果箱子上，看起來比其他人高上一個頭，特別引人注目。那個人旁邊豎立著「婦人民主俱樂部」的旗子，站在中央的人似乎正在演說，圍在周圍的女人則專心聆聽著她的話。

「這麼說來，今天的報紙有寫，宮本百合子還有加藤靜枝她們要組織新的婦女團體。」

「宮本百合子是誰？」

「中條精一郎的女兒。」

「做什麼的？」

「啊，妳不知道啊？她以前被稱為天才少女，現在則是無產階級主義者。」

「無產階級主義？」

「就是類似共產黨啊！總之是左派。她明明是千金大小姐出身，還到美國念了大學，卻被警察逮捕了好幾次，甚至去坐牢。不過這樣有錢的人竟然組織『民主俱樂部』，真不可思議！」

大衛．葛雷中校把手環在一臉納悶的母親肩上，似乎說著我們趕快走吧。真想繼續看看這些人，最好能聽聽她們正在說什麼，但鈴子卻說不出口，現在她能做的只有服從母親。

淪為流鶯的人。

組織婦女團體的人。

在臨時搭建的小屋前升火的人。

在搖擺的船上生活的人。

和進駐軍將校交往的人。

失去手臂的人。

被白人強暴的人。

在站著喝的狹小酒館裡工作的人。

光是這麼邊走邊眺望街景，就知道日本人已經各自走上不同的路。不論是男人還是女人。有人依然身穿農夫褲配上揹嬰兒的半纏棉襖，也有人穿著華美的和服，而像母親一樣身著洋裝的人更不在少數，當然也有人打扮整潔、露出愉快的笑容邁步向前。離這裡不遠的高架鐵道下面，則有濃妝豔抹、蠢蠢欲動的女人，為了拉客，拉進駐軍的人。

對不起，對不起。

鈴子沒有成為流鶯的勇氣，遑論做些會被警察拘捕入獄的事。她不想餓肚子，更不想遭遇悲慘的事，所以只能逃避。鈴子最後得到的結論是，原來自己只能選擇逃避。

5

勝子：

要怎麼樣開頭寫這封信讓我煩惱很久，失敗了好幾次，所以白色信紙用完了，只能用這種再生紙，請見諒。

我很想念妳，妳過得好嗎？傷痊癒了嗎？現在還很痛嗎？

昨天偶然遇見了勝子的母親，讓我十分驚訝，聽到勝子受了傷，更讓我不由得哭了出來。

這一年來不論在哪裡，我都一直掛念著勝子，不知道妳怎麼樣了，因此昨天去銀座時，順道去了本所，心想說不定能見到勝子。我目前住在靜岡縣的熱海，是離海邊很近的地方，幾乎不會去東京。

妳還記得去年三月我們去勞動動員回到上野時看到的景象嗎？那一天非常寒冷，但走在街上偶爾卻感到莫名的溫暖，那是因為四處都是被大火燃燒後的灰燼，而且充滿了恐怖的氣味，我始終無法忘懷。那一天老師宣布解散後，一直到傍晚我才終於在國民學校找到了母親，但是妹妹卻失蹤了。她在四處逃竄躲避空襲時和母親走失了。之後我們到處奔波，找了好幾天都找不到，至今仍不知她是生是死。

因為房子被燒毀了，所以我們去了牛込，然後輾轉遷移到板橋、澀谷、新橋、目黑，有時一星期內換了兩次落腳的地方，有時甚至進去不認識的人家裡，在六疊的房間裡和陌生人一起避難。在新橋落腳時，又遇到大空襲，那時勝子在青山受了重傷對吧？我是聽伯母說的，真是太恐怖了，勝子好可憐，我真的不知道應該怎麼辦，現在仍然一想到就想哭。妳一定很痛、很挫折，而且很不方便吧？

到底是為了什麼而打仗，為什麼像我們這樣的孩子也得碰到這種遭遇，我想破頭都無法理解。

再怎麼想也於事無補，望都姐時常這麼說。我現在正在望都的房間寫著這封信，望都原本是個像女明星般的大美人，但臉頰卻有很大的傷疤，是丈夫出征前劃傷的。聽到這番話時，我顫抖不已，但做這種過分的事的丈夫也戰死了。她以前是大商人家的女兒，現在卻孤伶伶一人，所以一直和我跟母親一起住。

好多好多人的命運被改變，因為戰爭，因為戰敗。因此，大家都說沒辦法。

真的再怎麼思考也無濟於事嗎？再怎麼希望，勝子的手臂也不會長回來，望都的傷疤也不會消失，死去的人也無法生還。但是，我從小總是被父親糾正的、愛問「為什麼」的習慣，現在依然改不過來。

為什麼我們的家和東京全部被燒成了焦土？為什麼勝子失去了手臂？為什麼我的家人全都死了？為什麼望都變成孤伶伶一個人？為什麼要打仗？

我們做了什麼壞事嗎？為什麼得勒緊褲腰帶，只能忍耐著拔雜草根來吃，只能穿補丁拼貼的衣服和內衣，每天都得練習行軍和刺竹劍，每天都得對著皇宮行禮，即使被老師罵還是得幫忙農務、去工廠工作，身在後方的少年國民，只能照著大人所說的拚命去做，但結果一點用處都沒有，不是嗎？

勝子的母親想到如果回去當藝伎，可能得招待ＧＨＱ的人，所以怎麼也不願意。妳知道當我聽到這番話時的心情嗎？妳應該聽說我下個月要轉入女校的事了吧？聽到我要去寄宿的女校念書，妳覺得怎麼樣呢？

妳知道為什麼會變成這樣嗎？都是我母親決定的。那為什麼我母親要這麼做，妳知道嗎？

唉，有些事我只想說給勝子聽，很多很多事。戰爭結束後，我每天和什麼樣的人一起生活、過著什麼樣的日子、看到了什麼、聽到了什麼，我恨不得全部告訴妳。

我沒有受傷。

當東京充滿了流浪兒時，我可以不用在街頭徘徊，有住的地方。戰爭輸了之後，母親聽到女孩會被美國士兵侵犯時，把我的頭理成了光頭，現在我的頭髮依然很短，並且打扮成男孩的模樣，因此我沒有被美國士兵施暴，也沒有餓著肚子在街上乞討或是在市場裡偷東西。

這肯定是很幸運的事。對於一直過得很艱苦的人，我感到非常內疚。我每天都很苦惱，痛苦到全身發抖，光是吸氣或吐氣，就像喉嚨吞下了剃刀、身體被刺傷一樣痛苦。

但是，這肯定無法和勝子的痛比擬。妳真的失去了一隻手，沒想到竟然發生了這種事。

妳的母親跟我說，即使我寄信也盼不到妳的回信，因為妳無法寫字。但是我有好多好多話想和勝子妳說，再怎麼簡短的句子都好，再怎麼難看的字也沒關係，請妳用左手試著寫看看。請務必給我回信。

妳知道學校其他的同學們現在怎麼樣了嗎？妳曾見過其他人嗎？我現在連一個朋友都沒有，在大森海岸時，轉學後交到了幾個朋友，但又立即搬了家，所以大家也就分開了。只有勝子是從在東京的本所時就住在附近、可以讓我想起我家和家人的唯一一個朋友。

四月開始我就要去女校過寄宿的生活了，但我依然會寫信給勝子。去女校會降轉一個學年，但我還是很擔心，因為已經好久沒去學校，也好久沒念書了。和比我小的人一起，在學校將學些什麼、每天將怎麼度過，我真的很擔心，如果勝子陪在我身邊就好了。

因此，請至少回覆我一封短信。勝子，妳一定會給我回音吧？我會一直等。要好好保重，再見。

鈴子花了整整一天才寫好這封長信，寫滿了好幾張再生紙的正反兩面，翌日早晨再讀一遍，才放入薄薄的信封袋裡。跟著望都到郵局窗口把信寄出時，她覺得有點害羞但又有點開心，心情無法言喻。這個新年，一位同住的伯母給了她自己做的小零錢包充當「壓歲錢」，鈴子從裡面拿出十錢買郵票時，手心甚至還沁著汗珠。

戰爭時她曾寫過不少慰問信給前線的士兵，但那時使用的文句都是固定的。雖然也曾寫了好幾封信給哥哥們，但因為被告誡過絕不能讓他們操心，所以她只能寫些「祈求平安無事」或是「請不必擔心我們」之類的句子。因此，這是鈴子出生以來第一次認真寫信給想要傳達心意的特定對象。

「小鈴啊，妳的表情就好像完成了一件大工程呢。」

從郵局出來後鈴子不由得大嘆了一口氣，一旁的望都忍不住噗哧笑出來。鈴子也跟著笑了出來，因為她自己也這麼覺得，全身虛脫了似地，她不知道原來寫信是這麼累人的一件事。

「希望能收到回信啊。」

「沒問題，小鈴的心情肯定能傳達到。」

「真的嗎？」

「妳念書時也能這麼專心就好了。」

鈴子聽著望都半開玩笑的調侃，刻意鼓起臉，兩人並肩走著。

「幾天才會寄到啊？」

「東京離靜岡不遠，應該不會太久，都這個時代了。」

「真的能寄到吧？確定？」

「當然沒問題。只要地址沒錯，即使在戰爭時信件也都能寄到不是嗎？」

「地址望都也幫我確認了吧？」

「這個責任很重大呢！我當然仔細確認過妳朋友的媽媽寫的地址，妳寫的沒錯。」

梅花的季節邁向尾聲，春天逐漸接近，也確實感受到陽光變暖，白天有時已經不需要點炭火爐了。

「妳看，大海閃閃發亮呢！」

從斜坡上眺望，望都不由得看得陶醉，鈴子也瞇起眼看著眼前的美景。春天的海洋原來這麼波光瀲灩，鈴子還是第一次注意到。在早晨陽光的照射下，白色的海浪捲起了金色浪花，宛如撒上了一片金粉，波光粼粼的大海，美得讓人驚豔。被閃爍波光包圍的幾艘小船、浮在岸邊的初島，全都美得猶如夢境。望著這番景致，想起去年明明還處在戰爭中，很多人因而死去，整片平原被燒光，而那片荒原如今又被占領，所有的一切都很不真實。這一切不過是場汙穢的謊言罷了吧？要真是這樣該有多好。

「再過半個月小鈴就要離開了呢。」

望都以美麗的側臉對著鈴子低語，鈴子則緩緩地深呼吸。

「放假時應該能回來吧。」

望都的側臉溫柔地微笑，然後點頭說道：「也是。」

「已經都準備好了嗎？」

「下週應該能拿到之前去東京訂做的洋裝，那就都齊全了。」

「要去拿嗎？」

「母親會去。」

「小鈴呢？」

鈴子搖了搖頭。其實她原本想一起去，然後打算再偷偷去本所及勝子母親的店裡，但這次母親明白地說，鈴子沒有必要去。

「下週的幾號？」

「二十七號吧，星期三。」

望都轉頭看著鈴子。

「星期三？妳母親要去東京啊？」

鈴子再次確認般地點頭後，望都應了聲，然後陷入沉思。

「剛好是那一天呢。」

「哪一天？」

望都只是搖搖頭說沒事，鈴子也就沒有再追問。八成是RAA的事吧，鈴子大約能猜到。這個月來，不光是母親和望都，在酒吧工作的女孩們也都人心惶惶，應該和之前的off-limit有關。

「對了，小鈴，妳覺得明年的這個時候，妳會做什麼？妳想做什麼？」

對於望都突如其來的問題，鈴子只是好奇地盯著她的臉瞧。

「明年？我還沒想到……」

還沒想到那裡啊，她本想這麼回答，但又遲疑了一下。因為看到望都正用手撥弄著柔順的微捲髮絲。

「鈴子希望明年的現在……」

「怎麼樣？」

「希望頭髮已經長到可以綁了。」

望都瞬間表情一亮，接著咯咯地笑了出來。

「是啊，大概會過肩了吧。這倒不必擔心，只要時間過去，頭髮自然會長長。」

「但還是要花很長的時間才有辦法長到那麼長吧？」

鈴子的眼神往上瞥，拉直自己的瀏海給望都看，望都只是笑著說：「沒問題的。」

「當妳發現時，就已經很長了。比想像中還快喔！」

「真是這樣就好了。」

望都接著突然一臉感傷地撫摸著鈴子的短髮。

「對了，鈴子好像長高了。」

「……真的嗎？」

「比剛見面時更像女孩了喔。」

鈴子聽了突然感到害羞，本來想要揮掉望都的手說「別逗我了」，卻又有股不可思議的、像小孩一樣想撒嬌的心情。她只是愣然地維持原來的姿勢，看著望都溫柔的眼眸。這麼說來，視線的位置的確和以前有點不同，也就是說，鈴子的身高更接近望都了。

「我們終於走到這一天了呢。」

一直抱著今天或明天可能就會喪命的心情，到了夜晚仍無法換上睡衣好好入睡，只能忍受空腹、蜷曲在薄被窩裡的日子，已經變成了一場夢。尤其是去年三月失去了家之後，她總是成天緊繃著神經，和母親兩人相依為命、忍辱過活，那時根本沒想到下個春天自己就要進女校就讀。按目前的狀況，明年的此時會變成什麼樣子呢？

「明年的現在啊……」

戰爭已經結束，這是無庸置疑的，至少不必再四處逃命了。

「匡哥如果能早點回來，各方面肯定又會和現在不同吧。」

「真的，如果能平安無事返鄉就太好了。還有呢？」

「我應該還是繼續待在女校吧……」

學習很多事，至少會變得比現在聰明，到時也多少會說一點英語了吧，又或許能交到好朋友。會習慣寄宿生活，也習慣和母親分開的生活……。

母親。

「比起鈴子，更不知道母親會變成什麼樣呢？」

喃喃自語時，鈴子不由得嘆了口氣，望都一副不置可否的表情，只是偷瞄著她。

「……為什麼這麼想呢？」

「本來就是啊！想起去年的現在，變得最多的就是我母親了吧。」

按照現在的發展，明年的這個時候會變成什麼樣子，鈴子完全無法想像。「真的，」望都也大大地嘆了口氣道：

「小鈴，妳母親啊……」

望都說她一樣無法想像。

「至少和我是完全不同類型的人呢！有行動力又果斷，而且，該怎麼說呢……不會墨守成規，能果決地行動，那份勇氣真的很了不起啊。」

「她才沒妳說的那麼厲害呢。」

話才講完，鈴子覺得自己似乎說得太過分了，但望都仍不改原來的表情。

母親。

說不定明年已經和大衛．葛雷中校分手，和新的對象交往也不一定。而且也說不準會是日本人還是美國人，也可能會說要再婚。走到這一步，好像發生什麼事都不足為奇了。

「別擔心太多了。總之，鈴子的母親很了不起，不管發生什麼事妳都不必擔心，這一點我能肯定。」

望都像是推敲著鈴子心裡的想法，窺探著她的臉說道。鈴子則像要吐出「當然」兩個字那般，嘴角勾起淺淺的微笑。她明白擔心也無濟於事，第一次，她發現自己似乎已有了這樣的覺悟。

6

三月二十七日星期三。

母親一早就出門，在玄關帶著微笑回頭看著鈴子，說道：「拜託妳看家囉！」她身穿一襲淡櫻花色的套裝，頭上披著如羽毛般輕薄、幾乎可以透光的絹質絲巾，連鈴子都覺得洗練美麗，氣質高雅。

「今天在總公司有很重要的會議，要看幾點結束才會知道是不是得過夜，小鈴一個人沒問題吧？」

當然。不論是什麼原因，母親只要去東京，當天就不可能返家，這件事鈴子心裡早就有底了。連目送母親出門的老闆娘也是一副「都什麼時候了，還裝」的表情，露出暴牙，堆著滿臉的笑容。

「但母親會把之前訂做的洋裝帶回來，也會找找小鈴喜歡的伴手禮。」

鈴子已經確定下個月七號就會搬進宿舍，而八號星期一就是女校的入學典禮。鈴子雖是轉學生，但也得和新生一起出席，當天校方會把鈴子介紹給學生及老師。

「還是妳有想要的東西？」

「沒有。」

「哎啊，妳這孩子，客氣什麼！」

今天大衛．葛雷中校沒有來接母親，來的是之前見過好幾次的葛雷中校的部下，由這位有著藍色瞳孔的年輕白人開車送母親去東京。年齡或許和匡哥很接近、臉上有著細小痘痘、頂著一頭金髮的年輕人，做出「請小心」的動作，替母親打開了車門便在旁等候。他簡短地說了什麼後，母親一臉颯爽地坐進了車裡。

「那我走了。」

「慢走。」

再過十天就無法在這裡像這樣對著母親揮手了。也或許一輩子都不會再有機會了。目送著漸行漸遠的車子，鈴子對自己說，絕對不要忘記這一幕。

她不曾對望都說過，自己其實在內心猜測，搬進學校宿舍後，母親說不定就會退掉這裡，搬去別的地方，但也不知道她會搬去哪裡。或許留在熱海，或許搬回東京，甚至是其他地方。可能是為了等待匡哥，也可能是配合工作，或是為了和大衛．葛雷中校一起生活。不論是哪一個，今後鈴子和母親同住一個屋簷下的日子將變得遙不可及。即使希望住在一起，也可能因為某些原因而無法同住，或是鈴子和母親其中一方、甚至雙方都沒有意願再一起住。

無法預料。

什麼都不確定。

之前望都曾問過鈴子「明年的這個時候」會是什麼樣子，也說過今後將會是個鈴子可以自己思考未來的時代。例如想成為什麼樣的大人、將來想過什麼樣的生活，不必「為了國家」，而是鈴子自己可以描繪夢想的時代。一個自由的時代。

「寄宿生活雖然也得面對許多不如意的事，但可以遠離現在社會上不斷冒出來的棘手問題，安靜思考自己的事，對小鈴來說是也個難得的機會。不必擔心外面的世界，也不必顧慮母親的事，只要想想今後的事，小鈴自己想要怎麼生活，因此需要學會什麼。」

那時望都還說很羨慕鈴子。以鈴子的年齡來看，現在一切才正要開始，日本今後將會有大轉變。接受和之前完全不同的教育，學習以不同的標準來看社會，然後變成大人。對於已經是成人的自己來說，不知道是不是跟得上這樣的變化，望都說完後還嘆了口氣。

「但是，也有像小鈴母親這樣的人呢，果然是各式各樣的人都有。」

那時望都看透所有事的安靜笑臉，清楚烙印在鈴子腦海裡。每次想起那張美麗的笑臉，鈴子便再次體會到，至今為止自己被望都拯救了多少次。

回想起在大森海岸一起生活以來，一直支持著鈴子、幫助鈴子的人，不是母親，而是望都。鈴子覺得一個人快要承受不住時，總是有望都陪在身邊，和母親之間的摩擦也經常是望都在一邊緩解，聽鈴子說話、安慰鈴子，甚至為鈴子解惑，她每次都及時解救了鈴子。建議讓鈴子去女學校就讀的也是望都，或許今後和望都分開，會比和母親分離更讓她感到寂寞和不安。

她原本今天也打算去望都家，但不只是母親，連望都今天也一副慌張忙碌的模樣，昨天還先出好了作業給她。因此，母親出門後，她只好一個人回到房裡，坐在暖桌前打開筆記本，卻一點都沒有心思念書。拿出摺疊小刀把鉛筆盒裡的筆重新工整地削好，再用剛削好的鉛筆在本子角落塗鴉，邊想著尚未收到勝子的回信，恍惚地度過一天。

明年的現在。

未來的事。

可以好好思考。

但根本不曉得要怎麼思考。應該想想自己打算做些什麼嗎？這種事女校會教嗎？會是什麼樣的科目呢？

照在窗子的太陽角度漸漸變高，這麼一來會讓她想打盹，所以她乾脆把紙門打開，接著把寬闊簷廊的玻璃門也打開。門外掛著幾雙母親的絲襪，在空中搖擺著。略微寒冷的空氣一齊吹進來，讓精神為之一振。既然沒有心思念書，乾脆到海邊散步吧。或是去好久沒去的市場瞧瞧，正這麼打算時，踩著踏腳石走近的老闆娘出現在眼前。

「有人來找小姐喔。」

鈴子站在窗邊看著一臉神祕的伯母。

「但是母親不在啊。」

「是來找小姐妳的喔！而且是一位女孩。」

「找我？不是找母親？」

「她說要找『二宮鈴子小姐』呢。」

會是國民學校的老師嗎？不，雖然她後來完全沒有去上國民學校的課，但之前確實寄來了畢業證書，這應該就算結束了。那會是和女校有關的人來訪嗎？正推測著來訪者時，伯母接著說道：

「是菅原小姐。」

「菅原？」

「看來像是母女。女孩呢，怎麼說……」

過。

聽到這裡，鈴子已經迫不及待地蹬上門前的木屐，和身上的圍裙四處沾著黃漬的老闆娘擦身而過。

「小姐，想到了嗎？是認識的人對吧？」

把襪子的前端硬是塞進夾腳處，點頭回應了一聲，鈴子便踩過放著鞋的墊腳石飛奔而去，鞋跟磨損的木屐在腳下咔咔作響，一步併做兩步跨過踏腳石，她飛快地大步奔跑。接著把木屐甩落在主屋的簷廊，跑過走道，半路幾乎要撞上抱著一堆清洗衣物的房東媳婦，聽到背後傳來驚叫聲，來到剛打掃乾淨、還留有水痕的玄關，鈴子踮腳踏著玄關前住宿客人共用的男用拖鞋上，幾乎踉蹌地跌到外面。

接近中午時刻的豔陽下，兩個看起來因長途奔波而疲憊的女人背影依偎站立，兩人都穿著農夫褲，身後揹著大大的背袋，兩肩各自還斜背著大包包，幾乎和戰時沒兩樣。盤著髮髻、身形較高的女人剛好望向這邊，似乎正想開口說些什麼時，一旁頭髮垂下的女生也正好轉過來。

為什麼？

鈴子感到腦袋裡降下了一股冷冽的空氣，同時胸口湧起一股溫熱的情緒，聽到自己的心臟傳來宛如海浪拍打的怦怦聲。

為什麼臉色變得如此蒼白？

她想要喊勝子，但因為太過激動，聲音卡在喉嚨出不來。鈴子穿著四方形的大木屐踉蹌來到兩人面前。

「勝……勝子。」

慌張地清了一下喉嚨，才順利叫出「勝子」。對方和鈴子記憶中的勝子判若兩人，眼前肌膚白晳通透、下巴尖削、帶著畏怯的少女凝視著鈴子。

「……小鈴。」

勝子的脖子上不知是捲著花布巾還是手巾，露出的耳根看得到紅紫色的燙傷瘢痕，五官比以前更成熟，鈴子凝視著瞳孔中閃爍著畏怯不安的勝子的臉。燙傷瘢痕從脖子到肩膀，延伸至右手臂，垂落的袖子前端則收進了農夫褲裡固定。鈴子不由得往勝子身邊走近，伸手摸著右手衣袖。

「真的沒有了……」

「嗯……沒有了。」

「……勝子真是傻啊，到底掉在哪裡了嘛！」

「如果知道的話，我就立刻撿回來了……等我察覺時已經不見了啊。是吧？媽媽。」

鈴子抓著勝子空洞洞的右手衣袖，看著勝子的母親。伯母忍住滿眶淚水，只是點頭。

「伯母要是早點察覺就好了，但我們母女兩人真的被嚇傻了啊。」

腦海裡浮現之前臉色圓潤、活力充沛且四處奔跑的勝子，沒想到她現在變得這麼瘦。勝子被曬得黝黑、在勞動動員的外地田裡頑皮淘氣的樣子至今仍歷歷在目。

「很痛吧？」

「嗯，痛死了。」

「但是，怎麼變成這樣呢？勝子變成豆芽了啊。」

「……妳才是呢，這什麼打扮？像是哪來的愛惡作劇的臭男生。」

啊，這個口吻確實是勝子沒錯。比鈴子早熟許多，受到伯母耳濡目染的影響，開口閉口都是「男人啊」或是「男人和女人啊」的勝子。潰堤的淚水湧出，讓周圍一切變得模糊。鈴子用手背抹去掉到下巴的淚珠，刻意微微抬起頭，露出「怎麼樣啊」的表情。

「是個美少年吧？」

「……啊，今天算我徹底輸了，我認了。但我可不喜歡喔。」

鈴子一時只能握著勝子的衣袖，忍住哭泣，默默嗚咽。見到勝子的喜悅，看到少了一隻手臂的勝子的哀痛，還有好不容易把自己的過去和現在連結的安心，讓鈴子百感交集。

終於見面了。

見到知道鈴子過去的人。

像浮萍一樣無依無靠，也不知今後會飄落到何處，至今抱著這樣的心情過日子，鈴子此刻再次產生了這種強烈的感受。

「啊，小姐。別一直站在外面啊，請進來吧。」

哭了一輪後才發現老闆娘站在一旁。鈴子慌張地拭淚，請兩人進屋裡。

「是認識的人吧？」

「對。」

「媽媽也認識？」

「是從小就認識的好朋友。」

「啊，這樣啊。快要吃中飯了，有什麼打算？」

既然是舊識，老闆娘飛快使了眼神，問鈴子要不要留對方一起吃飯，鈴子一臉理所當然的表情用力點了點頭。

「她們特地從東京來到這裡，我母親也一直很掛心，擔心她們是不是平安，很想見上一面呢。」

老闆娘終於放下心來，露出暴牙微笑著說：「這樣啊，太太也是嗎？」

「千里迢迢從東京來，一定累了吧？我來準備一點東西招待客人。」

這時母親平常給的罐頭和點心就派上用場了。不久前也發生過類似的事。住在主屋的人突然有朋友來訪，拜託老闆娘「準備一些吃的」，卻換來冷漠的回答，說是「只有橘子喔」。在大森海岸寄宿時的房東也一樣，結果他們都是因為收到好處，才會表現得那麼親切。鈴子幾乎要在內心對著老闆娘做鬼臉，但臉上卻浮現滿面笑容，低頭說道「感謝您」。

帶兩人經過主屋旁時，鈴子數度回頭確認兩人的樣子。每次回頭，穿著農夫褲的勝子母女都一副稀罕的表情，驚奇地看著四周。

「不會打擾了吧？」

「怎麼會！來，往這裡。」

「比想像中還好呢，真的完全沒有被燒毀的樣子。」

「像做夢一樣，媽媽。」

「真的，簡直天差地遠。」

帶兩人來到別棟時，鈴子幫忙把她們身上的行李卸下，並脫下磨損的布鞋，要兩人先在暖桌前坐下休息。伯母先是齊膝正坐，問道：「妳媽媽呢？」鈴子盡量維持平常的表情，說她今天一早就去東京了。

「今天在總公司有重要的會議。」

伯母一臉驚訝，眼睛睜得老大：「總公司？會議？」

「也就是說，妳媽媽在工作？那位第一貨運的太太？」

「戰爭輸了之後她馬上就開始工作了，畢竟我父親已經不在了。」

伯母詫異不已，一時驚訝得半張著嘴，接著環視房間，才終於恍然大悟地點頭道：「原來如此啊。」窗簷下掛著幾件母親平常穿的針織衫，房間角落的衣架上也掛著母親的各式衣服。打開的窗玻璃上，為了省去燙平的麻煩，平貼著蕾絲手帕，寬廣簷廊的前方依然是飄來飄去的絲襪。看著這一切，很容易想像母親現在的穿著及生活。

「因為她去工作，所以妳們才能過這樣的生活吧？原來啊。」

伯母的眼角閃過一縷欣羨的目光，鈴子這才暗自後悔自己實在太天真，什麼都沒想過就帶兩人進房間。自己之後可能會被母親斥責，但為時已晚，而且對伯母和勝子其實也沒有必要隱瞞。總之，因為和勝子的相會帶來的驚訝和喜悅，讓她的腦袋容不下其他事，沒辦法。

「妳真的是勝子呢，我根本沒想到能夠再見面。」

鈴子不由得嘆氣道，差點脫口說出，妳們竟然一聲不響地突然就來了。

「對了，伯母，今天為什麼會突然想來呢？」

伯母用力點了點頭說道：

「那當然是因為鈴子寄了信給勝子啊。」

「……是嗎？」

「真了不起，能寫這麼棒的信。鈴子啊，妳應該很有文采吧？」

「怎麼會。」

「我和勝子一起看了好幾遍，兩個人不知道哭了幾回呢。沒想到真的照約定收到了信，我們真的很開心，可是，不能馬上回信實在很過意不去。」

「所以……妳們才特地趕來？」

伯母偷瞄了勝子一眼，勝子從剛才就一臉蒼白，低頭不語。變得單薄的肩膀看起來就像垂落在前面，右肩的下方是真的什麼都沒有了，鈴子又不由得這麼想。當被伯母催促著：「勝子，妳說說話啊。」她才微微抬起頭，臉上帶著孱弱的微笑點著頭。

「勝子……很累了吧？」

勝子只是搖搖頭表示不會，但臉上薄薄的皮膚下方透出血管，幾乎要蓋住原本的表情。鈴子不由得詫異，僅僅一年就能讓人改變這麼多。

「肯定是累了，因為長途跋涉的關係吧。畢竟搭火車從東京到熱海就一直站著，而且非常擁擠呢，連普通的大人都會覺得累。對了，鈴子的媽媽也是經常這樣搭火車到東京嗎？如果是的話，每次來回都很辛苦吧？」

不，母親是搭藍眼珠的士兵開的轎車，正猶豫著要不要說出實情，老闆娘和媳婦剛好端來一個土鍋喊道：「中餐來了。」當鍋蓋打開時，熱氣一齊竄了上來，是烏龍麵火鍋，伯母和勝子不由得叫出聲。

「啊，哎呀呀，有這麼豐盛的蔬菜和食材啊！勝子妳看，甚至有唐茄子和魚板呢！還打了蛋在上面。綠色的是三葉菜吧？還有這香味，應該是柚子吧，啊，好久沒見過這麼豐盛的火鍋了！」

這時勝子也不由得興奮地向前傾，臉上露出喜悅的表情。老闆娘她們一臉和藹地說著「請慢用」，前腳才剛離去，勝子她們便已迫不及待伸出筷子。對鈴子來說，這是吃慣了的日常三餐，但看到勝子母女的反應，她才知道這是何等罕見的午餐。勝子使著不靈活的左手動著筷子，幾乎把臉貼在碗上，默默地吸起烏龍麵，還用筷子前端刺起南瓜放入嘴裡。當用手背拭去額頭滲出的汗珠時，她才終於開心地笑了。

「啊，真好吃！」

「再來一碗吧？」

「可以嗎？」

「當然！」

看起來好大一鍋的火鍋，一下子就見底了。連一滴湯汁都不剩，用杓子將所有的食物都送進肚子裡，勝子和伯母才終於一副舒坦放鬆的神情。

「啊，太飽了。好幾年沒有吃這麼飽了。」

勝子的臉上終於回復了一點紅潤的血色，伯母的表情也比剛才柔和許多。這些都是長年累積下來的疲倦，鈴子此時也深深感受到了，戰爭時延續至今的飢餓、疲勞和忍耐。

「原來有的地方還是有啊。」

伯母把手向後撐在榻榻米上，一時恍惚地抬頭看著天花板，突然發現炭火爐旁放著菸盒，便伸出兩隻指頭作勢說道：「可以拿一根菸嗎？」當鈴子正要起身時，伯母誇張地以手肘撐著榻榻米向前挪，就這麼伸長手把菸盒撥近。鈴子如果也這麼做，肯定會被母親斥責「真不像話」。

「哎啊，是洋菸啊。這是妳母親抽的嗎？」

啊，又漏餡了。心底雖然認為「沒辦法」，但母親現在的樣子一點一滴被揭露，讓鈴子很不安。但伯母沒有繼續追問，只是開始吞雲吐霧。

「原來有的地方還是有啊……至今為止，我們都搞錯方向了啊，真氣人。」

「怎麼會……」

「是真的啊，鈴子。剛才的午餐在東京怎麼找都吃不到喔！即使有錢也沒辦法，畢竟什麼都缺乏，大大小小各種物資都不足。什麼都沒有。」

說到錢時，伯母空著的另一隻手的拇指和食指圍成了圓圈，擺出宛如佛像的手勢，接著再次長長吐著煙，一旁的勝子則眼神渙散。她的體力真的變差了。鈴子在隔壁的房間鋪了床和棉被，那房間以前是望都睡的，現在則是她們母女兩人的寢室，裡面有母親的櫃子和鏡台，現在的生活肯定會全部被看光，但鈴子也管不了這麼多了。

「勝子，妳休息一下吧。」

快速地鋪好床，將手放在勝子的肩上，她霎時露出迷惑的神情，卻意外坦率地點了點頭，以左手改變身體的方向，從暖桌裡爬出來。

「等一下要叫醒我喔。」

「不、要！趁勝子睡著時，我和伯母兩人去吃個紅豆餅再回來好了。」

略傾著身體站起來，勝子露出頑皮的眼神笑著說：「笨蛋！」

「絕不能偷溜喔，我對食物的執念可是很恐怖的。」

拉門打開著，鑽入被窩後，仍傳來勝子的聲音，一下是「紅豆餅啊」，一下是「我比較想吃紅豆湯呢」，但不一會兒就靜下來了。

「謝謝妳，鈴子。伯母真的欠妳一份人情。」

確定勝子沉睡後，伯母才壓低聲音，做出請鈴子見諒的手勢，然後逕自哭了起來。鈴子不知應該說些什麼，只能看著對著暖桌哭泣的伯母，不知所措。

終於平靜下來後，伯母才開始說道，其實她藉和鈴子再會的契機，決心要在熱海找一份藝伎的工作。

「這種話或許不應該對鈴子說，但藝伎的世界可是有分階級的，也就是所謂的格，松竹梅或是上中下等，有各式各樣的等級。伯母在江戶的藝伎裡雖然算不上什麼厲害角色，但畢竟是在繁華的江戶謀生，從年輕時就學習技藝、上台表演。現在為了表演給對歌唱或舞蹈一竅不通的外行人看，要在這鄉下溫泉鄉登台，其實是降低了自己的格，就算被笑也是沒辦法的事。」

但是，現在不是顧慮這些的時候了，伯母邊啜著鈴子泡的茶說道。

「現在還顧慮這些，如果勝子的身體又變差了、得去看醫生，我們母女才真的不知道應該怎麼活下去。所以這次我可是下定決心，要在熱海重新開始。」

和鈴子見面、聽說鈴子和母親住在熱海後，伯母就開始思考這件事了。而在收到鈴子寄來的信、知道鈴子的地址後，終於下定決心行動。

「一想到有認識的人在，心情就完全不同了。」

「那麼，是要住在熱海嗎？已經要搬過來了嗎？」

伯母肯定地點頭，說今天就要立即去熱海的藝伎事務所問問。

「所以呢，鈴子，今後也請多多關照。」

「但是鈴子下個月就要去學校寄宿了⋯⋯」

「這個我當然知道。不過不必擔心啊，和鈴子能夠再次見面，讓伯母又往前踏出了一步。鈴子搬進宿舍後，妳母親還在這不是嗎？勝子也說了，比起在東京，在沒有熟人的地方重新開始生活會比較輕鬆呢。」

她說完便轉過身，偷看了一眼隔壁房間的樣子。微微凸起的棉被輕輕地上下起伏著。

「已經好久沒有在這麼安靜的地方入睡了。」

伯母和勝子住的公寓面對著都電經過的大馬路，是一整天幾乎都沒有陽光的四疊半房間，不但潮濕又吵雜，只要走廊有人經過就會搖晃，相當老舊。愈是聽伯母描述，鈴子愈是憐惜勝子，希望她現在安穩地沉睡。只要天氣好，這裡幾乎每天都能曬到太陽，床墊等也都經常保持清潔，洗好立即換上，鈴子她們的棉被總是蓬鬆又溫暖。

「這裡對現在的勝子來說很好。空氣很清新，還有大海和陽光，和東京完全不同。而且也不必經常看到被大火肆虐的痕跡，觸景傷情。」

「真的……」伯母也點點頭道：

「因此，雖然真的很唐突，但暫時還沒找到落腳處的話，可以暫住在鈴子和妳母親這裡嗎？請多包涵。」

「這點小事，當然沒問題啊。」

「對了，妳母親什麼時候會回來？」

「今天……不會回來。」

「不回來啊，那妳一個人……」

「我沒問題啊，已經習慣了。三餐什麼的都不必擔心，啊，這裡還有溫泉喔，等等請好好泡一泡，很舒服的喔！」

溫泉，伯母說完後，表情突然開朗了起來。

「現在馬上就能泡嗎？」

「白天會把水放掉打掃……但澡堂就在附近，那裡的話，一早就開業了。」

新熱海酒吧的一旁有家公共浴池，總是冒著白煙，之前經過時還聽到裡面傳來水桶聲和人們交談的聲音。

「小鈴，不好意思，那麼伯母可以先去澡堂嗎？得好好洗掉所有的汙垢，再順便去做個頭髮，為了能上舞台表演，得徹底改頭換面一番。然後也得順道去看看街上的樣子，蒐集些情報才行。」

「您安心去吧，不必急。」

只和伯母兩個人相處，話題一下子就結束了，而且要是被問到母親的事也覺得麻煩。鈴子簡單說明怎麼去之後，伯母迅速從大背包裡取出必要物品，用花布巾重新包好，微微低頭說道：「勝子就拜託妳了。」農夫褲和簡單的髮髻，加上那動作和笑容，已經回到以前鈴子熟悉的伯母的模樣。

7

「不知幾年沒吃到蜜柑了呢。」

勝子將蜜柑放在左手掌上，愛憐地看著。鈴子把自己手上的蜜柑皮剝開，分成一片一片放到勝子面前。結果睡到三點過後才張開眼睛的勝子，總算半夢半醒地回到有暖桌的房間，只是依然睡眼惺忪，駝著背發呆。鈴子為勝子泡了茶，並且把蜜柑推到她面前，她才終於清醒過來，對著鈴子道謝。

「小鈴真了不起。」

「怎麼說？」

「因為妳連想都不想就能為我做這些事。」
「什麼意思？」
「不是每個人都這麼體貼的。我呢，在變成這副模樣後，才真的看清了世間。即使是每天都會見面、知道我沒有右手的人，也會若無其事地叫我『拿去』，結果拿給我的是得用雙手扳開的竹筷子——世界上都是些這樣的人。」
「那可能是剛好疏忽了吧？」
但勝子無力的瞳孔只是望著蜜柑，搖頭回答：「不是的。」
「他們根本是欺負弱小啊！一看就知道了，因為他們臉上都會帶著揶揄的淺笑。這樣做有什麼樂趣呢？我完全不明白。」
勝子把手上的整顆蜜柑放在暖桌上，拿起鈴子剝好、分成一片一片的蜜柑放進嘴裡，感動地閉上了眼睛。
「原來是這種味道啊。啊，我想起來了。」
鈴子好幾次硬是把像波浪般湧上的淚水吞下，自己也塞入一口蜜柑。
對不起啊，勝子。
對鈴子來說，蜜柑的味道是這麼理所當然。勝子的身體變成這副模樣，她完全不知情，幾乎每天都在吃這些食物，遑論中午吃到的烏龍麵鍋、白米飯、魚、蛋、罐頭，有時甚至還有牛奶可以喝。
「只要妳來到這裡生活，身體一定可以馬上好轉的。」
「真的嗎？」

「畢竟勝子原本就比任何人都要有精神啊，才不會輸給那種毛頭小子呢！伯母說了，如果可以，今天就要開始找工作，肯定馬上就能安頓下來。」

邊把蜜柑塞進嘴裡，勝子露出了以前不曾有過的成熟表情，似乎在思考著什麼，過了一會兒才呢喃地道出：

「我媽媽啊……其實好像發生了一點事。」

「……什麼事呢？」

勝子自己也不是很清楚。不知母親是和以前的藝伎同伴、曾經很捧場的客人，或是常喚她去的料亭之間發生了什麼麻煩事，勝子這麼說。

「因為空襲被燒毀的關係，表演舞台也少了，因此無法再回去當藝伎，我原本這樣以為，但似乎不是這麼回事。」

畢竟那是個蜚短流長的行業，似乎是因為在那個世界裡做了什麼「破格」的事，才導致母親被淺草還有向島的業界驅逐，無法再站上舞台表演，勝子說。

「我猜應該是和男人有關的事吧。」

鈴子對藝伎的世界一無所知，至今為止雖然聽勝子說了一些，但即使點頭聽著，無法理解的事仍然不少。不過現在聽到「和男人有關」這個詞，心裡總是有些感觸。那些男女之間的糾葛與麻煩，即使是親子也無法輕易介入，只能任其發展，沒有插嘴的餘地。

「我媽媽本來就不是因為喜愛表演才繼續當藝伎，如果沒有這場戰爭，她早就想洗手退出，打算自己經營一家小館子。但是我爸爸意外早逝，而且什麼都沒有留下，之後再婚的先生也一點都不負責任，根本『什麼都不可靠』，每次喝醉了她總是這麼說。更慘的是接著又遇到戰爭，連我都變成這副樣子，她總是憤恨不平地說『這世上根本沒有神也沒有佛』。」

勝子慘白的臉苦笑著。原本就比鈴子高大又早熟的勝子，如今身形消瘦加上曬黑，看起來更像大人。從外表看來，被誤以為是十七、八歲的大姐也不奇怪。

「所以，她嘴上說是降格來到這裡，但其實如果不來熱海，應該也沒有地方會僱用她吧。這也是無可厚非的事，畢竟她已經不再年輕貌美，加上還有我這個拖油瓶。」

「就算這樣，伯母不是說不想服務那些進駐軍嗎——這想法我很贊同。」

以手指輕巧地撕著蜜柑上的纖維，鈴子說道：「不像我家的母親……」然後抬頭瞄了一眼勝子。

「我信裡面也寫了不是嗎？為什麼我要去上女校，還有為什麼要選寄宿學校。」

「是小鈴的媽媽決定的吧。」

鈴子看著撕得很乾淨、變得晶瑩剔透的小片蜜柑，咬著嘴唇。

「因為對母親來說，我也是個拖油瓶。」

「怎麼會，不可能吧。」

「真的啊。」

「為什麼呢？鈴子的媽媽怎麼可能……」

「因為啊……」

突然想起死去的肇哥最喜歡吃蜜柑了，甚至因為吃太多，手上都帶著一抹黃，大家看到他的手就都笑了。當時父親和姐姐都還在，在本所的家。

「因為我母親現在有了情人，是一位叫做大衛．葛雷中校的進駐軍將校，還是個白人。」

鈴子其實很想看看勝子驚訝的表情，卻沒有勇氣抬頭。嚼著放進嘴裡的蜜柑，似乎想把全部的苦澀混在果肉裡一起吞進肚子，她用鼻子重重地喘息，注視著勝子空洞的右袖和抓著蜜柑瓣的左手。

「我母親在當女學生時很喜歡英語，聽說學得很好，所以日本投降後，就立即找到了說英語的工作——不，正確來說，那是當時照顧我們的另一個情人介紹的工作，他是日本人，原本是我父親的好友。」

一口氣說完後，鈴子才終於抬起頭來，望著勝子道：「妳知道嗎？」

「……知道什麼？」

「這個國家偉大的大人做的事。」

「這個國家的？」

「日本戰敗後占領軍馬上湧進來，為了防止這些美國軍隊的男人對日本女人動粗施暴，所以成立了女子挺身隊。」

勝子微傾著帶著瘢痕的脖子，一邊推敲著鈴子話裡的含意。鈴子伸直了背重新坐好，說「我沒騙妳」，接著把去年夏天至今自己親眼目睹的事，一口氣宣洩而出。在大森海岸的日子，普通人家的姐姐聚在一起的事，RAA這個組織成立、在皇宮前舉行宣誓儀式的事。在八月天皇廣播後過沒幾天，慰安所立即匆忙開幕，那是改建自大型料亭的建築，大批女人被送到這裡，店前每天都有進駐軍士兵排著長長的隊伍，吵雜喧鬧，只為了來買女人。還有穿著華麗的浴衣、躲在壁櫥裡哭泣的大姐姐。

「那個姐姐隔天就跳鐵軌自殺死掉了。沒有人知道她遇到了什麼可怕的事，她這邊沾著血跡，哭到全身顫抖，跑到我房裡的壁櫥躲起來。」
鈴子指了指自己下腹周邊，勝子的瞳孔終於浮現恐懼的光芒。即使如此，鈴子依然宛如挖掘自身傷口般持續說道：
「也就是說，我母親啊，幫忙將那些無法在日本找到一般工作、無家可歸又飢餓的女人們集合起來，讓她們賣身給白人跟黑人啊。」
「但是，能說英語的人……」
「是啊，這樣的人應該很少吧？所以母親會教那些不懂英文的日本女人hello或thank you等簡單的句子，也會教美國士兵進屋裡前要把鞋子脫在玄關，裡面的門不是用推或拉的，而是橫向滑開這類基本的事。」
鈴子從看似驚訝又似愣怔、什麼都說不出來的勝子臉上把視線移開，刻意嘆了一口氣苦笑著。
「RAA這間公司是在國家偉大的人命令下所成立的，因此一般人無法到手的食物和化妝品都會源源不斷地搬進來，薪水也很好喔。」
「那些女孩也是嗎？」
「怎麼可能。那些女人是論件計酬的，看接一個客人多少錢。但這樣還是比一般的娼妓要好，有時進駐軍還會給她們香菸或是罐頭，很多人會轉賣賺些零用錢。我家母親也做一樣的事，什麼東西都收下，自己不要的再轉賣。和進駐軍沒有接觸的人，大家都想要這些東西，所以才對我們這麼親切。這裡的老闆娘也是一樣，因為我母親平常給她很多好處，她才對我們這麼好。我完全不知道原來我母親這麼深知世故。」
而且還讓鈴子見識到了母親把日本的情人換成大衛．葛雷中校這樣的技能。多虧了他，鈴子才能去兜風，才能進到一般日本人進不去的高級飯店或是ＰＸ，享受美食之餘還買了美麗的衣服。找寄宿的女校，還有遊說校方讓她中途轉入，都是這位情人幫的忙，連對這樣的事多少習以為常的勝子聽了也不禁深深地嘆氣。

「真不敢相信以前那個伯母會做這些事。」

鈴子又開始剝新的蜜柑，把分成小片的蜜柑放到勝子面前。勝子只是默默把它送入嘴裡，沉默地咀嚼著，似乎在思考著什麼，過了一會兒才開口道：「我說實話喔。」

「我其實一直很羨慕小鈴，也想生長在那樣的家庭裡，要是有很多哥哥姐姐、有那樣的爸爸和媽媽該有多好，我時常在心裡這麼想。」

這一點其實鈴子也已經暗暗察覺到了。在彼此都還小的時候，戰爭還沒有全面開打時，勝子經常來鈴子家玩。「一起玩吧！」鈴子聽到叫聲來到外面時，總是看到勝子站在那裡一副靦腆的表情。當她們在家裡或者在前面的小巷一起玩耍時，母親只要送來下午的甜點，勝子總是滿臉開心，這些事她現在依然記憶猶新。鈴子雖然也很羨慕勝子拿來的香水，或是藝伎那些看起來很華麗的飾品，但她還是覺得自己的母親最棒、最值得驕傲。

「原來如此啊。」

「是啊。」

「小鈴的媽媽啊……」

「嗯，我的母親……」

兩人維持著沉默，任憑時光流逝。暮色漸漸籠罩，但伯母卻還沒有要回來的樣子。

「都是因為戰爭的關係啊。」

「一直說會贏會贏，結果卻輸了。」

「真是蠢啊。」

「真的，像個笨蛋。」

不久，勝子才長吁了一大口氣呢喃道：「一切都不可能再回到過去了。」鈴子的目光自然地轉向勝子空洞的右衣袖。一隻手臂、一隻手指都不可能再長出來，要看開的事實在太多了。

「對了，這裡聽不到海的聲音嗎？」

「這裡聽不到。波浪很大的時候偶爾會聽到，但我搬到這裡之後還沒有遇過那麼大的暴風浪。」

「那我想到外面走走。」

勝子突然這麼提議，或許是稍微恢復了體力吧。離太陽完全西下還有一些時間，既然如此，就到附近走走吧。鈴子立即起身。

「但是，小鈴，和我走在一起肯定會招來異樣的眼光喔。」

「為什麼？」

「哎呀……」

「啊，我知道了！美少年加上豆芽女。」

鈴子故意這麼說，勝子聽了皺著一張臉，吐了吐舌頭。和以前一樣的習慣。鈴子也開心地撐起兩頰，露出笑臉。

兩人原本打算往海邊走，但走在住處前的坡道上才倏地發覺從車站來的人潮異常地多，而且大多是平常很少見的年輕女人，三三兩兩地走著。勝子似乎也注意到了。

「是來泡溫泉的團體客人嗎？」

「但感覺不太一樣啊。」

抓著勝子空空的右袖，鈴子望著從自己眼前經過的女人。包著頭紗、把外套領口立起的女人，或是身著絹織和服、肩上披著披巾的女人。大家都拿著小小的皮包或花布包，面無表情或神情僵硬，既不是匆忙快步地走過，也不是悠哉地漫步。

「啊，勝子……」

鈴子正要開口時，勝子便說：「這些人應該不是普通人。」於是她也贊同地點了點頭。

「就像我剛才說的，在那種地方工作的人大概都是這個樣子。」

「挺身隊的人？」

確認了鈴子肯定的眼神後，勝子再次望著那些經過的女人。

「小鈴，這裡有那種男人可以風流一下，玩一玩就回家的地方嗎？」

「當然有，溫泉鄉一定會有這樣的地方啊。」

「我們去看看吧。」

鈴子聽了只是慌張地搔頭。以前經常去的糸川一帶，從早上就可以聽到收音機或唱片傳來的歌聲，還有似乎喝醉酒、走路蹣跚的人，或是蹲在一旁、衣衫不整的女人。因為這身打扮，鈴子被當成少年，甚至被這些姐姐調侃，經常落荒而逃。

「那些地方不能去啦。」

「是嘛？那麼……」

臉色蒼白的勝子瞳孔裡寄宿著和以前相同的好奇心。

「車站呢？應該是從那邊來的吧？這些人。」

「應該吧。」

「那去看看吧，或許發生了什麼事呢。」

車站的話應該沒有什麼危險才是，鈴子於是拉著勝子的袖子向前走。

「怪怪的。」

才走了幾步勝子就說。

「明明沒有手了，卻感覺還存在。」

「真的嗎？」

「現在小鈴只拉著我的袖子不是嗎？但我卻感覺手腕被握著。」

鈴子再度望著自己抓著的勝子的衣袖，大概上手臂接近肩膀以下的部分都沒有了，原本應該是手肘的地方，袖子也只是空洞地垂下。即使如此，勝子依然感覺得到手的存在嗎？

「那麼，我們來牽手吧。」

勝子開心地點頭答應。

「以前總是牽著手一起玩呢。」

她和這雙手曾一起玩翻花繩、玩手球、拍羽子板、跳橡膠繩，也曾混在一群男孩裡射紙飛機、摺紙鶴放入慰問袋、縫千人針，當然也曾一起挑水桶，一起幫忙農務。

想起過往的種種，胸口不禁感慨萬千。鈴子覺得自己這幾天真的變成了愛哭鬼，想到這一點感到很羞怯，不由得直盯著天空，悠哉地往車站的坡道漫步。風向似乎改變了，山的輪廓清晰可見，天空被染成粉橘色。變得異常明亮的街上，打扮相仿的年輕女孩接二連三走過來，真是奇妙的景象。

才走五、六分鐘就到了車站前，鈴子倏地停住腳步。

「妳看，那是什麼？」

車站前有十幾個女人聚在一起。一般來說，旅客聚在車站前的情況不算罕見，但那群女孩怎麼看都不是普通的旅客。

「怎麼看都不是普通人啊。」

「到底是從哪裡來的呢？」

和勝子並肩望著她們，眼前突然有個長髮女孩走過。

「啊，綠姐！」

被叫住的綠剎那間不知是誰叫她，停下來左右張望，才發現了鈴子並問道：

「怎麼回事？妳怎麼會在這裡？」

「我和朋友剛好出來散步，卻看到很多年輕女孩在街上走，正在想是怎麼回事。」

綠只是回望著車站，兩手叉腰地說：

「就是……那個啦！終於走到這一步了。」

「哪個？」

「off-limit。」

「off-limit？哪裡？」

「我們公司的慰安所今天一律變成off-limit。GHQ下令，二十一個地方，全部都是！」

「也就是說……」

「也就是說，昨天還在這些地方工作的女孩全部都被趕出去了！——大家聽好囉，今天開始全部開除，妳們想去哪就去哪吧！」

鈴子只是瞪大了眼看著綠。

off-limit。

腦袋裡的漩渦急轉著，感覺幾乎要把鈴子自己也吞噬了。

8

從東京來的列車似乎又到站了。暮色漸深的熱海車站前，出站的人三三兩兩。一般的旅客由旅館來的人各自帶開，待一群群旅人從車站前離去後，剩下的盡是年輕的女孩。綠喃喃說著「果然如此」。

「似乎有人散布謠言，說只要來這裡就沒有off-limit，很容易找到工作。因此那些被趕出去的女孩都跑到熱海來了。」

「那怎麼辦啊？」

「總之，我們的店不是慰安所，也沒有變成禁區，能僱用的就盡量僱用。如果不行的話，至少收留她們住一晚再想辦法，望都是這麼說的。」

「望都姐？」

綠望著那些女孩，指著說：「啊，妳看看。」

「在那裡。」

那群女孩當中確實有望都的身影。她在那些外表打扮得很華麗，但其實筋疲力竭的女孩之間來回遊走，而站在一旁的男人就是平常在新熱海門口拉客的大頭柏木。

換句話說，今天原來會發生這樣的事。母親和望都都說今天有重要的事會很忙，指的肯定就是全被列為禁區這件事。

女人們眼看著騷動了起來，有人提高音量發表訴求，綠只是低聲嘆道：

「真是的……妳們在這裡看無所謂，但不要靠近喔！被捲入就麻煩了，大家現在火氣都很大呢。」

綠丟下這句話後，甩著長髮走進人群裡。

「小鈴。」

聽到有人喊了她的名字，鈴子才想起自己現在和勝子在一起。

「望都是妳信裡提到的那個人吧？」

對著勝子的問題點頭時，人群中突然冒出一聲「別開玩笑了！」的吼叫。

「就是聽說來到熱海會有辦法，所以才花錢買了貴得要命的車票來這裡啊！」

女人們的聲音響起，從這裡看過去，望都一個人似乎成為眾矢之的。她肯定也拚命在解釋，但聲音完全被蓋了過去。

「這種事根本不重要了！」

「總之快帶我們去吧！」

「我們可是一天也不能休息的！」

「不工作的話，可就馬上沒飯吃了！」

響徹頭頂的吶喊、高八度的尖叫，所有女人的聲音像海浪一樣擴散開來。

母親……

母親的公司RAA到底對這些人做了什麼？突然把她們趕出去，到底是怎麼回事？

昨天為止還被當成防波堤的女人，就這麼突然被趕了出去，她們應該何去何從呢？望都拚命和那些女人說明，但傳到鈴子耳中的全是「閉嘴啦！」「和妳沒關係！」之類的叫罵。

「也不想想到底是誰造成這種後果的！」

「別說笑了，被安排到那種地方，是要害我們又增加負債嗎！」

女人們正此起彼落、不甘示弱地爭吵著。這時突然傳來了喇叭聲，好幾輛車的車燈照亮了幾乎快被暗夜包圍的車站，同時還有好幾台貨車和吉普車開了進來。下車的是幾名高個子的MP和十幾名小個子的日本警察，他們一齊跑向女人，抓住愣怔不動的女人們的手，把她們從人群中一個一個拉往貨車的後車斗。周圍的騷動更大，怒罵聲和慘叫聲此起彼落，混亂的情勢加上恐懼，讓鈴子不由得握緊勝子的袖口。

「他們在做什麼呢？」

「到底要拿那些人怎麼辦呢？要把她們抓走嗎？」

勝子也發出怯弱的聲音。女人們彷彿被當成野狗還是什麼的，硬被粗暴地塞進貨車的後車斗。在混亂之中，連望都和綠也被推上了車。

「啊，望都姐！綠姐！」

情急之下鈴子大叫了起來，但這麼做完全無濟於事。連慌張逃走的女人們也被穿制服的警察追上、制伏，然後被拖上貨車。轉眼間，貨車的後車斗全都是女人，不斷地傳出哀叫聲。

「咦？連熱海也在追捕流鶯啊。」

後方突然傳來說話聲，鈴子一轉頭，看到穿著西裝、戴著軟帽，像上班族的兩個男人望著相同的景象，笑著調侃道。

追捕流鶯。

居然有這樣的事？追捕後想怎麼樣呢？

「這也是沒辦法的事啊，畢竟這些女人不知道有沒有染上什麼麻煩的病啊。」

「好不容易來到熱海，正想好好放鬆舒展，如果染上莫名其妙的病，不就欲哭無淚了。」

「總之要小心那些接外國客人的流鶯啊，畢竟她們平常就不是什麼善類。竟然能輕易丟掉身為日本婦女的矜持，簡直是垃圾。」

「就是因為看到外國人就爬上去還搖尾乞憐，才會遭遇這種下場啊。」

淺笑中帶著嘲諷的男人說著「走吧」，鈴子回頭瞪著準備離開的男人時，耳裡突然響起了「才不是！」的吶喊。

「我們才不是流鶯！放我們下去！」

是綠的聲音。

「你們看清楚點！在這裡的這個人和我是不一樣的！」

其中一名警察拿著警棍往綠的肚子打去，她的身體隨即往前傾，但依然使盡全力大叫著：「你們幹什麼啊！」

「你們把我們當成狗還是畜生嗎！不管是不是流鶯，我們可是人啊！在日本這個國家出生的日本女人啊！就是因為你們這些不中用的男人，我們才得為你們收拾殘局不是嗎！」

綠慘叫似的聲音響徹在小小的車站。

「給我聽好了，你們這些日本男人！你們每個人都是從女人的兩腿間生下來的，不但忘了感謝，還只有在需要的時候利用女人！戰爭時大喊『生產報國』，一打輸了就又立刻把自己的女人送到白人面前，你們這些沒節操的傢伙！居然還能裝作若無其事！看看這一切，就是你們把國家搞成這樣的！連個女人都無法保護，還說什麼日本男兒，什麼大和男子，混帳王八蛋！給我聽好了，你們將來肯定要吃苦頭，總有一天會有報應的！不是來自美國，而是來自日本女人！」

隨著噗噗的引擎聲響起，載著綠、望都還有其他女人的貨車不知駛往何處，只留下宛如什麼都沒發生過的寂靜車站。

回過神來，周圍已被暗夜包圍。從車站裡流洩出的微弱燈光，照映穿著半纏棉襖、努力招呼著客人的旅館員工。

「她們會被帶到哪裡去呢？」

勝子不由得吐出疑問。鈴子連回應的力氣也沒有，只是望著自己緊握著勝子袖口的手。

當天深夜，望都來住處拜訪。晚飯後勝子說累了，早早就寢。鈴子原本想等勝子的母親回來，但伯母卻遲遲未歸。而母親今晚當然不會回來，因此雖然已經很晚了，鈴子想起望都出的功課，還是坐在暖桌前慢吞吞地寫著字。當聽到外面傳來壓低的聲音喚著「小鈴」，鈴子便趕緊跳起來請望都進房裡。

「綠說在車站前遇見了鈴子，我想妳應該很擔心吧。」

看得出來望都是匆忙趕來的，對於鈴子問道「晚飯吃了嗎？」她只是搖搖頭，隨即開口說明，包括自己在內，全部的人都被送到了保健所。

「保健……所？」

「全被送到了進駐軍的專門衛生站，所有的人都在那裡接受了檢查。」

性病檢查，望都終於吐出了這幾個字。那個被稱為專門衛生站、像小雪屋的兵舍帳篷，鈴子在大森海岸時也曾看過。進駐軍的士兵們在小町園買了女人後，據說會順便到這些地方「消毒」，記得常有從慰安所離開的美國士兵大排長龍。但鈴子不知道熱海也有這樣的地方。這裡並沒有像東京那樣的大規模慰安設施，所以專門衛生站蓋在不起眼的地方，望都這麼說。

「剛才在車站前的女人有一大半是從東京各地的慰安所來的，GHQ認為之後要去哪裡是每個人的自由，但如果再讓疾病擴散開來，後果不堪設想，所以才緊急將她們強行帶走。」

「……追捕流鶯嗎？」

鈴子有點遲疑地問。望都對於鈴子竟然知道這樣的詞彙感到吃驚，然後才吐出：「這是很失禮的說法喔。」

「同樣是性病檢查，明明還有其他方法才是。」

「望都也接受了那個檢查嗎？」

「在場的所有女人都被迫做了啊，根本沒得反抗。」

「是什麼樣的檢查？」

「輪流脫掉褲子，然後把雙腿張開，都被看光了。腳還被按住，有的人甚至被放了某種器具到身體裡。」

望都依然因為那時的屈辱而憤憤不平，美麗的臉扭曲著。鈴子光想像就因為恥辱和恐懼而發抖。當然望都沒有染上性病，所以就被放回來了，綠也是一樣。但望都接著說明，其他在場的女人有一半以上檢查出「陽性」反應，被強制送進醫院。也就是說，她們染上了某種性病，為了這些人好，接受治療是應該的，但是做法也實在太過粗暴了。

「除了我們，也有幾個女人是剛好路過才混在流鶯當中，大家都哭著解釋『我們不是啊』，但他們完全不肯聽。日本的男人只聽從GHQ的話。」

「我也是這麼覺得。那麼囂張跋扈的巡邏警察，就像是MP的走狗一樣。」

望都深深嘆了一口氣，但總算平靜了下來，伸手拿了母親的菸說：「分一支菸來抽。」火柴點燃的難以形容的氣味也傳到鈴子身邊。

暫且一臉茫然地看著吞雲吐霧的望都，鈴子接著開口說道：

「妳知道今天是 off-limit 的日子吧？」

「是啊。」

「也知道會發生這種騷動？」

「多少猜到了。東京現在八成雞犬不寧，肯定引起了更大的騷動。他們根本沒有事先通知，也沒有任何遣散費，什麼都沒有，真不知道這些孩子該如何是好。從今天開始可能連睡覺的地方都沒有，一定很苦惱吧……小鈴的母親今天應該也手忙腳亂吧，因為要把我們公司所有的慰安婦全部趕到街上啊。」

「全部有多少人？」

「嗯……我也不知道正確數字，但至少超過兩、三千人吧。」

「有這麼多啊……望都姐。」

望都以指尖將菸灰撣落在菸灰缸上，看著另一邊。

「妳已經知道了，沒有替她們想些辦法嗎？」

「什麼辦法？」

「就是那些女人啊。」

「……妳覺得我們能做什麼呢？」

望都的側臉看起來筋疲力盡，彷彿突然老了好幾歲。「說不定明天就換成我們了。」她依然以側臉對著鈴子，呢喃著：

「即使工作內容不同，但我們也同樣是被僱用的，何況RAA最大的收入來源如今被切斷了，這麼一來，這家公司也撐不了多久了。換句話說，現在根本不是替慰安所的女人們擔心的時候，我們都自身難保了。」

如果連望都都這樣了，那麼母親肯定也面臨相同的處境，鈴子只能忍住自己想問「那要怎麼辦」的好奇心，看著望都。望都則是呆然地望著空中，半晌後才終於想起了什麼似地，嘴角浮現了微笑。這小小的微笑，瞬間讓周圍的空氣產生了變化，這就是望都之所以美麗的地方。鈴子一直這麼認為。如果沒有臉上的傷，光憑她的笑容，肯定就能平安度過現在紛亂的世局。都是男人害的。

「綠很厲害呢！」

望都帶著笑容看著鈴子。

「她說自己真的被激怒了。」

「被激怒了又能怎麼辦呢？」

「她信誓旦旦地說一定要改變這個國家。」

「改變這個國家？」

想起了在貨車上嘶吼的綠，氣勢磅礴地對著日本男人怒吼，但她今後會變成什麼樣子，鈴子完全無法想像。

「總之，這種時候鈴子到學校寄宿是最好的選擇。我覺得這些事能不看就不要看，能不必為這種事苦惱就盡量避免。」

說完這句話後，望都的目光落在手上的手錶，說了句「已經這麼晚了」，便準備起身。今晚望都管理的宿舍裡，收留了不知道明天是不是會被酒吧僱用的女人們暫住一晚。習慣了慰安所工作的女人，有些人是無法滿足於舞孃的收入的，也有人根本不會跳舞，所以明天開始，要讓她們好好思考自己的去向。

「在小鈴出發之前，這些事肯定能告一段落的。到時我再過來喔！」

望都前腳踏出去後，勝子的母親後腳就跟著進來。她和出門前簡直判若兩人，穿著淡紫色的和服，頭髮也梳得很整齊，甚至還全身酒味，心情似乎很好。

「啊哈哈，我迷路了。一上舞台，彷彿又回到東京，出來後才想到，這裡是哪裡啊！左看右看後才想起來，我來到熱海了。」

癱坐在暖桌前，伯母說了聲：「可以給我一杯水嗎？」鈴子於是端上了水，她一口氣喝光了。

「勝子呢？」

「睡了。」

「嗯……啊，真開心！能上舞台果然還是很棒。」

「……那麼，從今天開始就被僱用了嗎？」

「那當然囉！話說熱海好像也有許多規矩啊，我今天吃足苦頭了。中途突然來了很多莫名其妙的年輕女孩。」

啊，原來伯母也遇到了那些女孩。

「說來真的很好笑啊！什麼技藝都不會，只是化著濃妝、像從鄉下來的孩子們大批湧進來，讓溫泉鄉的事務所完全不知所措啊。不過反而突顯了我的存在，也多虧了她們，讓我今天立即登台了。」

哎，三味琴的聲音還是很棒啊！伯母邊說邊打著大哈欠。溫潤的眼眶裡浮現淚水，看著鈴子。

「謝謝妳啊，鈴子。這麼一來，我們母女也總算能夠好好活下去了。應該怎麼說呢，終於……」

伯母的身子大大地晃動著。

「終於感到這漫長的戰爭……是真的結束了，今天才有真實感呢。」

說著說著她突然猛地低下頭，似乎已經睡著了。

「伯母、伯母。」

「已經結束了……終於……」

伯母就這麼開始傳出輕輕的打呼聲。

隔天中午過後，母親像什麼事都沒發生那樣，帶著好心情，抱著鈴子的新衣服和當成「入學禮物」的手錶，還有小山般的美國罐頭和糖果回到家。聽到勝子母女來到自己的住處時，她先是吃了一驚，隨即又像平常的母親那樣換上了新的表情，完美地應對。

「啊，太驚訝了！竟然是妳們啊！」

互相確認了彼此平安，表達了再會的喜悅後，也為了勝子的遭遇而流淚。母親接著還親切地表示，勝子的母親不介意的話，在安頓好之前都可以待在這裡。
「有困難的時候當然要互相幫忙。」
勝子的母親幾乎是趴在地上不斷低頭致謝，並且稱母親為「夫人」。但抬起頭後，臉上的笑容卻感覺和昨天的伯母有著一絲不同。
「當然不能認輸啊，對吧！」
下午鈴子和勝子兩人說著今天一定要去海邊而出門散步時，勝子臉上帶著揶揄的笑容這麼說。雖然才一天，照理說改變應該不大，但勝子似乎比昨天有精神多了。
「我母親也是一臉『為什麼擅自來我家啊』的表情呢！」
天氣還不算太冷，但因為陰天的關係，海看起來沒有平常的粼粼波光，但不斷拍打的海浪聲溫柔地輕響著，在海邊散步讓人心曠神怡。鈴子和昨天一樣緊抓著勝子的右袖，兩個人走著走著，有時還會相視而笑。
「妳別看我媽那樣，她可是很愛面子的。」
「我母親也一樣。」
「我們好像都看出這一點了呢。」
勝子突然改變了話題，問起鈴子的「月事」。
「妳那個來了嗎？」
「來了。勝子呢？」
「我也是。」
「真的不再是小孩了呢。」

從早到晚擔心著戰爭、被大人們呼來喚去的孩童時代。現在回想起來，那是連想和朋友見面玩耍也不行、像現在這樣毫無目的地散步也不許的漫長歲月。

「今後這個世間會改變吧？」

「應該會吧。所以望都姐要我想想自己的未來。」

「會變好嗎？」

「不知道耶。雖然像昨天那樣的女人變多了，但至少不會再有戰爭了吧。」

「嗯，已經受夠了。即使那樣的女人變多，世間依然紛擾。」

「紛擾？」

「嗯，紛擾。」

握著勝子空洞的袖子，走在海浪拍打的岸邊。回頭一望，兩人走過的足跡已被打上來的浪花給抹去。

終章　又是星期三

昭和二十一年四月三日。星期三。

這一天是第二十二屆眾議院選舉候選人登記截止日。要說有什麼令人詫異的事，那就是聽說綠也參加了競選。

「今後女人得加油才行，我再也不想經歷之前那樣的屈辱。不！不只是之前那件事，這個男尊女卑的國家對我們女人所做的事，我要全部以牙還牙，等著瞧吧！」

首先是出馬競選時的開場白。綠來到新熱海酒吧的女子宿舍玄關前，將望都和其他舞孃都集合起來，進行了一場公開演說。鈴子也來到望都的房間念書，所以和大家一起聽了綠的演說，內心感到莫名激動。

「在這樣的時代，為了活下去得拚了命，大家是怎麼咬緊牙關度過每一天，我最了解。正因為如此，在這麼拮据的生活中，無論如何也要把女人的心聲發送給國家才行！」

舞孃們發出了歡呼聲。

「加油，綠！」

「成為議員，幫助我們吧！」

「有什麼需要幫忙的地方，儘管說！」

每個人都一一回應，讓綠打從內心感到高興，對著大家猛點頭。總有一天要創造一個女人不必逆來順受、不必受到屈辱對待的時代，她高舉著手不斷喊著：「加油！」

加油加油！

加油加油！

經過坡道的人以不可思議的表情看著大家。那個大頭柏木也站在對面。

加油加油！

加油加油！

在大家反覆的歡呼聲中，鈴子的心情也漸漸變得亢奮。舞孃們一鼓作氣跟在要到街頭演說的綠身後，一起上街。

「綠姐好厲害！」

目送她們離去、回到望都的房間後，鈴子的心情依舊高昂，想起了上一週在追捕流鶯被捕時遇到的綠。在貨車的後車斗大聲嘶吼的綠，雖然用詞粗魯，但實在太帥了。

「那樣的經歷竟然會導致這樣的行動，真是出乎意料。我知道那個女孩很與眾不同，但沒想到她竟會出來競選。」

想要做什麼都能去做，或許這樣的時代已經來到了，望都似乎很佩服的樣子。

「我覺得望都也一樣能做些什麼。」

鈴子的鉛筆停在半空中，看著望都。她看起來就像已經放棄一切的人。臉上的傷即使不會消失，但望都肯定也能夠追求新的生活方式。不，她非開始不可。RAA不知道會持續到何時，她自己當然必須要有所打算才行。

「小鈴的母親有說什麼嗎？」

被問到母親的事，鈴子嘴裡回著「沒什麼」，卻不由得浮現揶揄的笑，這種話題現在根本無法好好地討論，因為母親這陣子心情很差。原本以為暫住個兩、三天就會搬出去的勝子母女，現在依然借住在鈴子的住處，勝子的母親雖然嘴上不斷說著已經請事務所的人幫忙找公寓，但似乎很中意鈴子她們住的地方，一看到什麼好東西就會不斷唸著「真好」、「好羨慕啊」。不只如此，她還開口向母親借戒指，既然對方都開口了，無法拒絕的母親只好出借，並強調：「要小心喔。」

「妳去跟妳媽說，不要中了她的計啦！我媽啊，可能會謊稱喝醉時把戒指弄丟了呢。」

勝子在鈴子耳邊叮囑，半是愧疚、半是等著看好戲。總之，伯母也放心地把勝子的事交給鈴子，每天都悠哉地從住處出外工作，晚上則帶著醉意回家。聽到這番話的望都一臉同情地說道：

「哎呀，原來如此！」想到母親急在心裡的模樣，也不由得露出一絲愉快的表情。

「那對母女不會就這麼一直賴著不走吧？」

「她們會在我要搬去宿舍的時候搬出去。現在因為先借錢做了和服，所以就算只是一兩天的房租，能省的錢都要省下來才行。」

再過四天，鈴子就要搬進宿舍了。

再忍耐個幾天就過了。母親雖然心裡明白，但當和鈴子獨處時，總是抱怨著「真是厚臉皮的人啊」或「最後幾天想要和鈴子母女兩人好好相處的」等等，反覆以指尖按著太陽穴。鈴子想要找機會詢問RAA或禁區的事，但母親總是以「現在別提這個」來推託。

結果日子就這麼流逝，星期六，母親帶著她和勝子一起到小田原用餐。當天勝子的母親因為終於找到新的公寓，到傍晚上工之前得準備好搬家，望都則因為週六女孩們進進出出很頻繁而走不開，所以才變成她們三個人一起吃飯。

之前見過的金髮藍眼青年今天也一副畢恭畢敬的態度在門口待命。對勝子來說，一切都是初體驗，她處處顯露出驚訝的表情，不管是對汽車本身或是搭車這件事，都不斷發出小小的驚呼聲，一邊東張西望。

「小鈴的媽媽真是很了不起呢！」

「了不起的不是我母親，是大衛・葛雷中校。」

「但是能抓住這樣的機會，還是很厲害啊！而且凡事這麼周到，真是讓人高興呢。」

在鈴子耳際說著悄悄話的勝子，今天在領口打著一條淡黃色夾雜黃綠色的蓬鬆絲巾。為了總是苦惱著要怎麼蓋住燙傷瘢痕的勝子，母親要她從自己的絲巾中選一條喜歡的當禮物，她身上穿的罩衫和外面披的針織衫也是前幾天母親替她選購的。對於母親一連串的舉動，勝子的母親依舊以看起來十分卑屈的誇張態度不斷向她道謝，但愈是道謝反倒愈有種自討無趣的感覺，而母親則趁這個機會炫耀自己能力，看在旁觀者眼裡，她的焦躁簡直表露無遺。鈴子和勝子宛若看著兩個內心互相較勁的壞女人上演著諷刺劇。

坐在副駕駛座的母親有時和開車的年輕司機交談，青年只是簡短地回應。但看到這些，勝子頻頻感到佩服。

「對了，我也想效法伯母，把外語學好。我想這麼一來，即使少了一隻手，也有辦法活下去吧。」

半路上勝子好像突然想到似地開口說道。母親聽到後，從副駕駛座轉向後方微笑著說：「是啊。」

「孩子的將來取決於父母親的方針，父母得替孩子拓展各種可能性才行喔。」

此時母親又擺出這種令人反感的高傲姿態。雖然勝子的母親並不在場，鈴子還是不由得拉拉勝子的衣袖，硬是忍住了笑。

沒過多久就抵達了明治時代經營至今的料亭。氣派的建築是日本傳統的樣式，這棟房子竟然沒被空襲損傷、完整地保留下來，鈴子不由得感嘆。

「這麼豪華的店，我還是第一次來。」

戰戰兢兢地脫掉髒鞋子進了玄關，走上磨到黝黑發亮的樓梯，被帶到裡面時，勝子連聲發出「哇」、「好豪華」的讚嘆。鈴子邊握著她的右袖，感到有點害羞，同時也感到愧疚，她反覆對自己說，驚訝是理所當然的，感動也是理所當然的。

明天開始，可憐的勝子又得將這截袖子塞進農夫褲裡，回到和伯母兩個人的日常生活。剛才母親雖然帶著嘲諷的語氣說話，但那絕對不是說謊，現在的鈴子很明白。即使勝子自己想學外語，她的母親如果不贊成，旁人也無法干涉。就算是再怎麼親密的好友，這部分是鈴子幫不上忙、也無法和勝子交換的。

不久，端上來的是飯上擺滿了好幾種生魚片、幾乎看不到空隙的飯盒，一旁還有山葵，另外附了小瓶醬油。連鈴子都不由得驚呼。

「……好豐盛啊！」

光打開飯盒的蓋子，就讓勝子說不出話來。在拿起自己的筷子之前，鈴子先幫勝子把筷子分開，有點故意使壞地看著母親。

「母親經常來這樣的店嗎？」

吃飯前緩緩抽著菸的母親微笑地搖了搖頭。

「美國人基本上不喜歡生的食物。明明愛吃生的蔬菜，卻覺得這樣的生食很不衛生，況且他們根本無法好好使用筷子，但這些料理當然不可能用刀叉來吃啊。」

美國人其實很笨拙的，母親說完後靜靜地微笑。喔，美國人也有比日本人差的地方啊，而且還是從母親的嘴裡說出來，讓鈴子有點意外。把醬油倒進勝子的小碟子，鈴子自己也雙手合十說了「開動」。

「啊，真好吃！」

「好吃到要融化了！」

看著彼此滿意的笑容，兩人齊聲這麼說。母親在一旁微笑著看著兩人，然後突然說道：

「對了，小鈴……母親最近看著小鈴啊，有一件事感到很佩服喔。」

母親說她很喜歡看鈴子不著痕跡地照顧勝子的樣子。「這是真的。」勝子也把臉從飯盒上抬起來。

「我剛和鈴子見面時就這麼覺得了。和小鈴再會後，她馬上剝蜜柑給我吃，還把纖維一一撕掉才給我，而且還覺得這是應該的。」

「這本來就是應該的啊。」

鈴子突然感到害羞，拚命把生魚片往嘴裡塞。

「母親再次注意到，這是小鈴很棒的優點喔！這麼說來，小鈴從來沒有對照顧千鶴子有任何抱怨，而且總是幫忙家裡的大小事，這種優點到女校後也要好好發揮喔。」

眼淚突然湧了上來，無法控制，她最近變得很容易感動。沒想到母親竟然這樣看待自己、誇獎自己。當眼前的生魚片變得模糊時，母親又突然叫了勝子。

「妳受了這麼重的傷，而且體力變差了，現在依然有很多不方便的地方，但經歷了這麼多苦難，妳卻沒有因此自暴自棄，依然和以前一樣，伯母很佩服喔。」

「我嗎？」

母親這時已完全見不到整年皺著的眉頭，臉上帶著優雅溫柔的微笑點點頭。

「今後或許還會遇到很多不順利的事，但絕不能因此怨恨別人或是自哀自憐，勝子要按自己的方式，努力活下去喔。」

勝子的眼眶也湧出了淚水。放下還無法靈活使用的筷子，她用左手掩著自己的臉，單薄的肩膀微微顫抖著。很少哭泣的勝子，即使有眼眶泛淚的時候，也很少像這樣哭泣，這是鈴子第一次看到勝子哭的樣子。看到這樣的她，鈴子也不由得淚眼汪汪。

「啊，真是的，勝子……吃到一半怎麼哭了。」

「因為……」

「趕快吃啊，生魚片要變鹹了啦！」

「因為，這是我……出生以來第一次被人稱讚啊！」

勝子的臉哭到由蒼白轉紅，鈴子也一起哭了起來。兩人接著吃完了盛上滿滿生魚片的飯。

「小鈴。」

這一天回到熱海的住處，累了的勝子先躺著休息等候母親來接她，鈴子的母親則以睽違好久的平靜口吻喚了鈴子。

「母親能替妳做的事都做了。」

愉悅地聞著剛沖好的咖啡香氣，把咖啡杯端到嘴邊，慢慢啜飲著的母親說道，因為勝子是鈴子很重要的朋友，所以母親才收留她，並且對勝子的母親「寬容以對」。

「妳想想，雖然對方不是煙花界的人，但說穿了也是賣藝的，不論出生或成長背景都和我們天差地別啊。」

「……我知道。」

「即使母親覺得不妥，但從小鈴子就常邀那個孩子來家裡玩，妳們兩個很要好，但她的母親從以前就是那樣，肯定有很多無法兼顧的地方。她真是個可憐的孩子，現在身體又變成這樣……」

鈴子不知道原來母親是這麼看待勝子的，心裡頓時百味雜陳，不知如何是好，最後低頭道了謝。

「今後小鈴應該沒有遺憾，能好好念書了吧？」

「……我會努力的。」

「明天開始，母親能做的就是支援鈴子繼續念書，剩下的就要靠妳自己了。」

「……是。」

「而且，小鈴，有一件事希望妳永遠記住。」

「……什麼事？」

鈴子不由得惶恐地看著母親。母親把咖啡杯放回桌上，露出一副少見的嚴肅表情。

「今後不論發生什麼事，母親都會一直支持鈴子喔，即使鈴子並不這麼想。」

心裡突然感到一股沉重。其實我也是——鈴子雖然這麼想卻說不出口。

「知道了嗎？我永遠會支持你。今後不論世間怎麼變化、變成什麼樣子，到最後一直站在妳這邊的人，只有母親喔。」

這一點請牢牢記住，母親說。

自己從今以後會一直支持這個人嗎？能做得到嗎？鈴子宛如面對著什麼艱鉅的課題，心情一沉。

翌日，鈴子在勝子、伯母及房客的目送下，搭上大衛・葛雷中校開的車，往箱根的女校出發，直接住進宿舍。

四月十日。星期三。

這天舉行了戰後第一次依新選舉法實施的第二十二屆眾議院議員總選舉，結果共產生了三十九位女議員，相當於女性候選人的百分之四十九。其中一位是綠，鈴子從望都的信裡得知這件事。

……所以我辭去了RAA的工作，今後將成為綠的祕書。人生真是不可思議，未來有什麼等待著，我似乎開始期待了。

妳母親也找到了比自己開出的條件更好的店面，她感到很開心。現在東京的代代木練兵場，之後會改建成美軍居住的、規模很大的城區，因此，妳母親想要在一旁開一家針對進駐軍和他們家人的店，真不愧是她，想得到這樣的點子。從現在起，我將成為政治家的祕書，妳母親將成為實業家，迎向未來嶄新的道路。

最可憐的是勝子。雖然我和她沒有深入交談過，但聽妳說，她的母親竟然喝醉後遭遇了不幸的事故死去，她後來只能被送到收容所，我想，熱海也比以前更加不平靜了吧。自從變成禁區後，只能站在街角拉客的女孩在東京也變多了，這麼一來，以她們為目標的男人自然增加了，況且從前線受挫回來的士兵數量也不少，熱海的情形大概和東京沒兩樣吧。從這方面來看，我們大家的處境仍危機四伏，但至少幸運地避開危難了。

對了，小鈴每天過得怎麼樣？鈴子之前寫來的信裡，提到和我一起念書的日子有了成果，我真的很開心。有喜歡的科目嗎？交到新朋友了嗎？今後小鈴也請為自己加油喔！暑假時一定要再見面，那時我們肯定……

本書內容最初連載於日本文藝雜誌《小說新潮》二〇一三年三月號至二〇一四年八月號。

小說精選

星期三的凱歌

2017年8月初版　　定價：新臺幣430元

著　　者	乃南亞沙
譯　　者	黃碧君
封面繪圖	影山徹
叢書主編	林芳瑜
叢書編輯	林蔚儒
整體設計	王麗鈴

出版者	聯經出版事業股份有限公司
地址	台北市基隆路一段180號4樓
編輯部地址	台北市基隆路一段180號4樓
叢書主編電話	(02)87876242轉221
台北聯經書房	台北市新生南路三段94號
電話	(02)23620308
台中分公司	台中市北區崇德路一段198號
暨門市電話	(04)22312023
台中電子信箱	e-mail：linking2@ms42.hinet.net
郵政劃撥帳戶第0100559-3號	
郵撥電話	(02)23620308
印刷者	文聯彩色製版印刷有限公司
總經銷	聯合發行股份有限公司
發行所	新北市新店區寶橋路235巷6弄6號2樓
電話	(02)29178022

總編輯	胡金倫
總經理	陳芝宇
社長	羅國俊
發行人	林載爵

行政院新聞局出版事業登記證局版臺業字第0130號

本書如有缺頁，破損，倒裝請寄回台北聯經書房更換。　　ISBN 978-957-08-4979-0 (平裝)
聯經網址： www.linkingbooks.com.tw
電子信箱：linking@udngroup.com

Suiyobi no Gaika

國家圖書館出版品預行編目資料

星期三的凱歌/乃南亞沙著．黃碧君譯．初版．
臺北市．聯經．2017年8月（民106年）．432面．
14.8×21公分（小說精選）

ISBN　978-957-08-4979-0（平裝）

861.57　　106012272